El árbol de mi vida

Published in Great Britain by Choc Lit Limited as *The Wedding Cake Tree*

© Melanie Hudson, 2015
© de la traducción: Natalia Navarro Díaz

© de esta edición: Libros de Seda, S. L.
  Paseo de Gracia 118, principal
  08008 Barcelona
  www.librosdeseda.com
  www.facebook.com/librosdeseda
  @librosdeseda
  info@librosdeseda.com

Diseño de cubierta: Enric Rújula
Maquetación: Payo Pascual
Imágenes de la cubierta: ©Fotolia/Corepics y mpv1988

Primera edición: mayo de 2017

Depósito legal: B 9.698-2017
ISBN: 978-84-16550-69-2

Impreso en España – Printed in Spain

MELANIE HUDSON

El árbol de mi vida

Libros de
seda

Para mamá y papá.

PARTE 1

Devon, Inglaterra
22 de mayo

Capítulo 1

Mi madre murió de forma inesperada el día en que la última rosa del otoño perdió su flor. La carta que recibí de su abogado poco después de su funeral llevaba meses en mi portafolios del trabajo y la solía leer una y otra vez solo para confirmar los detalles.

El firmante de la misiva, el señor Grimes, me comunicaba que era de gran importancia que acudiera a su oficina, situada en la calle Barnstaple High, a las diez de la mañana del 22 de mayo del año próximo.

Mi madre había solicitado que transcurrieran seis meses entre su funeral y la lectura del testamento. Aunque me pareció una petición extraña, acabé comprendiendo que lo había hecho por mí. Tenía un padrastro, pero no contaba con hermanos ni más familia, por lo que el hecho de pasar horas en el estudio de mi madre, rebuscando entre sus archivos para dar por finalizada la administración de toda una vida, me llenaba de dolor.

Contenta de poder posponer lo inevitable, regresé a Londres tras el funeral, lloré mis penas en el hombro de mi viejo amigo Paul y volví al trabajo.

La primavera entró relativamente rápido y me alegré cuando llegó el 22 de mayo. Recuperé la raída carta que guardaba en el fondo del portafolios y comencé a planear mi futuro.

Entré en la oficina del abogado cuando el reloj de caoba de la pared dio las diez en punto. La habitación olía a humedad y percibí el polvo que se filtraba por las persianas. Grimes iba vestido con un traje de raya diplomática entallado y una pajarita de color amarillo estridente. En cuclillas y detrás del escritorio, alimentaba con una hoja de lechuga a una tortuga cuyo hogar improvisado era una caja que había sido de naranjas. Me dio la sensación de que tenía algo más de cuarenta años, pero parecía joven para hablar sobre un seguro de deceso, y tenía cara de marinero: bronceada por el viento, tirante y seca.

Sacó la tortuga de la caja y la colocó en la harapienta alfombra; se levantó y se dio la vuelta con una enorme sonrisa de bienvenida. A una velocidad de reptil, cruzó la habitación y me dio un cálido apretón de manos.

—Un placer conocerla, al fin —me recibió con familiar entusiasmo—. ¿Le importa que *Terry* se quede a la reunión?

Miré a mi alrededor.

—¿*Terry*?

Miró a la tortuga con una expresión de afecto y orgullo. Esta alzó la cabeza y habría jurado que vi a la criatura guiñar un ojo.

—¡Mi querida tortuga! *Terry* me sirve de muchísima ayuda en las reuniones. —Se inclinó hacia mí, asintiendo—. No hay nada más sabio que la tortuga de tierra... excepto, tal vez, la tortuga laúd, aunque no es muy adecuado tener una de esas en un despacho tan pequeño, ¿no cree, señorita Buchanan?

Esperé a que se riera, pero no lo hizo.

—Eh... Por supuesto.

Grimes tomó asiento tras el escritorio y me di cuenta de que no llevaba calcetines ni zapatos. También me fijé en que solo tenía cuatro dedos, contando los dos pies. Hice un esfuerzo por no mirarlo demasiado y, con la sensación de encontrarme en mitad de un sueño surrealista, dejé el portafolios en el suelo, detrás de la silla, con cuidado de no molestar a *Terry*, y nos centramos en lo importante. Sacó una carpeta beis del cajón y la colocó delante de él en el escritorio. Entonces adoptó la actitud de un hombre que se dispone a hablar de un tema serio: posó los codos en la mesa, cruzó las manos, las colocó bajo su barbilla y se quedó en silencio un momento, ordenando sus pensamientos. Al igual que él, me erguí en mi asiento y esperé a que comenzara.

—Vamos a empezar con unas formalidades —comentó tras alzar la barbilla con una sonrisa—. Simplemente para ratificarlo, ¿es usted Grace Buchanan del... —Miró las notas para confirmar los detalles—... del 57a, Gloucester Court, Twickenham?

Otra sonrisa.

—Sí.

—Recordará que le pedí que trajera su pasaporte para comprobar su identificación. ¿Lo tiene?

Busqué en mi bolso

—Sí. ¿Lo quiere ya?

—No, no —respondió con un rápido ademán—. Haré una copia después. —Abrió la carpeta—. Ahora le explicaré las instrucciones en relación a la última voluntad y el testamento de la señora Frances Heywood, de St Christopher's Cottage, Exmoor, Devon. Se habrá dado cuenta de que le he dado las instrucciones en relación al testamento y no he mencionado que vaya a leerle directamente el testamento.

Lo miré confundida y, haciendo un esfuerzo por ocultar mi frustración, respondí:

—Mi madre se llamaba Rosamund Buchanan, señor Grimes; no Frances Heywood.

—Buchanan... Vaya, ya me había imaginado que en este punto podría haber cierta discrepancia. Me preguntaba cuánto sabría usted sobre...

Tomó un bolígrafo y lo hizo dar vueltas entre sus dedos.

—Su madre se cambió de nombre hace algunos años, cuando se mudó a Devon. Las razones se le aclararán más adelante, Grace, pero su madre no siguió los procedimientos legales habituales para efectuar el cambio de nombre, por lo que, en lo que respecta al testamento, su nombre legal es Frances Heywood.

Quise interrumpirle, pero alzó una mano para impedírmelo.

—Voy a atiborrarla a una gran cantidad de información y sospecho que le sorprenderá. Le sugiero que me deje contarle todo y después ya tendrá tiempo para hacer preguntas, ¿de acuerdo?

Asombrada por su repentina sobriedad, lo dejé continuar. Si el nombre verdadero de mi madre había sido toda una revelación, no fue nada en comparación con lo que estaba a punto de escuchar.

—Lo primero que voy a confirmarle es que usted es la única beneficiaria del testamento de su madre.

No fue ninguna sorpresa.

—Lo segundo, que tengo una carta de su madre para usted.

Eso sí que fue una sorpresa.

Se quedó mirando la carpeta.

—Me temo que no puedo informarle ahora de los detalles de su testamento. —Una larga pausa—. Su madre dejó instrucciones muy claras con respecto a lo que usted debía hacer para acceder al testamento y, posteriormente, heredar. Se le revelará el contenido del testamento... Bueno, al final de todo esto.

Estaba tan perpleja que, en vez de responder, lo dejé seguir.

—Aquí tiene una lista detallada de acciones —entrecomilló con los dedos la última palabra— que debe llevar a cabo..., presentar prueba de que lo ha hecho, con la intención de satisfacer los requerimientos para poder heredar al fin y...

—Señor Grimes —lo interrumpí—, sé que está haciendo su trabajo, pero, por favor, ¿puede decirme, en un lenguaje que comprenda, de qué narices está hablando? ¿A qué se refiere con lo de «poder heredar al fin»?

Se quitó las gafas y, a pesar de sus movimientos precisos, atisbé, por el modo en que fruncía el ceño y cómo se pasaba los dedos por la frente, que la reunión le estaba resultando incómoda.

—Verá, su madre era una mujer especial...

Se detuvo, como esperando a que le diera la razón, pero no dije nada, así que prosiguió.

—Fui a visitarla a la casa de campo poco después de que se enterara de que su enfermedad era terminal.

Se me humedecieron los ojos; la palabra «terminal» era un duro recordatorio de que estaba muerta.

—Me explicó que, antes de que su hija recibiera la herencia, deseaba que conociera un poco más a la persona que ella había sido antes de que usted naciera. —Me miró expectante—. No sé cuánto sabe sobre la vida de su madre, Grace.

Dijo esto último más como una pregunta que como una afirmación; de nuevo, me quedé callada.

—Se enteró de que estaba embarazada de usted justo después de cumplir los treinta, y decidió que lo mejor sería cambiar de vida, por ella y por usted. Optó por mudarse a Devon, se instaló en St Christopher's... y el resto ya lo sabe. Al final de su vida empezó a considerar que le había contado poco acerca de su familia, o sobre lo que hacía anteriormente...

Grimes hizo una pausa inesperada en su discurso. Se inclinó por su lado izquierdo, tomó a la tortuga y la colocó en la mesa de forma que su arrugada cabeza me miraba. En ese preciso momento verifiqué el dicho de que mascotas y dueños comparten características faciales; era absolutamente cierto. Sacó una hoja de lechuga del cajón superior y me la tendió con una sonrisa. Supuse que no se trataba de un aperitivo para mí, así que se la ofrecí al animal.

—Se dio cuenta de que su vida profesional, la vida que llevaba antes de concebirla a usted —continuó tras acoplarse mejor en la silla— formaba una parte importante de lo que ella era. Imagino que sintió que la imagen que usted tiene de ella estaba incompleta. Quería llenar los huecos; que su hija lo entendiera todo. Su deseo fue que usted viajara a los lugares más importantes para ella. Y eso es lo que debe hacer, Grace, si quiere recibir la herencia. Solo hay cinco destinos —añadió, como si se tratara de una ventaja—, y en cada lugar al que llegue leerá una carta de su madre. En estas cartas encontrará lo que su madre creyó que usted necesita saber. Ah, también quería que esparciera una parte de sus cenizas en cada uno de los lugares. —Carraspeó—. ¿Le ha quedado claro?

La cara que puse debió de reflejar mi total asombro. Me levanté, me incliné sobre el escritorio y me concentré en la mirada resuelta de *Terry*, lo que me resultó del todo desconcertante.

—¿Me está diciendo que mi madre quería que fuera de un lado para otro por el país y esparciera sus cenizas, como condición para recibir mi herencia?

—Sí. Eso es exactamente lo que le estoy diciendo. De hecho, saldrá hoy mismo.

«¡¿Cómo!?»

—¿Hoy? ¿Por cuánto tiempo?

—Diez días.

La voz de Grimes me resultó irritantemente monótona.

—¿Diez días? —Me sobresalté y la tortuga dejó de comer y me fulminó con la mirada. Me dejé caer en la silla—. Pero yo... Esto es totalmente absurdo —continué con voz más tranquila, pues no quería volver a molestar al animal—. No puedo dejarlo todo sin avisar. Mi madre debía de estar loca... ¡Usted debe de estar loco!

Grimes mantuvo la calma.

—No. Puedo asegurar que, aunque no estaba en perfectas condiciones físicas, sí estaba en su sano juicio. Le vuelvo a decir que solo quería que usted supiera la vida que llevaba con anterioridad a su nacimiento.

«¿Solo?»

14

—Señor Grimes, hace que parezca que no conocía a mi madre. Aunque, eso es cierto, ni siquiera sabía cómo se llamaba... Pero lo que sí sé es que me proporcionó una infancia muy especial en un lugar muy especial. No veo por qué necesito saber más. Los niños no tienen por qué saber hasta el más mínimo detalle sobre sus padres; ni siquiera estoy segura de querer. Se cambió de nombre. Bueno, ¿y qué? Ya me contó hace años lo que necesitaba saber: que nació en Yorkshire; que sus padres eran agricultores, creo; que tuvo una infancia feliz, pero, como yo, era hija única; perdió a sus padres cuando tenía unos treinta años. Sí, le pregunté por el paradero de mi padre, pero nunca quiso hablar de ello y yo no escarbé en busca de más información. No pretendo indagar, señor Grimes. Solo quiero guardar los recuerdos que tengo y dejar las cosas como están. No entiendo por qué mi madre me hace esto ahora. ¿Por qué narices esperó a estar muerta para desenterrar el pasado? Si toda esa información es tan importante, ¿por qué no me la contó a la cara? No es propio de ella.

Mi voz empezó a quebrarse al final de mi discurso.

El abogado esperó a que continuase, por lo que hice un esfuerzo por serenarme.

—No se ofenda —proseguí, alzando a la tortuga y apartándola del borde de la mesa de forma automática—, pero voy a buscar consejo legal. No pienso formar parte de esta locura. No dispongo del tiempo necesario para marcharme; solo quiero heredar la casa familiar. Es lo único que siempre he deseado —añadí en voz baja—. A lo mejor su enfermedad la hizo cambiar en sus últimos días. Seguro que se refería a...

Grimes levantó una mano y abrió la carpeta que tenía delante. Sacó un pequeño montón de sobres de color beis unidos con un lazo rojo.

—Por favor, haga el esfuerzo de entenderlo. Yo solo le estoy transmitiendo los deseos de su madre.

Me tendió el primer sobre del montón, pero me pidió que esperara un momento antes de abrirlo.

—Rosamund me mencionó que es usted fotógrafa, ¿no es así? —me preguntó al tiempo que se volvía a acomodar en el respaldo.

—Sí —respondí con los dedos aferrados a la carta. No estaba segura de cómo me sentía con la carta de una persona muerta, aunque fuera mi madre.

—¿Fotografía a famosos, a estrellas del cine? Seguro que es muy emocionante.

Alcé la mirada.

—No, no mucho. —Sabía qué pretendía.

—Creo que su madre pensaba que, de algún modo, estaba desperdiciando su talento artístico con ese tipo de fotografías. Ha recibido usted formación en ópera en la Real Academia de Música de Londres, ¿me equivoco?

—Sí, pero por poco tiempo.

Suspiró, dándose por vencido.

—Mire, la dejaré para que lea la carta y verá, sin duda, lo que estoy intentando explicarle; al parecer, bastante mal.

Se levantó, devolvió la tortuga a su caja, se dio la vuelta y me tocó el brazo con un gesto amable.

—Le prepararé un café.

Capítulo 2

Hola, Grace, cariño:

He empezado esta carta muchas veces y sigo tachando cosas. Decido escribir algo más, pero entonces la hoja ya es un desastre, y ya tengo un montón de papeles arrugados en la papelera. Esta vez simplemente voy a seguir escribiendo, aunque solo sea por el bien de un pequeño bosque escocés.

Antes que nada, por favor, no leas esto como si fuera una mensaje procedente de la tumba. Lo sé, que estés leyendo esto significa que estoy muerta, pero ahora, mientras escribo, estoy sentada en el cobertizo. Estamos en julio y el jardín está precioso, Grace. La podograria está fantástica este año, pero no las tengo todas conmigo con la rosa Alan Titchmarsh. Me temo que va a perder la flor, aunque, con suerte, volverás a verla brotar de nuevo la próxima primavera.

Tal vez podrías considerar esto como una llamada de un lugar lejano, pero con una buena pausa entre el momento en que se dice y el momento en que se escucha.

Sé que estarás molesta por no contarte la verdad acerca de mi enfermedad. Cuando te hablé del cáncer hace varios meses, te conté los detalles de forma imprecisa y con optimismo. Lo que no te dije es que me han diagnosticado el cáncer tarde (ya sabes que no me gusta ir al médico) y que es agresivo. La quimioterapia y la radioterapia no han servido de mucho. El mes pasado me dijeron que no había nada que hacer: es horrible. Estoy triste. Admito que otros diez años me habrían venido bien. Habría sido estupendo, al menos, ver otro nivel de ramas en el cornejo de mesa.

No tuve el valor de contarte la ferocidad del diagnóstico por varias razones: primero, no me lo quería creer, así que decidí llenar mi cabeza de pensamientos positivos (fuera las cosas malas). Sin embargo, lo que hacía era bloquear la realidad que mi corazón ya sabía: el resultado final. Segundo, si te decía que el tiempo que me quedaba era limitado, te habrías lanzado como una loca venir a verme, y no quería cargarte con ese estrés. Estoy deseando verte, por supuesto, pero ¿y si hubieras tenido un accidente por venir demasiado cansada? Además, tú tienes tu vida y necesitas vivirla; cada día es valioso.

Así que, debido a las dificultades, he decidido dejar que los siguientes meses sigan su curso. Cariño, no es muy probable que llegue a finales de año, a Navidad y, si por casualidad apareces en casa en los próximos meses, espero poder fingir que simplemente tengo un mal día. Si te presentas sin avisar y averiguas la verdad, o si decides venir en las últimas semanas, entonces mis planes se irán al traste.

Todo se reduce al hecho de que no voy a hacerte pasar por el horror de verme morir. Tenemos unos recuerdos maravillosos de toda una vida y quiero que te aferres a eso. Siento que cualquier momento que pasara contigo en el futuro estaría teñido de una tristeza insoportable. Cada despedida sería horrible, pues no sabríamos si sería la última. Así que simplemente desapareceré de tu vida y espero que, para entonces, te haya salvado de unos meses agonizantes de dolor innecesario. Cuando tengas hijos, a lo mejor me entiendes.

Bien. Se acabó la compasión. Vamos a hablar de negocios. Si Grimes no la ha cagado con mis instrucciones, ya sabrás que mi nombre verdadero es Frances Heywood. Descubrirás más tarde por qué tuve que cambiármelo. Esto me recuerda otra cosa, Grace: no intentes precipitarte en los próximos diez días por averiguarlo todo; tranquilízate e intenta disfrutar. Sigue tu vida y piensa en mí como Rosamund; es bonito poder elegir tu propio nombre, sobre todo cuando te llamas como tu flor favorita, rosa mundi.

A estas alturas te estarás preguntando, enfadada, de qué demonios estoy hablando. Bien, quiero que hagas un pequeño viaje, tómatelo como unas vacaciones. Esa es la idea, piensa que son esas vacaciones que te propuse que nos tomáramos a principios de año pero no pudo ser porque tenías demasiado trabajo.

Desconoces una gran parte de mi vida y hay cosas que quiero que sepas… que necesito que sepas. Siempre he pensado que ya habría tiempo para contártelo todo, pero la vida ha conspirado en mi contra. He ideado un plan que me permite contarte lo que deseo que sepas y mostrarte los lugares que quiero que veas sin la necesidad de estar ahí contigo. También quiero que me esparzas en esos lugares. Me encanta la idea de que una parte de mí repose en cada lugar que ha sido importante en mi vida. Espero que, si te revelo todo por partes, si sigues mis pasos, por así decirlo, entenderás por qué tomé ciertas decisiones y por qué te mantuve en la ignorancia en lo que respecta a esa parte de mi pasado.

Me temo que tengo que insistir en que te tomes los próximos diez días de vacaciones. Siendo autónoma, no debería suponer un problema. No vayas a poner excusas como que ya tienes planes ineludibles o que es la boda de algún famoso. Perdóname por poner la condición de que el proceso no finalice hasta que hayas cumplido mis deseos. Es chantaje, ya lo sé, pero lo hago porque estoy segura de que tienes que hacer esto; de que es lo correcto. Nunca he estado más segura de nada. Podría haberte pedido que vinieras a Devon, que te sentaras a la mesa de la cocina para contártelo, pero estoy convencida de que este es el mejor modo.

Te llevaré a lugares que encenderán tu corazón y, con suerte, reavivarán tu pasión creativa mientras tanto. Recorres el mundo fotografiando a famosos, viviendo sus peculiares vidas con ellos, pero ¿y tu vida?

Llevo un tiempo preocupada por que ya no ves la belleza que te rodea en este maravilloso país. Si tomaras fotos bonitas, sería diferente, pero no es así. Por cierto, no vas a viajar sola, eso sería horrible. Le he pedido a un buen amigo, Alasdair, que te acompañe. Forma parte del cuerpo de la Marina Real y es de fiar. También debería añadir que he estado un tiempo preocupada por él, creo que está al borde del agotamiento. Míralo de este modo: él necesita unas vacaciones más de lo que puedas imaginar, así que, por favor, no lo dejes tirado. Ya sé que odias que te impongan la compañía de alguien, pero, solo por esta vez, acéptalo.

Ah, una cosa más: me pregunto si durante el viaje podrías reconsiderar el compartir tu preciosa voz y tu talento. Tienes un don maravilloso, no lo desperdicies, cariño. Grimes te contará el resto detalladamente. ¡Emociónate! Ojalá viviera yo una aventura así a los treinta y un años.

¿Adónde se ha ido el tiempo? Por la ventana abierta veo que Robin me está mirando desde su casita nido. Me parece que quiere que le desentierre gusanos, como siempre hago. Justo ahora, mientras miro el jardín por la ventana, caigo en la cuenta de que moriré en otoño o en invierno; me habría roto el corazón haberme ido en primavera, justo cuando brotan vidas nuevas. Por eso quiero que esparzas mis cenizas en mayo, cuando pueda formar parte de las cosas nuevas, una vez más.

Con todo mi amor,
Mamá

Leí la carta de nuevo y acaricié con los dedos el «Hola, Grace» cuando la primera lágrima cayó sobre el papel. No había duda de que se trataba de la letra precisa de mi madre. Además, ¿qué otra persona podría incordiar tan bien desde la tumba?

Me quedé ensimismada removiendo el café, que para entonces ya estaba templado. Antes de leer la carta estaba dispuesta a salir del despacho hecha una furia, contratar a otro abogado e impugnar el testamento. Pero sentir sus palabras me había hecho creer que estaba ahí de nuevo, aunque solo fuera por un fugaz segundo. Típico de mi madre: ni muerta podía quedarse callada.

Grimes volvió a entrar y se sentó.

Sin duda, se dio cuenta de que necesitaba que me rescatara de mi desolador monólogo interior, porque me pasó una caja de pañuelos de papel. Me di unos golpecitos en el borde de las pestañas para contener las lágrimas.

—Bueno, Grace —comenzó—, lo que viene después depende de usted. Ya sabe cuál es la postura de su madre con respecto al testamento. ¿Qué va a hacer?

A pesar de que la carta era muy clara, no sabía si debía o no satisfacer esa petición. ¿De verdad quería descubrir cosas nuevas sobre ella? Quería heredar mi hogar de la infancia, sí, pero no me preocupaba especialmente el dinero. Aunque también estaba el asunto de las cenizas, y no podía negarle esa petición. Ese era su as bajo la manga, y sonreí nostálgicamente al imaginar a mi madre llegando a esa astuta conclusión. No obstante, tenía razón con lo de los planes ineludibles; tenía una sesión de fotos al día siguiente.

Observé la habitación cutre y destartalada, miré a *Terry* (que parecía estar encogiéndose de hombros, como diciendo «¿qué tienes que perder?») y suspiré.

—Infórmeme de las instrucciones, señor Grimes. Por lo visto me voy de viaje.

Capítulo 3

Justo en medio de una iglesia del siglo XI ubicada en la parte superior del camino, y una antigua ribera en la parte inferior, había una casa de campo de piedra.

La puerta principal estaba ligeramente desvencijada y la rodeaba un porche. Unos herrerillos anidaban en el alero del porche, contentos y tranquilos. La puerta, que estaba hinchada debido a las manos de pintura de varias generaciones, era difícil de abrir. Las ventanas con bisagras lucían perfectamente simétricas a cada lado (solo un niño las dibujaría así), y justo debajo se alzaba un parterre de flores precioso que despedía un dulce aroma. La casa se encontraba en paz, rodeada por las ondulantes colinas de Devonshire, prados de flores silvestres y riachuelos; tan solo una inspiración divina podría haber creado tal imagen.

Durante medio milenio la casa había cambiado mucho de aspecto. Fue un suelo fértil en la época de hambruna; proporcionó un flujo constante de agua en tiempos de sequía; y ofrecía una paz celestial cuando estalló la guerra. Independientemente de los cambios que hubiera sufrido para satisfacer las necesidades de tantos ocupantes, tenía algo que no cambiaba: el nombre. Se llamaba St Christopher's Cottage, por la iglesia que se erigía, en una vigilia protectora, por encima de ella.

Mi madre se mudó a St Christopher's cuando yo nací, y cuando tuve uso de razón me di cuenta de que había decidido lo correcto.

Lo que más me gustaba era jugar en la ribera que se extendía unos dieciocho metros camino abajo. Aquel lugar tenía algo que me resultaba divertido e intrépido. Mi madre había embutido con flores cada hueco del jardín. La flora y la fauna tenían que batallar en St Christopher's, empujando y peleándose por hacerse con un poco más de espacio. Ni el automóvil más diminuto podría acercarse a la casita, porque el camino que se adentraba desde la carretera era demasiado estrecho y estaba atiborrado de plantas. Un matorral se alzaba a ambos lados del camino y las ramas superiores se encontraban formando una especie de arco en el medio. De hecho, muy poca gente sabía que ahí mismo existía una casa, y eso confería a St Christopher's una atmósfera aún más idílica.

El jardín era estupendo. Había flores en todos los alféizares de las ventanas, desde abril hasta noviembre. El jardín tenía un aspecto salvaje, pero siempre estaba precioso, incluso en invierno. Las campanillas de noviembre eran las primeras en florecer, por supuesto. Después, los jacintos de los bosques en el camino, seguidos de las colombinas, que estaban por todas partes. Y de abril a principios de mayo aparecían macetas y macetas de tulipanes.

Mi madre cultivaba muchas variedades distintas en tiestos de terracota en lugar de en parterres. «Aquí crecen mejor en macetas», aseguraba.

Yo esperaba con ganas a que aparecieran los bulbos verdes antes de que se colorearan, e iba a casa todos los años para celebrarlo. Lo llamábamos «el festival del tulipán», y decorábamos las mesas con manteles bonitos y colgábamos banderines alrededor de la casa. Sabía que el festival del tulipán era la forma que tenía mi madre de asegurarse de que la visitaba por lo menos una vez al año. Aunque adoraba St Christopher's, estaba tan liada en Londres que apenas iba a Devon. Si hubiera podido pedir un deseo tras su muerte, habría sido volver atrás en el tiempo y visitarla más a menudo... Siempre pensé que el tiempo no se agotaría nunca.

Su árbol favorito contaba con un lugar privilegiado en el jardín. Mi madre dispuso incluso una zona para sentarse justo enfrente y así poder contemplarlo. Es el único nombre latino que recuerdo: *Cornus controversa variegata*, el cornejo de mesa, cuyo nombre común en inglés significa «tarta nupcial». Se llama así porque salen copas nuevas creando niveles, como en una tarta de boda. Mi madre me contaba que lo adquirió cuando yo nací, para celebrarlo, y por lo tanto, era conocido como «el árbol de Grace». Me decía que era un símbolo de mi vida; que mis raíces, como las del árbol, siempre estarían firmemente arraigadas a St Christopher's.

Le encantaba plantar árboles. Plantó todo un huerto de árboles frutales poco después de instalarse allí, y creó con los años un pequeño arboreto. Los adoraba.

Tenía treinta años cuando yo nací y, a pesar de ser madre soltera, siempre fue una mujer despreocupada y la representación de una jipi con clase. De pequeña le preguntaba mucho por mi padre, pero siempre fue un libro cerrado. A veces deseaba que me mintiera, que se inventara algo, pero como no me daba ninguna información, supuse que sería el resultado de una noche, una aventura, o incluso un amorío con un hombre casado. Fuera lo que fuese, mi padre no estaba, así que cuando me hice adulta y marché a Londres, dejé de indagar en el asunto. Le pregunté por su familia: de dónde era, dónde vivía antes de que yo naciera...Pero solo me contó que procedía de Yorkshire, que no quedaba nadie de su familia y un «por favor, Grace, dejemos el tema». Así que mi madre siempre fue un enigma para mí; un enigma adorable, bonito, despreocupado, espiritual y amante del yoga, que me ofrecía una casa maravillosa que me encantaba.

Cuando yo era pequeña creó un lugar de refugio en la casa, al convertir los establos en habitaciones sencillas pero cómodas.

Animaba a sus invitados a que meditaran en la pradera y salieran a remar en las aguas puras del río Heddon, que en su tramo final serpenteaba por el pastizal y su bonito jardín. Era imposible no sentirse en perfecta armonía con el mundo en St Christopher's.

Cuando llegué a una edad con uso de razón, mi madre me explicó que poco después de abrir la casa firmó un contrato con el Ministerio de Defensa, que le pedía que durante un número considerable de semanas al año acogiera a personal militar, por lo que St Christopher's se convirtió en el hogar de algunos soldados devastados por la guerra.

Los soldados establecieron una comunidad en los alrededores de los viejos establos de madera. Construyeron un porche en la parte sur donde plantaron vides y árboles frutales. El par de acres de tierra que rodeaba la casa estaba en tales condiciones que prácticamente éramos autosuficientes en cuanto a verduras, frutas y aves. Los invitados disfrutaban ayudando con las tareas rutinarias, y ello suponía una mano de obra gratuita más que bienvenida.

Durante los largos veranos de mi infancia, los visitantes cocinaban en fogatas y comían al aire libre mientras unas conmovedoras melodías de guitarra acústica llenaban la brisa nocturna. Me tumbaba en la cama con la ventana abierta y los oía ir de un lado a otro. El agradable ruido de fondo de sus quehaceres me conducía a un sueño seguro. Siempre dormía profundamente allí.

La gente iba y venía. Y justo cuando empezaba a conocer a alguien, se marchaba y no regresaba hasta un año después, o tal vez nunca.

Hubo una persona en particular que llegó y nunca se marchó: Jake. Un soldado retirado que llevaba en St Christopher's tanto tiempo que ni siquiera me acordaba de cuándo había llegado. Era su guitarra la que oía tan a menudo de pequeña. Él y mi madre eran... compañeros, amantes. Ella se mantenía a cierta distancia (le gustaba tener su espacio), pero él la adoraba.

El 14 de noviembre Jake me llamó por teléfono a mi apartamento de Londres y me pidió que visitara a mi madre. Cuando llegué estaba demasiado débil y no podía hablar, pero era consciente de mi presencia. Apoyé la cabeza sobre su cuerpo, sollozando contra un pecho que se había vuelto muy frágil con demasiada rapidez. Hizo un esfuerzo por sonreírme, con su habitual expresión de «me alegro de que estés aquí, cariño». Me encantaba la sonrisa de mi madre, porque le llegaba tanto a los ojos como a la boca. Tenía unos enormes ojos marrones, enmarcados por unas arrugas que surcaban su rostro bronceado como si fueran profundas grietas. Cuando nos veíamos, después de estar un tiempo separadas, me sostenía la cara entre sus manos y decía: «mi niña preciosa y perfecta».

En cuanto supe lo del cáncer, intenté viajar a casa todos los meses, pero siempre me surgía algún compromiso laboral. Pasé un fin de semana en Devon dos meses antes de su muerte y, a pesar de sus esfuerzos por mostrarse alegre, se la veía débil. Cuando le pregunté, me explicó que había comenzado de nuevo la quimioterapia y que le estaba costando un poco, pero que estaría bien, que el pronóstico era optimista. Si me hubiera contado la verdad, habría ido a casa más a menudo y habría dejado el trabajo para cuidar de ella. Más tarde Jake me contó que me había ocultado el diagnóstico durante bastante tiempo, y me enteré del motivo en su primera carta, por supuesto.

A pesar de lo doloroso y agonizante que puede resultar un cáncer, murió una noche, en paz, en su vieja cama de madera que había trasladado al cobertizo del jardín. En un instante pasé de sentir la alegría de una niña al saber que puede contar con el amor de una madre cuando lo necesita, a darme cuenta de que la seguridad que me proporcionaba saber que ella estaba ahí, en su casa o en el jardín, se había esfumado, para siempre.

Nada más morir, abrí las rígidas puertas del cobertizo y salí de la habitación. Caminé hasta donde terminaba la hierba del jardín para contemplar la casa. No sentí el abrazo helado de la noche de noviembre; imagino que me encontraba aletargada. Aun así, era una noche bonita. La casa brillaba bajo la luz de la luna y el cielo estaba iluminado por un millón de diamantes titilantes. Si mi madre iba de camino al cielo, pensé, había elegido la noche perfecta.

De repente sentí un escalofrío y me envolví con los brazos. Al mirar a través del jardín vi que Jake y otros huéspedes se encontraban alrededor de una hoguera. Jake vino hacia mí, y nada más mirarme a los ojos, supo que mi madre había muerto. Se apresuró en dirección al cobertizo y lo oí gemir de dolor al levantar el cuerpo y sacudirlo entre sus brazos.

Me entraron ganas de acudir y buscar consuelo en ese amplio pecho que me dio cobijo tantos años. Refugiarme en él era maravilloso, pues escuchaba mis historias cuando de adolescente me inquietaba algo, y no me juzgaba en absoluto. Tenía las manos ásperas de trabajar tantos años el campo, y desprendía un aroma a tierra pura que actuaba como algún tipo de feromona relajante. Cualquier persona que trabaje en la tierra me entenderá.

Volví al cobertizo y me detuve en la entrada, intentando solamente observar la escena, pero fue imposible. Al verme, Jake dejó a mi madre en la cama y se acercó a mí para consolarme, pero, a pesar de la relación tan cercana que habíamos construido con los años, me sentí traicionada y fui incapaz de refugiarme en sus brazos abiertos.

Me senté en el borde de la cama y me concentré en la música que había estado sonando de fondo para tranquilizar a mi madre. La tomé de la mano mientras mis lágrimas caían libremente sobre su piel, que ya se estaba enfriando. Sonaba una de mis canciones favoritas, *Abide with me*. También era una de las que había elegido para su funeral. Mientras le sostenía la mano deseé no contar nunca con la posibilidad de elegir la música para el mío.

Me quedé una semana en Devon. Los huéspedes seguían allí (me enteré de que Jake se había estado encargando del asunto del alojamiento cuando mi madre empeoró). Todos ellos la conocían personalmente y, en vez de marcharse enseguida, decidieron quedarse para el funeral.

Aunque sabía el dolor que le causaba mi frialdad, seguía sintiéndome incapaz de acudir a Jake en busca de consuelo. El día posterior a la muerte de mi madre dirigí mi rabia contra él por haberme ocultado su estado. «¡Era mi madre! —le grité—. ¿Por qué demonios no me lo contaste?» No podía entender por qué había esperado casi hasta su muerte para llamarme. Él intentó explicarme que ella estuvo trabajando con normalidad en el jardín hasta el día antes de morir; que el repentino cambio en su estado les había pillado a todos por sorpresa.

Tras mi cabreo inicial, mantenerme enfrentada con él se volvió agotador. Me tranquilicé un poco y acabé sentándome junto a él en el porche para hablar un rato. Fue una charla banal acerca de la muerte.

Los días previos al funeral me dejaron desolada y aterida. Hasta la casa parecía estar de duelo. Las cortinas colgaban como flores marchitas y las fotografías familiares parecían mostrar a extraños sin rostros. Mientras vagaba sin rumbo de habitación en habitación deslizando los dedos por los objetos de mi madre, sus cojines y sus preciadas cosas, me sentí como si fuera en realidad otra persona que observaba desde fuera aquella atmósfera triste. Ahora que se había ido nada era igual.

Seguí deambulando hasta el jardín.

El otoño ya daba paso al invierno. Consideré llevar las delicadas plantas al invernadero, pero no fui capaz; allí no parecían tener ningún sentido. Hasta el tiempo, marcado por una ligera brisa y un sol débil, parecía estar respetando la muerte de mi madre.

Me acordé de uno de los lugares que me encantaban de niña: la ribera del río, junto al cual había un roble enorme cuyas largas ramas tocaban el agua. En su base había un hueco perfecto lo suficientemente grande como para que me escondiera de pequeña. Su belleza radicaba en que podía ver a cualquiera que llegara de la casa y paseara por allí, pero ellos no me veían a mí; era perfecto.

Cada día hasta el funeral me tropezaba con una pila de libros infantiles bajo las escaleras, elegía uno diferente, me iba al árbol, me tapaba con una manta y leía. No me sorprendió que el hueco resultara más estrecho, pero todavía podía colarme.

El segundo día apareció un hombre en el camino. No lo reconocí, pero imaginé que estaría alojado en el refugio. Se trataba de un sujeto extraño. Su edad era difícil de determinar, pues tenía el rostro prácticamente oculto por una barba.

Se detuvo en la ribera y comenzó a caminar alrededor de un carpe cercano, recogiendo ramas secas, examinándolas y volviéndolas a soltar. Finalmente encontró lo que buscaba: una rama pequeña, de un metro y unos veinte centímetros, con una curva en uno de los extremos y bastante fina, como para rodearla con la mano. Se sentó en el puente que cruzaba el río y me pareció verlo disfrutar de los rayos de sol que incidían en el agua. Balanceaba y rozaba la superficie con las suelas de las botas.

No estaríamos a más de tres metros de distancia, así que me concentré en mantenerme quieta para que no me descubriera. Se sacó una navaja del bolsillo y se dispuso a tallar la madera, lenta, metódica y cuidadosamente.

Me quedé observándolo mientras trabajaba.

Permaneció allí durante una hora más o menos, trabajando en silencio la madera; solo se detenía para mirar el río y volvía una vez más a la tarea.

Al día siguiente regresó al mismo lugar a la misma hora, como esperaba que hiciera, y así hasta el funeral. Yo me quedaba escondida, respirando sigilosamente, observándolo fascinada. Tenía la mirada gacha mientras tallaba, por lo que solo podía ver su rostro cuando miraba al río. Tenía los ojos cansados, al menos de eso me di cuenta, y las marcas del sol remarcaban su expresión de agotamiento. Siempre vestía igual: una gorra ocultaba el color de su pelo y la ropa le cubría las piernas y los brazos, por lo que no fui capaz de distinguir si tenía la piel ajada por la edad. La barba era de un anodino color castaño, salpicada de gris. Solo sus manos desnudas estaban visibles. Eran ágiles, no tenían arrugas ni venas protuberantes, y la piel era tersa y brillante, por lo que imaginé que sería un hombre joven; si no le hubiera visto las manos, habría pensado que era mayor. Nunca supe ponerle una edad.

El cuarto día, el último, su obra de arte concluyó: un cayado de pastor. La curva del mago fue lo que más le costó tallar, pero el esfuerzo mereció la pena. Cuando se levantó para marcharse habría jurado que me miró a través del hueco que usaba para espiarlo.

Me sentí afortunada por su aparición aquel día por el claro. Su silenciosa compañía me reconfortó durante la peor semana de mi vida. En los meses siguientes a menudo pensé en él y descubrí que su recuerdo ejercía un efecto tranquilizador en mí... Mi entrañable viejo de los bosques.

La iglesia de St Christopher's se alzaba en la parte alta del camino, y la ventana del dormitorio de mi madre tenía vistas a la parte del altar. Era reconfortante que el funeral fuera, literalmente, a sus pies, con vistas al jardín en el que tantos momentos buenos había vivido.

31

Pidió que la incineraran en vez de enterrarla, algo que me pareció decepcionante. Tras el servicio, me sentí incompleta al llevarme a mi madre del patio de la iglesia. Me consolaba que acabaría por entender sus motivos. Mi único alivio fue saber que conservaría ese pequeño rincón de Inglaterra y, con ello, siempre la tendría cerca de mí.

Jake me contó que se encargaría del refugio hasta que lo del testamento estuviera arreglado; era la voluntad de mi madre. No le pedí más explicaciones, algo imperdonable. Supongo que seguía queriendo castigarle por la pérdida.

Más tarde entendería que, aunque mi dolor fue una emoción necesaria, también era egoísta.

Capítulo 4

El señor Grimes se relajó cuando le confirmé que aceptaba la misión de mi madre. *Terry* deambulaba de nuevo por el escritorio. No sabía de qué forma se le podía mostrar afecto a una tortuga, así que le di un golpecito vacilante en el caparazón.

—Y bien, ¿quién es... esa persona con la que tengo que viajar?

Soné como una niñita petulante, pero lo cierto es que no necesitaba horas de conversación forzada y comportamiento educado con un extraño.

—Su madre pensaba que cu...

—¿Y qué no pensaba mi madre? —lo interrumpí—. ¿No me está manipulando ya suficiente con todos estos... —me esforcé por encontrar la palabra adecuada— chanchullos? No necesito acompañante, viajo sola constantemente. De hecho —continué con un tono más suave, con la esperanza de que me entendiera si me comportaba de un modo más sosegado—, prefiero viajar sola, no necesito ese tipo de conversación incómoda y de cortesía forzada.

Su expresión firme era inmutable y entonces me di cuenta de que mis objeciones no iban a surtir efecto.

—Lo siento, continúe —añadí.

—Quizá ya conozca a Alasdair. Se ha alojado en el refugio varias veces. Es bastante agradable —afirmó sonriendo—. Seguro que ni se da cuenta de que está ahí. Estoy de acuerdo con su madre en que alguien tiene que ir con usted.

Le lancé mi mejor mirada sarcástica y él me contraatacó con una mirada igual de convincente.

—Si viaja sola tendrá la tentación de leer todas las cartas al mismo tiempo, saltarse un par de lugares y regresar al trabajo en tres días. Esta es su única forma de asegurarse de que...

—Ya veo —lo interrumpí de nuevo, más firme—. Es su forma de asegurarse de que se cumplen las condiciones del testamento. Dígalo como quiera, señor Grimes, pero ese tal Alasdair viene para comprobar que coopero. Es mi guardián, mi revisor. Estoy empezando a cambiar la percepción que tengo de mi madre. ¿Ella conocía bien a ese tal Alasdair? No recuerdo a nadie con ese nombre en St Christopher's.

—Ha ido allí de vez en cuando durante unos años. Se hizo bastante amigo de tu madre... y de Jake.

Una punzada de celos. Mis visitas a St Christopher's se habían vuelto cada vez más infrecuentes y me molestaba enterarme de que mi madre había intimado con gente de la que nunca oí hablar.

—La buena noticia —continuó Grimes— es que Alasdair ya lo ha preparado todo para el viaje y los alojamientos. Rosamund le explicó los requisitos y lo pagó todo cuando seguía...

Se quedó callado, se levantó, alzó a la tortuga de la mesa y la colocó sobre la alfombra.

—Lo que quiero decir es que lo único que tiene que hacer es dejarse llevar y relajarse.

Sus últimas palabras me recordaron la carta. «Disfruta, tómatelo como una aventura...» Pero ¿de verdad podía hacer tal cosa? ¿Conseguiría poner mi vida en las manos de un extraño durante diez días?

Grimes estaba seguro de que cooperaría con facilidad, pero cuando le propuse llevarme la carpeta (yo sabía que las cartas de mi madre estaban dentro, y él estaba totalmente en lo cierto al creer que las leería de golpe) me respondió:

—No hace falta, Grace. Le entregaré las cartas a Alasdair yo mismo esta tarde. Es hora ya de salir de este lugar deprimente y viejo y ponerse en marcha. Su acompañante la está esperando en una cafetería de la ciudad. Le diré dónde encontrarse con él y así podrán conocerse un poco. Después me pasaré por allí con las cartas de su madre y les llevaré al aeropuerto.

—¿Al aeropuerto?

—Alasdair se lo explicará —indicó con una sonrisa—. No se preocupe, todo saldrá bien.

—No es tan fácil —repliqué—. Tengo que preparar la ropa y dejar mi automóvil en algún lugar. Imagino que no lo necesito, ¿no?

—No se preocupe por eso. Deme las llaves, dígame cuál es su vehículo y dónde está y lo llevaré a St Christopher's. Ahí es donde acaba su viaje. —Me dio la espalda y abrió el armario con una elegante floritura—. Por la ropa, no se preocupe. Aquí la tiene.

La puerta abierta descubrió una maleta abultada y una funda para trajes.

—¿Qué es todo esto?

—A su madre le pareció buena idea que tuviera ropa nueva para el viaje, así que preparó esto para usted. Por suerte, acertó con la talla. También le ha elegido una selección de zapatos. Se lo llevaré todo después.

Grimes pareció sinceramente complacido al verme tan emocionada mientras acariciaba la funda. Mi madre sabía que yo nunca tenía tiempo para comprar nada decente, siempre andaba corriendo con unos *jeans*, una camiseta y la cámara trabada al cinturón.

Sacudí la cabeza y sonreí a la tortuga, que me guiñó un ojo.

—Juego, set y partido, supongo. ¡Bien jugado, *Terry*!

Capítulo 5

Fue alrededor de las doce cuando por fin salí a la atestada calle principal. De la oscuridad del despacho al mundo exterior, tuve que entornar los ojos, así que hurgué hasta encontrar las gafas de sol en las profundidades de mi maletín de trabajo. También tomé el teléfono móvil. Tenía una sesión fotográfica prevista para el día siguiente que, gracias a mi madre, me tocaba cancelar. No iba a ser una llamada fácil.

Empecé a caminar por la calle en dirección al lugar de encuentro con Alasdair mientras esperaba a que me respondieran la llamada. Paul, un periodista que trabajaba en una revista además de buen amigo, solía responder al teléfono con el sistema de manos libres mientras conducía y se desencadenaba una conversación a gritos que era el equivalente verbal de una ráfaga de ametralladora.

Ese día no fue una excepción:

—¡Eh, rubita! Supongo que has vuelto del profundo Devon. Me preocupaba que te hubieras caído en una enorme boñiga o te hubieras atiborrado a muerte de té con pastas. Imagino que hay formas peores de morir. ¿Y si duermo en tu casa esta noche y así podemos ir mañana juntos a la sesión? Llegaré sobre las... siete. De cena, pollo balti, ¿de acuerdo?

—Sí, pero...

—Voy a aparcar. Te veo después, bombón.

—¡Paul! ¡Espera! No cuelgues. Tengo que contarte una cosa.

Como esperaba, el resto de la conversación no fue tan bien, y ya había cruzado dos carreteras concurridas y recorrido la mitad de la calle Barnstaple High, antes de hacerme con el control de la conversación. En cuanto aseguré a Paul que podría encontrar con facilidad a otro fotógrafo para la sesión (se trataba de una maravilla de encargo) y le prometí una cena a mi regreso a Londres en el nuevo restaurante de moda de Twickenham, se calmó... un poco.

—Deja que me aclare —me dijo—, porque me cuesta entenderlo. —Lo imaginaba gesticulando frente al aparato de manos libres mientras trataba de aparcar al mismo tiempo—. ¿Tu madre muerta insiste en que viajes por el país con un completo desconocido, un hombre, para que puedas heredar esa casa con la que tanto das la lata? ¡Menuda locura! ¿Tu madre estaba como una regadera o qué? Trae tu trasero de vuelta a Londres y olvídate de todo eso. Tienes un trabajo y no puedes...

Lo interrumpí, por una vez, con éxito.

—Paul, Paul... Espera. No necesito que me recuerdes lo rara que es toda esta situación. Te aseguro que tengo un derrame en el ojo por culpa de esto, así que puedo seguir adelante sin que tú sigas fastidiando, ¿entendido?

—Muy bien, perdona. Pero tienes que deshacerte de ese tipo, podría no ser de fiar. ¿Por qué no le dices al abogado ese que se vaya a hacer puñetas? ¡A la mierda la herencia!

—Lo sé, lo sé, pero tengo que hacer esto. No es por el dinero, sino por las cenizas. No puedo negarme a esparcirlas... ¿Cómo te sentirías si fuera tu madre? Todo esto es... ¿Sabes? Quería que yo conociera detalles de su vida. Seguramente será importante. Además, lo admito, por muy mal que suene, quiero mi maldita casa. Es mi hogar.

Paul suspiró.

—Bueno, como quieras. Es tu vida. Pero solo para que lo sepas, yo no me sentiría así si fuera mi madre. ¡No es capaz de mantenerse

sobria lo suficiente como para escribirme una sola carta! Aunque...
una cosa más... —Se detuvo para tomar aliento.

—Dime.

—Llámame cada dos días o así, solo para que sepa que estás
bien. —Suavizó un poco la voz al acabar la frase y sonreí.

—No te preocupes, te escribiré, como mínimo. Qué dulce eres
cuando quieres, Paul. —Lo oí carraspear—. Y no te inquietes por
ese tal Alasdair, voy a conocerlo ahora. Seguro que tampoco le hace
gracia acompañarme. Le diré que prefiero ir sola.

Me acordé de la carta de mi madre. ¿De verdad necesitaba este
hombre unas vacaciones? ¿Conmigo, una desconocida? Seguramente hubiera otra gente con la que prefiriera marcharse.

—¡Buena chica! Libera al caballero de sus funciones, lee las
cartas, esparce las cenizas y trae ese trasero tan sexi que tienes de
vuelta a Londres. —Apenas lo oía entrecortado en ese momento.

—Tengo que colgar. Escucha, siento mucho dejarte en la esta-
cada en el último minuto. Te lo recompensaré, Paul, te lo prometo.

—No te preocupes. De todas formas, seguro que puedo pensar
en una forma de que me lo pagues... cuando acabemos de comer en
ese nuevo tailandés. —Su tono se volvió pícaro.

—Seguro que sí. —Me reí.

—Algún día te convenceré. ¿No has oído hablar de *La liebre
y la tortuga*?

—Por favor, no me digas que eres la tortuga en esta historia
—comenté mientras me detenía para que pasara un peatón—, porque precisamente nunca te podría acusar de ser lento.

—Solo cuando se trata de ti, Grace —replicó entre risas.

Grimes me indicó que me encontrara con Alasdair en el Olive Tree
Café. Sabía exactamente dónde estaba, por lo que no necesité la
dirección. «Nuestra cafetería» era el lugar que había elegido mi

madre para que conociera a Alasdair. Si lo que quería era llevarme al límite emocional que alguien de luto podía soportar, lo estaba consiguiendo.

Me detuve un momento al llegar a la puerta para quitarme las gafas de sol y atusarme el pelo. Con la sobrecogedora necesidad de terminar con esto, empujé la pesada puerta de cristal y entré en la animada estancia.

Vi a Alasdair enseguida, no porque lo reconociera, sino porque en la silla había un cartel que ponía «GRACE BUCHANAN» garabateado a mano. No me vio llegar, estaba entretenido con un libro y escribiendo notas en un cuaderno. Tenía el pie derecho sobre la rodilla izquierda en una pose desgarbada y mantenía el libro a una distancia significativa del rostro. «Ese hombre necesita gafas», pensé. Y un segundo más tarde otro pensamiento me cruzó la mente: «Dios mío, ¡es guapísimo!».

Mi reacción no tenía ningún sentido. En lugar de comportarme como debería hacerlo (acercarme y presentarme de forma cortés), me entró el pánico, me ruboricé y me dirigí instintivamente a la barra. Una camarera intentó captar mi atención, pero fingí que observaba los pasteles que había en un expositor de cristal. Me mordí el labio para que pareciera que me estaba decidiendo y así se centrara en otro cliente. La pared que había tras la barra estaba cubierta por un gran espejo, así que aproveché para estudiar a Alasdair.

¿Estaría al final de la treintena? Cuidadosamente afeitado, pecho ancho (supuse) y pelo rubio y corto. Tenía el rostro ligeramente bronceado y mi primera impresión fue que ese hombre era muy consciente de su atractivo.

También me eché un vistazo a través del espejo —parecía cansada— y me alisé con las manos las líneas de expresión de las mejillas que aparecieron tras la muerte de mi madre. El pelo me colgaba desordenado alrededor de los hombros y de nuevo me ruboricé;

me pasaba de forma instantánea cada vez que sentía vergüenza. Estaba a punto de acercarme a él cuando la camarera apareció delante de mí, impidiendo que me diera la vuelta. Lo que más me apetecía era una copa de vino, pero decidí que sería mejor mantener la mente despejada y opté por la comida.

—Tomaré el pudin de pan y mantequilla, por favor, y té... Pero té normal, nada extravagante.

El postre que había elegido no estaba en el mostrador, pero conocía la cafetería lo suficiente como para saber que era la mejor elección del menú.

Una voz grave con un ligero deje del norte me acarició el hombro derecho.

—Que sean dos, por favor, ¿y puede apuntarlo en la cuenta de la mesa siete? Hola, Grace —continuó animadamente y su mirada se encontró con la mía en el reflejo del espejo—. Supongo que me estabas buscando, ¿no?

Me di la vuelta, sonreí y tendí la mano.

—Hola.

Regresamos a la mesa siete y nos sentamos un momento en silencio, un tanto incómodo, por cierto. Me llevé las manos bajo las piernas para dejar de juguetear con el tapete de la mesa.

El cartel con mi nombre seguía en su respaldo. Asentí y sonreí.

—No sé cómo no lo has visto —comentó con una carcajada.

Guiñó un ojo y ambos supimos que no había sido así. Volví a sonrojarme.

—Bueno, no te conozco —siguió—, pero ahora que ya nos hemos encontrado, me resulta un poco... ¿extraño? —Se rascó la oreja izquierda mientras hablaba con la cabeza ligeramente ladeada.

—He tenido una gran mañana —respondí, tratando de mantener una conversación normal; toda la bravuconería que había mostrado hablando con Paul se evaporó de repente—. Acabo de enterarme de todo este... —Tomé una bocanada de aire—. En realidad, no sé cómo llamarlo: ¿viaje de descubrimiento?

La camarera llegó en ese momento. Parecía tener mi edad. Mientras lo repartía todo en la mesa, le concedió su mejor sonrisa a Alasdair y se inclinó, exageradamente, para colocar el pudin delante de mi compañero. Él le sonrió educadamente y dejó a un lado los libros para abrir espacio en la mesa antes de que ella se marchara pavoneándose.

—¿Y si te cuento lo que sé y cómo he terminado metido en esto? —se ofreció—. Seguro que te estás preguntando qué narices hago aquí, porque la petición de Rosamund fue un poco..., bueno, digamos... ¿peculiar?

—Sí, probablemente sea buena idea. ¿Te importa que coma mientras tanto? De repente me muero de hambre. He hecho un largo viaje desde Londres esta mañana.

Me hizo un gesto para que empezara a comer, tomó un sorbo de té, se echó adelante en la silla y respiró hondo.

—Llevo pasándome por el refugio unos tres años, de vez en cuando. Conozco a Jake. —Hizo una pausa—. Yo era muy amigo de tu madre. Estuve el pasado abril y me invitaron a volver unos días en julio; fue entonces cuando me dieron la terrible noticia.

Endurecí la expresión y lo miré fijamente. ¿Cómo podía haberle contado mi madre su estado a este hombre y a mí no?

—Ya sé que decidió no explicarte la gravedad de su enfermedad y, si te sirve de consuelo, Jake y yo intentamos hablar con ella sobre ello, pero fue inflexible. Me pidió que arreglara las cosas para poder estar disponible las dos últimas semanas de mayo y acompañarte en el viaje. Al principio le dije que no, pues me parecía muy injusto para ti, pero tu madre podía ser muy... insistente y persuasiva.

Ese era el mejor momento para explicarle que no tenía por qué acompañarme. Solté la cuchara y le interrumpí.

—Qué bien que saques el tema —comencé—, porque...

—Pero tras cerca de una hora discutiéndolo —continuó, ajeno a mi intento de aportar mi opinión— acepté, obviamente. No obstante, me he pasado los últimos seis meses preguntándome si debería haberle dicho que no. —Suspiró—. En cualquier caso, resumiendo: aquí estoy. Y ya que he venido, estoy deseando empezarlo. Podría tomármelo como unas vacaciones.

Sonrió con una alegría contagiosa y tomó su cuchara.

—Perdona, Grace, ¿ibas a decir algo?

—¿Yo? —mentí.

«Por Dios, esto va a ser difícil.»

—Me he quedado totalmente en blanco. Seguro que pensaste que se había vuelto loca cuando te contó sus planes, ¿no?

—¿Me lo dices o me lo cuentas? —bromeó—. ¡Hasta mi reloj antichoques se quedó en *shock*! —Me reí—. Pero entiendo perfectamente que quiera que descubras algo más sobre la vida que llevaba antes de que nacieras.

Asentí.

—Eso parece, pero quién sabe con qué me voy a encontrar. Estamos hablando de mi madre, así que a saber la de cosas que hacía... ¿bailecitos privados?, ¿domar leones? No me sorprendería nada.

—Bueno, sí. En cualquier caso, ha cuidado mucho los detalles del viaje. —Se quedó un segundo en silencio, buscando las palabras adecuadas—. Mira, Grace, tengo que decirte que, aunque sé que Rosamund te ha escrito varias cartas y que tengo una vaga idea acerca de los detalles, de los lugares y eso, no las he leído. No son asunto mío y no quiero que pienses que me estoy metiendo donde no me llaman. Lo único que sé es que tengo que llevarte de A a B, y finalmente traerte a Devon, de una pieza, el día 31 de mayo. ¿Por qué sonríes?

Me acababa de tomar una cucharada de pudin y lo tragué rápidamente.

—El 31 de mayo era el cumpleaños oficial de mi madre. Eligió esa fecha porque decía que en Inglaterra en esa fecha siempre hace un día precioso.

Soltó una carcajada.

—¿Su cumpleaños oficial?

—El de verdad era el 3 de enero, y lo odiaba. Decía que era el día más deprimente de todo el año. Todo el mundo estaba triste porque tenía que regresar al trabajo, quedaba todo un invierno por delante, noches oscuras... —Sabía adónde me dirigía, así que dejé que terminara la frase por mí.

—... Así que eligió un segundo cumpleaños para hacer la celebración oficial. Como la reina.

—Sí, como la reina —repetí con un tono más reflexivo de lo que pretendía.

Me obligué a regresar al presente y me di cuenta de que tenía que centrarme en no hacer caso del hecho de que Alasdair tenía los ojos azules más cautivadores que jamás había visto, y yo tenía que «liberarlo de sus funciones», como había dicho Paul.

—Mira, he estado pensando. No estuvo bien que mi madre te pidiera que desperdiciaras tus vacaciones viajando conmigo. Puedo hacerlo sola, seguro que tienes cosas mejores que hacer. ¿Visitar a tu familia, tal vez?, ¿lugares más emocionantes a los que ir? Si me das todos los detalles, me encargaré yo sola.

Esbocé mi mejor sonrisa, pero él, inmune, frunció el ceño y se acarició la barbilla.

—Ehh, imaginaba que dirías eso. —Volvió a echarse hacia delante—. ¿Sabes? Le debo un gran favor a tu madre. Se portó muy bien conmigo el tiempo que pasé en el refugio. En cuanto a tu inquietud por mis vacaciones, ahora me estoy tomando una pequeña temporada sabática por sugerencia de Rosamund. Ya he pasado unos días en mi casa, en Snowdonia, y he hecho casi todo lo que necesitaba hacer. Ya sé que la idea de pasar los próximos diez días conmigo... bueno, es extraño, pero es lo que tu madre deseaba. Le prometí a una mujer moribunda que acompañaría a su hija en un viaje que parecía vital para ella y no quiero romper esa promesa. Recuérdalo. Así que, por muy ilógico que parezca, hagámoslo. ¿Qué dices?

¿Cómo narices iba a deshacerme de él después de eso? Se me cayó un poco de pudin de la cuchara que estaba moviendo sobre el plato sin darme cuenta. Traté de pensar en una respuesta mientras removía el pudin y consideraba qué era lo más apropiado.

«¿Tan mal estaría viajar por el país durante unos días con este soldado amable y atractivo (aunque, por supuesto, esto último no era el factor decisivo)?»

De repente animado, esbozó una sonrisa radiante, se enderezó y se puso a hurgar en su bolsillo.

—¡Ya sé! —exclamó—. Te voy a enseñar mi identificación militar para que sepas quién soy exactamente.

Sentí pena por él y levanté una mano.

—No, no. Eres amigo de mi madre. Está bien.

Sacó la mano del bolsillo.

—¿Lo hacemos, entonces? —me preguntó, con una expresión que era la personificación del optimismo inocente—. Ya lo he planeado todo y estoy deseando ver algunos de los lugares que tenemos que visitar; son todos estupendos, seguro que te encantarán... —Su entusiasmo era contagioso.

—Bien, de acuerdo. Iremos juntos.

Esbozó una enorme sonrisa tremendamente sexi, al parecer complacido, y cambió de tema. En ese momento me di cuenta de que él estaba seguro de que me convencería. No pude contener una sonrisa.

—Estos libros... —Juntó los ejemplares que había en la mesa y los metió en una pequeña mochila—... son guías turísticas de los lugares que visitaremos.

Me incliné sobre la mesa.

—¿Puedo verlos? Grimes no me ha contado adónde vamos.

—No, no. —Interpuso una mano entre nosotros—. Yo llevo los libros, y los destinos se revelarán únicamente mientras nos desplazamos de un lugar a otro. Rosamund se mostró bastante estricta con eso.

—¿En serio?

—Sí. —Me guiñó un ojo—. Ya te contaré más cuando aterricemos y el viaje haya comenzado. Tenemos una reserva en Flybe 109 con destino Leeds desde Exeter. Sale a las cuatro de la tarde. Me dijeron que venías con el pasaporte. Por favor, dime que es así.

Asentí. No podía decirle que no; Grimes, el confabulador, lo había visto.

—Bob Grimes llegará en breve para darme toda la documentación y llevarnos al aeropuerto.

Tenía una idea de por qué volábamos a Leeds.

—¿Estoy en lo cierto al pensar que mi madre quiere conducirme a sus raíces norteñas?

—Correcto, sí.

Sonreí. Este hombre estaba poniendo todo su empeño en hacer que esta extraña situación funcionara, hacerme feliz y cumplir los deseos de su difunta gran amiga. Era fácil darse cuenta de por qué lo había escogido para que fuera mi compañero. Volví a centrarme en el pudin cuando él le hizo un gesto a la camarera y le pidió agua fresca para las teteras y dos tazas limpias.

—No sé tú —me dijo—, pero yo necesito una taza de té caliente para acompañar el pudin. Con tanto parloteo se me ha enfriado.

Fuera quien fuese ese hombre, estábamos metidos en el mismo lío y, aunque mi plan de viajar sola se había ido al traste antes de empezar a tomar forma, tenía la impresión de que esta imprevista escapada podía terminar valiendo la pena.

PARTE 2

Yorkshire Dales, Inglaterra
22-24 de mayo

Capítulo 6

El vuelo a Leeds fue corto, de unos cincuenta y cinco minutos, como mucho. Cuando el avión despegó, el auxiliar de vuelo concluyó el discurso sobre las normas de seguridad recordando a los pasajeros que apagaran sus teléfonos móviles. Alasdair ladeó la cabeza hacia mí, pero mantuvo la mirada al frente.

—Hay un detalle que aún no te he contado —me comentó.

—Dime.

Señaló el móvil que descansaba en mis manos.

—Tu madre quería que mantuvieras el teléfono apagado durante todo el viaje.

—¿Por qué? —Volví la cabeza noventa grados para mirarlo.

—Para evitar distracciones.

Valoré un segundo su petición... o tal vez dos.

—La respuesta a eso es: no, por supuesto que no. —Me removí inquieta en mi asiento—. ¿Apagar el teléfono? Ni hablar, lo necesito para trabajar, con él respondo a los correos electrónicos. He aceptado todo lo demás, pero esto no.

—Eh... —murmuró. Se acarició el lóbulo de la oreja con el pulgar y el índice—. ¿Y si los dos mantenemos nuestros móviles apagados y solo comprobamos los mensajes al final del día? Es un acuerdo justo.

—No necesito un acuerdo, gracias. —Bajé la cabeza para mirar por la ventanilla.

—De acuerdo —respondió. «Había sido más fácil de lo que esperaba»—. Rosamund dijo... —Negó con la cabeza—. Bueno, no importa...

—¿Qué? ¿Qué dijo mi madre?

Se irguió en el asiento y suspiró.

—Me dijo que te resultaría difícil vivir sin el teléfono, que estaba siempre pegado a tu mano.

Bajé la mirada hasta el aparato que tenía en la mano y lo solté rápidamente dentro del bolso, que estaba debajo del asiento de delante. En ese momento el piloto encendió el motor y el avión comenzó a rugir. Demasiado tarde para echarse atrás.

Cuando el auxiliar de vuelo se dispuso a servir bebidas, Alasdair buscó en su mochila y me tendió otra carta de mi madre. Esperaba encontrarme un par de páginas, pero era más bien una nota.

Grace: Es hora de empezar a vivir la vida, no de verla pasar.
Mamá.

Alcé la mirada, desconcertada y un tanto molesta.

—¿Qué es lo que tiene planeado exactamente mi madre, Alasdair? ¿Debería preocuparme?

Una sonrisa burlona tomó forma en su rostro.

—¿Preocuparte? Para nada. ¿Emocionarte? Sí.

Miré por la ventanilla para admirar el paisaje que sobrevolábamos ya a una buena altura.

—¿Emocionarme por pasar unos días en Gran Bretaña? No me convence del todo.

En la terminal del aeropuerto nos esperaba un joven con las llaves de un reluciente Range Rover. Esta vez era el nombre de Alasdair el que aparecía en un cartel y me di cuenta de que no le había preguntado su apellido. Era Finn.

Una media hora después nos incorporamos a la vía de acceso que conducía a la A1 y me relajé un poco.

—Entonces ¿mi madre es de allí, de los Dales? —Me resultaba raro preguntarle a un extraño acerca de la vida de mi propia madre.

—Sí.

No me dijo más.

—Oh, perdona, lo había olvidado. Tienes que seguir sus órdenes y mantener el suspense... ¿No es así?

Apartó los ojos de la carretera para dedicarme una sonrisa.

—Como te dije en la cafetería, Rosamund me proporcionó información muy limitada. Lo único que puedo decirte es que esta noche nos quedaremos en el Wensleydale Heifer, elección suya, y que por la mañana te llevaré a tu primera parada obligada, está muy cerca. Supongo que en la próxima carta te explicará todo lo que quiere que sepas.

—¿Y cuándo recibiré la carta?

—En la primera parada.

—¿Y cómo sabes dónde está la primera «parada obligada», cómo tú la llamas?

—Anoté las instrucciones de Rosamund en un cuaderno.

Me quedé en silencio para darle un respiro de tanta pregunta... al menos durante unos segundos.

—Tienes que admitir que esto es bastante chocante —expresé, más para mí que para él, mientras mantenía la mirada perdida en el paisaje.

—¿El qué? ¿Qué es chocante?

—Bueno, eres un completo extraño para mí y te estoy haciendo preguntas sobre mi madre. Al parecer, sabes más de ella que yo.

Se encogió de hombros y sonrió.

—Te aseguro —continué más animada— que voy a esforzarme por seguirte sin hacer preguntas y esperar a que me lleves hasta algún lugar importante.

—¿De verdad? —preguntó mirándome de reojo.

Me volví para observarlo mientras conducía. El comentario de Paul acerca de que Alasdair podía no ser de fiar me cruzó la mente, y recordar aquello me divirtió.

—La cosa es que —me esforcé para que no se me notara que sonreía— sigo intentando convencerme de que tengo que disfrutar del viaje, pero hay momentos en los que me entra el pánico. Es decir, voy con un desconocido por medio del helado norte del país. —Señalé el paisaje y él volvió a reírse—. Podrías ser un asesino o algo así. Pero, por lo visto, mi madre cree que esto es bastante razonable, así que... ¿quién soy yo para no dejarme llevar por la corriente? —Moví el brazo para representar un sinuoso río.

—Qué típico. —Me regañó con la mirada.

—¿El qué?

—¿Cómo no tacharme a mí, al hombre, de asesino? Por lo que yo sé, esto podría ser un ardid entre tu madre y tú. A lo mejor tienes la intención de drogarme, cortarme en trocitos y dárselos de comer a los cerdos.

—Pues en primer lugar... —recuperé la palabra con un resoplido poco femenino—, ¿en serio? Y en segundo lugar, ¿a los cerdos?

—Es una buena forma de deshacerse de un cuerpo. Comen mucho, y de todo.

Estaba claro que era un experto.

—¿Y cómo demonios sabes eso?

—Lo vi en una película.

—Ah, entonces tiene que ser verdad —dije con evidente sorna.

—Tenemos que tomar la siguiente salida. Pasar por Bedale en dirección a Wensleydale y ya hemos llegado. —Echó una mirada al cielo a través del parabrisas para mirar las nubes—. Esta mañana he comprobado el tiempo y mañana saldrá el sol.

Parecía sentirse en la obligación de hacer de guía turístico, así que le aseguré que, a pesar de la niebla, la llovizna y todos los campos feos con ovejas, me parecía un paisaje precioso.

Sobre las siete y media entramos en una población llamada West Witton. Los neumáticos sonaron sobre el camino de gravilla y nos detuvimos en un aparcamiento que había detrás del hotel, un albergue del siglo XVII, según el cartel. La piedra del edificio estaba blanqueada, y las ventanas, unos diminutos parteluces, exhibían unos faroles en ambos alféizares.

Dejamos el equipaje en el vehículo, cruzamos rápidamente la lluvia torrencial y accedimos al hotel por una puerta trasera.

El lugar estaba impregnado por un olor a roble quemado, pero no resultaba sofocante, sino más bien agradable y evocador. Seguimos unas voces que provenían a través de un pasillo y llegamos a un restaurante íntimo e iluminado por velas. Una señora de mediana edad con aspecto de ser la esposa de un granjero apareció por la puerta de la cocina portando una bandeja. Al vernos en la puerta, tras servir un par de cenas nos envió a la recepción para que nos registráramos.

—El señor Finn, ¿no? —preguntó con una amplia sonrisa. No esperó respuesta y comenzó a moverse tras el mostrador con soltura—. Dos noches, dos habitaciones, desayuno y cena —afirmó mientras abría un enorme libro encuadernado en cuero y dejaba caer la tapa ruidosamente.

Alasdair tomó el control de la situación y completó el formulario de registro de los dos. Yo me quedé detrás, como si fuera una recién casada nerviosa. La señora, June, era muy amable y la típica mujer que sonríe con complicidad. No había duda de que el hotel era muy íntimo y la adorable pareja del restaurante creaba una atmósfera romántica, pero a mí todo ello me hacía sentir incómoda.

Seguimos a June por una escalera estrecha y esperamos a que abriera las puertas de unas habitaciones contiguas; después nos quedamos en el pasillo viéndola alejarse y bajar por las escaleras. La señora se detuvo de repente y volvió un poco la cabeza atrás, pero no lo suficiente como para mirarnos.

—Casi lo olvido. ¿Siguen queriendo cenar en sus habitaciones?

—¡Sí, por favor! —dijo Alasdair en voz alta para June, y después se volvió hacia mí—: Llamé ayer por teléfono para avisar a qué hora llegaríamos. Supuse que ya habrías tenido suficiente compañía para entonces.

—Me parece perfecto. Estoy muy cansada. —Asentí.

—Volveré al automóvil y traeré el equipaje.

Alasdair tenía razón al sugerir que nos separáramos. Después de cenar me sentía agotada y me dejé caer en la cama doble. Había sido un día muy peculiar. Veinticuatro horas antes estaba en mi casa de Londres preparándome para el viaje a Barnstaple, y en esos momentos, aún no sabía cómo, me encontraba a cientos de kilómetros al norte en lo que suponía que era el hogar de infancia de mi madre muerta. Dios, qué locura. No obstante, estaba resultando toda una aventura y tenía que admitir que, a pesar de mi reticencia, disfrutaba de la compañía y del tiempo fuera de casa.

Me había estado presionando demasiado a mí misma. El último mes había corrido de una sesión de fotos a otra, así que me resultaba agradable relajarme y dejar que fuera otro el que se encargara de todo por una vez. ¿Acaso sabía mi madre que necesitaba un descanso, alejarme por un tiempo de la locura de mi trabajo como fotógrafa?

Y luego estaba Alasdair.

Grimes tenía razón, ese hombre era una excelente compañía. Tenía un aspecto autoritario pero modesto. Sus modales eran tan impecables que resultaba imposible no mostrarse simpático con él. El personal del aeropuerto, el auxiliar de vuelo, el señor del alquiler de automóviles y ahora June; todos ellos se adaptaban a sus deseos con una sonrisa. Y aunque tan solo llevaba con él unas pocas horas, sentía que era la clase de hombre con el que uno se podría perder en mitad del desierto del Sahara y en doce horas tendría a su disposición unos camellos, una tienda de campaña beduina, comida y un hombre que te abanicara.

Alcancé el bolso para sacar el teléfono móvil (a pesar de haberme quejado por tener que apagarlo, se me había olvidado por completo encenderlo), no hice ni caso del montón de mensajes y llamadas perdidas y envié un mensaje de texto a Paul.

Todo va bien. ¡Estoy en los Yorkshire Dales! Finalmente me acompaña el soldado ☺

Unos segundos después sonó el teléfono.

—¡Lo sabía! —dijo Paul al otro lado de la línea—. Eres una inútil, Grace. Espero que al menos no sea guapo.

«Eh...»

—En realidad es muy divertido, seguro que te gustaría. Supongo que no es feo; más bien, es fuerte. Y sorprendentemente, me lo estoy pasando bien.

Paul suspiró.

—Espera un momento, tigresa. ¿Muy divertido, dices? Tengo que recordarte que hace tan solo unas horas te estabas quejando como si fueras un cerdo en un matadero por todo este numerito... ¿Y ahora dices que te lo estás pasando bien? ¡Estás como una cabra! Dime una cosa. Soldadito Fuerte... ¿tiene más músculos que yo?

Solté una carcajada.

—Todo el mundo tiene más músculos que tú, hasta yo. Pero sí, lo reconozco, tiene buen cuerpo, aunque estoy haciendo esfuerzos por no mirarlo.

—Dios, lo odio. ¿Está casado?

—Ni idea.

—Pregúntale.

—¡No, ni hablar!

—De todas formas, no te lo diría —bromeó—. Ahora en serio. Un hombre como ese debe de tener a una mujer en cada puerto. Si empieza a hablarte de la vez que frenó una bala con los dientes cuando liberó a una pequeña nación y después se extrajo la metralla del brazo y se cosió la herida con alambre de espino, dile que se vaya a la mierda.

—¿Y por qué no te vas tú a la mierda?

Soltó una carcajada.

—Adiós, bombón. Y no te olvides de la liebre y la tortuga. Acabaré convenciéndote.

Volví a reírme.

—Tan dulce como tus incansables avances hacia mí. Eso no pasará nunca. Te conozco desde hace... ¿cuatro años? Búscate a una bailarina polonesa, Paul.

—¿Te refieres a que busque a una bailarina de Polonia, o que sea una mujer que baile la polonesa?

—Cualquiera. En Londres hay de ambas. Adiós, pardillo.

Apagué el teléfono (claro que podía vivir sin él unos días, por Dios) y me puse a tamborilear con los dedos en la mesita de noche. Me fijé en la maleta que me había preparado mi madre. Aunque ella solía vestir con un estilo bohemio, tenía un gusto impecable y siempre me animaba a que me hiciera más cosas en el pelo, tratando de recogérmelo en un elegante moño, o me decía: «¿por qué no nos vamos a comprar algo bonito?», que realmente significaba «¿por qué te vistes siempre como un hombre?».

56

Había una nota encima de la ropa.

¡Disfruta! Eres una mujer increíblemente hermosa. ¿Podrás poner un poquito de esfuerzo a la hora de vestir?

Típico de ella.

Me levanté de la cama y saqué su carta del bolso.

«Oh, mamá, ¿de qué va todo esto?»

Capítulo 7

Me desperté al oír un golpe en la puerta y tardé un momento en recordar dónde me encontraba. Pregunté en voz alta, pero nadie respondió; alargué el brazo para encender la lámpara de la mesita. Eran las ocho... ¡las ocho de la mañana! Habían pasado una nota por debajo de la puerta. Era de Alasdair:

> *Te veo abajo. Sirven el desayuno hasta las diez, no hay prisa. Hoy necesitarás ropa cómoda para andar. Baja tus botas y les daré betún, seguramente haya bastante humedad en la colina. No obstante, hace un día agradable (como te prometí). Al*

Sorprendida por mi repentina emoción, descorrí las cortinas y subí la persiana: el cielo estaba azul. Sonreí al imaginar lo contento que estaría Alasdair por que el día hubiera mejorado.

Agarré de los cordones mis ajadas botas de cuero y bajé las escaleras con el deseo de encontrarme con mi acompañante, pero June me condujo a uno de los pequeños reservados y me sirvió un típico desayuno de Yorkshire, de esos que te obstruyen las arterias, frente a la hoguera. Cuando terminé, lo único que quedaba en mi plato era un trozo de pudin negro (no me va mucho, y menos en el desayuno), así que lo dejé caer bajo el mantel para que el Jack Russell que esperaba junto a mis pies lo probara.

June regresó con una tetera llena y aproveché para preguntarle, intentando parecer despreocupada, si sabía dónde estaba Alasdair.

—Se despertó al amanecer y se sentó justo donde está usted ahora a examinar sus mapas y libros. Antes de eso fue a correr.

Se detuvo en la puerta con la bandeja de mi desayuno y me dedicó una mirada amable pero también juguetona.

—Entonces, ¿solo son amigos?

Asentí.

—Un hombre agradable —dijo en tono melancólico—. Bonitos ojos, muy sexis, lo reconozco. Tengo debilidad por esa mirada ardiente. —Me guiñó un ojo y se retiró.

Alasdair apareció por la puerta y se chocó contra June cuando ella se iba, lo que nos hizo reír a las dos con ganas. Se sentó frente a mí y sacó una lata pequeña del bolsillo de su mochila, alcanzó mis botas y comenzó a darles betún en los pliegues del cuero.

—¿Qué planes hay para hoy?

—Primero vamos a dar un paseo hasta el Penhill. No hace falta automóvil, podemos salir desde aquí. Cuando lleguemos a la cima de la colina te daré la siguiente carta.

—No me importa dar una buena caminata. ¿Y lo segundo?

Dejó de limpiarme las botas y alzó la mirada; ese hombre era pura inocencia.

—¿Lo segundo?

—Has empezado la frase diciendo «primero», y eso implica que hay un «segundo»... o algo más, ¿no?

Bajó la vista y me miró a través de las pestañas.

—Rosamund no me advirtió de que eras una pedante.

—Eh... —Entorné los ojos—. Estás evitando mi pregunta. Venga, ¿qué es lo segundo?

—Es una sorpresa —Me tendió las botas y sonrió.

Quedamos en vernos diez minutos más tarde en el vestíbulo.

—Déjame eso, si quieres —me dijo refiriéndose a mi cámara cuando cruzábamos la calle—. Parece pesada. Si quieres, la puedo meter en mi mochila.

Instintivamente la cubrí con la mano; mi más preciado y caro apéndice se había convertido en una presencia constante en mi vida.

—No, gracias. Me gusta llevarla conmigo. Así las fotos son más espontáneas.

Seguimos por un camino pavimentado rodeado de casitas de campo. Los dueños parecían competir por el Premio de Horticultura Britain in Bloom, y el resultado, sobre todo bajo la luz de un día tan nítido y soleado, era francamente bonito.

Conforme ganábamos altura, el camino se iba estrechando y las vistas de los Dales nos mostraron el norte. Encontramos un caballo relinchando como si estuviera ensayando en un escenario. El sonido predominante que reverberaba en los Dales, sin embargo, no era de esos animales, sino de los balidos de las ovejas, que parecía una reconfortante melodía de fondo.

De repente me sobrevino un olor que reconocí fácilmente. Las tierras de nuestra izquierda estaban cubiertas de las florecillas blancas del ajo de oso.

—Me encanta el olor del ajo de oso —señalé—. Me recuerda a mi hogar. Crece mucho justo en la zona de la ribera.

Alasdair saltó sin ningún esfuerzo la valla que separaba el camino del campo y arrancó un puñado.

—Seguramente no se pueda arrancar —indicó con una expresión de culpabilidad—, pero tengo el presentimiento de que te gustará tenerlo cuando lleguemos a la cima.

Me acordé del deseo de mi madre de que esparciera sus cenizas en lugares que habían sido importantes para ella y se me pasó por la cabeza para qué podrían servir las flores; un duro recordatorio de que no era un simple paseo lo que estábamos dando. Me metí las flores cuidadosamente en el bolsillo de la camiseta.

—Entonces ¿es ahí donde mi madre quería que esparciera sus cenizas? ¿En la cima del Penhill?

—Algunas.

Me quedé sin aliento y me costaba respirar.

—¿Y... cuántas veces tengo que hacerlo?

—Tres.

Alasdair tenía el rostro tan inexpresivo que no pude evitar estallar en carcajadas.

—¿Qué pasa? —preguntó, también entre risas—. Al menos tú no has tenido que dividirlas en tres recipientes distintos.

—¿Cómo?

—Tu madre no quería que cargásemos con todas las cenizas allá donde fuéramos en un tarro grande por si llegábamos al último destino y descubríamos que no quedaban.

Representó la escena fingiendo que sacudía el recipiente, lo miraba con desesperación y lo volvía a sacudir haciendo como que lo vaciaba encima de su cabeza.

—¿Y no se volaron las cenizas por todas partes cuando estabas midiendo las cantidades?

No pude evitar reírme.

—No te puedes hacer una idea del trauma que tengo. Lo que te diré es que me hizo falta una mascarilla, un embudo y un trago.

—¡Oh, Alasdair!

Más o menos medio kilómetro después, el camino, que era una mezcla de gravilla, tierra y hierba, se ensanchó y un interminable muro de piedra que nos llegaba a la altura del pecho lo bordeaba. A nuestra izquierda se alzaba el Penhill y nos detuvimos a observar la colina. Me recordó a una versión reducida de Montaña de la Mesa, en Ciudad del Cabo. Se alzaba a ambos lados simétrica, con un pico largo y plano en la cima. Los últimos sesenta metros parecían la cara escarpada de una roca abrupta de pizarra, mientras que la ladera estaba dividida por kilómetros y kilómetros de muros de piedra caliza que la hacían parecer una colcha hecha con retales.

Íbamos a paso rápido, así que supuse que llegaríamos a la cima en unos treinta minutos más o menos.

—Solo queda una hora para llegar —anunció Alasdair.

Le di un golpecito en el brazo fingiendo enfado.

—¡Oye! —exclamé—. Tampoco estoy en baja forma.

Nos detuvimos para que me mostrara el mapa. La imagen de la montaña desde el lugar en el que estábamos era, en realidad, una ilusión óptica. Fuera de nuestra vista había dos mesetas posicionadas en la ladera de la colina.

—Qué engañoso —comenté, examinando la ruta. También me di cuenta de que habíamos tomado el camino más complicado—. ¿Por qué no hemos ido todo recto? —Posé un dedo en el mapa y tracé una línea imaginaria desde el hotel hasta la cima de la colina.

—Porque no hay un camino directo desde ahí, Grace. Y aunque lo hubiera, sería una tontería tomarlo. Normalmente, al rodear una colina puedes ir a un paso continuo y bueno, y eso es mejor que estar continuamente parando y avanzando por tramos; supongo que por eso se ha usado este camino durante siglos.

Proseguimos y me fijé en mis pies mientras avanzaba la ruta, tratando de esquivar los excrementos de las ovejas, una tarea nada fácil.

—Sigo sin creerme que vaya de camino a la cima de una dichosa colina... —Me detuve un momento para tomar aliento—... con un hombre al que no conozco.

Se rio con ganas y yo continué con mi ascenso metódico. La pendiente había aumentado.

—Lo siento —añadí resollando—. No puedo hablar, necesito respirar... No estoy tan en forma como pensaba. Lo admito.

—¿Estás disfrutando?

Era evidente en su rostro su deseo de que respondiera muy positivamente.

Eché un vistazo atrás y sonreí.

—Sí, por supuesto. Esto es justo lo que necesitaba.

Alasdair asintió conforme.

—Yo también.

Poco menos de una hora después, el camino empezó a zigzaguear durante unos pocos metros y llegamos a la cima de la colina. Frente a nosotros se extendía un páramo plagado de brezos. Me dio un golpecito en el hombro y señaló hacia el norte.

Me di la vuelta.

De repente sentí el rostro tenso por el fuerte viento del oeste. Unas nubes que parecían algodón de azúcar cruzaban el cielo de izquierda a derecha y el vibrante verde de los campos del valle que teníamos debajo perdía su viveza cuando las nubes se turnaban para privarnos del sol. Se atisbaban tantos detalles que uno podría sentarse allí cada día durante toda una vida y ver algo siempre diferente. No obstante, tenía que afrontar la realidad, y es que yo estaba allí por una razón en particular.

Miré a Alasdair y alcé las cejas como diciendo: «¿ahora es cuando me das la carta?».

Mi acompañante sugirió que nos sentáramos unos tres metros más abajo para resguardarnos del viento. Alcanzó su mochila, sacó los abrigos que habíamos guardado y los colocó en el suelo húmedo. Me pasó su forro polar.

—Con este viento hace fresco incluso en mayo —dijo ofreciéndome su prenda—. Deberías echarte esto alrededor de los hombros.

—¿Y tú? Puedo ponérmelo en lugar de sentarme encima de él —insistí, pero enseguida abandoné el intento, pues me echó el forro polar sobre los hombros.

Nos sentamos uno al lado del otro mirando la amplitud del valle. Tal vez en un intento de retrasar lo inevitable, Alasdair señaló algunos puntos de interés a lo largo de los Dales.

Cinco minutos más tarde, lo miré directamente a los ojos.

—Bueno, ya puedes darme la carta. Estoy lista.

Me tendió dos sobres; en uno de ellos ponía «ÁBREME PRIMERO», y eso hice.

Capítulo 8

Penhill

Hola, cariño:

Me imagino que estarás disfrutando de un día primaveral claro y resplandeciente. El cielo será de un azul brumoso y correrá una ligera brisa abajo, en los Dales, pero en la cima de la colina el viento soplará más fuerte, ¿me equivoco? No podría decir la de veces que me he sentado exactamente donde tú estás ahora, en lo alto del camino zigzagueante, bajo los riscos.

Como te dije, mis padres eran criadores de ovejas, de Yorkshire. Llevaron una vida humilde en Bridge Farm, que está situada a las afueras de un pueblo llamado West Burton. Desde donde estás no puedes ver la granja, pues se encuentra sobre el páramo, al oeste de la colina. Es un lugar precioso, Grace, sobre todo en primavera. Mi madre plantaba tulipanes en un espectacular despliegue primaveral, y sus impecables rosas siempre ganaban el premio del Ayuntamiento. Ojalá hubiera prestado más atención a cómo se las arreglaba para eliminar los parásitos. Puede que suene idílico, pero te puedo asegurar que la vida como criadores de ovejas no es un camino de rosas. Mis padres eran trabajadores y fuertes, pues tenías que serlo para soportar los inviernos en los Dales. Por aquel entonces ningún hijo de granjero tenía una infancia que se pudiera considerar apropiada. Los niños y también las niñas tenían que trabajar, de un modo o de otro, en cuanto se hacían lo suficientemente mayores para ser útiles. Nuestra situación no fue una excepción, y mis padres no tenían la suerte de contar con un hijo con el que compartir las tareas. Tuvieron dos hijas. Sí, tienes una tía, se llama Annie y, según Grimes, sigue viviendo en la granja.

Cuando nació Annie, mis padres buscaron desesperadamente tener otro hijo, y tras unos cuantos años sin éxito, llegué yo. Mi hermana es ocho años mayor y, como supondrás, tuvo una vida dura, al menos durante los primeros años. Era más una empleada de hogar que la hija de sus padres; y yo, además, era la niña mimada de pelo dorado. Me animaron a estudiar mientras que de Annie solo esperaban que se hiciera cargo de la granja. Yo tenía ropa bonita y una casa de muñecas, y no creo que mi hermana tuviera nada de eso. Como supondrás, nunca estuvimos muy unidas, y no exagero al afirmar que con los años empezó a despreciarme.

Me esforzaba por caerle bien, la seguía a todas partes, intentaba ayudar, pero ella no me hacía ningún caso. Pensarás que nadie la quería, pero nada más lejos de la realidad. Lo que digo es que mis padres tenían otras expectativas para ella.

Y después llegó ese chico, Ted. Era el hijo mayor de unos vecinos. Él y Annie se hicieron inseparables *durante la adolescencia, siempre iban juntos, con los perros, o se ponían a arreglar los tractores. Ella era bastante masculina. Confieso que siempre tuve celos de su amistad.*

Cuando cumplí dieciséis años me organizaron una fiesta en casa. Me esforcé al máximo por parecer sofisticada, mayor. Con un vestido de fiesta y un poco de maquillaje, creo que fue la primera vez que alguien se fijaba en mí y me veía como una adulta, en vez de una niña. Annie había invitado a Ted, pero yo lo pillé mirándome de reojo dos veces, así que esa tarde tonteé un poco con él. En realidad, fue algo más que un poco. Aun así, él siempre estaba pendiente de mi hermana. Cada vez que intentaba alejarse de mí, yo encontraba una nueva excusa para hacer que se quedara. En el fondo, yo sabía que estaba actuando como una caprichosa. Cuando se acabó la fiesta, Annie me tomó del brazo y me metió en la salita de estar. Estaba histérica y empezó a llorar. «¿Por qué siempre tienes que arruinarlo todo? —me preguntó—. ¿No tienes ya todo lo que quieres? ¿Por qué no dejas en paz a Ted?» Traté de explicarle que no creía que estuviera haciendo nada malo; que creía que, para ella, Ted era como un hermano, pero Annie sabía perfectamente que estaba mintiendo, que había estado tonteando con él. En realidad no estaba interesada en Ted, solo quería que Annie me prestara atención. Era una estupidez, una niñería, pero supongo que, a fin de cuentas, yo era una niña.

En cualquier caso, tuve un error de cálculo. En mi intento por conseguir la atención de Annie, olvidé su naturaleza cruel, no solo conmigo, también con Ted.

Se sintió traicionada, a pesar de que no era culpa del muchacho. Como resultado, después de años de amistad, se alejó de él. Ted intentó hacerla entrar en razón, pero ella no quiso escucharlo. Mi madre me contó después que Annie esperaba que él le hubiera pedido matrimonio en aquella fiesta. Me sentí destrozada. ¿Por qué nadie me lo había dicho? Me habría apartado. Finalmente, Ted abandonó toda esperanza con Annie y se casó con una mujer de Lyburn. La bromita le costó cara a Annie, aunque su tozudez no ayudó.

Durante los meses después de la fiesta me dediqué a dar largos paseos, solo para alejarme de casa… Por eso pasaba tanto tiempo sentada donde tú estás ahora, con un libro del colegio o, en vacaciones, tumbada en los brezos leyendo novelas románticas. Allí fantaseé con mi futuro lejos de la granja.

En esos días los aviones de la Real Fuerza Aérea británica sobrevolaban Wensleydale a menudo. Probablemente lo sigan haciendo. Me tumbaba y miraba los aviones pasar, o los veía hacer acrobacias. Me enamoré perdidamente de la idea de unirme a las Fuerzas Aéreas, me imaginaba caminando por la estación aérea con aquel sofisticado uniforme. Incluso practicaba el saludo. Un día me decidí, fui corriendo a casa y anuncié mis intenciones a la familia. Annie se burló de mí, pero mi madre y mi padre, para mi sorpresa, me animaron, así que seguí en el colegio con la intención de obtener las calificaciones requeridas para empezar directamente como oficial.

No puedo negar que la decisión de abandonar mi casa se debía, en parte, al odio que mi hermana sentía por mí desde la fiesta, pero también quería dejarle la granja. Era consciente de que llegaría un día en que mis padres no podrían seguir encargándose de todo y no funcionaría si las dos hermanas nos quedábamos allí juntas. Una de las dos tenía que irse, y lo correcto era que fuera yo. Creo que ellos pensaban lo mismo.

Pero tampoco fui una mártir, yo tenía muchas más ganas que Annie de ver el mundo más allá de los Dales. Vivir en una remota comunidad de granjeros me producía claustrofobia; todo el mundo se metía en los asuntos de los demás y la gente de Yorkshire puede ser demasiado desagradable con una adolescente soñadora como yo.

Me marché a las Fuerzas Aéreas el abril siguiente a mi vigesimoprimer cumpleaños. Mis padres lloraron cuando me subí al tren en la estación Northallertont; pero mi hermana prefirió no venir y se quedó en la granja. Aunque regresaba de vez en cuando a visitarlos, no iba tanto como hubiera debido, ya que la vida en las Fuerzas Aéreas me absorbió por completo.

Desgraciadamente, nueve años después mi padre murió de un infarto. Iba camino de los Dales con Annie cuando sucedió. No me enteré hasta el día del funeral y, claro, ya era demasiado tarde para volver.

Fui a casa tan pronto como pude y me encontré a mi madre sentada en el sillón de mi padre junto al fogón en la cocina, un despojo silencioso. En cuanto a Annie, arrojó sobre mí años de celos y rencor desde el momento en que atravesé la puerta. Mi madre le pidió que parara, pero yo permití que siguiera; necesitaba desahogarse. No dije nada (cuando las palabras salen por la boca, ya es demasiado tarde) y me marché ese mismo día.

En ese momento no lo sabíamos, pero mi madre también tenía el corazón delicado y murió tres años después. Entonces sí que fui al funeral. Annie decidió gestionar su furia guardando silencio y, una vez más, me marché inmediatamente. Nunca he regresado a Wensleydale y no he vuelto a ver a mi hermana ni a hablar con ella desde entonces.

Podría escribir muchísimo acerca de esta triste familia, pero lo que de verdad necesitas saber es que tuve unos padres cariñosos que no supieron educarnos. Viví en una granja y tuve una hermana a quien, a pesar de todo, quería.

No obstante, la razón principal por la que te he enviado a los Yorkshire Dales es porque, de pequeña, creía firmemente que el Penhill era mío. Me enfadaba muchísimo cuando veía a senderistas en la cumbre, respirando mi aire y disfrutando de mis vistas. Estaba enamorada de la piedra caliza que formaba los valles, las colinas, las cuevas y los páramos que te rodean. El paisaje de Yorkshire me modeló como persona, fue mis cimientos.

Mientras observas los Dales, piensa que tu abuelo pescaba en el río Ure (cuando tenía tiempo), tu abuela subía en autobús a Leyburn todos los miércoles y tu tía era una pastora que recorrió miles de kilómetros por los doscientos acres de granja con sus queridos perros. ¿Y yo? Bueno, yo viví mi juventud subiendo y bajando el Penhill, fantaseando con llevar otra vida en otro lugar.

Lo daría todo por volver a ser joven una vez más, sentarme donde estás ahora, en el punto más alto de la colina, cerrar los ojos y sentir la brisa en la cara.

En verano a veces subía después de cenar y me senta-
ba a ver la puesta de sol. Me encanta el Penhill y por
eso creo firmemente que una pequeña parte de mí
todavía pertenece a ese lugar.
Disfruta cada momento, cariño.
Mamá

P. D. Mientras viajas por el país, observa el cielo. Es
de un azul diferente en cada sitio. Lamento no ha-
berte enseñado esto en persona. Ah, y si ves a Annie,
dile que te enseñe mi árbol. Mi padre lo plantó para
mí cuando me fui de casa. Creo que fue su forma de
agradecerme… que le dejara la granja a mi hermana.

Ya puedes abrir la segunda carta.

Desconcertada, alcé la vista al cielo y después miré a Alasdair, que
se había sentado un poco más arriba. Gesticuló un «¿estás bien?»
con los labios. Asentí y abrí la segunda carta.

Un poco sobre Alasdair Finn.

Te preguntarás por qué le he pedido a este hombre que
viaje contigo.
Como ya sabes, algunos de los soldados que acuden
a St Christopher's sufren de estrés por el combate. In-
tenté ayudarlos a todos, pero siempre he entendido la
necesidad de estar solo.
Alasdair era diferente. La primera vez que vino al
refugio no lo hizo por él. Trajo a un amigo, Álex, que
había resultado herido en Afganistán. Se quedaron
dos semanas con nosotros, y durante ese tiempo me

di cuenta de que el descanso era tan beneficioso para Alasdair como para Álex. Con el tiempo nos hicimos buenos amigos. Solía aparecer por la casa, a menudo sin avisar, y siempre insistía en que venía a vernos a Jake y a mí (pero, de verdad, ¿quién va a North Devon?). Intenté que se sincerara y me contara algunos de los horrores que había vivido en su carrera militar, pero nunca lo hizo, cara a cara no. Sin embargo, lo convencí de que escribiera un diario (se lo regalé yo: un bonito cuaderno de piel). Al principio le costó, pero le dije que lo hiciera como si me estuviera escribiendo una carta a mí. Tal vez lo veas escribiendo. Eso espero.

Nunca he mantenido el contacto con ninguno de los otros soldados, pero en Alasdair vi algo distinto.

Puede que tan solo quisiera actuar como una madre con él, pues la necesita, al menos una decente. Pasó la mayor parte de su infancia faltando a clase, pescando o cazando. Con diecisiete años se unió al Cuerpo de los Reales Marines en busca de una familia. Lo instruyeron y ascendió rápidamente. Ya te habrás dado cuenta de que es un hombre competente.

Bueno, ya basta. La mejor forma de entender a tu compañero de viaje es leer sus propias palabras. Al dorso verás un correo electrónico que me envió cuando regresó de Afganistán. He aprendido que el mejor, o el único, modo de conseguir que Alasdair hable de sus sentimientos es por medio de la palabra escrita.

Mamá

Le di la vuelta a la hoja.

De: Comandante Alasdair Finn
Para: Rosamund Buchanan

Querida Rosamund:

Siento que llevemos tanto tiempo sin hablar. Podría referirte una larga lista de excusas, pero sé que adivinarías lo que se esconde detrás.

Tu petición de que acompañe a Grace en este extraño viaje me ha estado rondando la cabeza y no puedes hacerte una idea de cuántas veces he querido llamarte, pero siempre he acabado echándome atrás (vas a pensar que estoy chiflado).

Llegas y representas a la perfección tu papel de «voy a morir, Alasdair», tu as bajo la manga, toses un poco y ya está: no puedo hacer otra cosa más que dejar el trabajo unas semanas y viajar por Gran Bretaña con tu hija (por cierto, dile a Jake que no lo hago porque sea guapa).

Tenías razón al mencionar que podía tomarme un descanso. Estoy deshecho. Tengo unas ojeras cada vez más profundas. Me he estado poniendo la crema que me regalaste (no se lo digas a nadie), soy un caso perdido.

La idea de un nuevo viaje a cualquier otro agujero de mierda en medio del desierto me da ganas de vomitar y últimamente me he estado preguntando si la elección de las Fuerzas de Inteligencia/Especiales es adecuada para mí. También he estado pensando en nuestra última conversación (la de mi matrimonio) y me parece que diste en el clavo al sugerir que fracasó porque antepuse el trabajo a Jane.

Tomó la decisión correcta al dejarme. Lo que más lamento es no haberle dado hijos, pero «lo que está hecho no se puede deshacer», un poco de Shakespeare, para que veas que iba al colegio (a veces).

¡Fíjate! Tus charlas me han vuelto un sentimental. Nota mental: espabila, Finn, que eres un blandengue.

Tengo que dar una charla en cinco minutos, así que te dejo. Por suerte, te veré pronto, pero si no lo hago, hay algo que necesito decirte. Quiero que sepas que has sido una madre, una hermana y una amiga para mí, y en el momento que atravesé el camino en dirección a St Christopher's, sentí que al fin había encontrado un hogar. Gracias.

Con cariño,
Alasdair

Doblé la carta y me volví para mirar a mi acompañante. Parecía ensimismado, dándome la espalda a unos pocos metros de distancia, en el borde de un risco, balanceándose levemente en la cima. Su cuerpo fuerte contra el viento.

—¡Alasdair! —grité al viento—, ¡ya he terminado!

Fuera ya de su ensoñación, bajó unos pasos y me tendió un recipiente de colores que parecía una lata de té antigua con una tapa sujeta con goznes.

—Ya sé que es un momento delicado —dijo con una cálida sonrisa—, pero... asegúrate de situarte a favor del viento cuando esparzas las cenizas.

Capítulo 9

Al marcharnos de la cumbre, recordé el ajo de oso que había arrancado Alasdair. Las florecillas estaban ya un poco estropeadas, pero las dejé sobre la hierba y puse una piedra sobre los tallos para que no se volaran.

Me esperó en el camino que serpenteaba la montaña.

—¿Preparada? —me preguntó.

—Preparada.

Bajamos por un camino lleno de ovejas que parecía seguir la dirección correcta y acabamos encontrando otro camino que bordeaba un río.

—Me encanta el agua —comenté—. Seguro que es por todos los años que he pasado en el la ribera de St Christopher's.

—Sí —coincidió con aire melancólico—, esa ribera es especial. El año pasado estuve allí en vuestro festival del tulipán. ¿No te acuerdas? Rosamund nos presentó.

Negué con la cabeza.

—Entonces... ¿Nos hemos visto antes? ¿En serio?

—Sí.

—Lo siento, no me acuerdo.

—No pasa nada. Por aquel entonces probablemente tenía un aspecto distinto.

—¿Y eso?

—Había estado fuera, perdí un poco de peso, ya sabes...

Me detuve y me di la vuelta para examinarlo de arriba abajo.

—¿Que perdiste un poco de peso? Dios mío, Alasdair, tendrías que parecer completamente otro para que no me acuerde de alguien tan guap... —Mi cerebro detuvo a tiempo mis palabras—. Bueno, esas cosas. Solo me sorprende no acordarme de ti. Eso es todo.

Alasdair trató de reprimir una risita, y me sonrojé. Seguimos andando.

Deambulamos por el camino media hora y me entretuve contándole anécdotas de mi hogar. Parecía feliz escuchando, se reía, y yo estaba contenta por poder pensar en algo que no fueran las cartas de mi madre. La revelación de que tenía una tía en algún lugar acechaba un rincón de mi mente, como también me intrigaban los horrores que podía haber vivido Alasdair como para haber perdido tanto peso el año anterior.

Me daba la sensación de que mi madre no había escogido a un hombre cualquiera para que me acompañara, y entonces me di cuenta de que no había planeado este viaje tan solo para mí, sino que lo había hecho también para él. Un soldado cansado y especial, con un matrimonio fallido (intentaba no ver este aspecto como algo bueno, pero de repente me atraía más precisamente por esas dos razones), sin madre y a saber qué tipo de infancia. No me extrañaba que mi madre se hubiera preocupado tanto por él. Era el tipo de hombre por el que no podías evitar sentir cariño.

Una media hora más tarde llegamos a una pequeña valla de madera con un pestillo tras la cual me sorprendió encontrar un camino estrecho asfaltado que descendía de izquierda a derecha. De repente parecía extraño toparse con algo tan moderno, aunque se tratara tan solo de asfalto, y también resultó algo decepcionante. A pesar de la conmoción por la carta y las cenizas, la visita a la colina había sido muy especial.

—Demos un paseo por el pueblo —propuso, deteniéndose de repente—. Está a medio kilómetro bajando por esta carretera y seguro que allí encontramos algún lugar para sentarnos a comer.

—Bajó el pestillo cuando cruzamos la valla.

La forja de un herrero daba paso a la plaza del pueblo.

Alasdair se detuvo y soltó la mochila. Estiró los brazos hacia arriba y hacia atrás. Después la espalda. Me sorprendí admirando su torso musculoso y su vientre perfecto cuando la camiseta se subió por los movimientos. Quedaba a la vista que se tomaba sus deberes como soldado muy en serio.

«No está mal, no está nada mal...»

Durante un horrible instante creí que me había pillado mirándolo, así que me di la vuelta para ocultar mis mejillas sonrosadas y fingir que había algo en la distancia particularmente interesante.

Nuestra conversación se desvió hacia la carta.

—Quiero que la leas —le dije mientras le quitaba el papel de aluminio a una segunda ronda de bocadillos.

—¿Yo? ¿Estás segura?

—Claro.

Saqué la carta del bolsillo y me aseguré de que le daba solo la primera. Me dispuse a comer y le dejé leer.

Al acabar, me la tendió.

—Tengo que confesarte que ya sabía que tienes aquí a un familiar. Grimes escribió a tu tía para avisarle de que vendrías esta tarde a West Burton. Le pidió que nos permitiera visitar la granja —miró su reloj— justo ahora, la verdad. No conocía los detalles, qué pena.

—¿Y qué dijo ella?

—Que allí estaría.

Me llevé las manos a las mejillas y miré más allá de la plaza. Mi madre mencionó en la carta la posibilidad de conocer a mi tía, pero no pensaba que se referiría a ahora mismo. Llevaba treinta años sin esa mujer, ¿qué más daba un poco más?

—¿Esta es la sorpresa que mencionaste? —reaccioné.

Me miró con una expresión que indicaba «culpable».

—Me temo que sí.

—¿Es una condición del testamento que vaya?

—Según Grimes, no. Lo único que debo confirmarle es que has ido a todos los lugares, has leído las cartas y has esparcido las cenizas.

—¿Así que Grimes se fía de tu palabra... de que haga todo lo que hay escrito en tu cuaderno?

—Bueno... no. Se supone que tenemos que enviar postales de vez en cuando, como prueba. —Se dio la vuelta para echar un vistazo a la plaza—. De hecho, tengo que buscar alguna aquí. Seguro que en esa tienda de ahí venden.

—Si fueras un amigo de verdad, Alasdair, me acompañarías a un *pub* a pasar el resto de la tarde, en lugar de llevarme a ver a... ¿cómo se llama? Cruella de Vil. Ya me imagino cómo será la granja, seguro que se parece a la casa del terror.

Esperaba que se riera, pero, en lugar de eso, adoptó una expresión seria. Imaginé que estaba a punto de decir algo profundo, así que me puse a arrancar hierba del suelo.

—Me siento bastante raro ante la idea de conocer a una mujer que, al parecer, está pirada —comenzó—. Pero estamos aquí, en este lugar, justo ahora. Puede que nunca regreses. Tan solo tienes que estar allí diez minutos, aunque solo sea para decirle que se vaya a hacer puñetas. Seguramente era importante para tu madre que la conocieras.

Me burlé de su sugerencia.

—Sí, claro, por eso me llevó corriendo a conocerla mientras estaba viva. No. No lo creo.

Nos quedamos en silencio y Alasdair se tumbó en la hierba. Me quedé mirando al vacío mientras asimilaba su argumento. Tal vez podía dejarme caer por allí, aunque solo fuera para ver qué aspecto tenía, y después marcharme rápidamente. Eso era cierto. Después de todo, nos estaba esperando y ya estábamos cerca...

Me puse en pie, me acabé el último tomate, arrugué el papel de aluminio de los bocadillos y se lo lancé al pecho.

—De acuerdo, iré. Pero si voy directa a las garras de una loca, tú vienes conmigo. A saber cómo nos recibe.

Empezó a sacar cosas de su mochila mientras hablaba (sí, así de interesantes eran mis palabras) y me quedé asombrada por todo lo que llevaba: ropa impermeable, un kit de primeros auxilios, cuerda, unos mosquetones, algo naranja que parecía una tienda de campaña plegada bastante pequeña, goma elástica, una petaca... y la lista seguía y seguía. Cuando la dejó prácticamente vacía (aunque seguro que quedaban algunas cosas esparcidas por el fondo), se dispuso a meterlo todo de nuevo. Estaba claro que se trataba de una manía suya.

—Tu mochila es el equivalente al bolso de Mary Poppins, pero en la vida real. No me habría sorprendido que sacaras una escalera de seis metros de ahí dentro.

—Esta es solo mi mochila de diario —bromeó—. La escalera la tengo en la grande.

Me miró con tanta ingenuidad que me sentí capaz de vencer al dragón de la granja. De repente me sentí con ánimo y fuerzas para hacer cualquier cosa.

Le ofrecí el brazo y lo ayudé a ponerse en pie.

Capítulo 10

—No tenían postales, ¿verdad? —le pregunté nada más salió de la tienda.

Llevaba una bolsa de papel en la mano.

—Sí, y también tenían buzón. La mujer me ha quitado de las manos la postal nada más escribir la dirección. Y me explicó cómo llegar a la granja de tu tía. Solo está a unos cinco minutos. Y te he comprado esto —me tendió la bolsa—. ¡Tachán! Ya te dije que habría tarros de cristal con caramelos.

—Oh, Alasdair, muchas gracias. ¡Son mis preferidos!

Nos alejamos de la plaza; el camino se fue estrechando y empezamos a oír el sonido del agua. Bajando por un caminito y detrás de un molino, apareció ante nuestros ojos una preciosa cascada. Saqué la cámara.

—Es verdad, eres fotógrafa, ¿no? También lo sabía. ¿*Paparazzi*?

Estaba claro que se lo había contado mi madre.

—No, no soy *paparazzi*. Ya no. Ahora hago sesiones.

Tras hacer unas fotografías rápidas, me dirigí a un extremo de la cascada para leer el cartel de información turística. Alasdair se encontraba en un pintoresco puente de madera que cruzaba el río.

—¡Se llama Cauldron Falls! —grité—. ¡Puedes imaginar por qué! ¡Mira la forma y la profundidad! ¡Y en una ocasión las pintó nada más y nada menos que Turner! —Le dediqué una sonrisa, contenta por mi descubrimiento.

Mi acompañante tenía los codos apoyados en la barandilla y las manos sujetando el rostro. El término «sonrisa burlona» definitivamente había sido inventado por él, por su forma de mirarme.

—No creas que me vas a engañar con tu repentino interés por la geología del lugar, Grace. Estás haciendo tiempo. Vamos, Annie nos está esperando.

Le saqué una foto en el puente, subimos unos escalones, doblamos a la izquierda y llegamos a un amplio sendero de tierra. Y de nuevo sentí que retrocedíamos en el tiempo al menos un siglo. Bordeaba el camino un campo de silenes rosas que disfrutaban del tiempo clemente, bañadas por el sol. En medio del sendero crecía un camino de hierba y fue ese el lugar por el que decidí caminar mientras saboreaba un caramelo a paso tranquilo.

Enseguida el típico aroma de la primavera se vio impregnado de estiércol. Se me calló el alma a los pies cuando vi un trozo de pizarra sujeto a un muro, apenas visible por la hierba. Alasdair apartó las hojas de la piedra y descubrimos unas palabras grabadas: «Bridge Farm».

—Hemos llegado.

Aquel lugar no era como imaginaba. Parecía una casa de campo más bien acogedora y nada austera. No obstante, estaba claro que era una granja de trabajo. Mientras avanzábamos por el jardín, un par de Border Collies blancos y negros con las patas llenas de barro corrieron a saludarnos, anunciando nuestra llegada con unos ladridos estridentes.

La puerta se abrió con un crujido antes de que nos diera tiempo a llamar, y tomé nerviosa una bocanada de aire cuando Alasdair dio un paso adelante. Salió un anciano a recibirnos. Sonrió amablemente, y entornó los ojos y ladeó la cabeza para analizar mi rostro.

—Yo ya me voy, cielo —dijo en voz baja mirándome y luego se dio la vuelta para gritar—: ¡Annie, ya han llegado!

Me tocó el brazo y continuó:

—Muy amable por tu parte el haber venido. Esto vale mucho más que esa vieja hacha de guerra que nunca soltará. —Me guiñó un ojo y siguió su camino.

Nos volvimos hacia la casa y apareció una mujer con un andar decidido caminando por un largo pasillo en nuestra dirección. Su firmeza, no obstante, iba extinguiéndose conforme se acercaba a la puerta.

—Tú debes de ser la niña de nuestra Frances.

Asentí y me quedé paralizada, sobrecogida por su presencia, como si fuera una niña que tenía que hacer un recado.

—Será mejor que entréis.

Los perros, entusiasmados, nos siguieron al interior, pero ella los echó inmediatamente.

—No pueden entrar? —pregunté, pero enseguida me arrepentí de mi indiscreción.

—Son perros de trabajo, no mascotas —sentenció sin darse la vuelta.

La seguimos hasta la cocina.

—Sentaos. Pondré agua a hervir.

La cocina estaba en la parte trasera de la casa y era lo suficientemente grande para albergar una buena mesa de pino y, junto a la pared en el fondo de la estancia, un sofá cubierto con una manta hecha de retales con unos cojines algo destartalados pero bonitos.

Annie puso el agua a hervir en un fogón.

Me senté a la mesa. La silla emitió un chirrido molesto al arrastrarla y me lanzó una mirada reprobatoria. Traté de hacer como si nada, pero me sentí como una estudiante revoltosa a la que han mandado reunirse con la directora del colegio. Miré a mi alrededor, inquieta. En la habitación había una mezcla ecléctica de cosas muy viejas, otras viejas y otras moderadamente viejas. Aquel lugar no estaba hecho con muebles a medida, sino con unos cuantos aparadores dispuestos aquí y allá, y un armario que ocupaba la mayor parte de la cocina. Había una chimenea rinconera (lo suficientemente grande como para que Alasdair pudiera entrar sin arrodillarse) que llegaba hasta la mitad de la pared, dentro de la que se encontraban los cuatro hornos descascarillados, pero inmaculados. La puerta de atrás —de roble macizo, como la entrada— se mantenía abierta gracias a un perro de hierro fundido y permitía que una agradable brisa entrara en la estancia y contrarrestara el calor de los fogones.

Alasdair se acercó a una perra ovejera que enseguida meneó la cola, pero se negó a abandonar la comodidad del sofá.

—No recibirás una gran bienvenida por parte de esa —bromeó Annie, dando la espalda a los fogones mientras esperaba a que el agua hirviera.

—¿Y esta sí puede entrar en casa? —preguntó Alasdair, claramente atraído por la descuidada Collie, ya bocarriba para que le rascara la barriga.

—Todos salen del granero y entran en la cocina para dormir —explicó—. Aunque *Meg* empezó a hacerlo antes... ¡Menuda es! —Una cálida sonrisa cruzó el rostro de Annie y, por un momento, casi pareció... ¿humana?

Se acercó a mí con una tetera de vidrio.

—No te pareces mucho a tu madre —afirmó, alzando la mirada mientras vertía el té.

No me tomé como algo personal el sarcasmo que relucía en su voz, así que respondí con énfasis:

—No. Tú tampoco te pareces mucho.

Alasdair dejó de juguetear con la perra y nos miró con una sonrisa apenas perceptible. Incluso a sus sesenta años, mi madre era una mujer guapa con una estructura ósea firme. Annie era alta y rechoncha, aunque, sinceramente, estaba bastante bien para su edad y tenía la agilidad de una mujer mucho más joven. Tenía la complexión de alguien que llevaba toda la vida trabajando en el campo. Su aspecto era, sobre todo, saludable.

La mujer bajó la mirada a su taza y la rodeó con los dedos. Sus hombros se sacudieron un poco.

—Sí, bueno, Frances siempre fue la guapa. —Me miró con expresión triste—. ¡Maldita sea! Aún era joven... —Hizo una pausa y se recuperó antes de continuar, forzando una sonrisa—: En la carta ponía que eres hija única.

—Sí.

—Entonces no tienes familia.

—Solo a ti.

Sus intensos ojos delataron tristeza, pero entonces cambió la mirada, revelando cierto brillo en los ojos, levantó una ceja y exclamó:

—Pues qué suerte, ¿no?

Ambas nos echamos a reír, rompiendo así el hielo.

—Imagino que sabrás que eres la viva imagen de tu abuela... mi madre —comentó tras tomar un sorbo de té.

«Así que por eso se han sorprendido al abrir la puerta.»

—No, mi madre nunca me lo dijo... Realmente ella nunca me contó nada.

—Bueno... —murmuró, frunciendo el ceño—. Después te enseñaré una foto.

Alasdair se acercó a la mesa y se unió a la conversación. Me dejó sorprendida al formular preguntas sobre el cuidado de las ovejas; no sabía que supiera del tema. A mi tía le cayó bien enseguida.

No hablamos de mi madre ni tampoco del pasado. Mientras charlaban, Annie tomó un cuenco con cuatro manzanas que peló y troceó con sus grandes manos hábiles en el tiempo que yo habría empleado para pelar una; y después, sin dejar de hablar, sacó del frigorífico un rollo de hojaldre fresco e hizo una tarta. Así, sin más, sin receta ni nada.

Me levanté y me dirigí a la puerta abierta para echar un vistazo. El jardín estaba cercado por muros de piedra en dos lados, y un muro de setos en el otro; la casa completaba el cuarto lado del cuadrado. Una verja de madera separaba el jardín de un terreno que parecía dedicado a la agricultura y había un buen número de bonitos bancos colocados a intervalos estratégicos por aquí y por allá. Era menos sofisticado que el jardín de mi madre, pero tenía más arbustos y árboles podados con formas bonitas. Era encantador, a su manera.

Al percibir mi interés, Annie se ofreció a mostrarme la granja, pero no sin antes meter la tarta en el horno, empleando el bajo de su delantal como manopla.

Engatusaron a *Meg* para que saltara del sofá y nos acompañara. Parecía feliz caminando a pocos pasos de las piernas de Alasdair.

Annie nos señaló el terreno perteneciente a la granja, pero por lo visto se extendía más allá de lo que alcanzaba nuestra vista —que ascendía un buen trecho hasta el Penhill, por encima y por debajo de nosotros—; nos explicó que años atrás tomó la decisión de alquilar la mayor parte y que había reducido significativamente la cantidad de ovejas.

—Tengo suficientes animales para mantener activos a los perros y también a mis huesos. En invierno necesito ayuda, pero no va mal la cosa.

Veinte minutos más tarde regresamos a la casa, pero hacía un día demasiado bonito como para quedarse dentro. Además, ya había explorado la granja lo suficiente para satisfacer mi curiosidad. Le pregunté a mi tía si le importaba que nos quedáramos fuera un rato más.

—Como quieras —respondió, y por un segundo pensé que le había agradado mi petición—. Si os apetece, podéis pasear a *Meg* por el río —propuso—. Le encanta mojarse la barriga en días como hoy, y parece que le ha tomado cariño a tu pareja.

Ambas miramos con aprecio a Alasdair, que hacía el tonto con *Meg* mientras bajaban por la colina.

Annie entró en la casa para sacar la tarta del horno.

—Si vas a ponerme tu cara socarrona, puedes ahorrártela —dije a Alasdair mientras paseábamos por el río.

—Por lo visto no es la casa del terror, ¿no? —Me miró con una sonrisa amable.

—Pues no. Lo admito, estaba equivocada. Me dejé llevar un poco por la carta de mi madre. En realidad, es un lugar maravilloso, ¿no te parece?

—Sí.

Se sentó en el dique del río y empezó a tirar piedras al agua para *Meg*, que ladraba encantada. Yo me entretuve caminando de puntillas sobre las rocas y peñascos; no pude evitarlo. El sol incidía directamente en los ojos de Alasdair, por lo que se tumbó y los cerró. Me fijé en lo agotado —y guapo, pero sobre todo agotado— que parecía así, en silencio, en la hierba. *Meg* salió del río, se sacudió el pelo y se acomodó a sus pies bajo el sol. En ese momento me dio la sensación de que lo conocía de antes, pero vagamente.

—¿No te encanta el balido intermitente de las ovejas? —preguntó, manteniendo los ojos cerrados—. Las ovejas de los Dales suenan diferente. Te juro que tienen un beee más relajante. El beee de las ovejas y unos campos verdes... esto es lo que yo llamo el paraíso absoluto. —Estiró las piernas bajo el sol.

Salí del cauce de río y me dejé caer en la hierba junto a él.

—Bueno, relajante o no, deberíamos seguir nuestra ruta.

—¿De verdad? —se quejó—. Dime que me quede aquí los próximos cuarenta años y seré muy muy feliz. Lo único que te pido es que vayas a la casa de vez en cuando y me traigas tarta de manzana, y tal vez una taza de té. Por lo demás, estaré perfectamente bien. —Se revolvió en la hierba y cerró de nuevo los ojos.

—Bien —respondí y me levanté—. Voy a decirle a Annie que no quieres su tarta de manzana. Ni crema. Ni té.

Abrió un ojo.

—¿Ha dicho crema, señorita Buchanan?

—Puede... —Empecé a subir por la colina corriendo.

Alasdair me adelantó, seguido por *Meg* ladrando alegremente.

—Es mejor que te des prisa o no quedará nada para ti.

—¡Eh! —grité—. ¡Espérame!

Alasdair redujo el paso y se dio la vuelta con una sonrisita cuando nos acercamos a la casa. El tentador aroma de la tarta de manzana caliente nos condujo hasta la cocina. El hombre que me abrió la puerta había regresado y estaba sentado en un banco de madera junto al horno. Me pregunté si sería esa la silla de mi abuelo.

Nos sonrió cuando entramos.

—Él es Ted —indicó Annie, señalándolo con un movimiento indiferente.

Ted se levantó, esbozó una sonrisa amplia y le dio un apretón de manos a Alasdair.

«¿Ted? ¿El Ted de la carta de mamá?»

Alasdair me miró de reojo. Estaba claro que ambos estábamos pensando lo mismo. Me senté a la mesa, esta vez con cuidado de levantar la silla en lugar de arrastrarla.

—Me encargo de la granja de al lado —nos explicó.

Annie se detuvo a medio camino entre la mesa y el horno con una tetera de té recién hecho en una mano.

—Querrás decir que tu hijo se encarga de tu granja. Tú vives en un acogedor granero que acondicionó para ti y llenas tus aburridos días sentándote en esa silla y metiéndote en mis asuntos. —Annie tenía un humor cortante, pero Ted sonrió y pareció hacerlo sinceramente. Me pregunté qué tipo de relación mantendrían ahora. ¿Dónde estaba su mujer?

Nos comimos la tarta, la crema y bebimos más té. La tarde transcurrió de un modo agradable. Cuando nos disponíamos a marcharnos, justo al caminar en dirección a la puerta, me acordé de la carta de mi madre y me di la vuelta inesperadamente.

—¿Podrías enseñarme el árbol de mi madre?

Pillé a Annie desprevenida; se sorprendió, pero no le molestó, y me condujo de nuevo al jardín.

El manzano se encontraba a pocos metros de la ventana de la cocina y estaba repleto de flores de un rosa pálido. Annie lo miraba fijamente mientras hablaba:

—Tu abuelo trajo este árbol la semana antes de que Frances se uniera a las Fuerzas Aéreas. Por aquel entonces no era más que un par de ramitas. —Sonrió amargamente—. Recuerdo que, mientras excavaba el agujero para plantarlo, él le decía que no importaba dónde estuviera, que este era su árbol, lo que significaba que sus raíces siempre estarían aquí, en los Dales. Cada vez que volvía a casa, más feliz que unas castañuelas, lo primero que hacía era medir su árbol. A mi padre eso le encantaba. Siempre supo cómo hacerlo feliz. Era la niña de sus ojos...

—¿Tú tienes algún árbol especial? —pregunté con cautela.

—No, querida. Nunca plantaron ninguno para mí, y la rabia me ha reconcomido toda la vida, simplemente porque nunca me plantaron un maldito árbol. —Se rio con desdén y se dio la vuelta para tomar asiento en un banco a la sombra del árbol—. Menuda tontería. Pero es culpa mía, de nadie más.

No dije nada.

—Yo la alejé, muchacha. Sabía que estaba mal, pero lo hice. Por pura maldad. —Se quedó un segundo callada—. Se suponía que

Frances tenía que ver crecer su árbol, pero cuando nuestros padres murieron no regresó jamás. Tantos años desperdiciados, ¿y para qué? Por mi maldito rencor. Siempre pensé que ya habría tiempo para arreglar las cosas... Y ahora ya no está. La vida pasa demasiado rápido.

Exhaló un hondo suspiro de lamento y se llevó las manos a las mejillas.

Saqué la carta de mi madre del bolsillo.

—Me parece que deberías leer esto. Es una carta que ella me escribió. Habla del tiempo que pasó aquí... De todo.

Sorprendida, tomó la carta y la movió impaciente en el aire.

—Mis dichosas gafas están en la cocina. ¿Me la puedes leer, cielo?

Unas lágrimas silenciosas caían por sus mejillas mientras escuchaba mi voz. Cuando terminé, se secó la cara con el delantal.

—Gracias.

—¿Ha servido de ayuda? —le pregunté esperanzada.

—Sí. Ha servido. —Sonrió ante el recuerdo—. Era una muñequita soñadora esa madre tuya.

De repente se me ocurrió algo.

—Annie, si el abuelo te hubiera regalado un árbol, ¿cuál te habría gustado que fuera?

Dejó escapar una risotada.

—Siempre quise un ciruelo... Soy una vieja tonta y amargada. ¿Sabes? Nunca he plantado un solo árbol frutal en este jardín, y todo por mi egocentrismo y mi estupidez. Menuda bobada.

Se volvió hacia mí en el banco y me tomó el rostro entre sus manos, justo como habría hecho mi madre. Su muestra espontánea de afecto bastó para que me emocionara.

—Debes de haberte sentido tremendamente sola desde que se marchó —me dijo—, y bien sabe Dios que sé de lo que hablo.

Asentí. Las lágrimas descendían sin control por mis mejillas.

—Bueno, no tengo hijos, y tampoco me quedan muchos años para compensarlo, pero recuerda esto, cielo: siempre habrá un hogar para ti aquí si lo necesitas.

Asentí y sentí una enorme oleada de paz.

La actitud norteña de Annie salió a relucir y se recompuso.

—Ya está bien, muchacha, se acabaron las lágrimas. Vamos a secar esos preciosos ojos marrones que tienes. Me equivoqué al decir que no te pareces a tu madre. Esos ojazos son un calco de los suyos.

Me sonrió con una calidez tremenda y, después de limpiarme las lágrimas con la que probablemente fuera la última esquina seca de su delantal, nos abrazamos y tiramos por la borda los treinta años de dolor, allí mismo, en aquel banco y bajo el manzano de mi madre.

Ted nos llevó al hotel, y en el trayecto se me ocurrió una idea.

—Ted, supongo que hay algún centro de jardinería por aquí cerca, ¿no?

—Hay un vivero cerca de Leyburn —respondió—. ¿Por qué lo preguntas?

—Me gustaría comprarle un árbol a Annie, un ciruelo. ¿Me puedes llevar hasta allí?

Apartó la mirada de la carretera y me sonrió.

—Claro, pero habrá que pensarlo bien.

—¿Por qué?

—Cualquier árbol tiene que adaptarse a su nuevo entorno. Con los frutales hay que tener mucho cuidado, porque a lo mejor compras uno que necesite tener cerca un polinizador. De modo que tienes que comprar dos, o no producirá fruta.

—¿Y cómo es que el manzano de mi madre da fruta?

—Ese es diferente. Es un autopolinizador.

En ese momento algo me vino a la cabeza.

—Entonces... si mis abuelos se lo hubieran pensado mejor y hubieran comprado dos árboles interdependientes, uno para cada una de las hijas, en lugar de uno solo, independiente...

Acabó la frase por mí:

—¿Puede que para Annie y Frances la vida hubiera transcurrido de un modo distinto? ¿A eso te refieres?

—Sí.

—Y también para mí...

—Cenemos juntos esta noche —propuse cuando subíamos las escaleras en dirección a nuestras habitaciones.

Alasdair se detuvo.

—Lo siento, Grace, no puedo. Tengo que hacer algo. He recibido un mensaje, tengo que ponerme en contacto con el trabajo.

Entorné los ojos.

—¿Un mensaje? Eres un maldito charlatán, Alasdair. Pensaba que habías apagado el teléfono. Yo, para que lo sepas, me he portado bien. Te habrás dado cuenta de que ni siquiera he tocado el mío hoy.

Apretó los labios.

—Sí apagué el teléfono, pero tengo un busca para el trabajo. ¿Eso no te lo dije?

Sonreí.

—Qué raro. Y no, no lo hiciste... Eso es trampa, Finn.

Jugueteó con la cremallera de su forro polar y me sonrió.

—Bueno, solo un poco. ¿Por qué no nos vemos en el reservado del restaurante después? Tengo que darte otra carta esta noche.

—¿En serio? Pero si ya he leído la carta de este lugar.

—¿Qué te parece a las nueve?

—Allí estaré.

Capítulo 11

Me sentía inquieta en mi habitación, así que bajé las escaleras y elegí varias revistas de una mesita del recibidor. Había sido un día repleto de emociones y no quería estar sola. Así solo conseguía darle vueltas a todo.

Le pedí a June la cena y me acomodé en el bar.

El *Yorkshire life* anunciaba un buen número de propiedades en la zona de los Dales. Había una casa de campo a la venta en West Burton, el pueblo de Annie, y me pregunté cómo sería vivir ahí de forma permanente. La verdad es que me había enamorado de la granja y sentía que una pequeña parte de mí también pertenecía a ese lugar.

Miré a través del parteluz; el cristal lleno de burbujitas deformaba la realidad y la ondeaba. Me di cuenta de que podían distinguirse los riscos de la cima del Penhill por encima de los tejados de las casas. Emocionada, pensé en mi madre subiendo allí arriba para observar la puesta de sol, y ya estaba valorando hacer algo igual de impulsivo cuando June apareció con mi café.

—Su amigo va a tomar la cena en su habitación, por lo que veo.

—Sí. Me parece que está trabajando con su ordenador.

—Oh, ¿activo la alarma de incendios para que venga?

June me dio un golpecito con el codo y me guiñó un ojo.

—No se preocupe. Hemos quedado después en el reservado.

Esperaba que mis palabras la calmaran, pero no fue así.

—No deje para mañana lo que pueda hacer hoy, muchacha. Me da la sensación de que el hombre necesita un empujoncito en la dirección correcta.

Esa mujer era incorregible.

El precioso día dio paso a una tarde espléndida y de nuevo regresé a mis pensamientos. Eran las 18:40. Calculaba que podía llegar a la cima del Penhill hacia las ocho, más o menos, ver la puesta de sol y volver al pueblo antes de que cayera la noche.

Así que me metí las chocolatinas del postre en el bolsillo y corrí escaleras arriba a por mi impermeable, pero recordé que estaba en la mochila de Alasdair.

«Mierda.»

No quería molestarlo, ya que había especificado que necesitaba estar a solas. Por suerte, su forro polar estaba tirado en mi cama, así que me lo llevé y, tras recoger mis botas del secadero de June, salí a la carretera y empecé el ascenso hacia la colina.

Recordaba fácilmente el camino y, con esfuerzo, llegué a lo alto en más o menos una hora. Los colores del valle se habían apagado por el sol de la tarde, y los campos emanaban un brillo dorado.

Me senté en el mismo lugar donde había estado con Alasdair y me sorprendió ver el ajo de oso aún bajo la piedra. Sin abrigo sobre el que sentarme en esta ocasión, sentí que la humedad del páramo penetraba en mis pantalones casi de inmediato. El viento me daba en la espalda y me enfriaba. Me quité el forro polar de los hombros y me lo abroché para combatir el frío de la tarde.

La luz se estaba desvaneciendo, no faltaba mucho para que el último pedazo de sol besara la tierra en el horizonte. Dediqué mis pensamientos a la carta de mi madre, bajé la mirada a los Dales y pensé en mis abuelos. Me imaginé a mi madre allí tantos años atrás y sentí una conexión emocional con ella, con el paisaje. Caí entonces en la cuenta de que, aunque la gente cambiaba con el tiempo, el paisaje no lo hacía, y era reconfortante saber que estaba conectada a una parte tan bonita del mundo.

Miré una vez más en dirección al río y me acordé de la canción preferida de mi madre, *Moon river*. Me sabía la letra de memoria y, feliz de tener un momento para mí, la entoné con el corazón, cantando en susurros y contenta por saber que nadie, excepto ella tal vez, me escuchaba.

Mi infancia en St Christopher's estuvo plagada de música: clásica, ópera, viejos musicales de los cincuenta y los sesenta, pero nada particularmente moderno. Aprendí a cantar y a tocar el piano.

Cuando tenía doce años, mi madre aseguraba que era imposible adivinar si sonaba de fondo la banda sonora de *Sonrisas y lágrimas* o si era yo la que cantaba en el salón. Solían pedirme que cantara en las representaciones del colegio y me reclutaron en el coro del pueblo. El problema era que, fuera de casa, era de lo más tímida. Con el tiempo fui capaz de cantar en el vecindario sin que el rostro se me encendiera como las llamas del infierno, pero para mí la timidez y el canto permanecieron inexorablemente conectados.

En términos académicos, rozaba la brillantez. A los dieciséis años aprobé los exámenes con buenas notas y empecé a pensar qué rumbo tomar. Mi profesor de música me sugirió que siguiera en el colegio y estudiara música avanzada. Mi madre me pagó clases particulares de canto y de piano y me llevó a ver a una mujer rusa —que había sido cantante de ópera de joven— todos los sábados durante un año. Me convencieron de que me uniera a una asociación local de ópera para ampliar mi experiencia y acostumbrarme a cantar en público. Para mi sorpresa, la asociación era bastante divertida, no era muy seria, y me lo pasé fenomenal; por ello, hice una audición para optar a una plaza en la Academia de Música de Londres. Me ofrecieron una plaza en el tercer curso y en septiembre comencé una nueva vida en la ciudad.

Me costó un tiempo adaptarme a la academia, si es que llegué a conseguirlo. Mi estilo de vida se convirtió en justo lo contrario a la vida fácil que había conocido en Devon, pero ese no fue el problema de verdad. El problema real era que estaba viviendo una vida en busca del éxito musical, pero no creía que tuviera suficiente talento para despegar. Y cantar se convirtió en un sufrimiento en vez de un entretenimiento.

Seguí durante un tiempo, pero hacia el final de mi segundo año no podía aguantar la música, literalmente. Mi timidez disminuyó conforme me iba exponiendo al público, pero me di cuenta de que, aunque fuera suficientemente buena como para hacer audiciones de ópera o teatro musical, cuando acabara el curso, nunca tendría la confianza para actuar a gran escala. A pesar de lo descontenta que estaba mi madre, dejé la academia al acabar mi segundo año.

El lado positivo es que me mudé a un piso con amigos ajenos a la academia y empecé a disfrutar mucho más de la vida social en Londres. La opción más fácil habría sido regresar a casa, a St Christopher's (y una parte de mí era lo que deseaba), pero era hora de ser independiente, así que me quedé en Londres y me esforcé por encontrar un buen trabajo. Empecé trabajando en la venta, y al final encontré un empleo con perspectivas de futuro en el servicio público.

Uno de mis compañeros de piso, un hombre que al principio pensé que era el amor de mi vida, era fotógrafo profesional. Trabajaba en un estudio cercano. Había comenzado a trabajar como *paparazzi* y sacaba bastante dinero vendiendo fotografías robadas a la prensa. El volumen de trabajo creció y lo dejó sin tiempo para el estudio. Se vio dividido entre su artista interior y el dinero fácil.

Entonces me enseñó los fundamentos de la fotografía, me compró una buena cámara y cada vez que había opciones de ganar dinero en Londres y él estaba ocupado sacando a relucir su vena artística, yo ponía cualquier excusa para salir de la oficina e ir a hacer las fotos por él. Me apunté a un curso nocturno de Fotografía Avanzada, recibí unos cuantos diplomas y con el tiempo creé mi propia red de contactos. Poco a poco mejoré lo suficiente como para dedicarme a ello a tiempo completo.

Sin el más mínimo interés por ascender, dejé el servicio público a los veintiséis y me convertí en una fotógrafa respetada. Mi carrera musical, o la ausencia de ella, fue lo único que molestó a mi madre. A lo largo de los años solía decirme «un año, en realidad, no es nada». Pero, para mí, todo un año como segundona sin poder desarrollar mi potencial en un centro de primera sí era demasiado y, aunque cantar siempre había sido mi gran amor, nunca me arrepentí de mi decisión de abandonarlo.

La música permaneció en mi vida, pero a mi manera.

Mi sucesión de pensamientos se vio interrumpida por un destello gris en el cielo. A este lo siguió un fuerte rugido como de cristales rotos. Un avión militar me sobrepasó proveniente de los Dales. Observé su morro ascender en una inclinación de noventa grados; del motor salía un resplandor naranja. En pocos segundos el avión había desaparecido por un agujero entre las nubes.

¿Nubes? ¿De dónde habían salido? Noté un escalofrío en la piel. Había empezado a llover.

Miré a mi alrededor, en la dirección del viento y, para mi horror, me encontré con unas nubes negras que inundaban los páramos. Y no solo eso, el sol se había escondido y no me había dado cuenta de que estaba anocheciendo.

Además, no tenía ni un maldito abrigo.

Mientras descendía por el camino serpenteante, me di cuenta de que la lluvia, que era más rápida que mis piernas, me arrastraba. En cinco minutos la ladera de la colina quedó sepultada por la niebla, y en la distancia oí un trueno.

Me detuve un instante para tomar consciencia de mi posición. La lluvia me había pegado el pelo a la cara y tenía los pantalones empapados. Gracias al forro polar de Alasdair, tenía el cuerpo seco, pero no tardaría mucho en mojarme por completo. Las gotas me caían desde la cabeza, por el cuello y seguían hasta mojarme la parte trasera de la camiseta.

Miré más allá del altiplano. La parte inicial del camino se veía bien, incluso con la niebla, pero era descorazonador lo lejos que quedaba el camino del pueblo antes de ir a la derecha. Sabía que la forma más rápida de regresar era continuando recto hacia abajo, por el lado derecho de la colina, ¿no? Recordé las palabras de Alasdair acerca de rodear la montaña, pero imaginé que el concepto solo se aplicaría al subir y no al bajar. Calculé que tardaría una media hora en llegar al hotel si tomaba la ruta directa. Sentí de repente las manos heladas, a pesar de que estaban ocultas bajo las mangas enormes del forro polar.

Decisión tomada: ruta directa.

No pasó mucho tiempo hasta que encontré el camino bloqueado por un muro de piedra, lo que no me sorprendió, teniendo en cuenta mi ubicación. Agucé la vista y, a través de la niebla, examiné el muro por si había alguna puerta o algo por el estilo. Nada de nada. Mi única opción era treparlo.

La roca parecía papel de lija húmedo, pero me resultó relativamente fácil escalarla. El siguiente tramo era escarpado y me entusiasmó la idea de ir perdiendo altura tan rápidamente. Comencé a correr. Otro muro, arriba; otro tramo escarpado y mi rápido descenso por la montaña prosiguió. Llegué al segundo altiplano diez minutos después de abandonar el camino y descubrí que tan solo podía atisbar el pueblo en la distancia: una tenue luz proveniente de alguna ventana brillaba como si se tratara de un faro a través de las nubes bajas y la cortina de lluvia.

Los rayos se acercaban y tenía que tomar una decisión: que la tormenta me pillara en campo abierto o descender. Hice un esfuerzo por recordar un programa de televisión que había visto recientemente acerca de las tormentas. ¿Agazaparme junto a un muro de piedra? ¿Eso era lo que tenía que hacer?

Mojada ya por completo, continué mi camino. No me podía creer el frío que hacía. Era primavera y me sentía como si me hubiera quedado encerrada en el congelador. Tan solo tenía los pies secos, sorprendentemente.

Corrí a través de los campos como si me persiguiera una manada de lobos. La niebla volvió a envolverme y ya no podía ver más allá de tres metros por delante. Metí el pie derecho en la madriguera de un conejo, tropecé y aterricé en la hierba empapada; un dolor agudo me subió por la muñeca. No tenía tiempo de lamerme las heridas, así que me levanté y seguí corriendo, pero mi camino acabó bloqueado por otro muro.

Decidí continuar adelante, escalarlo. Aunque me resultó fácil encontrar agujeros en la piedra para colocar los pies, solo contaba con una mano para agarrarme, la otra todavía me palpitaba por la caída, así que apreté los dientes y me alcé, permitiendo que las piernas hicieran todo el esfuerzo. Conseguí pasar una pierna sobre la parte superior y retorcí el cuerpo para pasar al otro lado del muro. Y me inundó el alivio cuando con un pie toqué tierra al otro lado, pero cuando me di la vuelta para continuar el descenso, me detuve petrificada.

Al volverme, descubrí un granero en ruinas, y una fracción de segundo después vi un enorme carnero, furioso por la irrupción en su refugio. Se removió, agresivo, bajó la cabeza para mostrar los cuernos y resopló mientras arañaba el suelo con las pezuñas.

Me quedé totalmente paralizada con la espalda pegada al muro, incapaz de actuar, incapaz de pensar.

El carnero se acercó. Sería un suicidio quedarme allí, pero huir era imposible. Atrapada, tanteé la pared con un pie y encontré un lugar donde apoyarlo. A lo mejor podía volver a trepar el muro.

Oí una voz a través de la niebla.

—No te muevas a menos que lo haga él. Quédate quieta.

Era Alasdair. «Gracias a Dios.»

Lo que pasó a continuación fue un auténtico milagro. Me alzó en hombros y me lanzó —con toda la delicadeza posible, dadas las circunstancias— por encima del muro. Aterricé sobre la muñeca que me había lastimado y grité de dolor.

La lluvia se había convertido en algo parecido a un monzón de la India. Los rayos perforaban la tierra en el valle a intervalos cada vez más regulares mientras que la acústica de los Dales intensificaba de una forma horrible los rugidos de los truenos. Me acurruqué junto a la pared, contra el muro. Alasdair apareció y se apresuró a abrir la mochila.

Se colocó una linterna en la cabeza y sacó el saco de plástico naranja que le había visto antes. Sacó una sábana circular del saco que también era naranja.

—¡Ven a sentarte a mis pies! —me gritó—. ¡Rápido!

Levantó la sábana por encima de su cabeza y trató de controlarla sosteniendo los bordes mientras se batía con fuerza por las ráfagas. Miró a lo lejos, a través del viento feroz. El agua goteaba por cada recoveco de su rostro.

—Es una sábana de supervivencia. Tenemos que refugiarnos y procurar que te seques.

Nos acurrucamos muy juntos y él dispuso la sábana sobre los dos. Aseguró el borde de nailon bajo mi cuerpo, de modo que me encontraba sentada sobre la sábana en lugar del suelo empapado. Nuestros cuerpos servían de armazón para la improvisada tienda de campaña, y nuestras cabezas de varales. Alasdair alcanzó una vara telescópica que estaba sujeta a su mochila, la alargó y, tras anclarla firmemente al suelo, creó otra punta. La mochila era la cuarta esquina y también tenía la manta fijada debajo. Rebuscó en ella, sacó ropa seca y tuvo cuidado de que no se mojara.

—Quítate la tuya y ponte esta —me pidió.

Me saqué el forro polar mojado por la cabeza mientras él me desataba y quitaba las botas. Tenía los pies secos, pero las manos agarrotadas por el frío, lo que hizo que quitarme la blusa resultara complicado hasta el extremo. Alasdair se dio la vuelta mientras yo me esforzaba por meterme su camiseta por la cabeza. Después me tendió mi abrigo.

—Levanta el trasero, tengo que quitarte los pantalones.

En circunstancias normales, me habría reído por su comentario o le habría dado una bofetada, pero me dolía demasiado la muñeca como para hacer ningún comentario jocoso. Además, parecía de todo menos contento.

—¿Qué pasa? ¿Por qué pones esa cara? —me preguntó.

—Me he golpeado la muñeca.

Me la agarró y la manipuló para valorar los daños.

—¿Está rota? —Hice un esfuerzo por no ponerme a llorar.

—No.

Unos minutos después, estaba vestida y seca, pero seguía temblando un poco por la mezcla del frío, el miedo y el dolor.

—En un minuto entrarás en calor —indicó. Al ver mi expresión alicaída añadió—: No te preocupes, sobrevivirás.

Sonreí con dificultad y él volvió a rebuscar en la mochila.

—Ah, aquí está, ya imaginaba que lo tenía. —Sacó una enorme bufanda verde y negra.

—¿Qué es?

—Un *shemagh*. Es de Oriente Medio, un complemento muy útil. Voy a ponértelo en la cabeza para evitar que se escape el calor.

Se agachó detrás de mí, estirando la sábana hacia arriba con el movimiento, y me enrolló el *shemagh* alrededor de la cabeza, tal como habría hecho un vendedor árabe en un zoco cualquiera.

—Nos quedaremos aquí hasta que entres en calor y, cuando haya pasado la tormenta, regresaremos al hotel. Mete las manos bajo las axilas.

Se colocó de forma que mi espalda estaba protegida por su pecho y se abrió el abrigo para que pudiera beneficiarme de la calidez de su cuerpo. Era como acurrucarse junto a un radiador. La intimidad de nuestra cercanía tendría que resultarme atrayente o embarazosa, pero la falta de luz en la tienda y la condensación de nuestro aliento, la proximidad de la tormenta y el hecho de que temblaba como una hoja desvaneció cualquier intento de romance.

—No volveré a burlarme de tu mochila nunca más —bromeé.

Aunque no le veía la cara, sentí su sonrisa y me alivió que no estuviera enfadado conmigo por haber sido tan necia en la montaña.

—¿Sabes qué? Esto es simplemente increíble —comenté, volviendo ligeramente la cabeza hacia atrás.

—¿El qué, que te cruces con un carnero en los Yorkshire Dales?

Sabía a qué me refería.

—No, que hayas dado conmigo en mitad de la nada. ¿Estabas dando un paseo o habías venido a buscarme?

Me imaginaba cuál era la respuesta.

—June vino a verme cuando empezó a llover. Ella sabía que se acercaba una borrasca, te había visto salir del hotel y se dio cuenta de que no estaban tus botas. Recordé que aún tenía en la mochila tu impermeable y pensé que estarías hecha una sopa. Así que salí a buscarte, solo por si acaso.

—Pero podría haber ido a cualquier parte. —Volví el torso para ponerme frente a él—. Sé por qué pensaste que regresaría a la montaña: la carta de mi madre, la puesta de sol y eso... Pero ¿cómo sabías que me perdería?

—Por favor...

Nuestra conversación se detuvo abruptamente cuando un destello de luz iluminó el nailon de la tienda de campaña improvisada peligrosamente cerca. Nuestros rostros se iluminaron un segundo y volvió la oscuridad. La única charla que tuvimos después de eso fue para contar los segundos entre el trueno y el relámpago.

Una media hora más tarde la tormenta amainó, ya no me temblaba el cuerpo y la muñeca me dolía menos.

Alasdair tomó la decisión de quitar la sábana. Esperé soplándome las manos y dando saltitos para entrar en calor mientras él empaquetaba la sábana. La oscuridad era total y me pregunté qué habría sucedido si no me hubiera encontrado. Me estremecí.

—¿Sigues teniendo frío, Grace?

—No, no estoy mal. Solo estaba pensando en qué me habría hecho el carnero si tú no hubieras aparecido.

—Probablemente nada —respondió, echándose la mochila a la espalda—. Sus beee son peores que sus mordiscos.

Gracias a la luz de su frontal vi que me guiñaba un ojo y recorrí todo el camino hacia el pueblo riéndome por lo bajo. El camino largo, en esta ocasión.

Capítulo 12

Eran alrededor de las diez cuando entramos en el hotel y nunca me había alegrado tanto en mi vida de llegar a un lugar.

June revoloteó a mi alrededor como si fuera una madre ansiosa, llamó al veterinario del pueblo, que estaba en el bar, para que me echara un vistazo a la muñeca y, satisfecha por que hubiera sobrevivido sin romperme ningún hueso, me envió escaleras arriba para que tomara un baño. Me quedé mirando atrás, en dirección a Alasdair, mientras subía sin fuerzas las escaleras.

—Si no estás demasiado cansada, te espero en el reservado.

Observé su expresión amable y no pude creerme lo paciente que estaba siendo conmigo. Debía de tener un aspecto terrible, ahí de pie, como un espantapájaros con su ropa que me quedaba tan ancha, porque enseguida cambió de idea.

—Aunque... en realidad, la carta puede esperar a mañana.

—Ni hablar, ¡necesito un trago!

—¿Y qué pasa con esa muñeca? Es mejor que tomes ibuprofeno, o la torcedura te dolerá una barbaridad mañana.

Tan solo tardé un segundo en valorar su consejo.

—Para mí un *brandy* con *ginger ale*. Dame diez minutos.

Retomé mi ascenso lentamente por las escaleras, pero oí su voz detrás de mí.

—¡Grace!

—¿Sí? —Ni siquiera me volví.

—Aunque te queda muy bien, tal vez Yorkshire no esté preparado aún para el estilismo de un *shemagh*.

Me di la vuelta y lo encontré señalándome a la cabeza. Alcé la mano de forma instintiva para tocar la bufanda. Solté una carcajada; me había olvidado por completo de que lo llevaba puesto. Me lo quité con un movimiento rápido y se lo lancé para que lo pillara al vuelo.

—Tienes toda la razón.

Después de bañarme, bajé las escaleras para encontrarme con mi acompañante, pero entonces me fijé en la entrada del hotel en alguien que hizo que se me salieran los ojos de las órbitas. Tenía que ir a por mi cámara, y rápido.

Diez minutos más tarde, bastante satisfecha conmigo misma, entré en el reservado y me encontré a Alasdair sentado solo junto al fuego. Mi *brandy* me esperaba en la mesa.

—¿No está June? —pregunté.

—Ya ha echado el cierre por hoy. Tenemos que servirnos nosotros mismos, anotar lo que tomamos y ya lo añadirá a la cuenta mañana.

Me senté en una silla con respaldo alto al otro lado de la chimenea, respiré hondo y esbocé una sonrisa de satisfacción.

—¿Qué pasa? Parece como si acabaran de salir premiados tus números de la lotería.

Tomé un trago del *brandy*.

—Y eso es lo que ha pasado, Alasdair. ¡Me ha tocado! ¡No te vas a creer a quién acabo de ver en el restaurante!

—¿A quién? —indagó con una sonrisa, claramente intrigado.

—Pues he visto a..., no te lo vas a creer, a la mujer de un político muy famoso. —Guiñé un ojo—. Y no estaba sola. Estaba en una pose muy relajada, de la mano con un hombre que no es su marido.

Definitivamente. Vaya si lo sé. Los conozco, les hice unas fotos a los dos en su casa el año pasado.

Alasdair parecía desconcertado.

—¿Y...?

—¿Cómo que «y»? Y he subido a por mi cámara. Tengo que encontrar un modo de descargar la foto.

Esperaba que me ofreciera su ordenador para hacerlo.

—Tal vez puedas enviarla en el próximo lugar donde vayamos.

«Esa no era la respuesta que esperaba.»

—Tal vez, pero son noticias frescas para hoy, no para mañana. No pareces muy interesado.

Le dio un sorbo a su *brandy*.

—Es que no lo estoy. Que una mujer cualquiera se quede en un hotel con un hombre que no es su marido no es algo que me interese, sinceramente. El personal del hotel estará acostumbrado a ver cosas así. ¿No crees?

Me quedé patidifusa, no le importaba un pimiento.

—Pero su marido es un político...

—Su marido sí; ella no.

—Pero lo que ella haga, repercute en él —dije, algo confusa.

Mi acompañante suspiró.

—¿De verdad? Tú no conoces sus circunstancias. Puede que, si estuvieras observando esa aventura con sus ojos, no la juzgaras. De hecho, puede que si conocieras toda la historia, decidieras dejarla en paz. De todas formas, pensaba que habías dejado el trabajo de *paparazzi*.

—Sí, pero tampoco hay por qué desperdiciar el dinero. Una foto como esa vale bastante, ¿sabes?

Le dio golpecitos con los dedos al posavasos y miró a la lejanía. Parecía decepcionado.

—De acuerdo. Te dejaría que usaras mi ordenador, pero es militar, lo siento.

Decidí cambiar de tema. Ya llamaría a Paul desde mi habitación más tarde para darle la exclusiva.

—Bueno, segunda jornada completada. Menudo día —señalé, acomodándome en la silla.

Alasdair se relajó.

—Sí. Te ha aparecido una tía de la nada. Por cierto, me ha caído bien, y la granja es fantástica. Y no olvides el dato de que tu madre fue a las Fuerzas Aéreas. Por último, y esta es la parte más importante que aparece en mi cuaderno: la aventura de hoy, casi te mata un carnero enorme.

Nos volvimos a reír al recordarlo. Alasdair se puso en pie.

—¿Qué puedo ofrecerte ahora? ¿Un cóctel, champán?

Me levanté con resolución y me quedé mirándolo. Decidí esbozar mi mejor sonrisa e investigar un poco. La carta de mi madre me había revelado lo suficiente para dejarme con ganas de más.

—¿Cuántos años tienes?

Soltó una carcajada, divertido por mi pregunta directa, y le dio un sorbo a su bebida.

—Treinta y ocho.

—Y eres un soldado del Cuerpo de la Marina Real. —Decidí no presionarlo con lo de las Fuerzas Especiales. Había pasado suficiente tiempo en St Christopher's como para adivinar que había preguntas que podían hacerse y otras que no.

Echó la espalda atrás, se sacó la cartera del bolsillo y me tendió una tarjeta de plástico. Volvió a sentarse.

—¡Qué foto más horrible! —bromeé. Regresé a mi silla y leí el nombre en voz alta—: Comandante Alasdair Finn. Nunca había visto «Alasdair» escrito con una d. Me gusta.

—Mi madre era escocesa —respondió en voz baja.

Por la información de la carta de mi madre, me hubiera gustado presionarlo un poco más, pero su tono y la expresión en su rostro me dejaron claro que había cosas que era mejor dejar pasar.

110

Volvió a meter la tarjeta en el compartimento transparente de su cartera.

—Hablando de trabajo, me temo que mi periodo sabático se ha reducido —continuó—. Para eso era el mensaje. Me da tiempo a completar el viaje contigo, pero después tengo que regresar.

—Oh, qué pena. No tienes que ir a ningún lugar peligroso, ¿no?

Me sonrió.

—Aún no lo tienen claro, pero, aun así, hay que tenerlo todo planeado.

Me quedé con la mirada perdida en el fuego un momento. Miré el reloj y vi, para mi sorpresa, que eran más de las once.

—Es muy tarde. Debería leer ya la carta de mi madre.

—¿Por qué no esperas a mañana para hacerlo? Después de todo...

—¿Y por qué no la leo ahora? Tengo la cabeza hecha un lío. Tener más información seguro que me ayuda.

Se entretuvo removiendo las brasas del fuego mientras yo leía.

Capítulo 13

Hola, Grace, cariño:

¿Estás disfrutando del Wensleydale Heifer? Llevo años sin ir, pero Jake buscó información en Internet para enseñármelo y comprobé que los dueños habían mantenido su encanto pintoresco y antiguo, así que espero que lo estéis pasando bien. Ojalá que el tiempo haya sido bueno durante el paseo y la visita a la granja. ¿Qué tal estaba el lugar? Tan maravilloso como siempre, supongo.

Probablemente te estés preguntando por qué estás leyendo esta carta en el hotel, en vez de hacerlo en un lugar específico. Bueno, el próximo destino importante para mí es College Cranwell, de las Fuerzas Aéreas, está en Lincolnshire. Consideré la opción de enviarte allí, pero, tras pensarlo largo y tendido, he decidido que Lincolnshire es un lugar anodino y todo lo que podrás hacer allí es quedarte en la puerta y observar el edificio desde fuera, así que tal vez sea mejor que te quedes en un pub cómodo y leas sobre él.

Como ya sabes, me marché a Cranwell con veintiún años y Dios sabe que disfruté cada segundo allí. El College es el lugar donde entrenan a los oficiales.

No te voy a aburrir con los detalles. Basta con decir que en dieciséis semanas me embarqué en mi nueva vida y prosperé en el entrenamiento.

El día de mi graduación en Cranwell fue uno de los más felices de mi vida. Estaba en las nubes y rebosaba seguridad en mí misma. Ganaba dinero y tomaba mis propias decisiones; menuda niñata confiada y tozuda debía de ser por aquel entonces.

En mi curso tan solo había un puñado de muchachas y, como te imaginarás, todas recibíamos mucha atención por parte de los muchachos. En mi clase había uno llamado Geoffrey Heywood; era alto, de piel morena e increíblemente guapo. Desde el principio me fijé en él y a las quince semanas ya estábamos juntos. El pobre no tuvo mucha elección. El curso terminó y me mudé a otra estación, en Lincolnshire, para empezar mi entrenamiento como oficial de Inteligencia. Geoff se quedó en Cranwell y comenzó un curso de vuelo.

Yo iba y venía de Cranwell en mi pequeño automóvil. Con el tiempo forjamos una relación fuerte y llena de amor, que no fue nada fácil, dadas las circunstancias. Nos casamos el 31 de mayo de 1974 en Cranwell, en una bonita iglesia que aún sigue allí. Nos gustaba la idea de casarnos en un lugar que fuera importante para ambos. No te sorprenderá que te diga que fue un día precioso. Mis padres estaban allí y fue un día maravilloso. Annie también vino (sorprendentemente) y se mostró tan amargada como siempre.

Supongo que eso es todo lo que tengo que contarte. Cranwell fue un lugar muy importante en mi vida, pero lo principal es que allí conocí a un hombre que se convirtió en mi marido. Ese realmente fue el comienzo del resto de mi vida. Era joven y libre, y estaba llena de energía. Olvídate de esas tonterías modernas de «los cuarenta son los nuevos veinte». Esto es lo que te digo: los veinte son los veinte, los treinta son los treinta, y así sucesivamente. A principios de los veinte, tu vida de verdad, independiente, está empezando y ningún otro momento será igual, para bien o para mal. Si, con suerte, no arrastras ninguna carga emocional importante, todo está vivo, como el verde brillante que brota en primavera. Es una época llena de posibilidades y yo intenté aferrarme a cada una de ellas.

Con todo mi cariño, amor mío.
Mamá

Capítulo 14

Llegó mi turno de remover las brasas mientras Alasdair leía la misma carta.

—Ahora ya sabes por qué el día 31 de mayo era tan importante para ella —dijo, devolviéndome la hoja—. ¿Sabías que se casó?

—No tenía ni idea. Esta carta me ha dejado hundida, la verdad. No conocía de verdad a mi madre.

—Su historia aún no ha terminado. —Se quedó un segundo callado—. ¿Puedo darte un consejo, Grace?

—Como quieras...

—Puede que Rosamund haya sido tu madre, pero por encima de eso, era una mujer independiente y me da la impresión de que este aspecto de su personalidad, como mujer antes que madre, es lo que quiere revelarte. Así que, por ahora, yo no pensaría en ella como tu madre, sino simplemente como Rosamund.

—Querrás decir Frances —repuse con un tono afilado.

—Exacto. Todavía te quedan cuatro cartas más, así que probablemente al final lo entiendas todo.

Se quedó contemplando su *brandy* antes de bebérselo de un trago.

—¿Qué sabes tú, Alasdair? —Había algo en su expresión que me hacía pensar que me estaba ocultando algo—. ¿Qué te contó a ti mi madre cuando fuiste a Devon el año pasado?

Alzó la mirada, suavizó la expresión y sonrió.

—Lo único que sé es que al final te alegrarás de haber hecho este viaje. Ayer me dijiste que ibas a dejarte llevar y disfrutar. Esta carta parece haberte desanimado. Por cierto —añadió con tono alegre—, Rosamund me contó que habías aprendido música... y debo confesarte que te he oído cantar.

—Dios mío, no. ¿Cuándo? ¿Dónde? —Noté que se me subía la sangre a la cabeza y también a las manos.

—Estabas en St Christopher's, en la planta de arriba. Yo pasaba por la parte trasera de la casa, de camino al gallinero a buscar huevos. La ventana estaba abierta y tú estabas allí, cantando alegremente.

—¡Qué vergüenza! —Me tapé la cara—. ¿Y qué cantaba?

—*Amazing Grace.* —Esbozó una sonrisa al recordarlo—. Tenía que decírtelo, cantas muy bien.

Me aparté las manos del rostro.

—*Amazing Grace* es la canción que me cantaba mi madre siempre para dormir. De todas formas, mi carrera musical acabó, gracias a Dios. No te cobraré por la actuación si no me denuncias cuando pierdas el oído.

—¿Ya no te gusta cantar? —presionó—. Qué pena. Menuda pérdida de talento.

Y ahí estaba de nuevo, esa mirada de niño perdido, todo preguntas e inocencia.

—¿No te cansas de hablar de mí y de mi madre? ¿Te apetece que hablemos de tu familia de vez en cuando? Me parece que has tenido algunos problemas.

Su expresión se endureció.

—No, gracias, Grace. Sería malgastar saliva hablar de mi familia. Venga, cuéntame. ¿Cómo es que has acabado haciendo fotos y no cantando?

—Es muy tarde —Bostecé—. ¿A qué hora nos tenemos que levantar mañana? Por cierto, ¿adónde vamos?

—Demasiadas preguntas, jovencita. Tenemos que salir de aquí sobre las nueve y me complace decirte que nos dirigimos a un sitio realmente espléndido.

—¿Adónde? Por Dios, Alasdair, ¡cuéntamelo!

—Mañana, Grace Buchanan, vamos a Escocia.

Dijo la frase con tanta solemnidad que noté lo emocionado que estaba. Me dieron ganas de exclamar «¡Maldita Escocia! ¿Qué demonios hizo allí? Seguro que hace un frío tremendo», pero en vez de eso dije:

—¿Vamos a tomar otro vuelo?

—Sí. Esta vez a Inverness.

—Entonces te diré lo que pienso. —Suspiré y levanté mis cuerpo cansado de la silla—: Dado que has estado tan cortés y me has revelado uno de tus secretos, uno de los destinos de nuestro plan, te propongo un trato: tú echas carbón al fuego y yo voy a la cocina y preparo chocolate caliente. Puede que sea una noche larga.

—Trato hecho.

Frente a un chocolate caliente, le conté la historia de mi desastrosa y breve carrera musical y cómo acabé trabajando de fotógrafa. Mucho más tarde de lo que puedo recordar, subimos las escaleras y nos deseamos buenas noches.

Estaba metiendo la llave en la puerta de mi dormitorio cuando me miró desde su puerta.

—Grace...

—¿Sí?

—Lo de la mujer del político... es asunto tuyo, no mío. No te preocupes por lo que dije.

Asentí, asimilando que tampoco en verdad era asunto mío.

—Buenas noches, Alasdair.

—Buenas noches.

Me senté en la cama y tomé la cámara. Seleccioné la foto de los amantes (si es que lo eran) pillada desde la ventana del restaurante. La amplié para examinar la expresión de la mujer; parecía feliz. Seleccioné el icono de la papelera de la Nikon y, una fracción de segundo después, la imagen desapareció. Dejaría que la mujer disfrutara de su momento.

Después de todo, yo ya no era una *paparazzi*. Además, como había dicho Alasdair, probablemente no conociera esa historia.

PARTE 3

Montañas de Cairngorm, Escocia
24-28 de mayo

Capítulo 15

A la mañana siguiente me sentía sorprendentemente animada. Me dolía la muñeca, sí, tal y como había predicho Alasdair, pero un par de ibuprofenos lo solucionaron rápido.

Tras una mañana de ejetreo por hacer la maleta, comer, conducir y volar, llegamos a Escocia después de las 12.30 del mediodía. La vista de las Tierras Altas desde el aire era espectacular. Alasdair se inclinó sobre mí y señaló algunos puntos clave en los últimos minutos de vuelo: los montes Grampianos al noroeste, la isla Negra y, finalmente, las playas doradas del fiordo Moray al este.

Para salir del aeropuerto, la planificación fue tan impecable como en el de Leeds y tenía que admitir, al menos para mí misma, que me lo estaba pasando realmente bien.

De nuevo, Alasdair parecía saber exactamente adónde iba y, de nuevo, yo solo consulté el mapa un momento para echar un vistazo a la ruta que él había marcado en amarillo. Me explicó que nos dirigíamos al Parque Nacional Cairngorms, más concretamente, a un lugar llamado Nethy Bridge.

Como nunca antes había puesto un pie en las Tierras Altas, en el mismo momento que el automóvil se dirigió al sur desde Nairn y hacia las montañas, me di cuenta de que tenía que ser una broma: un precioso sol primaveral había viajado al norte con nosotros y lo primero que me sorprendió conforme nos adentrábamos en las Tierras Altas no fueron las alfombras de brezo ni las montañas que se alzaban como gigantes ante nosotros, sino el color del cielo. Era etéreo, como el azul de una acuarela.

—Mi madre tenía razón con lo del cielo. ¿No te has dado cuenta de lo diferente que es la luz aquí? El cielo es de un tono distinto de azul, y también más brillante. Todo parece más claro.

Alasdair apartó un momento la atención de la carretera para mirar arriba, asintió y me dejó seguir con mis pensamientos en paz.

Aproximadamente una hora después de salir del aeropuerto, los Cairngorms se hicieron omnipresentes en la distancia. Se trataba de una imagen capaz de levantar el ánimo a cualquiera. Más allá de Grandtown, a pesar de que el macizo montañoso seguía dominando las vistas, el camino se abría a una inesperada meseta de pastizales. La imagen era aún más perfecta gracias a la presencia de un río ancho que discurría por el valle. Unos campos amplios y llanos se extendían a cada lado del río y algunas reses típicas de las Tierras Altas meneaban la cola mientras rumiaban.

Si hubiera sido pintora, habría detenido de inmediato el vehículo, sacado el caballete y pintado la estampa para la posteridad. En lugar de ello, pedí a Alasdair que se detuviera en un área de descanso, tomé mi cámara y las lentes de los filtros y disparé.

Cruzamos un puente desvencijado que atravesaba el río Spey y paramos en una bifurcación. Alasdair me miró y acercó la mano al intermitente. Parecía que tenía alguna idea en mente.

—Ya que estamos aquí, hay algo que me gustaría mucho hacer —comentó.

—¿El qué?

—Ir al lago Garten a ver las águilas pescadoras. Anidan allí en esta época del año.

—¿Te gustan los pájaros... de dos alas?

Se echó a reír.

—Si me estás preguntando si soy un observador de aves, no, no lo soy. No a jornada completa. Pero las águilas pescadoras son especiales. ¿Te importa que vayamos?

—Claro que no.

Echó la mano a la manilla del automóvil tras aparcar en el lago Garten.

—Espera un momento, voy a cambiarme.

—¿Por qué? ¿Qué pasa con lo que llevas puesto?

Me había dado cuenta de que estaba especialmente atractivo ese día, al más puro estilo de «voy a liberar alguna nación».

—Si vienes a un lugar como este —dijo con tono serio—, a Obervatolandia, tienes que vestir adecuadamente para no molestar a las aves. Tengo que ponerme mi equipo de camuflaje. También llevo algo en la mochila que puedes ponerte, si quieres.

—¿En serio?

—Grace, qué sencillo resulta tomarte el pelo.

—Oh, muchas gracias.

Abrió la puerta con gran animosidad.

—Voy a ver si tenemos que pagar para entrar en el observatorio. Qué emoción.

—Ay, no, Alasdair. ¡Eres un observador de aves de verdad!

Con un suspiro de satisfacción, tomé mi cámara del asiento trasero y caminé la corta distancia hasta la orilla del lago. Era el sueño de cualquier fotógrafo: rodeada de un bosque de pinos y resguardada por la sombra de las montañas. El lago Garten era la representación de la paz en la tierra: sereno y completamente tranquilo.

Alasdair apareció a mi lado diez minutos más tarde.

—¿Qué estás fotografiando? —me preguntó agachándose.

Estaba postrada en el suelo. Me reí, hice un par de fotos más y me puse de pie.

—No me creerías si te lo dijera. —Asentí al ver dos pares de binoculares colgando de su cuello—. Vas que ni pintado.

—Y que lo digas.

Descendimos por un estrecho camino que bordeaba el lago. Para ser sincera, no esperaba divertirme mucho pasando una hora sentada en un observatorio, pero era algo que él quería hacer, así que intenté mostrar interés. Cuando nos acercamos a un recinto de madera de cuatro metros y medio cubierto de una red de camuflaje, Alasdair se detuvo y posó las manos sobre mis hombros.

—Bien, lo importante al sentarse aquí es asegurarse de que las águilas pescadoras no notan nuestra presencia. Le he prometido a la mujer del centro de visitantes que seríamos silenciosos como una tumba y nos quedaríamos quietos como un árbol. ¿Podrás hacerlo?

—De acuerdo, David Attenborough, no hace falta que me des un discursito. Lo pillo.

—Bueno. ¿Y crees que podrás mantenerte quieta más de cinco minutos? —insistió.

—Claro que sí, ¿tan difícil es?

—El problema es que tú tienes tendencia a moverte mucho.

En ese momento estábamos fuera del observatorio.

—¿Cómo sabes que me muevo?

—Grace...

El observatorio estaba vacío, excepto por un largo banco de madera atornillado al suelo justo en la parte delantera y paralelo a la estrecha ranura que servía para observar el exterior. Dentro estaba

126

oscuro y olía a una mezcla de ambientador con aroma a bosque y calcetines sucios. Alasdair me pasó unos binoculares. Cuando nos sentamos en el banco, me aparté la cámara del cuello y me coloqué los binoculares en su lugar. Miré a Alasdair; tenía los ojos ya presionados contra las lentes y los codos apoyados en una tabla fijada a la pared que había debajo de la ranura.

—¿Y ahora qué? —pregunté en un susurro.

—Ahora nos quedamos muy quietos, esperamos y miramos. Las águilas se han pasado toda la mañana en el nido, así que, con suerte, veremos pronto a una de ellas en acción. Al parecer, una vez que han salido los polluelos del huevo, el macho se dedica a cazar para su familia hasta que las crías tienen seis semanas. La hembra se queda con los polluelos para empollarlos.

—Ella tiene sus prioridades. Nada de derechos por la libertad de las mujeres.

Alasdair se había metamorfoseado en un observador de aves profesional y no respondió a mi broma.

—Desde aquí no se ve el nido, pero han puesto una cámara dentro de él y se pueden ver las imágenes en el centro de visitantes. He echado un vistazo rápido y es fantástico —comentó con los ojos pegados a las lentes.

—Estupendo.

No sabía cuánto tiempo podría seguir fingiendo entusiasmo. Además, estaba decidida a demostrarle que estaba equivocado: no pensaba moverme.

—Entonces, ¿en qué estado estamos ahora: huevos o polluelos? —pregunté.

—Huevos. Venga, vamos a callarnos un momento.

—Bueno —susurré, poniéndome en posición, igual que él. Tan solo había pasado un minuto cuando me reprendió.

—Te estás moviendo —murmuró sin apenas mover los labios.

—¿Yo?

—Siento cómo te remueves —continuó en voz baja pero rotunda—. Si sigues así, no vamos a ver nada.

—No me estoy moviendo.

—Estás moviendo la cabeza.

Tenía razón. Me senté derecha y lo miré.

—Son estos malditos binoculares. No están bien ajustados, pero no he querido ajustarlos para que no dijeras que me estaba moviendo y porque me sigue doliendo la muñeca y estoy intentando ajustarlos con la mano izquierda.

Alasdair se irguió en su sitio y soltó sus binoculares, de modo que le quedaron colgando en el pecho. Exhaló un hondo suspiro.

—¿Si te ajusto los binoculares te quedarás quieta? —preguntó en un tono un poco más suave.

—Sí.

—Pues venga.

—Eres un mandón.

Esbozó una media sonrisa mientras ajustaba el enfoque y los toqueteaba en un intento adaptarlos a la anchura de mi rostro.

Volvimos a tomar nuestras posiciones de observación, pero seguía sin sentirme cómoda. Los binoculares seguían molestándome y un caramelo en el bolsillo de los *jeans* se me estaba clavando en el trasero.

—Otra vez lo estás haciendo —señaló; se estaba enfadando un poco y su tono lo demostraba—. Le he prometido a la mujer que nos íbamos a portar bien, Grace.

—Lo siento, lo siento. Mira, mejor dejo los binoculares y uso el visor de mi cámara.

—Como quieras.

Me saqué el caramelo del bolsillo, lo dejé en el banco, le quité la tapa al objetivo de la cámara y lo dejé con cuidado en la tabla. Había que ajustar la luz y el enfoque.

—Solo un par de ajustes, será un segundo —susurré.

Él no se movió. Ni siquiera lo veía respirar, pero oí un suspiro de frustración mientras yo ajustaba el objetivo para que enfocara al lago.

—Ya, ya estoy lista. Qué divertido, ¿eh?

Mejor que no me respondiera con sinceridad.

Probablemente habían pasado unos cinco minutos, pero no veía nada: ni ardillas rojas, ni martas, ni siquiera un ratón. El caramelo me miraba desde el banco. Me relamí y apreté los labios. No habíamos almorzado y estaba muerta de hambre.

El caramelo se volvió una obsesión. Hice un movimiento rápido con la mano para hacerme con él y me lo coloqué en el regazo para quitar el papel lentamente.

—Grace...

—¿Y ahora qué?

Silencio.

Me metí el caramelo en la boca y me esforcé por chuparlo lo más sigilosamente posible. El observatorio cobró vida con el sonido del dulce en mi boca. Debía de parecer un camello.

—Grace, por favor...

—Bueno, lo escupo. —Volví echar el caramelo en el envoltorio y Alasdair se enderezó, esta vez muy serio.

—Sabía que no podrías hacerlo —señaló.

—Sí puedo. Estoy lista, de verdad. —Se puso en pie y se quitó los binoculares del cuello—. Eh, ¡no! ¿Qué haces? —exclamé con cara de pena—. Nos quedamos. Si te hacía mucha ilusión... Te prometo que me portaré mejor. De verdad.

—Claro que nos quedamos. Solo voy a enseñarte cómo quedarte quieta un momento.

Pasó por detrás del banco y se situó detrás de mí.

—Mueve el trasero un poco hacia delante —me ordenó.

—¡Es la segunda vez que me dice eso en veinticuatro horas, señor Finn!

Se sentó en el banco justo detrás de mí y colocó las piernas a ambos lados de las mías, de modo que mi espalda descansaba suavemente contra su pecho. Se me tensaron los hombros y los brazos. Al ser más alto que yo, fácilmente podría apoyar la barbilla en mi coronilla, pero ladeó la cabeza a la derecha para susurrarme:

—Bien —dijo, y su aliento me rozó la oreja—. Olvídate de los binoculares, olvídate de la cámara y relájate.

—De acuerdo —respondí y me esforcé por ocultar el escalofrío al sentir sus palabras en mi nuca.

—No estás relajada.

—¡Sí lo estoy! —repliqué.

—No —respondió contundentemente—. Noto lo tensos que tienes los hombros. Relájate y concéntrate en el agua. Mira el agua y aleja todo lo demás de tu mente. Si te vienen otros pensamientos, apártalos a un lado y concéntrate en el flujo y el movimiento del agua. Venga, inténtalo.

—De acuerdo, me relajo... —dije y cerré los ojos—. Puedo hacerlo, puedo hacerlo.

Dejé caer un poco los hombros, suspiré y me acomodé mejor, apoyándome en su pecho.

—Bien —continuó—. El estado de relajación se basa en estar en armonía con tu respiración, en armonía con la naturaleza. Escucha el sonido de tu respiración y ralentízala. Siente cómo disminuye tu pulso al controlar la respiración. Inspira... y espira. Lenta... calmada... y relajadamente...

Sí que sentía mi pulso, pero iba aceleradísimo, como un tren.

«De acuerdo, Grace, puedes hacerlo. Concéntrate en la respiración. Inspira, espira, inspira, espira...»

—Creo que estoy hiperventilando.

Sentí su sonrisa contenida.

—No, no es verdad. Prueba esto. Respira conmigo. Estira los brazos.

Levantó los suyos y envolvió los míos con ellos. Reposé la cabeza en su cuello y, durante un segundo, sentí que bajaba la suya hasta mi pelo.

«Dios mío, me está oliendo el pelo.»

—Bien, siente el ritmo de mi respiración y síguelo —continuó explicándome—. Lento, calmado, relajado...

Milagrosamente, acabé tranquilizándome y conseguimos observar el agua en silencio. Alasdair levantaba de vez en cuando los binoculares y, por fin, ¡bingo!

A tan solo veinte metros de distancia en dirección a la orilla del lago, pero a unos treinta metros por encima, un águila planeaba. Era la representación de la elegancia: silenciosa, expectante, vigilante. Una especie perfectamente diseñada con un propósito: crear la simbiosis entre la belleza y el trabajo.

Me tensé y mi respiración se volvió entrecortada y superficial. Alasdair no se movió, su respiración y su pulso permanecieron exactamente igual: lento, firme, en armonía. Con un susurro, el ave retrajo las alas y el pájaro cayó en picado para zambullirse en el agua y, en el último momento, una fracción de segundo antes de sumergirse, estiró las patas y exhibió unas garras asesinas. Se sumergió formando una mínima onda en el agua, y entonces reapareció y volvió al nido llevando un premio para su pareja.

—¡Vaya! —exclamé esforzándome en murmurar—. La espera ha valido la pena. Eso sí que es pesca extrema.

—¿Quieres que te cuente una historia?

—¿No los ahuyentará el sonido de tu voz?

—¿Quieres o no?

—Sí, por favor.

Continuó susurrándome la historia al oído, por lo que me resultó muy difícil concentrarme.

—Érase una vez dos jóvenes águilas pescadoras llamadas *Ej* y *Henry*. Un día sus miradas se cruzaron bajo la luz de la luna y se enamoraron al instante. *Henry* trabajó duro para construir un hogar para *Ej* en el árbol más alto junto al lago Garten, un lago tan azul y tan profundo que los pájaros enamorados y felices tendrían asegurado un arsenal de comida para el resto de sus vidas. Cada otoño se despedían a regañadientes y migraban a lugares con un clima más cálido, jurando regresar la siguiente primavera al maravilloso nido con su pareja. Tuvieron polluelos y se convirtieron en unos padres excelentes. Pasaron varios años y los amantes siguieron encontrándose cada primavera en el lago Garten. La hembra, *Ej*, siempre regresaba al nido puntual, pero, con el curso de los años, *Henry* empezó a tomar la costumbre de volver a casa un poco..., digamos, tarde.

—Qué típico —bromeé.

—Shhh.

—Perdona.

—Un año *Henry* no llegó. Y *Ej* esperó y esperó, pero seguía sin aparecer. Ella se imaginó lo peor. Entonces, apareció otra águila macho en el lago y cortejó a *Ej*. Esta, que creía que el amor de su vida la había abandonado, se emparejó con el pájaro nuevo y terminó poniendo huevos en el mismo nido que había construido con *Henry* tantos años atrás.

—¡Qué zorra!

—Cuando *Henry* regresó al fin al lago Garten, cansado y hambriento, se quedó deshecho al descubrir que *Ej* había tenido una aventura. Es más, lo había reemplazado.

—¿Y qué hizo? ¿Darse a la bebida?

—Ya voy... Paciencia. Se enfadó mucho. Echó al joven pretendiente, tiró los huevos del nido y le soltó un buen rapapolvo a *Ej*. Esta, por supuesto, se defendió y le echó en cara que había sido él quien había tardado en regresar y que si no fuera por eso, no habría elegido a otro. *Henry* se olvidó del desliz de *Ej* y siguieron teniendo polluelos y viviendo felices. Fin.

—Qué historia más buena. ¿Es real? —ladeé un poco la cara sin darme la vuelta del todo hacia él.

—Por supuesto. Y te diré más: el pájaro que acabas de ver pescando es *Henry*.

Pasamos dos horas en el observatorio. Alasdair volvió a sentarse junto a mí en el banco y me acostumbré a la nueva forma de respirar, que me vendría bien para mi trabajo con la fotografía.

Cuando nos marchamos del lago, noté que hacía mucho tiempo que no me sentía tan relajada y feliz.

Capítulo 16

Apenas había dado tiempo a que se calentara el motor del automóvil, cuando el camino se abrió a un claro y apareció un pueblo. Alasdair aparcó junto a un enorme hotel victoriano. De su mochila sacó un folio de papel doblado en el que había dibujado un mapa.

—¿Ya hemos llegado? —pregunté mientras me liberaba del cinturón de seguridad.

—Aún no. Solo quería echar un vistazo a la dirección. Vale, ya lo tengo. Vamos.

Seguimos ascendiendo por una colina.

—¿Nos vamos a quedar entonces en un albergue?

Nethy Bridge era un pueblo grande, pero dudaba que se pudiera permitir tener dos hoteles.

—No. —Su sonrisita me indicó que me estaba ocultando algo. Señaló el asiento trasero—. Si miras en el bolsillo superior de mi mochila, verás dónde nos alojamos esta vez.

Estiré el brazo con dificultad hacia los asientos traseros mientras lo miraba de reojo.

—Alasdair, tu expresión sería más apropiada para uno de los animales de Annie.

—¿Qué?

—Que pareces un cachorrito.

Palpé el sobre en el bolsillo, lo saqué, me volví a colocar bien en el asiento y miré la reserva del hotel, con un folleto adjunto.

135

—A Rosamund le pareció buena idea que regresaras a la naturaleza, así que reservó...

Leí el título del folleto.

—¡Una cabaña de leñador! Pero ¿qué...? —Examiné los detalles—. En este sitio ni siquiera hay electricidad. ¿En qué puñetas estaba pensando mi madre?

—Venga, Grace, alegra esa cara. A mí me pareció fantástico cuando leí la información. Además, como dijiste hace un par de días, eres una muchacha de campo, así que...

—Dije «de campo», Alasdair —lo interrumpí—, no una leñadora. —Ya estábamos atravesando el bosque—. Por Dios, me siento como Caperucita Roja... ¡o como Gretel!

Unos minutos más tarde detuvo el vehículo al final de un camino rodeado de puro bosque. No había ni rastro de la cabaña.

—Así que es eso —señalé encogiéndome de hombros—. En realidad eres un asesino. ¡Lo sabía! Y me has traído al lugar perfecto para deshacerte de mí. —Lo miré—. ¿Dónde están los cerdos?

Alasdair no me estaba escuchando; estaba absorto examinando el folleto. Salimos del vehículo y se adentró en el bosque. Después de dar unos pasos, distinguió una construcción a través de los árboles y se volvió con una deslumbrante sonrisa contagiosa.

—Vamos, Gretel, sígueme. Es por aquí.

Un momento después nos detuvimos, hombro con hombro, y observamos, incrédulos, nuestro alojamiento. Sus hombros temblaban por la risa y, al mirar en la misma dirección que él, no pude contenerme y me uní a él. Me arrebató el folleto.

—En serio, Grace, si te fijas en las fotos, el lugar tiene un... cómo decirlo, un encanto rústico. —Abrió el díptico para mostrarme las fotografías—. Hay una estufa de madera, mantas en los sillones del porche... —Señaló con una mano el lugar real—. Mira, ahí están, y hasta tenemos una tetera de cobre. —Me dedicó una sonrisa muy dulce—. Va a ser estupendo, te lo prometo.

Una simple sonrisa fue lo único que necesitó para persuadirme. Exhalé un suspiro dramático.

—Eres un soñador de lo más ingenuo. Nunca vayas a ver una casa que el agente inmobiliario describa como rústica. Seguro que es una basura.

—Te aseguro que no vas a tardar más de una hora en enamorarte de este lugar.

—Ya, ¡claro!

Nos dirigimos a la cabaña que, a decir verdad, de cerca era adorable y hasta romántica. Una hamaca colgaba de dos pinos.

«¿A qué estaba jugando mi madre?»

—Por cierto, ¿cuántas noches nos quedaremos aquí?

—Tres.

Le sonreí sarcásticamente.

—Vamos mejorando.

Pasamos al porche y me vi en la obligación de confesar que la zona exterior era tentadora. Había dos sillones colocados alrededor de una fuente de fuego hecha de turba. Al recorrer la estancia, deslicé los dedos por la manta que cubría uno de los sillones. Eché un vistazo a la etiqueta (Knockando Woolmill, Speyside) y decidí que el lugar podría gustarme.

Entramos. Alasdair se sacó el móvil del bolsillo y sonrió.

—¡Hay una barrita de cobertura! ¡Vaya, quién lo habría dicho!

La cabaña era acogedora, cálida, estaba inmaculada y exquisitamente decorada. Era hogareña, tenía un encanto étnico muy en armonía con la madre tierra, y además tenía carácter. El mobiliario, las alfombras, mantas, cojines y unas preciosas cortinas bordadas no solo añadían un toque de color, la mayor parte de un tono rojo bermejo; también un aspecto de lujo de cinco estrellas.

En un rincón había una zona para preparar comida (con ollas y sartenes en los estantes de encima del fregadero) y, en la pared más lejana, una estufa de madera descansaba tras una mecedora y un sillón orejero. Junto a la puerta había una mesa redonda de pino y dos sillas, y hasta un violín descansaba contra el revestimiento de madera.

Miré a Alasdair y sonreí, una sonrisa que decía «tienes razón, es encantadora».

No obstante, había que tener en consideración otros aspectos más delicados. Me leyó la mente, tomó una hoja de papel de una mesa y me hizo un resumen de los puntos relevantes.

—Bien, te alegrará saber que tenemos agua corriente. —Se acercó al fregadero y abrió el grifo—. El agua se recoge del tejado y se almacena en unos barriles en el porche. —Me acerqué a él y evalué el agua; estaba transparente—. Pero tenemos que beber agua embotellada. Debe haber en algún armario... —Abrió uno—. Ah, y la luz central viene de una batería sustentada por velas.

Verlo explorar la habitación era como contemplar a un niño suelto en una tienda de juguetes. Alcanzó la prometida tetera de cobre y se puso a analizarla. De repente caí en algo importante.

—Alasdair...

—Dime.

—¿Y las camas?

Por primera vez pareció desconcertado, pero no por mucho tiempo. Empezó a dar golpecitos en la pared de pino hasta dar con una puerta. Compuso entonces una expresión parecida a la de Newton en mitad de su hazaña con la manzana y abrió una puerta perfectamente disimulada.

—¡Tachán!

Asomé la cabeza; se trataba de una cama de cabaña. Las sábanas eran elegantes, la luz que incidía en ella era celestial y las vistas desde la ventana, sencillamente monumentales. El lugar perfecto para una pareja enamorada. El único problema era que no éramos una pareja enamorada y, al parecer, no había otra cama. Me sonrojé.

Alasdair carraspeó y se dio la vuelta.

—La propietaria me comentó que se pasaría después con una cama hinchable, así que no hay problema.

—Ah...

Cerró la puerta y se acercó a un estante sobre el cual había una jarra esmaltada y una palangana. Tomó el cuenco y sonrió.

—Y esto es para que te laves...

—¿... Mis partes? —terminé por él.

—Iba a decir la cara. Lo creas o no, señorita escéptica, tenemos una ducha para que te laves tus partes.

—¿Una ducha? —Me sobresalté—. ¿Dónde?

Salimos fuera.

Ahí en mitad del terreno había plantado un poste de madera, similar al tipo de estructura que utilizaría un verdugo como horca. En el extremo colgaba, de una barra horizontal, una bolsa de lona con una boca de manguera. Había un recolector de agua de lluvia colgado de un plinto junto a la ducha, y todo el sistema estaba cercado por un panel de madera, por si a alguna ardilla roja con debilidad por las señoritas pasaba por allí.

Alasdair intentaba reprimir una carcajada.

—Llenas la tetera con el agua del recolector, te la llevas a la cabaña, calientas el agua y sales.

—Eh...

Dio unos pasos en dirección a otra estructura revestida en madera e inspeccionó rápidamente el interior.

—Me lo imaginaba. Una letrina ecoamigable.

—¿Una qué?

—El baño.

Asomé la cabeza. Para mi absoluta sorpresa, se trataba del aseo más grandioso que había visto nunca, e incluía el de un hotel de siete estrellas de Dubai. Alasdair tenía razón, ¿qué más podía desear una persona?

Sonreí, contenta.

—Mmm, no creo que me importe volver a la naturaleza.

Me tomó del brazo y me llevó hasta el interior de la cabaña.

—Mira, siéntate en el porche mientras preparo una infusión. ¿Qué te parece?

—Maravilloso.

Cumplí sus órdenes y me acomodé en el sillón. Aunque fuera hacía una temperatura agradable, me eché la manta por encima de los hombros, suspiré y disfruté del paisaje. A pesar de que estábamos en mitad del bosque, el claro que se abría ante la cabaña me permitía contemplar unas vistas impresionantes de las montañas, que estarían a unos quince kilómetros, rodeadas de pinos.

Llegó Alasdair, pero enseguida desapareció en el bosque.

—¡Qué haces! —le grité.

Volvió la mirada y me sonrió.

—¡Ir al frigorífico!

—¿Qué?

Me aparté la manta de los hombros y corrí tras él. Se detuvo junto a un río, miró al agua, se metió unos pasos dentro y sacó una bolsa de plástico. La abrió, tomó una botella de leche, volvió a cerrar la bolsa y la dejó de nuevo en el río.

—Está bien para ahorrar en la factura de la electricidad.

—¿Cómo sabías dónde estaba? —pregunté.

Me tendió una nota que llevaba en el bolsillo.

Para Alasdair y Grace. Les he dejado la comida que pidieron en el frigorífico y en el armario. El «frigorífico» tiene la forma de una bolsa de plástico amarrada a una roca en el río. El resto de cosas que querían están guardadas en el cobertizo, no está cerrado. Espero que pasen unas vacaciones estupendas y háganmelo saber si necesitan algo más.

Valery

Volví a mi sillón en el porche y esperé a que el té estuviera listo.

—Oh, perfecto. —Tomé la taza y unas galletas.

—Aunque me encantaría, he de irme un momento, Grace. Tengo que escribir una carta a mi brigadier y enviársela por correo electrónico hoy. Tardaré una hora más o menos.

Traté de ocultar mi decepción, sin éxito.

—Qué pena. Pero no tenemos Internet, ni siquiera hay electricidad. ¿Cómo vas a enviarla?

—Puedo conectarme a Internet desde mi móvil —dijo con una sonrisa—. No tardaré.

—Bueno, no te preocupes por mí —respondí en un intento de parecer serena—. Me irá perfectamente bien aquí. De hecho, estaba a punto de ponerme a reflexionar acerca del sentido de la vida, y eso me llevará... por lo menos unos diez minutos.

Me acomodé en el sillón y observé cómo sacaba su ordenador del vehículo. «Esto sí que es vida.» Tarareó una cancioncilla alegre mientras subía los escalones y atravesaba el porche.

—¿Cuánto decías que iba a tardar en enamorarme de este lugar, Alasdair?

—Una hora más o menos.

—¿Y cuánto tiempo llevamos aquí?

—Una hora más o menos.

Asentí con asombro.

—Eres bueno, ¿eh?

Me alborotó el pelo como si acariciara a su perro fiel.

—No tardaré. Después, si quieres, podremos hacer algo.

Tras unos diez minutos intentando meditar sin mucho interés (él tenía razón, era muy nerviosa y no paraba de moverme), descubrí un camino que se alejaba de la cabaña. Parecía sacado de una ilustración de un cuento de hadas e invitaba a una mente inocente pero curiosa a adentrarse en él. Tomé la cámara y caminé por el mullido suelo; subí por unos escalones y llegué a un banco de madera que descansaba bajo un árbol en un claro. Resultaba imposible no fijarse en él, pues era bastante distinto a los pinos locales y a los abedules. Parecía servir de adorno y estaba totalmente cubierto de unas preciosas flores blancas. Me acerqué.

Atado al banco con un cordel había una hoja de papel. Me senté, tomé el folio y vi que se trataba de una acuarela de las mismas vistas que tenía yo, de las montañas de Cairngorm vistas desde el banco. Debajo de la pintura, el artista había escrito «STRATH NETHY Y LOS CAIRNGORMS», y más abajo ponía con otra letra:

De izquierda a derecha: Bynack More, Bynack Beag, Cairngorm, Northern Corries y Tulloch Hills. ¡Disfruta!

Apoyé la cabeza un momento en la corteza rugosa del árbol y dejé que la calidez del sol me empapara el rostro. Suspiré encantada. No obstante, a pesar de mi intento por convertirme en un espíritu de la tierra, a los cinco minutos ya me sentía un poco sola.

No hice caso de la prohibición de mi madre de usar el teléfono, lo saqué de la funda de la cámara y lo encendí. Tenía veinte llamadas perdidas y más mensajes de texto de los que podía ver. Todos eran de trabajo: soplos, encargos... Había un mensaje de Paul.

¿Dónde narices estás?

Le respondí con una sonrisa de diversión.

¿Sabes qué? ¡Estoy en Escocia! Es maravilloso. No puedo creer que no haya visitado nunca las Tierras Altas. Hasta ahora, he conocido a una tía que ni sabía que

*tenía, Alasdair me ha rescatado de una muerte segu-
ra (está todavía más sexi empapado) y he descubierto
que mi madre era miembro de las Fuerzas Aéreas, del
Cuerpo de Inteligencia. Ahora me parece toda una
extraña, pero, en general, el viaje va canela (como
dirías tú). Alasdair es todo un caballero... ¡qué pena!
Responde pronto. G.*

Esperé un momento por si sonaba el teléfono, pero no lo hizo.
Unos minutos más tarde me llegó un correo electrónico.

Grace:

*Estoy en una reunión editorial, sentado en el fondo y
fingiendo que tomo notas en el ordenador.
    Conque Escocia... ¿eh? Oye, ¿a qué te refieres con
que te rescató? ¿Cómo? ¿Por qué? Lo odio todavía
más. Espero que no vayas a desarrollar ningún tipo de
vínculo heroico con él. Imagino que Soldadito tiene:
1) un reloj inteligente (capaz de sumergirse a mil metros bajo el agua). ¿Por qué? ¿Quién necesita algo así?
2) Una navaja multiusos (la mayoría de las cuchillas
no las usará nunca). 3) Una moto potente y ridícula.
4) Una prominente mandíbula tan afilada que puede
abrir un botellín de cerveza con ella. 5) Unas nalgas
tan tersas que puede partir nueces. ¡Te reto a que le
pidas que lo haga!
    ¿Cuál es su defecto?
    Tortuga*

Solté un resoplido. El bueno de Paul... Podía imaginarme su mal
humor.

Le di a «responder»:

Querido Tortuga (¡muy acertado!):

Me temo que no tiene defectos, pero es posible que tengas razón con lo del reloj, parece bastante caro... ajustado a su brazo bronceado y musculoso ☺
No obstante, te equivocas con lo de la navaja, es como las que llevan los Boy Scouts.
Hasta la próxima. G.

Apagué el teléfono. A pesar de lo gracioso que podía resultar Paul, me sentaba bien alejarme de todo aquello. Realmente bien.

Apoyé una vez más la cabeza en el árbol y pensé en el rumbo que había tomado mi vida; siempre iba corriendo de un sitio a otro, como decía mi madre. A lo mejor había llegado el momento de cambiar.

Sin mamá, el mundo estaba vacío. Me sentía mayor y sin raíces en ningún lugar. Me acordé de Jake, de mi árbol en St Christopher's y sonreí al darme cuenta de que sí tenía raíces, y seguían creciendo con fuerza en Devon.

Incapaz de encontrar respuesta a un gran número de preguntas sobre mi futuro, hice algo que siempre me salvaba cuando me sentía intranquila: fotografías. Me concentré en capturar la belleza del árbol en flor y conseguí apartar de mi mente las dudas y preocupaciones durante un momento.

Capítulo 17

De vuelta a la cabaña, me encontré la puerta del dormitorio abierta y vi que Alasdair yacía dormido en la cama. Parecía feliz.

Fui de puntillas a la hornilla y pensé en qué hacer de cena; estaba desconcertada. Abrí el frigorífico (una excursión de unos cinco minutos) e improvisé un rico plato de pasta. Al menos era mejor que nada.

Busqué en el armario algo que se pareciera a un postre, y me llamó la atención un paquete que había en el fondo de un estante. Parecía un pudin de Navidad envuelto en muselina. Miré la etiqueta: *clootie dumpling*. ¿Qué era eso? A lo mejor lo dejaron ahí las personas que habían alquilado la cabaña antes que nosotros. ¿Cuál era la fecha de caducidad? El mes pasado. «Vaya, qué bien.» Vi una bolsa con velas bajo el fregadero; ¿demasiado romántico? En realidad íbamos a necesitar algo más que una lámpara a batería cuando oscureciera. Además, las velas quedarían bonitas, a lo mejor me hacían parecer guapa. O tal vez no.

Estaba manteniendo esa animada charla conmigo misma cuando Alasdair asomó la cabeza por la puerta de la habitación.

—Hola —me saludó, restregándose los ojos.

—Hola, ¿has dormido bien?

—Muy bien. Vi que habías ido a dar un paseo y pensé en preparar la cena mientras estabas fuera, pero decidí echarme un par de minutos... hace un buen rato. ¿Qué hora es?

—Solo las siete.

—¿Qué hay para cenar? —Se acercó para echar un vistazo a la sartén.

—Me temo que me he decidido por la opción fácil: pasta.

—Perfecto. —Me arrebató la cuchara y probó la salsa—. Vaya, es mejor que lo que yo estaba pensando hacer.

—¿Y eso? ¿Qué tenías en mente?

—Mi especialidad —respondió con toda confianza—. Una tosta de frijoles.

—¿Qué?

—Pan con habichuelas.

Tras una placentera aunque insulsa cena, Alasdair tomó la palabra.

—Bueno, me toca ir a realizar mi trabajo nocturno.

—¿Cómo?

Se golpeó el pecho con los puños.

—El hombre tala la madera, enciende el fuego.

—Mientras tanto, volveré a la cocina a preparar el postre. Las sufragistas se llevarían las manos a la cabeza.

Encendió la estufa de madera y salió para prender fuego también a la fuente de turba; yo me puse nerviosa por mi parte del trabajo. Cuando saqué el pudin de la sartén, descubrí que mis nervios no eran infundados. Menudo desastre.

Decidí ofrecer a Alasdair la oportunidad de echarse unas risas, ¿por qué no? Coloqué en una bandeja dos cuencos, nata, café y la joya de la corona: una masa desastrosa de roca fundida, antes conocida como *clootie dumpling*.

Salí al porche y me esforcé por mantener el rostro sereno y contener la risa. Alasdair estaba encendiendo el fuego.

—Oh, perfecto —dijo, animado—, pero espera un minuto, que está oscureciendo. Voy a sacar las lámparas. —Se encaminó hacia la cocina y regresó un momento después con cerillas. De los largueros del porche colgaban dos lámparas y, cuando estuvieron encendidas, la pequeña cabaña se transformó por completo.

—¿De qué es el pudin? —preguntó con la mirada puesta en la bandeja. No parecía haber notado el desastre que reposaba en el cuenco.

—*Clootie dumpling* —respondí, acercándome tímidamente a la bandeja como si fuera una esposa primeriza.

—Nunca había visto nada igual.

«No, ¡claro que no!»

Lo observé mientras se llevaba una cucharada a la boca. Tenía la expresión de un catador de vinos tras el primer sorbo: masticaba lentamente con la mirada fija en las estrellas, concentrado...

—Mmm. Sabe a uvas y... ¿puede que a cáscara de naranja y zumo de limón? —Ladeó la cabeza en un gesto interrogativo.

«¿Estaba hablando en serio?»

—Ah, y puede que..., ya lo sé, un poco de... ¿carbón? —Tragó el pudin chamuscado, dejó la cuchara en el cuenco y soltó una generosa carcajada.

—Eres un mentiroso. ¿Cómo sabías que la había cagado?

—Estás bromeando, ¿no? Además de que parece como si lo acabara de escupir un volcán, este pudin debería venir con una nota de advertencia: después de consumir este producto esperar dos horas antes de bañarse, pues es casi seguro que se ahogue.

Se dejó caer en el sillón y me dio un ataque de risa.

—Grace, venga ya, supe que pasaba algo raro nada más verte la cara —añadió—. Tu expresión no era indiferente. Además, supongo que sabes que te pones colorada cuando sientes vergüenza y cuando tratas de esconder algo.

—Ya, y lo odio.

Se llevó el pudin y me prometió regresar con algo más apetecible. Había un par de libros en el otro sillón y la curiosidad me pudo. Le eché un vistazo a las cubiertas. El primero se titulaba *El arte del mindfulness*. El segundo era un libro ajado que recordé haber visto en la estantería de mi madre, *El buen pastor*. Lo abrí y me quedé de piedra al encontrar una dedicatoria de ella:

Para Alasdair:
Sé que te encantó leer este libro la última vez que te quedaste en St Christopher's, así que te lo regalo. Nunca se sabe, puede que algún día te sea de utilidad. Con cariño, Rosamund».

Sin siquiera pensarlo, abrí el otro libro y me encontré otro mensaje:

Alasdair, puede que esto te ayude. Tal vez sea hora de relajarse, ¿no? R.

Oí sus pasos al acercarse, así que cerré los libros y los dejé rápidamente en el suelo. Alcancé el atizador y me puse a remover las brasas mientras él tomaba asiento. Preferí jugar limpio.

—Lo siento —me disculpé—, no pretendía ser una cotilla, pero he echado un vistazo a tus libros y he visto que mi madre te los dedicó.

Dejó una bandeja con café y galletas en la mesa, tomó uno de los libros del suelo y lo hojeó. Regresé a mi asiento y me envolví los hombros con la manta.

—Me los dio Jake el pasado noviembre. Fue muy amable de su parte acordarse de mí. He estado leyendo el de la consciencia plena, pero no suelo tener mucho tiempo libre. Me pareció buena idea traerlos esta semana.

—¿Te importa que...?

—En absoluto. Por favor —me interrumpió mientras se acomodaba frente a mí.

Tomé el libro del pastor y lo acerqué a mi nariz para oler el papel. Me parecía extraño sostener entre mis manos algo que había pertenecido a mi madre.

—¿Sabes? Yo estaba con ella cuando lo compró —indiqué mientras deslizaba los dedos por la cubierta—. Oh, ahora caigo. ¡Claro! Por eso sabías tanto del cuidado de ovejas cuando fuimos a la granja de Annie...

—Culpable.

Solté el libro.

—¿Te hubiera gustado trabajar en una granja? —pregunté.

—En realidad no, pero estoy empezando a fantasear con la idea de hacer algo totalmente distinto... —Sus palabras se apagaron y me acordé del comentario que había escrito mi madre en el libro: «hora de relajarse, ¿no?».

—¿Cansado de bombas y balas?

—Puede. Ya veremos.

Me entró un escalofrío. Aunque el fuego calentaba el ambiente, tenía la espalda fría.

—De repente me ha dado frío. Creo que se ha levantado un poco de viento.

Alasdair se alejó y volvió un segundo más tarde con otra manta que había encontrado en un rincón.

—Toma —me dijo—. Échatela en las piernas. Ponte calentita.

Alcancé el segundo libro.

—¿Y a qué viene todo esto del *mindfulness*? —A unos tres cuartos del libro, había una página doblada haciendo las veces de marcapáginas.

—Tan solo estoy tanteando el terreno. Leí un poco por encima cuando fuiste a pasear.

—Y, según parece, te quedaste dormido leyendo. No me extraña. —Hojeé el ejemplar—. Parece bastante denso.

—Un poco.

—Mi madre siempre solía decirme «vive despierta, Grace», cuando me regañaba. ¿De eso va el libro?

—No, trata del concepto budista de la consciencia. Si piensas que necesitas estar consciente, es que no lo estás, o algo así. —Lo miraba con cara de ingenua mientras él jugueteaba con su oreja, intentando hacerse entender—. Es uno de esos temas que, mientras estás leyendo sobre ello, todo cobra sentido, pero después resulta muy difícil de explicar.

Tomó el libro, examinó la contraportada y se puso a leer en voz alta. Me recordó a la primera vez que lo vi en el Olive Tree Café. El libro estaba a una distancia delatora de su rostro, por lo que, sí, definitivamente tenía que ir a revisarse la vista.

—La consciencia es percatarse de la realidad de las cosas, especialmente en el presente. Es una comprensión clara de lo que sucede, bla bla bla... el conocimiento de los sentimientos, los pensamientos y las percepciones propias, bla bla bla... Al practicar la consciencia plena, por ejemplo, al controlar la respiración, uno debe recordar prestar atención al objeto que observa y recordar volver a centrarse en el objeto cuando la mente se aleja de él. —Me miró—. ¿Te queda más claro ahora?

—En realidad, sí. La consciencia es lo que hemos hecho hoy en el lago, ¿no?

Asintió, complacido con mi respuesta.

—Esa es mi interpretación del concepto, aunque no estoy seguro de que sea la correcta.

Tomé un sorbo de café.

—Pues conmigo ha funcionado. Nos estábamos concentrando en el presente inmediato, ¿verdad? Fijándonos tan solo en nuestro alrededor y en nosotros, en nuestra respiración y todo eso. Al mantener la concentración en el lago y los pájaros, hemos sido capaces de desviar el resto de pensamientos y preocupaciones que nos rondan todos los días. Ya sabes, toda esa mierda que nos come el cerebro. No creo que tengas que ser un budista para entender eso. En realidad, no es muy distinto a la concentración en la fotografía, o a tocar un instrumento musical, o, incluso, pescar y ese tipo de cosas. No creo que necesites todo ese rollo budista, Alasdair, simplemente dedícate a la música o a algo que precise concentración. —Me sonreía con afecto—. ¿Por eso te dio mi madre este libro, porque pensaba que necesitabas relajarte un poco, alejar ciertas cosas de tu cabeza?

—Puede.

—¿Por eso vas a St Christopher's?

—Sí.

—¿Para alejar de tu mente lo que ves y haces como marine?

Exhaló un suspiro y se acomodó inquieto en el sillón.

—No he hecho nada para lo que no estuviera preparado, pero sí, supongo que sí. Verás, estuve involucrado en algo particularmente desagradable hace un par de años y no podía quitármelo de la cabeza. Tu madre fue la única que me ayudó a centrarme.

—¿En qué estuviste involucrado? —Formulé la pregunta antes de que me diera tiempo a pensarla.

Me sonrió y se encogió de hombros.

—No vale la pena hablar de ello.

—Has debido de ver cosas horribles. ¿Alguna vez te han herido? —pregunté levantando la mirada de mi café.

Tomó el atizador y removió las brasas.

—No, nada serio. Al menos, no como mucha gente que conozco, incluido un buen amigo.

—¿Qué le sucedió?

Dejó de remover las brasas con un movimiento agresivo.

—Confió en mí y, como consecuencia, el pobre acabó herido de gravedad. Ahora lleva una pierna protésica a la altura de la rodilla derecha, y ha tenido que recuperarse de numerosas heridas internas. —Su tono era frío; parecía hechizado por el fuego.

—Ha debido de ser duro para ambos. Por tu tono de voz, supongo que te sentirás...

—¿Culpable? —me interrumpió rápidamente.

—Iba a decir responsable —señalé con tono amable—. Son palabras parecidas, pero tienen un significado muy distinto.

Alzó la mirada del fuego y sonrió.

—Siempre me ha encantado mi trabajo, y te parecerá extraño después de lo que acabo de decir. No obstante, odio hablar de lo que hago. ¿Te importa que cambiemos de tema?

—Claro que no. Por cierto —dije más animada—, hablando de St Christopher's, me he estado planteando la idea de dejar definitivamente mi empleo de fotógrafa... y marcharme de Londres.

—¿Ah, sí? —Se enderezó en el sillón.

—Cuando arregle todos los asuntos legales de mi madre, cuando terminemos el viaje, estaba pensando que podía disponerlo todo para seguir yo con el refugio y renovar el contrato de mi madre con las Fuerzas Armadas. Podría encargarme yo perfectamente.

Alasdair fijó la vista en las llamas danzarinas.

—Tal vez sea algo que podrías considerar cuando seas mayor, pero ¿ahora?

—Me sorprendes, Alasdair. Pensaba que te gustaría la idea de que el refugio permaneciera activo. Seguro que mucha gente lamentaría que convirtiera el lugar en una simple casa familiar.

—Sí, pero allí llevarías una vida muy solitaria. Creo que eres demasiado joven para ese estilo de vida, apartada, en Devon...

—No estaría sola —me burlé—. Además, mi madre tenía mi edad cuando empezó a hacerlo y seguro que no se sentía aislada.

Me sonrió con ternura.

—Seguro que tienes razón. Solo estoy diciendo que te mantengas abierta a otras opciones.

—Sí, claro, pero siempre he sabido que acabaría regresando a Devon. Me temo que en el fondo soy una persona hogareña.

Mi acompañante se quedó mirando el fondo de su taza vacía.

—¡Por cierto! —exclamé con la intención de animar el ambiente—, he visto una botella de vino en el frigorífico, ¿por qué no la abrimos? —Me levanté—. Además, he encontrado algo que te va a encantar: un armario lleno de juegos de mesa. Y ya sabes que yo juego para ganar.

—Es una idea muy buena —dijo con una cauta sonrisa—, pero debería advertirte de que mañana nos espera un gran día.

—¿Qué as se guarda mi madre bajo la manga? —Me detuve en la puerta.

—Nos esperan las montañas. Voy a por el mapa para mostrártelo. Vayamos adentro.

—El único que tiene casi todas las piezas es el Scrabble —dije, mientras rebuscaba en los estantes—, o también podemos jugar al «¿quién es quién?», pero es para una franja de edad de entre tres y nueve años.

—Entonces, al «¿quién es quién?» —exclamó desde el salón. Sirvió el vino mientras yo traía el Scrabble.

—Ven a echar un vistazo al mapa, te mostraré adónde iremos. Alcé mi vaso y miré el mapa mientras él me explicaba.

—Aparcaremos en Rothiemurchus... —Señaló con el dedo un lugar anodino—, y después daremos un paseo hasta Lairig Ghru, que es un puerto de montaña que atraviesa los Cairngorms. Una vez que abandonemos Lairig Ghru, subiremos al pico del Ben Macdui. —Trazó con el dedo una línea serpenteante indicando nuestro camino.

Lo contemplé en silencio. «¿Ha dicho subir un pico?»

—Y descenderemos hasta el lago A'an para posteriormente volver a subir, esta vez a la montaña Cairngorm. Finalmente bajaremos en funicular hasta la estación de esquí. Eso es todo.

«¿Eso es todo?»

—¿Fue idea de mi madre, la ruta y todo eso?

—Sí. —Dobló el mapa.

—Pues pensaría que estaba capacitada para hacerlo, aunque parece una ruta condenadamente larga. ¿Y vamos a hacerla solamente en un día?

—No, en dos. Bueno, en realidad uno y medio.

De repente caí en la cuenta.

—Todo esto es por lo de las cenizas, ¿no?

—Eso me temo.

—Corrígeme si me equivoco, pero no me ha parecido ver ninguna H de hotel en toda la ruta. No será una de estas situaciones en las que me dices a mitad camino que hay un alojamiento en la cima de la montaña, ¿verdad?

—Es que hay un alojamiento en la cima de la montaña, en el centro de visitantes, pero no hay habitaciones. Vamos a acampar. —Desvió su atención al tablero del Scrabble con una media sonrisa en el rostro.

—¡Acampar! —La voz me salió más aguda de lo que esperaba—. No me lo digas: otra vez, idea de Rosamund.

—Sí.

—Pero si este lugar es maravilloso, y tan cómodo... ¿Por qué nos tenemos que ir?

Alasdair me dedicó una sonrisita de superioridad.

—Qué pronto has cambiado de idea...

Centramos la mayor parte de nuestra atención en el vino y un poco menos en la idea de formar palabras.

Tras un par de derrotas, guardé el juego mientras Alasdair se dirigía al violín.

—¿Te importa que toque algo?

Negué con la cabeza, sorprendida.

—¡Me encantaría! ¿De verdad sabes tocar?

Se llevó el instrumento bajo la barbilla.

—Solía hacerlo... Aunque es probable que ya no se me dé bien. Tienes que ser paciente conmigo.

Punteó las cuerdas y comenzó. Era una pieza clásica y su ejecución fue... desastrosa.

—Ha sido increíble, Alasdair.

Hizo una reverencia y dejó el instrumento con un movimiento grácil.

—Era una pieza de examen. A la profesora de música la dejé atónita; se suponía que el violín me proporcionaba... una finalidad. —Atravesó el aire con el arco—. Pero este arco es una espada estupenda para un niño, así que el plan no funcionó.

—Ya me imagino. Parece que tuviste una infancia interesante.

—¿Interesante? —Se desplomó en una silla—. Digamos que mi infancia fue totalmente lo contrario que la tuya.

—¿En qué sentido? —De nuevo esperé que se abriera un poco, ampliar la información de la carta de mi madre.

—Era un niño un tanto intrépido, eso es todo. Pero al menos no desperdicié por completo los estudios, aún puedo tocar una canción. ¡La señorita Bradley estaría encantada!

—Ojalá yo hubiera tenido tu seguridad. Pero solo fui una más del montón con el piano, así que no toco en público.

—¿Por qué haces eso? —me preguntó frustrado.

—¿El qué?

—Infravalorarte. Te he escuchado cantar y fue... no sé, encantador. Seguro que con el piano también eres mejor de lo que dices.

Me sonrojé y bajé la mirada a mis pies.

—Solo estamos nosotros dos, Grace. ¿Qué más da? Bien, respóndeme a esto: acabo de cometer un montón de errores, ¿has pensado «dios mío, el idiota de Alasdair acaba de hacer el ridículo, menudo gilipollas» o, por el contrario, «madre mía, lo ha hecho lo mejor que puede solo por mí»?

Sonreí.

—¿Ves? ¿Qué más da? La diferencia es que tú eres realmente una artista, ¡así que demuéstralo!

—La verdad es que cuando canto a solas o con mi madre, o incluso con Jake, me siento tranquila. Pero cuando tengo público, aunque solo sea una persona, la cago, y quiero decir que la cago de verdad. Odio cantar ante gente.

—Igual si lo vieras como «cantar para la gente» en lugar de «cantar a la gente», podrías empezar a contemplar la idea de cantar en público, o simplemente con personas a tu alrededor, de otra forma, como algo que te produce placer. Pero solo era una idea.

—Es posible, no lo sé. Supongo que tengo la mente llena de recuerdos vergonzosos. En la academia fue horrible cantar mientras los demás miraban. Me sentía enferma la mitad del tiempo.

—Como un marine a punto de hacer un examen de matemáticas —bromeó—. No debió de ser agradable, con razón lo dejaste. A lo mejor el libro del *mindfulness* te ayuda —sugirió al tiempo que se inclinaba para tomar el ejemplar.

Valoré su propuesta un segundo.

—En serio, no hay nada que pueda ayudarme. Y, a decir verdad, tampoco querría.

Una vez más, nos quedamos levantados hasta mucho más tarde de lo que pretendíamos.

—Solo una pregunta, Alasdair —le dije a través de la puerta cuando nos deseamos buenas noches.

—Dispara.

—Cuando me preguntaste si quería ir al lago Garten, me dijiste que las águilas pescadoras eran especiales. ¿Por qué son especiales?

Se apoyó en el marco de la puerta, pensativo.

—Quería verlas porque, a veces, cuando estoy en un despliegue, dependiendo de dónde me encuentre, claro, me meto en la página web del lago Garten y observo a las águilas. Supongo que me relajan. Son unos animales tan libres...

—¿No estás tranquilo cuando estás de viaje? —le pregunté en voz baja.

—No siempre, ya no.

—Bueno, solo quería darte las gracias.

—¿Por qué? —me preguntó con aspecto cansado pero feliz.

—Oh, no lo sé. Por todo, en realidad.

—No hay de qué. Buenas noches, Grace.

—Buenas noches.

Capítulo 18

Después de un desayuno bastante copioso salimos a nuestra siguiente aventura en las montañas. La carretera serpenteaba en su primera parte a lo largo del río Spey y vimos a unos pescadores ataviados con sus botas lanzando las cañas al río conforme avanzábamos.

—Supongo que el Spey es un río de salmón —comenté con aire ausente.

—Sí, estos hombres pagan un dineral por pasar un rato aquí. —Y, después, añadió sin que viniera a cuento—: Jake es un buen pescador.

—Ya lo sé. Él me enseñó.

—¿Sabes pescar? —Apartó la vista de la carretera un momento—. No dejas de sorprenderme, Grace.

—Tampoco es tan sorprendente. Hacía todo lo que un niño haría en sus primeros años. Imagínate que *Golondrinas y amazonas* conoce a *Ana de las tejas verdes* y te pilla a ti en medio.

—Es un buen hombre. —Estaba decidido a terminar lo que quería decir sobre Jake—. Tuviste mucha suerte de tenerlo cerca.

Noté que las lágrimas me picaban en los ojos.

—Sí, ya lo sé. Necesito verle, hay algo que necesito decirle. Mi madre tenía un carácter fuerte y él no tenía la culpa de que ella decidiera mantenerme al margen. El dolor te hace actuar mal, me hizo actuar mal.

Nos quedamos en silencio y por fin reaccionó:

—¿*Ana de las tejas verdes*? ¿Eso qué es?

Rescatada de mi momento sentimental, nuestras miradas se encontraron por encima del freno de mano.

—Un libro.

—No lo he leído.

—Me sorprendes, Alasdair.

—Te imagino entusiasmada leyendo todos esos libros infantiles pasados de moda cuando eras pequeña. Pero respóndeme a esto. —Me miró—. Y aviso que es una pregunta vital si vamos a continuar juntos: ¿de quién eras: de *Los siete secretos* o de *Los cinco*?

—De *Los Siete Secretos*, por supuesto —respondí entre risas.

—¡Gracias a Dios! —exclamó, fingiendo alivio—. Tal vez no seas consciente de ello, pero el mundo civilizado se ha dividido en dos categorías: *Los cinco* y *Los siete secretos*. Tú estás en mi bando. Si no fuera así, te tendría que echar del automóvil.

Soltamos una carcajada.

—Siempre que regreso a casa me gusta leer mis antiguos libros, aunque...

—¿Aunque qué? —preguntó.

Enrojecí.

—Iba a decir que mi madre me pilló una vez leyendo una de sus novelas picantes con dieciséis años. Estaba enganchada a las novelas eróticas y en St Christopher's hay una buena colección.

Alasdair se rio.

—¡Estupendo! La buena de Rosamund. ¿Qué te dijo?

—No mucho. Sonrió, me la quitó y me prometió que me la devolvería cuando cumpliera dieciocho años.

—¿Sí? ¿Y te la devolvió?

—Pues sí, en mi decimoctavo cumpleaños. Esa y otras veinte. ¡Qué vergüenza!

Se rio todavía más fuerte.

—¿Y ahora qué prefiere leer la señorita: libros infantiles o has desarrollado un gusto por algo más... exótico, como tu madre?

Me dedicó una sonrisa insinuante y en sus ojos surgió un brillo pícaro... ¿es que estaba ligando conmigo?

—Leo ambos. Pero últimamente más cosas picantes.

«Menuda mentirosa.»

Alasdair se removió en el asiento y apretó los labios.

«Perfecto.»

Dejamos atrás el bosque y la carretera y avanzamos un kilómetro por un camino escarpado, internándonos en un páramo cubierto de maleza. Las montañas Cairngorm dejaban de ser un paisaje de postal para convertirse en una realidad que nos acompañaba. El camino se estrechó y terminó abruptamente en un lugar con casas de madera. Llegamos a Rothiemurchus Lodge, un centro de caza para soldados que Alasdair había visitado antes.

Se me cayó el alma a los pies. Por delante nos esperaba una caminata larga y complicada, lo intuía.

Alasdair extendió el mapa sobre el capó para mostrarme la ruta.

—Como te dije anoche, subiremos a Lairig Ghru. —Le dio la vuelta al mapa y señaló un puerto de montaña a unos ochocientos metros al este—. Y luego iremos por la izquierda y seguiremos nuestro camino hasta el pico del Ben Macdui.

Me quedé en silencio. Mi cabeza, en lugar de mirar hacia el mapa, se quedó absorta a la lejanía. Las montañas parecían grandes... y escarpadas.

—Nos lo tomaremos con calma —señaló—. No hay prisa. Además, nos encontraremos con muchos lugares donde parar a admirar el paisaje. Te prometo que lo vamos a pasar muy bien. Ah, y no hay baños ahí arriba, así que...

Capté la indirecta y desaparecí para usar las instalaciones.

Comenzamos la caminata. Por suerte, el camino no era tan difícil como parecía. En fila, Alasdair charlaba detrás de mí y caminamos a buen ritmo en dirección al puerto de montaña.

—Esto es lo que yo considero el tiempo perfecto para una caminata —comentó—. Soleado pero no demasiado cálido, y con un poco de aire. Fantástico.

Media hora después de salir del albergue alcancé un ritmo constante, lo que fue una suerte, pues el camino viró bruscamente a la izquierda y comenzamos un ascenso mucho más escarpado, más allá de Lairig Ghru. Sentí una gran afinidad con las cabras mientras continuábamos por una vía estrecha apenas visible por el brezo. A pesar del aire, hacía calor, así que me remangué para que el aire circulara. También me detuve para admirar las vistas, pero lo único visible desde allí era la cara más apartada del puerto de montaña. Al mirar abajo, al valle, no pude creerme la altura que habíamos alcanzado en tan poco tiempo.

Alasdair fue muy paciente. No hablamos, tan solo me regalaba una sonrisa reconfortante cada vez que yo echaba la vista atrás.

Tras una última subida acalorada me di cuenta de que ya no miraba simplemente el brezo del camino que tenía delante, sino que mi campo de visión se había ampliado a las montañas: Ben Macdui y las demás. La agradable brisa ganó fuerza; me detuve un momento y disfruté del aire en mi rostro. El terreno bajo mis pies estaba cubierto de piedrecillas más que de brezo, la pendiente era menos profunda, y la subida más agradable.

Alasdair señaló en dirección al pico del Ben Macdui. En la distancia unos parches blancos ilustraban el lugar donde empezaba la nieve. Las cumbres de las montañas adyacentes ascendían más allá del horizonte de nuestra ladera, pero estábamos demasiado abajo como para atisbar el paisaje que Alasdair me había prometido: los distantes montes de la costa oeste.

Se detuvo para echar un vistazo al mapa.

—Llegaremos a un pequeño lago pronto —indicó y dio una buena bocanada de aire—. Un buen lugar para comer.

Me di la vuelta para contemplar las montañas.

—¿Sabes? Nunca había hecho senderismo —confesé—. Y es una sensación magnífica. Estoy deseando verlo todo desde la cima.

Continuamos por la ladera y, tal y como había previsto Alasdair, nos encontramos un pequeño lago a la izquierda. Me pasó mi abrigo para que me sentara encima y su forro polar para que me lo pusiera. Estaba hambrienta y prácticamente le arranqué la mochila de la espalda para sacar la comida.

Pasó por allí un grupo de cuatro adolescentes con mochilas. Alasdair suponía que eran participantes del Premio Duque de Edimburgo. Yo pensé lo mismo, pero le comenté que, a excepción de uno que se mostraba bromista y engreído, se les veía demasiado tranquilos para ser un puñado de adolescentes. Uno de ellos iba cojeando y saludó con un cortés «hola» cuando Alasdair los animó amistosamente con su típico «¿todo bien, muchachos?».

Después de comer, Alasdair metió la mano en un bolsillo de su mochila, sacó un frasco pequeño y se extendió el contenido en las piernas. Solté una carcajada.

—Oh, Dios mío, ya lo he visto todo.

—¿Qué? —preguntó mientras se masajeaba la piel.

—Digamos que no te tomaba por un hombre que usara cremas. Solo eso.

Se echó más en las manos y se la extendió por la cara.

—No pasa nada por querer tener la piel suave como la de un bebé —se quejó, pero su misma excusa le hizo gracia y se rio—. Lo creas o no, este es el mejor repelente de mosquitos que hay en el mercado. —Alzó el frasco de crema para mostrármelo, lo lanzó a mis pies y leí la etiqueta.

—Pero si no es un repelente de mosquitos, es una crema corporal para mujeres.

Me sentía confundida.

—Puede, pero funciona, así que... No está mal, ¿no?

—Increíble —contesté, extendiéndome un poco yo también por la cara y las manos—. En realidad, lo que quería decir es que eres todo un rebelde, llevas pantalones cortos. —Me levanté, me sacudí las migas de pan de los pantalones y di un par de pasos en dirección a la orilla—. Creía que habías dicho que hoy no era un día para llevar algo así.

—Ah, ya —farfulló—. Aunque yo no he dicho que practique lo que predico. No quería que tú acabaras llena de picaduras o con quemaduras del sol. —Esbozó su mejor sonrisa.

—Muy bien. No tengo pantalones cortos y, además, tampoco me gustaría que se me quedara la marca de los calcetines por el sol. —Alcé la vista al cielo—. Parece que el tiempo es lo bastante cálido como para que nos pongamos morenos.

Alasdair se bajó uno de los gruesos calcetines de senderismo hasta el tobillo.

—Tienes razón —coincidió con la mirada puesta en su pierna—. Creo que me ha dado el sol un poco.

Aproveché la oportunidad para echar un vistazo a sus muslos. Ladeé la cabeza, como un perro atento. Tenía las piernas como una escultura de *Adonis*. Largas, esbeltas, el vello justo y unas pantorrillas perfectas.

Mis ojos se pasearon gustosamente por el resto de su cuerpo y se detuvieron en su rostro. Me esperaba sonriendo. Pillada por sorpresa, me di la vuelta para esconder mi rubor y coloqué la suela de las botas justo por encima del agua.

—¿Cómo se llama este lago? No me lo has dicho.

Echó un vistazo al mapa.

—Lochan Buidhe, aunque seguro que lo he pronunciado mal.

164

Aprovechó para comprobar la ruta mientras mordisqueaba una manzana.

—Seguro que «lochan» significa «lago pequeño» o «pequeñín» en galés. —Hundí la mano en el agua—. O a lo mejor significa «condenadamente helado». Parece hielo derretido. Ven y mete la mano.

—No hace falta —comentó riéndose—. Es hielo derretido, chalada.

Empezamos a prepararnos para continuar.

Alasdair estaba ajustándose la mochila cuando oímos un grito en la distancia. El joven que cojeaba bajaba por la montaña hacia nosotros agitando los brazos. Miré a Alasdair; mi expresión de preocupación era idéntica a la suya. El muchacho llegó a nuestros pies prácticamente sin aliento.

—Por... favor... ayuda. Uno de... nuestro grupo... ha caído...

—Está hiperventilando —señaló Alasdair, y sentó al muchacho con calma—. ¿Eres asmático? ¿Tienes un inhalador?

El joven asintió rápidamente y se puso a rebuscar en el bolsillo de los pantalones. Alasdair le desabrochó los botones del cuello y tomó el artilugio del bolsillo. Tras inhalar dos veces, aunque seguía asustado, por fin pudo hablar.

—¿Cómo te llamas? —le preguntó mi acompañante.

—James... Jamie. Tenéis que ayudarnos... por favor...

—Bien, Jamie. Sea cual sea el problema, lo solucionaremos. ¿Qué ha pasado?

—Mi amigo. Charlie. Hay un nevero. Bajaba corriendo, echándose risas. Yo no podía, tengo unas ampollas horribles. No pudo parar y cayó por el borde. —Me miró aterrado—: ¿Y si ha muerto?

—¿A qué distancia ha sido? —preguntó Alasdair, ya nervioso.

Miró el sendero en dirección al Ben Macdui. La subida era bastante escarpada durante unos ciento cincuenta metros y acababa en una cumbre. Rodeé al muchacho tembloroso con un brazo.

—Justo más allá de la cima.

—¿Me encontraré con ellos si sigo por el sendero? —preguntó Alasdair mientras se ajustaba la mochila.

—Sí.

—¿Habéis llamado a Emergencias?

—Lo he intentado, pero no hay cobertura, y me acordé de vosotros. —Tomó a Alasdair por el brazo. Tenía una mirada desesperada—. Por favor, tienes que ayudarnos.

Alasdair me miró por encima de la cabeza de Jamie y me habló:

—Quédate con él. Mantenlo abrigado y echa un vistazo a sus ampollas. —Se sacó el teléfono del bolsillo y me lanzó unos apósitos que había insistido en que me pusiera en los tobillos en la cabaña antes de salir—. Os veo después, aquí o arriba con los otros muchachos.

Echó a correr mientras sostenía el teléfono en la oreja. Jamie, todavía preocupado por su amigo, fue a ponerse en pie.

—No. —Ahora me tocaba a mí mantenerme firme—. Vamos a hacer lo que ha dicho Alasdair y ocuparnos primero de ti, Jamie. Tu cojera, ¿dices que es por unas ampollas?

—Sí, en el pie derecho, pero tendríamos que ir, a lo mejor necesitan ayuda... Se supone que soy el líder del grupo. —Se puso en pie, nervioso.

—Iremos en un minuto, cuando recuperes el aliento. Quítate la bota y vamos a cubrirte el tobillo. —Fijó la mirada en el camino que subía.

Alasdair iba corriendo.

—Serás más útil cuando puedas caminar —continué, tomándolo del brazo para obligarlo a sentarse en una roca—. Está en muy buenas manos con Alasdair. Tranquilo.

Tenía cortes en los talones. Me retrasé vendándoselos para recabar más información. Resultaba que eran estudiantes de Secundaria en Berkshire, y en efecto estaban participando en el Premio

Duque de Edimburgo, como había adivinado mi acompañante; tenían todos diecisiete años.

Unos quince minutos y varias inhalaciones más tarde, nos pusimos en marcha para reunirnos con los demás. Me sentí aliviada al encontrar a dos jóvenes en el camino, tal y como Jamie había dicho. Estaban junto a un nevero de unos cuarenta metros cuadrados que daba a una garganta. Las marcas que Charlie había dejado en el hielo seguían visibles. Los muchachos no hablaban y estaban igual de pálidos que Jamie. En el borde de la zanja yacía abandonada la mochila de Alasdair. Estaba claro que donde acababa la nieve, empezaba una caída escarpada.

Esta vez fui yo la que entró en pánico.

—¿Dónde está Alasdair? —grité al ver a los muchachos. Me abrí paso hacia la mochila y un joven moreno me respondió.

—Nos ha dicho que esperemos aquí. Ha sacado una cuerda y un kit de primeros auxilios y ha bajado por la garganta para buscar a Charlie.

—¡¿Qué?!

Miré a todas partes, preguntándome qué demonios debería hacer. Estábamos rodeados por la naturaleza salvaje de las Tierras Altas y por primera vez me fijé en el peligro real y el aislamiento que suponía transitar por allí. ¿Y si el muchacho había muerto?

Comencé a caminar en dirección a la garganta; quería echar un vistazo para asegurarme de que Alasdair estaba bien, pero el joven del pelo oscuro me volvió a gritar.

—¡Espera... espera!

Me di la vuelta y miré al grupo. En ese momento me parecieron casi unos niños.

—El hombre ha dicho que no lo sigas. Se supone que te teníamos que pedir que esperaras con nosotros.

Miré en dirección a la zanja y regresé con ellos. Tenía razón, no era necesario empeorar la situación.

Esperamos atentos a cualquier ruido proveniente del barranco... pero nada. Traté de mostrarme positiva con los jóvenes. A a pesar de nuestro intento de mantener la calma, estábamos visiblemente nerviosos.

Finalmente, después de lo que pareció una eternidad, el muchacho moreno, Tom, aseguró oír algo. Parecía un helicóptero. El tercer joven, Simon, atisbó una diminuta mancha oscura en el cielo.

—Levantad los abrigos y movedlos —les ordené—. Con suerte viene a por Charlie.

La mancha se agrandó hasta transformarse en un helicóptero gris con «REALES FUERZAS AÉREAS» en el lateral. Cuando se acercó, me fijé en que estábamos en medio.

—¡Vamos, muchachos! —grité—. ¡Tenemos que bajar!

La mochila de Alasdair seguía tirada en la nieve, las correas y el bolsillo superior abierto ondearon cuando el helicóptero maniobró para aterrizar. La rueda delantera y las puntas de las paletas del rotor estaban peligrosamente cerca de las rocas. No veíamos al piloto, pues teníamos de frente el rotor antipar; solo se veía al operario que colgaba del aparato observando lo que tenía debajo. En ese momento, por la garganta descendió otro hombre con una camilla y desapareció de nuestra vista.

Nadie dijo nada. Tomé del brazo a Jamie en un intento de tranquilizarnos mutuamente. Los otros dos muchachos estaban completamente paralizados con las manos en el rostro.

Un momento después asomó otro tripulante por la puerta abierta del aparato e hizo señas con las manos. Subieron el cable de salvamento y reapareció la camilla, que ascendió lentamente. Vimos un cuerpo envuelto en una manta.

Jamie rompió el silencio, pero habló en un suspiro.

—Está muerto, ¿verdad?

Vi un trozo de plástico naranja en uno de los extremos de la camilla.

—No creo, Jamie. ¿Eso no es un collarín? Dudo mucho que se molestaran en ponérselo si estuviera muerto, y el de salvamento ha estado una eternidad ahí abajo, así que seguramente se haya tomado su tiempo con los primeros auxilios.

La camilla desapareció en el interior del helicóptero y bajaron el cable una vez más. Apareció de nuevo el primer tripulante que habíamos visto y, una vez a salvo dentro del aparato, cerraron la puerta, el morro del vehículo se alzó y ascendió entre las montañas.

Nadie dijo nada. Regresamos junto al nevero.

—Pero ¿dónde está Alasdair? —pregunté más a mí misma.

Los jóvenes se miraron en silencio, tan confundidos como yo. Me dirigí hasta la mochila. El *shemagh* se había volado sobre la nieve debido a las ráfagas del helicóptero. No pensaba permitir que se perdiera. Me senté y me abrí paso por el hielo. Grité su nombre. ¿Y si también se había caído pero los tripulantes de salvamento no lo habían visto? ¡Mierda! Decidí acercarme al borde de la zanja y echar un vistazo. Pero en plena acción oí una voz que gritaba desde el sendero.

—¡Grace! No vayas a obligarme a rescatarte una segunda vez.

Era él, que estaba junto a los muchachos.

Sentí un alivio inmenso y las lágrimas me ahogaron. Vino hacia mí y nuestros caminos se unieron donde descansaba su mochila. No dije una sola palabra, me abalancé sobre él y lo abracé como una esposa que recibe a su marido de la guerra.

—¿A qué viene esto? —me preguntó, dando un paso atrás y sonriendo. Me tomó el rostro entre sus manos y con el pulgar me limpió las lágrimas de las mejillas.

—Pensaba... —No podía pronunciar palabra.

—Di instrucciones estrictas de que os quedarais en el sendero.

—Ya lo sé, pero... ahí... —Señalé la garganta, seguía sin tener palabras para describir mis emociones. Me fijé entonces en su antebrazo, tenía un corte muy feo.

—Dios, ¡mira cómo tienes el brazo! —Se lo agarré y deslicé un dedo junto al profundo corte—. Tenemos que echar un antiséptico, y mira tu reloj, ¡está destrozado!

Dobló el brazo para mirar el reloj.

—No te preocupes, solo es una baratija que compré en Oriente Medio.

—¿Y tu brazo? Tiene que escocerte.

Se encogió de hombros.

—¡Tengo otro por si este se me cae! Ya me echaré algo después. —Me rodeó los hombros con el brazo sano y sonrió—. Gracias por rescatar mi *shemagh*, por cierto, nunca voy a ninguna parte sin él. —Se lo devolví, y él me envolvió el cuello con él—. Venga, llorona, hay que seguir.

Capítulo 19

Alasdair se colgó la mochila en el hombro y echamos a andar por el camino para alcanzar a los muchachos. Les explicó que Charlie estaba herido, pero que no corría peligro; una pierna rota, una costilla o dos; y sí, se informaría a sus padres; y sí, también al colegio; y para terminar, sí, también informarían a los padres de los demás; no podían hacer nada, tan solo quitarse el accidente de la cabeza y continuar con su expedición.

El alivio era palpable en todos ellos, sobre todo en Jamie.

Tom y Simon recibieron instrucciones de preparar té y repartir entre todos el chocolate de Charlie. Mientras tanto, Alasdair insistió en que se echaran más protección solar y le pidió a Jamie que le mostrara qué ruta estaban siguiendo.

Yo me encargué de ayudar a preparar el té.

Jamie explicó que querían continuar el viaje tal y como lo habían planeado: Ben Macdui, después bajar al lago Etchachan y acampar esa noche en Dubh Lochan. Cuando nos tranquilizamos y comimos algo, nos pusimos en marcha para recorrer el último tramo de nuestra escalada en dirección al pico del Ben Macdui. Pero a partir de allí la montaña no era más que un mar de peñascos. Era tal cual la superficie de la luna.

Los muchachos, debido al peso de sus mochilas y las ampollas de Jamie que les retrasaba el ritmo, se quedaron un poco atrás. Alasdair, por su parte, quería que nosotros siguiéramos adelante.

—No te preocupes por ellos. Estarán bien —me animó al percibir mi reticencia de dejarlos atrás—. Tienen que restablecerse como grupo en lugar de depender de mí. Les he contado dónde vamos a acampar por si necesitan algo.

Asentí, me despedí de Jamie con la mano y continuamos.

Aproximadamente una hora más tarde, después de otro ascenso, el sendero volvió a emerger de entre los peñascos y el camino se hizo más fácil de transitar. Alasdair señaló la parte superior de un ascenso que nos quedaba a unos cuatrocientos metros.

—Solo nos queda esto y llegaremos a la cima.

Me detuve, entusiasmada, y miré hacia lo alto.

—¿De verdad? —resollé—. ¿Ese montón de rocas que hay ahí arriba es... la cima de la montaña?

—Sí, ¿por? Pareces sorprendida —respondió con una sonrisa.

—Esperaba que el pico fuera como esos que dibujan los niños. —Tracé con un dedo un triángulo en el aire—. Ya sabes, la típica montaña así y con nieve arriba. —Señalé la cima—. Eso parece más bien una cúpula.

Alasdair se rio y reanudamos el ascenso.

—Bueno, con forma puntiaguda o sin ella —señaló—, sigue siendo una montaña, así que deberías estar orgullosa de ti misma. Por cierto, ¿qué tal van las piernas? ¿Te duelen?

Me froté los muslos.

—¿Mis piernas? —pregunté animada—. Están bien, sin problemas. Debo de estar más en forma de lo que pensaba.

Era una mentirosa, los músculos me ardían.

Después de un último empujón, a unos ciento ochenta metros de la cumbre (marcada por un montículo de piedras de metro y medio de altura, un mojón), Alasdair se volvió hacia mí, alegre como un niño travieso.

—¿Una carrera hasta la cima?

«¿Carrera? ¿Hasta la cima? ¿Estaba de broma?»

—Suena muy bien —respondí fingiendo entusiasmo—, pero creo que deberías darme un poco de ventaja. —Le dediqué una mirada compasiva de «no soy más que una mujer débil y enfermiza». Funcionó, porque esbozó una sonrisa.

—Te aviso cuando crea que llevo una distancia justa —propuse comenzando a avanzar—. Entonces podrás salir, ¿de acuerdo?

Tomé un último trago de agua y eché a correr en dirección a la colina, aunque más que correr, parecía un trote animado.

Alasdair se quedó esperando. Necesitaba una buena ventaja si quería contar con alguna posibilidad de ganar, así que le avisé cuando estaba a apenas cinco metros de la cima. Con mi victoria asegurada, estaba a punto de subir al mojón, cuando él me adelantó, soltó la mochila y coronó con un salto olímpico (malditos marines y su incesante entrenamiento, ese hombre había subido volando la maldita montaña).

Me sonrió descaradamente y me tendió la mano, respirando tranquilamente.

—Venga, hay sitio en estas piedras para los dos. No puedes llegar hasta lo más alto de una montaña y no acabar en la cima. Bueno, al menos yo no puedo, sobre todo en un día tan claro como hoy.

Tomé la mano que me ofrecía. Tiró de mí y, con un movimiento rápido, me apretó sobre sus hombros y, de repente, estaba en la cima del mundo.

La gente suele describir las vistas como deslumbrantes, un término demasiado manido; pero estas en concreto me deslumbraron verdaderamente.

El Ben Macdui era el monte más alto del sistema montañoso, así que cualquier senderista que lo escalara no solo se iba a beneficiar de una panorámica magnífica de trescientos sesenta grados de los Cairngorms, sino que además disfrutaría de una vista sin interrupciones de las montañas de la costa oeste en la distancia. Era absolutamente monumental.

Observé a Alasdair disfrutar embelesado del paisaje. Parecía realmente feliz. La sonrisa en sus labios era contagiosa y sentí un deseo atroz de capturar su expresión, su amor por la naturaleza, la frescura de su rostro. Tomé la cámara e intenté fotografiar el lugar.

—Bueno —apareció a mi lado—, ¿cómo te sientes ahora que has escalado tu primera montaña?

Le hice una foto antes de responder.

—Te va a parecer exagerado, pero me siento muy orgullosa de mí misma. Ha habido ocasiones, cuando estaba muy cansada, en las que me preguntaba qué diablos estábamos haciendo. Pero ahora que he llegado, entiendo por qué la gente se vuelve adicta a esto. Es increíble, Alasdair, simplemente increíble.

Me dedicó la sonrisa más cálida que pudiera imaginar.

—Y... —continuó con la vista fija en el cielo— acerca de esa teoría de tu madre sobre el color de este cielo, ¿qué opinamos? ¿Es de un tono diferente de azul aquí arriba?

Alcé la mirada.

—Sí. Definitivamente creo que sí.

Emprendimos el camino de descenso y pasaban de las cuatro cuando llegamos, contentos pero acalorados, a una última curva. Ante nosotros apareció el majestuoso lago A'an en una ladera con forma de caldera, a unos cuantos cientos de metros por debajo.

Lo había olvidado por completo, pero en ese momento recordé por qué estaba allí: la carta de mi madre. El lago A'an debía de parecerle un enclave especial para llevarme hasta allí.

Nos colocamos en un lugar centrado del lago y miramos su magnitud desde una posición elevada. Tenía la forma de un rectángulo y estaba rodeado por peñascos oscuros y escarpados en tres de sus lados. El extremo más lejano era el único que no estaba limitado por nada. El agua era de un azul oscuro casi negro.

Divisé una pequeña playa dorada en el extremo más cercano. Alasdair me explicó que acamparíamos allí, así que bajamos la cuesta a paso ligero.

Una sensación triunfante me hormigueaba las piernas doloridas cuando llegué a la arena, me quité la correa de la cantimplora de los hombros, me dejé caer y eché la cabeza hacia atrás para que me bañara el sol de la tarde.

Alasdair me sonrió.

—¿Te lo has pasado bien? —preguntó mientras se quitaba la mochila.

Le devolví la sonrisa.

—Ha sido absolutamente magnífico. Muchísimas gracias por traerme. Este lugar es el paraíso, no me extraña que a mi madre le gustara. Si no te importa —añadí al incorporarme y olisquear mi camiseta—, me daría una ducha. ¡Apesto!

Se acercó a mí y me olisqueó.

—Mmm, cierto. Hueles un poco mal.

Me morí de la vergüenza.

—¿En serio? ¿De verdad?

Se rio y sacudió la cabeza. De repente pareció que ideaba algo, me miró con guasa y sacó una bolsa de su mochila.

—Si de verdad quieres refrescarte, da la casualidad de que sé dónde te puedes dar un baño. Lo tienes justo delante. Volvió la vista hacia el lago y sacó dos toallas de la bolsa.

Seguí su mirada.

—¿El lago? —pregunté, incrédula—. ¡Ni hablar! Seguro que está helado. Además, no he traído bañador.

—No te tenía por una mojigata —Alzó una ceja—. Vamos...

Sin previo aviso, se quitó la camiseta y me dio la sensación de que de repente recibía el regalo de todas las Navidades futuras.

Quise apartar la mirada, pero la visión que ya tuve de su cuerpo musculoso al entrar en la ducha no me había preparado para un Alasdair Finn que ahora lucía en todo su esplendor.

—Venga, quítate la ropa —me dijo, lanzándome una de las toallas—. Prometo no mirar. —Me guiñó un ojo—. Al menos, no mucho. —Se quitó las botas y los calcetines.

Ese hombre se había convertido en la personificación del puro desenfreno; no me lo esperaba.

—¿Hablas en serio? —pregunté hundiendo los talones en la arena.

—¡Por supuesto! No hay nada mejor que zambullirse en un lago al término de una larga y calurosa caminata. Pruébalo. Yo siempre lo hago. —Se desabrochó el cinturón.

—¡Alasdair!

—¡Quéeee! —Su rostro era pura diversión.

Miré a mi alrededor, al valle solitario.

—No puedo quedarme en bragas y sujetador, porque... ¿y si viene alguien?

Mi comentario le hizo gracia.

—¿Y si viene alguien? —me imitó con recochineo—. ¿Quién demonios va a venir hasta aquí? A lo mejor no te has dado cuenta, pero requiere varias horas de caminata llegar a este lugar. Confía en mí, nadie va a venir.

—Además, me da vergüenza.

—¿Por qué? A la playa vas con bikini, ¿no? ¿Es que tus bragas y sujetador no son un bikini? Has traído de repuesto, lo sé, lo he guardado yo. ¡Venga! ¿Qué te dijo Rosamund? «Vive la vida, no la veas pasar», ¿no?

El tramposo estaba citando la nota de mi madre que me había dado en el avión.

Miré al sol y de nuevo al tentador lago. La idea de zambullirme en el agua me atraía e iba a resultar refrescante. El factor decisivo estaba en manos de un detalle: ¿qué ropa interior llevaba puesta? Me eché un vistazo al sujetador. «Ay, Dios», ya me acordaba. El conjunto de color rojo cereza que me había comprado mi madre. Aunque ¿de verdad se fijaban los hombres en ese tipo de cosas?

—Bueno, si estás seguro de que no me verá nadie...

Sonrió, me tendió la mano y me ayudó a ponerme en pie.

—Absolutamente seguro. Anda, date la vuelta mientras me desvisto.

—¿Qué?

Enseguida me di cuenta de cuál era su intención y le obedecí. Era un desvergonzado.

Diez segundos después, oí un chapoteo en el agua. Bajé la mirada a la arena y vi sus *boxers* junto a las botas: estaba desnudo. Alasdair, el adonis, estaba desnudo y a tan solo unos metros de distancia.

—¡Supongo que estás dentro! ¿no? —grité fingiendo indiferencia— ¿Puedo darme la vuelta ya?

—Sí. Date prisa si vas a venir, está un poco fresquita. No sé cuánto voy a aguantar.

Me volví. Alasdair estaba en el lago, el agua le llegaba hasta la cintura: su torso perfecto y esbelto.

—¿Está helada? —pregunté, sorprendida.

Parecía muy tranquilo.

—Claro que está fría, pero el truco está en moverse. La sensación es maravillosa. —Empezó a alejarse nadando.

«¿En serio iba a hacerlo?», me pregunté. ¿Iba a quedarme en bragas y sujetador y meterme en un lago helado?

Me encogí de hombros. Sí, claro que lo iba a hacer.

Rápidamente me desvestí hasta quedarme en ropa interior. Alasdair se había vuelto y estaba dando brazadas alegremente. Eché una última ojeada al sendero por si venía alguien, pero estaba desierto. El marine me leyó la mente.

—¡Te lo estás pensando demasiado, Grace Buchanan! —gritó—. Ve corriendo hasta el agua y no te detengas. Y recuerda que pararte al nivel del muslo es letal. —Se rio nerviosamente y dijo más bajito—: ¡En todos los sentidos!

Definitivamente estaba ante una nueva faceta de Alasdair.

Miré al sol una última vez, estaba glorioso. El lago era tentador y no había oído a mi acompañante gritar al meterse, al contrario; parecía estar disfrutando de un momento refrescante.

—Corre y no pares —canturreé mientras echaba a correr en dirección al lago—. Sigue corriendo, no pares...

¡Splash!

Me lancé en una zambullida de barriga muy poco elegante. ¡Por Dios! Estaba completamente congelada. Me sacudí como si fuera un salmón atrapado en una red y fui a gritar, pero solo emití un gemido debido a la hipotermia. Sentí como si un millón de esquirlas me atravesaran todo el cuerpo. Conseguí ponerme en pie, y me costó mucho, pues tenía las piernas adormecidas, y me apresuré a salir del agua incluso más rápido de lo que había entrado.

Alasdair me esperaba en la playa, el canalla debía de haber salido justo cuando yo me había metido. Ya tenía puesta la ropa interior y se partió de risa mientras se pasaba la toalla por el pecho.

Cuando llegué a la orilla me lanzó una toalla. Aunque los labios me temblaban de forma incontrolable, logré encontrar las palabras adecuadas.

—¡Jo-joder, Alasdair! ¿Por qué me has di-dicho que lo haga, jo-joder? ¡Estás chi-chiflado, joder!

Y me quedé allí, delante de él, con la ropa interior empapada, temblando. Seguro que tenía los labios azules del frío, el pelo se me había pegado a la cara como si me hubiera lamido una vaca y mi cuerpo estaba encogido. Parecería la víctima de un incendio.

Él, por el contrario, era como si acabara de salir de un rodaje en el Caribe. «Estupendo.»

Para colmo, mi gran momento mejoró cuando oí aplausos y silbidos provenientes de pared rocosa que rodeaba el valle.

Alcé la mirada. Un grupo de senderistas, hombres, descendían por un camino alternativo. Fulminé a Alasdair con la mirada. Se esforzó por mantener una expresión seria y apretó los labios, seguramente para reducir las posibilidades de rendirse a la carcajada, pero no lo consiguió. Se echó a reír.

—Nunca te había oído soltar tantos tacos, será que estás muy enfadada conmigo. «Joder» tres veces en menos de diez segundos, Grace. —Se dio cuenta de lo que acababa de decir y levantó una ceja—. Ya sabes a qué me refiero.

No hice ni caso de su tentativa de humor.

—¡Eres un maldito sinvergüenza! —Sostuve la diminuta toalla delante de mí para parecer más recatada. El grupo de senderistas ya casi había llegado a la playa—. ¡Me habías dicho que no podía venir nadie! —rugí—. Joder, ¿cómo voy a cambiarme las bragas mojadas ahora? —Le lancé una mirada sarcástica—. Y puedes quedarte con ese «joder» de regalo y metértelo por el trasero.

Mi último comentario fue la gota que colmó el vaso. Pensé que se iba a morir, literalmente, de la risa. Cuando caí en lo que había dicho, no pude evitarlo y me eché a reír también; parecía que había perdido un tornillo, con la cabeza echada hacia atrás de la risa.

Los hombres rodearon la playa y uno de ellos me guiñó un ojo. Alasdair me cubrió para que dejaran de comerme con la mirada.

De espaldas a mí, ladeó la cabeza y me habló en un murmullo.

—Bonita ropa interior, por cierto.

No pude reprimir una sonrisa. Vacilante, apoyé dos dedos en sus hombros desnudos, suaves y francamente exquisitos, me puse de puntillas y le susurré en el oído derecho, muy despacio:

—Igualmente.

Alasdair se dispuso a montar la tienda de campaña. Era una de esas genialidades que, una vez sacadas del embalaje, se extendían de forma automática y se anclaban a la arena.

Me sentía más revitalizada de lo que había estado en años, o jamás en mi vida, así que me vestí rápidamente y le ayudé a preparar el fuego, lo que nos llevó bastante tiempo, pues había una cantidad increíble de material inflamable en la playa. Él se negó a encenderlo; decía que teníamos que esperar a que se hubiera puesto el sol.

Devoramos la cena. Él tenía razón, era la mejor comida empaquetada en bolsa que había probado nunca, y preparé otro té.

—Entonces, ¿qué es lo que ha pasado de verdad allá, con los muchachos?

Guardó los restos de la comida antes de responder.

—Digamos que ese joven, Charlie, es afortunado de seguir con vida, eso seguro.

—¿Por qué? ¿Qué hizo? ¿Dónde cayó?

—No cayó mucho, en realidad, pero ese es el lado bueno. No se veía desde el sendero, era imposible darse cuenta hasta que te asomabas por el borde de la garganta, pero la caída hasta abajo era de unos noventa metros.

—¡Noventa metros! —exclamé—. ¿Y cómo es que no cayó abajo del todo?

—Había un saliente de no más de sesenta centímetros de ancho a unos tres metros de la nieve. Por suerte, paró su caída, aunque se rompió algunos huesos, y consiguió agarrarse.

—Un muchacho con suerte.

—Y que lo digas.

—¿Estaba consciente?

—Sí, pero aterrado y muy dolorido. Traté de hacerle hablar para que se olvidara de su situación hasta que llegara el helicóptero.

—¿Lo conseguiste? Hacer que hablara, digo.

—Sí. Curiosamente me habló de uno del grupo, de Simon.

—¿Ah, sí?

—Me dijo que se había pasado la mayor parte del camino malhumorado y que había creado mal rollo. Por eso Charlie decidió suavizar el ambiente retozando en la nieve y haciéndose el gracioso.

—Simon estaba muy callado, pero estaba bien.

—Para ser justos con el muchacho, se esconde una razón detrás de ese comportamiento sombrío.

—¿Cuál?

—Su hermano mayor murió en Afganistán el año pasado. Al parecer también era un marine, el pobre. —Decidió cambiar de tema—. Eh, tienes que leer tu carta antes de que anochezca. —Se levantó con energía.

—¿Mi carta? Ah, claro, la carta.

Estaba un poco nerviosa. ¡A saber lo que mi madre estaba a punto de revelarme esta vez!

Miré alrededor, a nuestro acogedor lugar de acampada, las imponentes montañas más arriba, el silencioso lago. Imaginé a mamá en ese lugar muchos años atrás. Era un enclave precioso, sobre todo a la hora de la puesta de sol, pero era la absoluta quietud lo que más me conmovía.

Alasdair se fijó en mi demora para empezar a leer.

—¿Quieres que la lea yo primero, que te la resuma?

—No. Ya voy —suspiré y le sonreí—. Gracias.

Capítulo 20

Los Cairngorms

Hola, cariño:

¿Qué tal la excursión? ¿No te sientes plena de energía y completamente viva? Ojalá pudiera cambiar de lugar, aunque solo fuera por una hora.

Espero que estés sentada en la arena con el cálido brillo de una hoguera iluminándote el rostro. Me encanta el lago A'an. Los Cairngorms ocupan un lugar especial de mi corazón. En el pequeño paraíso que yace entre Kingussie, al sur, y Grantown-on-Spey, al norte, todos los elementos parecen unirse en una armonía completa; probablemente tenga algo que ver con el yin y el yan y todo eso. Justo donde estás sentada ahora lo considero el lugar más maravilloso, romántico y pacífico de la tierra. Seguro que estáis completamente solos. El lago A'an está tan aislado, solo premia con su belleza a los más aventureros.

Sigamos con la historia.

Cuando Geoff acabó su entrenamiento de vuelo, lo destinaron a Lossiemouth, una base de las Fuerzas Aéreas en la costa de Moray, a una hora al norte.

Quiso la suerte que, un año después de su traslado, a mí también me destinaran a Lossiemouth como oficial de Inteligencia en un escuadrón hermano. Era la primera vez que vivíamos juntos de forma permanente como marido y mujer, y fue un alivio dejar los viajes para vernos. Entre semana vivíamos en una casa en la base, pero los fines de semana nos escapábamos a nuestro escondite en el bosque de Abernethy, la misma cabaña en la que os estáis quedando Alasdair y tú.

¿Te gusta, cariño? ¿Es tan adorable como siempre? Podrás imaginar mi alegría al descubrir en Internet que ahora la alquilan para ir de vacaciones.

En nuestros días la cabaña pertenecía a un amigo de Geoff que estaba en un destino de intercambio en algún lugar exótico (no recuerdo dónde), pero lo importante es que le dio la llave a mi marido y le pidió que cuidara la casa.

Ambos éramos unos fanáticos del senderismo y elegíamos una montaña distinta para escalar la mayoría de los fines de semana, o a veces simplemente salíamos de Nethy Bridge y paseábamos por el bosque. ¿Qué más hacíamos? Bueno, también teníamos una canoa con la que salíamos desde el puente de Broomhill, y remábamos por el Spey hasta Ballindalloch Estate, la escondíamos junto a la carretera y hacíamos autoestop para regresar a Nethy Bridge. Después nos acurrucábamos junto al fuego y leíamos o pasábamos las horas fuera, hablando, hasta que nos íbamos a la cama. Era una vida maravillosa y nunca ha habido dos personas que fueran más felices.

Pero, como dice el refrán, todo lo bueno se acaba, y en el invierno de 1978 sucedió lo impensable.

Geoff estaba en una misión de bombardeo cuando la cabina de su avión se incendió. No pudo apagar el fuego y no tuvo más remedio que salir despedido. Por suerte sobrevivió, pero no salió ileso.

Entre la fuerza de la eyección y un aterrizaje bastante duro, acabó con dos vértebras de la columna destrozadas. Le practicaron, en los cuatro meses siguientes, dos operaciones y pasó la mayor parte del tiempo hospitalizado. Los escuadrones colegas fueron compresivos y pude contar con bastante tiempo para estar a su lado. La cirugía le dejó unos clavos en la base de la columna para el resto de su vida.

La parte positiva es que, casi inmediatamente después de su segunda operación, volvió a andar y, tras unas sesiones intensivas de fisioterapia, fue capaz de llevar, más o menos, la vida activa de antes. Pudo incluso continuar con sus adoradas actividades al aire libre, aunque no con la misma intensidad.

Desgraciadamente para él, los médicos de las Fuerzas Aéreas no permitieron que regresara a sus actividades de vuelo. No podían arriesgarse a la posibilidad de una segunda eyección; su columna no lo soportaría. Así que lo degradaron permanentemente y ese fue el fin de su carrera como piloto.

Estaba hundido. Le resultó imposible aceptar que su sueño de la infancia había llegado a su fin. Se volvió distante y malhumorado. Yo entendía lo desesperado que se sentía, pero mantener una actitud alegre con alguien que está tan deprimido es agotador. Lo cierto es que no fue culpa suya, pobre hombre, pero como imaginarás, todo esto supuso un duro golpe para nuestro matrimonio.

Me tenían que cambiar de destino en el verano del 79, pero las Fuerzas Aéreas ampliaron mi periodo de servicio en el escuadrón hasta noviembre para que pudiera permanecer al lado de Geoff mientras estaba hospitalizado, y después, por supuesto, durante su recuperación. Había que tomar una decisión cuando estuviera bien (físicamente, aunque no fuera mentalmente) sobre qué hacer en cuanto a su carrera.

Le sugerí que se retirara de las Fuerzas Aéreas con una pensión médica y me acompañara de un lugar a otro; era mi deber y mi deseo apoyarle. Pero no consideró mi propuesta. Para ser justos, en ese momento estaba al final de la veintena y adoraba su vida en las Fuerzas Aéreas. Aceptó una oferta de cambiar de División y fue transferido a la Administración, un trabajo que habría aborrecido, de no ser por la ubicación magnífica que su atento oficial le asignó.

Había en la costa oeste de Escocia un alojamiento de las Fuerzas Aéreas donde el personal de servicio podía ir para entrenarse al aire libre. Le ofrecieron encargarse del lugar a jornada completa y aprovechó la oportunidad. No me preguntó mi opinión antes de aceptarlo. En Lossiemouth seguía deprimido desde el accidente y nada de lo que yo le dijera ponía fin a su estado. Cuando le ofrecieron el puesto en Arisaig, fue como si se quitara un peso de encima y de nuevo volvió a estar feliz. No tuve el corazón de pedirle que rechazara el puesto, aunque sabía que, por el bien de nuestro matrimonio, era lo que debería hacer.

Por supuesto, un oficial de Inteligencia no tenía la opción de quedarse en una unidad de entrenamiento al aire libre, así que teníamos que enfrentarnos a un dilema: o yo dejaba las Fuerzas Aéreas y me convertía en una esposa sin experiencia laboral en la costa oeste, o él abandonaba y me seguía a Inglaterra o adonde el trabajo me llevase. Ninguno de los dos estaba preparado para hacer concesiones. Él quería el trabajo en el albergue, y yo no estaba lista para dejar mi carrera. Cuidar de él había sido mentalmente agotador. Puede sonar fatal, pero estaba harta de todo; habíamos pasado de ser inseparables, cercanos y estar perdidamente enamorados, a convertirnos en unos extraños en tan solo seis meses. La verdad es que quería marcharme. Pensé que si me embarcaba en una última misión, una última emoción a solas, estaría preparada para dejar las Fuerzas Aéreas y pasar el resto de mis días en Escocia con mi marido.

Así pues, Geoff se mudó a Arisaig y volvimos a convertirnos en un matrimonio que tenía que viajar para verse. Se tarda mucho en llegar a la costa oeste escocesa. Así que apenas nos veíamos. Me ofrecieron un puesto de ensueño como oficial de Inteligencia en Herefordshire, me mudé a Inglaterra y comencé un capítulo nuevo de mi carrera. Por aquel entonces no me di cuenta de lo significativo que era ese movimiento para el resto de mi vida.

A pesar del tiempo que pasamos separados, nunca dejé de quererle, y estoy segura de que él seguía queriéndome a mí. De algún modo conseguimos dejar atrás esos horribles meses en Lossiemouth y las pocas veces que nos veíamos nos comportábamos como una pareja cálida y cariñosa, aunque nunca fue igual que nuestro primer año en Lossiemouth y nuestro preciado tiempo en los Cairngorms.

¿Y por qué estás sentada en la orilla arenosa del lago A'an?

Me he acordado de esa época de mi vida cada día en los últimos treinta años (lo que para ti es toda una vida, para mí tan solo un latido). El lado este del lago A'an es el lugar que más recuerdo con nostalgia. Cuando pienso en Geoff y en acampar justo donde tú estás ahora, solo puedo recordar una felicidad absoluta. Sentarme bajo las estrellas en una preciosa noche con un hombre maravilloso en un lago aislado era para mí el mismísimo paraíso. La vida puede ser maravillosa cuando quieres que lo sea, y así es como deseo que imagines mi época con él, estando desesperadamente enamorados.

Cuando regreses mañana a la cabaña me gustaría que dieras un pequeño paseo y buscaras un árbol que plantamos. Es un cerezo. Si te sitúas en la parte delantera de la casita, tienes que descender un camino a la derecha, subir unos escalones y allí lo encontrarás. Lo plantamos justo en medio del claro.

Me encantaba la idea de mi padre de plantar, físicamente, las raíces de alguien en un lugar importante.

Mi marca permanente en los Cairngorms era ese árbol. Lo plantamos casi al principio de empezar a pasar allí los fines de semana. Siempre creí que regresaríamos a la cabaña y veríamos crecer el árbol. No obstante, al igual que mi manzano en Bridge Farm, nunca lo vi integrarse en el paisaje. Mi vida no siguió ese camino.

Espero que siga creciendo allí, pero, si soy sincera, nunca creí que se adaptaría al clima montañoso. Si lo hizo, será la muestra de que una pareja de jóvenes enamorados pasó un año maravilloso allí y, al menos durante un breve periodo de tiempo, hallamos algo que consideramos nuestro hogar y fuimos completamente dichosos.

Cuando regreses a St Christopher's, ve al ático, busca entre las viejas cajas y encontrarás una pintura que hizo Geoff de la cabaña. Era un gran artista. Ahora es tuyo, cariño.

Relájate y disfruta de la paz.

Con todo mi amor,
Mamá.

P. D. Le pedí a Alasdair que descargara una canción en su iPod. Es Song to the moon, *de Dvorak. Solías cantarla de un modo tan puro, tan tierno… A lo mejor un día, cuando te enamores desesperadamente (y estoy segura de que lo harás), vuelvas a cantarla con algo más de madurez, además de pureza. Por cierto, estás en muy buenas manos con Alasdair, así que no te preocupes por si aparece algún gato salvaje escocés por la noche. Ah, por si te lo preguntas, te diré que no tiene novia… Es guapo, ¿a que sí?*

De nuevo mi madre me parecía una completa extraña. No me resultaba agradable, pero tampoco era particularmente horrible; solo rara.

Alasdair había encendido el fuego mientras yo leía. Me acerqué y le tendí la carta; pues también se sentía intrigado por la historia. Me quedé observándolo, intrigada por descubrir la expresión de su cara mientras la leía, especialmente el último párrafo.

Nada más empezar, sonrió; luego mantuvo una expresión anodina durante prácticamente toda la carta y, por fin, como esperaba, alzó las cejas con una sonrisa juguetona al final, seguramente en la parte en la que mi madre divagaba sobre lo romántico que era estar junto al lago con un hombre maravilloso, soltero y guapo.

—Tu madre era toda una romántica. —Me devolvió la carta.

—Sí. Estoy lista para la segunda ronda.

—¿Disculpa?

—La música

—Ah, claro.

Se sacó el iPod del bolsillo y seleccionó la canción. Le tendí un auricular.

—Podemos escucharla juntos. De todos modos, ya conozco la canción.

Escuchamos la música. Para ser justos con mi madre, era la canción perfecta para escuchar en plena naturaleza, bajo la luna y las estrellas.

—Muy bonita —comentó con entusiasmo—. ¿Qué idioma es, ruso?

—Checo. La mujer le canta a la luna. Le pide que le entregue un mensaje a su amado para decirle que suspira por él y ese tipo de cosas.

Alasdair recuperó el iPod.

—¿Por qué querría que escucharas esta canción en particular aquí?

Me encogí de hombros, aunque en el fondo sabía perfectamente qué pretendía mi madre. Por un lado, intentaba engatusarme para que volviera a la música (esa canción era mi debilidad), y por otro, me estaba revelando lo que sentía por Geoffrey, lo mucho que lo había amado. Pero además, ponía todo su empeño en crear un ambiente romántico entre Alasdair y yo, y estaba funcionado.

Me guardé estos pensamientos y respondí, como si nada:

—No estoy muy segura. Posiblemente para mostrarme lo que sentía por Geoffrey... supongo.

—¿Lista para la tercera ronda? —me preguntó.

Asentí.

—Sí, acabemos de una vez.

Alasdair abrió su mochila para sacar la lata de té.

—¿Sabes qué? —observó—. Lo que más pensaba..., de hecho, lo único en lo que pensaba cuando estaba con Charlie ahí abajo era: «espero que ese maldito helicóptero no vuele mi mochila, dentro están las cenizas de Rosamund».

Siempre sabía cómo hacerme reír.

Antes de esparcir las cenizas di unos pasos en dirección a la orilla del lago, una vuelta de trescientos sesenta grados y me esforcé por apreciar hasta el último ápice del oscuro valle que tanto adoraba mi madre. Con una gran tristeza, derramé el polvo gris en la arena.

—Me alegro de que fueras feliz aquí, mamá.

Sujeté la lata de té bajo un brazo, me llevé las manos a la cara y las lágrimas empezaron a fluir. Alasdair apareció a mi lado. No dijo nada, pero me rodeó los hombros.

Tras un minuto o dos sollozando contra su pecho, me limpié la cara con un pañuelo olvidado en el bolsillo de mi abrigo y regresamos a nuestra pequeña hoguera. Me puse encima toda la ropa que llevaba, incluidos los guantes que había metido Alasdair en la mochila para mí, y me quité su forro polar (que de nuevo llevaba puesto yo) para devolvérselo. Extendió los sacos de dormir en la arena, junto al fuego, y me ofreció una taza de chocolate caliente. Estábamos cara a cara bajo el crepúsculo, mirándonos.

—Siento mucho lo de antes —se disculpó—. ¿Quién iba a pensar que pasaría un grupo de hombres?

—Sí. Es verdad. —Sonreí.

—Ahora en serio, ¿te lo estás pasando bien? Porque me encantaría que disfrutaras. —Tomé el chocolate de sus manos y medité unos segundos mi respuesta.

—Para ser sincera, desde el momento en que nos conocimos, mi vida ha acabado catapultada de catástrofe en catástrofe.

Frunció el ceño.

—Para empezar —continué—, me chantajearon para emprender un viaje que no quería hacer y acabé a cientos de kilómetros de casa. He faltado a una sesión lucrativa de fotos y prácticamente me he roto la muñeca. El pánico me ha paralizado y he podido ver cómo un helicóptero rescata a un adolescente de una situación cercana a la muerte, y, por si fuera poco, casi muero de hipotermia. Dos veces. Para terminar, he acabado en una playa remota, mojada y prácticamente desnuda, debería añadir, delante de un grupo de extraños; un hecho sin precedentes en mi vida y algo de lo que probablemente nunca me recupere.

Al darse cuenta de que estaba bromeando, ladeó la cabeza y se puso a juguetear con el lóbulo de su oreja.

«¿Era consciente de que ese hábito le hacía irresistible?»

—¿Entonces es un «no» a lo de pasarlo bien? —preguntó con una dulce sonrisa.

—A ver, espera un minuto —respondí—. También debería decir que, por primera vez en mi vida, he visto y me he enamorado de los Yorkshire Dales y de las Tierras Altas, he conocido a una tía que no sabía que tenía, he visto a un águila salvaje pescando y he escalado una montaña. Y lo más importante —añadí, arrugando la nariz—: te he conocido a ti. Así que, respondiendo a tu pregunta, me lo estoy pasando maravillosamente bien, Alasdair. Gracias por preguntar.

Tras completar mi discurso, me alcé de puntillas y le di un beso en la mejilla. Esbozó una sonrisa, claramente contento con mi gesto cariñoso.

192

—Y aún nos falta la mitad. ¿No tienes curiosidad por lo que nos reserva tu madre? Me sorprende que no hayas preguntado.

Me reí.

—¿Es que me lo contarías si te preguntara?

Se encogió de hombros.

—No.

—Alasdair, si lo que está por venir es la mitad de bueno de lo que hemos pasado, mejor que no sepa nada. Mi madre tenía razón, es mucho más divertido dejarse llevar. Y, para que lo sepas, ya he dejado de comerme la cabeza con qué será lo próximo que suceda.

—Bien —respondió con una sonrisa espléndida—, porque no te lo creerías.

Nos metimos en los sacos de dormir, preparándonos para charlar mientras nos tomábamos el chocolate. Mi madre estaba en lo cierto: sentarse junto a un fuego en un remoto lago de Escocia con un hombre guapo a tu lado era lo más romántico del mundo.

De repente unas voces distantes interrumpieron el silencio. Nos volvimos en dirección al sendero. Aunque estábamos casi a oscuras, la luz ambiental fue suficiente para que distinguiéramos tres figuras bajando por el camino.

—¡Grace! ¡Alasdair! Somos nosotros. Al final hemos decidido acampar con vosotros —gritó uno de ellos.

Los muchachos parecían nerviosos cuando llegaron a la playa, pero cuando montaron las tiendas de campaña y se acurrucaron alrededor del fuego con Alasdair, se relajaron bastante.

—¿Alguien quiere jugar a las charadas? —propuso Jamie.

—¿A las charadas? ¿En la oscuridad?

—Venga, Grace, no te escabullas.

Él fue el primero —y el último— en ponerse a hacer mímicas. Nadie más tuvo ganas de salir de la calidez de su saco de dormir. Nos mirábamos los unos a los otros como preguntándonos «¿ahora qué?», cuando Tom propuso que cantáramos canciones y Jamie (el señor Ideas Geniales) dijo:

—Que empiece Grace.

—De acuerdo —dije, de repente con una sorprendente confianza en mí misma—: vamos a cantar *You raise me up*. Seguro que os la sabéis, todo el mundo se la sabe. En cuanto empiece la reconoceréis.

Alasdair se quedó patidifuso. No me preocupaba cómo lo hacía, ni lo que pensarían de mí los muchachos, simplemente empecé a cantar bajito para que mi voz no resonara en todo el valle. Cuando iba por el último estribillo, Simon se unió y me acoplé a su tono. Tenía una voz conmovedora y formábamos un dúo melódico. Tom y Jamie aplaudieron con entusiasmo y descubrí a Alasdair mirándome con un gran afecto. Su mirada me tomó por sorpresa, y por un efímero segundo supe sin lugar a dudas que ya lo había visto con anterioridad; ¿sería por la gorra? El recuerdo fugaz me abandonó con la misma rapidez con la que había llegado y Alasdair dio por finalizada la velada cuando Tom pidió otra canción.

—Es hora de dormir, muchachos —ordenó.

Sin quejarse, se levantaron y comenzaron a dispersarse. Jamie se detuvo, le dio las gracias a Alasdair por salvar a Charlie y se agachó hacia mí para darme un cariñoso beso en la mejilla. Alasdair levantó las cejas como diciendo «está coladito por ti» y entre bromas mandó a Jamie a su tienda.

—¿Te quedan fuerzas para una última bebida caliente? —me preguntó en cuanto nos quedamos solos de nuevo.

—Sí, buena idea.

Me puse en pie para preparar el chocolate, pero nada más salir del saco de dormir me puse a temblar.

—Oh, estás helada... —advirtió, preocupado.

—Un poco, estaré bien en cuanto me meta de nuevo en el saco y me beba el chocolate.

—Voy a sacar el *shemagh* para que te lo pongas. —Se dirigió a la tienda y lo llamé.

—No hace falta, ya lo llevo en el cuello, debajo del abrigo, ¿no te acuerdas?

—Ah, bien, pues entonces enróllatelo en la cabeza. Así será más efectivo.

Empecé a hacerlo, pero él me lo quitó de las manos, se arrodilló frente a mí y empezó a enrollármelo como si fuera un turbante árabe.

—Ha sido estupendo que hayas cantado —dijo con ternura.

—A lo mejor esa charla sobre la consciencia me ha convencido, o a lo mejor solo me apetecía hacerlo.

Observé el valle mientras Alasdair regresaba a la calidez de su saco de dormir, al lado del mío. Pensé en mi madre.

—¿Crees que está aquí con nosotros?

—¿Te refieres a Rosamund?

—Sí.

—¿Merodeando a nuestro alrededor con forma de espíritu o ejerciendo una influencia en lo que está sucediendo? —preguntó con un atisbo de sarcasmo en la voz.

—Supongo que a eso me refiero, sí.

—No. No creo en esas cosas. Lo siento. —Su tono se volvió de repente un poco brusco.

—Yo estoy empezando a creer que hay cosas que los simples mortales no entendemos.

Levanté la mirada a las estrellas y durante un segundo pensé en el poder del universo, pero entonces él explotó mi burbuja.

—Este lugar y las cartas están ejerciendo un efecto sobre ti, eso es lógico y natural. Pero me temo, Grace, que cuando mueres, simplemente mueres.

Lo miré con curiosidad.

—¿No te asusta?

—Intento no pensar en ello.

—A mí me asusta —confesé. Se quedó en silencio, pero yo continué hablando y expuse mis miedos más íntimos—. Me cuesta aceptar que, cuando la palmas —Alasdair sonrió por mi expresión— eso es todo. Se acabó. Para siempre.

—Da igual, porque no estarás viva para experimentar el sentimiento de pérdida. Simplemente habrás muerto. Son los que se quedan atrás los que sufrirán.

No estaba segura de si se trataba de un comentario general o se refería a mi situación con mi madre.

Traté de explicarme mejor.

—Pero saber que llegará un día en el que todas las experiencias que hemos vivido... —Eché un vistazo a mi alrededor, al valle solitario—... Todas las amistades que hemos hecho terminarán, no habrá más... Como te he dicho, me aterra.

Típico de él, trató de ofrecer una explicación.

—Contempla el miedo como algo positivo —propuso animadamente—. No te preocuparía tanto perder la vida si no estuvieras disfrutando de ella, ¿no crees? —Asentí, pensativa—. Y pregúntate esto —añadió—: ¿te lamentas por la vida que no viviste antes de nacer?

—Lo siento, no te sigo.

—Hubo un enorme periodo de tiempo que transcurrió en la tierra antes de que tú nacieras, al parecer billones de años, y tú te los perdiste, así que...

—Ah, ya veo. No, claro que no lamento no haber estado aquí. Aún no había nacido.

—Si contemplas la muerte del mismo modo... como la vida que existe mientras tú no estás, como el pasado... Seguramente sea el mismo procedimiento.

—No —repliqué—. En el pasado todavía estaba por llegar mi turno, todavía me esperaba todo esto.

—Pero no lo sabías. De modo que, en realidad, el concepto de «esperar» es algo que no podías sentir. No eras nada.

Sabía a qué se refería, pero me parecía una forma muy aséptica de medir las cosas.

—¿Crees que mi madre me va a contar quién es mi padre?

Arrastró las manos por la arena.

—¿Es eso lo que quieres?

—Sí, creo que sí. O puede que no. Ay, no lo sé, tengo sentimientos encontrados. —Miré la vastedad del lago—. Que mi madre me revele quién es mi padre biológico... no sé cómo sentirme.

—¿Y qué te hace pensar que lo vaya a hacer? —preguntó amablemente.

—Algo que dijo en la primera carta. Oh, esa no la has leído, ¿verdad?

Negó con la cabeza.

—Me dijo que había cosas que necesitaba saber, cosas que tenía que contarme, así que imagino que se refiere a mi padre. La razón por la que, tal vez, no quiera saberlo, por la que nunca he querido presionarla para que me lo contara, es que, si soy producto de un lío de una noche o algo aún peor, preferiría no saberlo y, al parecer, no hay muchas posibilidades de que sea hija de Geoffrey, ¿no? Tal vez ciertas cosas es mejor dejarlas en el pasado.

Alasdair se tumbó de espaldas en el saco, apoyó la cabeza en la arena y alzó la mirada a las estrellas. Le imité y nos quedamos allí, como dos orugas, contemplando el asombroso espacio.

Era el momento perfecto para decir algo profundo e impresionarle con mi indiscutible simbiosis espiritual con el universo...

—Alasdair.

—¿Sí?

—Hay algo que nunca he entendido sobre el espacio.

—¿El qué? —Se volvió para mirarme.

—Mi pregunta es la siguiente: ¿qué estrella de entre tantos millones... —Saqué un brazo del saco para extenderlo—... es la estrella polar? Y... —continué— si una persona se pierde y necesita desesperadamente encontrarla para navegar, ¿cómo encuentra la maldita estrella si no sabe siquiera dónde está el norte? Es como lo del huevo y la gallina. No lo entiendo.

Divertido, sonrió; el tipo de sonrisa que esboza un profesor a su alumno más tonto en clase antes de intentar explicarle algo.

—Es simple. Para empezar, tienes que saber cuál es la constelación que hay al lado. Una vez aprendas a encontrarla, puedes usar la estrella polar en la navegación, porque es la única que siempre está alineada con el norte, con el norte de verdad. El resto de estrellas se mueven conforme gira la tierra, pero esa está permanece alineada con el Polo Norte, por eso se llama Polaris, porque parece no moverse.

—¿Cómo?

Volvió a reírse.

—Acércate y te lo enseño.

Me arrastré hasta que nuestros sacos de dormir se tocaron. Señaló una constelación llamada el Carro (se parecía más bien a un cazo, así se refirió a ella también como el cazo).

—Si tomas como referencia el borde del cazo, el lado opuesto al mango, y miras la primera estrella brillante, a unas cinco medidas del cazo de distancia, ahí está, la estrella polar. ¿Te has fijado alguna vez en que, si te quedas muy quieta, de repente eres muy consciente de que estás en un planeta que se mueve, que unas fuerzas están más allá de nuestro control y te mueven? Creo que es muy reconfortante tener la estrella polar como guía en el universo.

Me volví hacia él.

—Pensaba que no creías en fuerzas que estuvieran por encima de nuestro control.

Arrugó la nariz.

—*Touché.*

Volví a fijar la vista en la estrella polar.

—A lo mejor eso es el cielo, la estrella polar, y por eso está donde está, para que las almas que habitan allí nos puedan ver y asegurarse de que estamos bien.

—Puede, pero entonces estaría bastante abarrotada de dinosaurios, y tendrían que tener un cielo aparte para la gente del hemisferio sur, así que...

De repente se me ocurrió algo.

—Creo que St Christopher's es mi estrella polar. Es mi guía.

Alasdair suspiró.

—¿Sabes? Puede que la sensación de seguridad no viniera de St Christopher's, sino de tu madre...

—Sí, probablemente tengas razón.

—Yo no tengo ninguna guía —comentó abiertamente—. No la necesito.

Levanté la cabeza para mirarlo.

—Pero sin algo que nos conduzca en la vida, ¿no vas a la deriva por el abismo, como una brújula rota, en una búsqueda constante del norte? —Fijé la mirada en las estrellas y volví a apoyar la cabeza en la arena—. A lo mejor los marines son tu guía.

Deseaba que se abriera un poco conmigo después de mi último comentario, pero permaneció en silencio. Así que continué con mi parloteo.

—De todas formas, creo que todo el mundo necesita un lugar de referencia, de guía. Por cierto, ¿nos vamos a la cama?

Alasdair se sobresaltó.

—¡Grace Buchanan!

—Oh, lo siento... —Me incorporé de repente y me revolví antes de comprender que se estaba burlando de mí.

Le di un golpe cariñoso y aclaré mi pregunta.

—Me refería a —continué, despacio— que habías dicho algo de una tienda de campaña, pero aún no has montado nada.

—Porque voy a dormir con Simon esta noche —señaló con un guiño—. Ya que Charlie ha abandonado el barco, voy a pasar la noche con él. Y, es cierto, creo que es hora de ir a dormir.

Salió del saco, se puso delante de mí y me tendió la mano. Deslicé mis manos enguantadas entre las suyas desnudas y le miré a la cara. Al levantarme me dio la impresión de que quería decirme algo.

—Tengo la sensación de que disfrutaste cuando cantaste antes —susurró—. Cuando cantas pareces feliz y relajada.

No me apresuré en apartar las manos, pero tampoco sabía qué decir.

—Me pareció que Simon estaba distante, como en otro lugar —apunté con franqueza—, solo quería integrarlo en el grupo.

Alasdair asintió, conforme.

—Gracias por preocuparte. —Hizo referencia a mis lágrimas en la nieve—. Creo que nunca he visto a nadie tan contento de verme, ni siquiera a mi madre.

No sabía qué esperaba que respondiera, ni siquiera si esperaba que dijera algo.

—Bueno, es que tienes el cuaderno —bromeé en un intento de quitarle hierro al asunto—, ya sabes, el itinerario de mi madre. Te necesitaba... lo necesito —añadí rápidamente— para acabar su historia.

—Vaya, y yo que pensaba que estabas preocupada por mí.

Su rostro estaba separado por unos milímetros del mío y los ojos le resplandecían con una luz que tan solo el fuego era capaz de emitir. Mi única defensa posible era el sentido del humor.

—¿Preocupada? ¿Yo? No. Ni hablar. En absoluto. ¿Para qué cargar por la montaña con un marine si no puedes aprovecharte de él de vez en cuando?

Se dio la vuelta para observar el valle iluminado por la luna. Lo imité, miré a mi alrededor y me fijé en lo calmada y tranquila que estaba la noche cuando guardábamos silencio. El único ruido provenía de las brasas.

Esperé a que dijera algo, pero no lo hizo, así que bajé las manos y retrocedí.

—¿Me prometes que me rescatarás si aparece un gato salvaje en mitad de la noche? —murmuré.

—Te lo prometo.

Capítulo 21

No dormí demasiado bien por varios motivos, y ninguno tenía nada que ver con los gatos salvajes o el misterioso valle de las Tierras Altas. Había bebido demasiado chocolate caliente, y en mitad de la noche, cuando mi vejiga pedía a gritos un alivio, no me apetecía salir del cobijo de mi diminuta tienda.

Alasdair me despertó sobre las seis de la mañana. Bajó la cremallera de un pequeño segmento de tela y me tendió una taza humeante de té a través del hueco. Aunque el diablillo que tenía sobre el hombro izquierdo gritaba «¡lárgate, idiota, acabo de quedarme dormida en este agujero helado!», el ángel de la derecha ganó la batalla. Sonreí con educación y acepté el té.

—Gracias, Alasdair. Eres el mejor —dije.

Oí actividad alrededor de nuestro improvisado campamento. Los muchachos alborotaban ya por ahí, pero me concedí diez minutos para beber el té en calma. Me sentí tentada de quedarme en mi cómodo saco de dormir y olvidarme de salir al valle, pero, tras reflexionar, decidí salir de la tienda y echarme el saco por encima de los hombros.

El campamento estaba recogido y lo único a la vista era un cazo con agua hirviendo y un pequeño fogón. Rechacé el beicon con alubias típico del Cuerpo de Marines que me ofreció Alasdair (una decisión que, por supuesto, lamenté media hora más tarde) y preferí la barrita de cereales y la manzana de Jamie.

—¿Has dormido bien, Grace? —me preguntó el muchacho, que vino corriendo a sentarse a mi lado en la arena. Estaba muy alegre.

—Digamos que me siento como si me hubiera pasado la noche haciendo equilibrios sobre un soporte para tostadas. ¡Por Dios, qué frío! —Me quedé mirando mi taza de té con los hombros encogidos y tiritando ligeramente.

—Ah, vale —contestó, confundido por mi analogía sarcástica.

Alasdair, por el contrario, se echó a reír y se acercó para quitarme el saco de dormir y guardarlo. Jugamos al tira y afloja con él, pero finalmente tuve que ceder.

Veinte minutos más tarde estábamos listos para movernos.

Mi depresión mañanera se esfumó cuando recordé que esta posiblemente fuera una experiencia que solo viviría una vez en la vida: caminar por medio de la naturaleza en Escocia no era algo que pudiera hacer todos los días. Sobre el agua había una fina capa de neblina que le daba un aspecto fantasmal al valle. Empleé varios minutos en tratar de capturar con la cámara un aspecto que más me había fascinado del lago A'an: la quietud.

La escalada desde el valle hasta la cima del monte Cairngorm fue todo un desafío, el helor no me duró mucho tiempo. Alasdair iba a la retaguardia hablando con Simon, y Tom, Jamie y yo recordábamos los hechos dramáticos del día anterior, que íbamos exagerando conforme avanzaba la historia. Aumentamos un poco el ritmo en los últimos cuatrocientos metros, que no fueron sencillos, pues el terreno bajo nuestros pies era bastante escarpado y estaba formado por un mar de peñascos desiguales y rocas sueltas. El mojón que señalaba la cima de la montaña apareció ante nuestros ojos y Alasdair gritó:

—¡El último que llegue arriba prepara el té!

La naturaleza competitiva que todos albergábamos hizo que saliéramos en desbandada en dirección a la cima. Por supuesto, no fui rival para tres adolescentes rebosantes de hormonas y un marine de acero. Cuando pisé la cima, ellos ya estaban sobre el mojón tendiéndome las tazas expectantes y sonrientes. Alasdair parecía el más travieso de todos, y eso que era veinte años mayor.

Tal y como había hecho el día anterior cuando llegamos a Ben Macdui, me tendió la mano y tiró de mí para que me colocara junto a él, firme contra el viento, en la cima del mundo. Los muchachos bajaron del mojón y nos permitieron que disfrutáramos del momento a solas. Una vez más, di una vuelta de trescientos sesenta grados para contemplar las vistas, pero en esta ocasión se me llenaron los ojos de lágrimas. El paisaje era tan alucinante, Alasdair tan maravilloso y tenía el corazón tan lleno de orgullo por lo que habíamos conseguido en solo un par de días, que no fui capaz de contener la emoción. Le di la espalda a mi acompañante y me enjugué las lágrimas con los dedos. Él se dio cuenta, sacó un pañuelo del bolsillo, tiró de mí para ponerme de cara a él y me dio unos toquecitos para secarme las mejillas.

—Venga, llorona —me calmó—, no vale llorar delante de los niños.

Agachó la cabeza y me dio un beso cariñoso en la mejilla durante el cual pensé que me iba a explotar el corazón y me sonrió.

—¿Y si hacemos fotos?

Tras nuestra sesión fotográfica y mi momento sensiblero, Alasdair tomó el mapa, lo apoyó a un lado del mojón y señaló las cimas de las montañas adyacentes. Simon sujetó el mapa por una esquina para que no se volara.

El punto que más me llamó la atención fue un edificio a cientos de metros bajando la montaña, al otro lado del lago A'an. Alasdair me explicó que ahí estaba el restaurante Ptarmigan, y además terminaban las vías del funicular. Era una noticia excelente y decidí que Cairngorm sería mi montaña favorita solo porque había un restaurante prácticamente en la cima. Por desgracia, Alasdair explotó mi burbuja nada más haberla inflado; eran las ocho y media de la mañana y ni el restaurante ni el funicular abrían al público hasta las diez.

Así pues, con una sensación de puro triunfo, empezamos el descenso. En pocos minutos llegamos a las vías del funicular. Una puerta cortafuegos había sido abierta con un extintor, y música proveniente de una radio inundaba la montaña.

—Vuelvo en un segundo —señaló Alasdair dedicándome un guiño alegre al quitarse la mochila y atravesar la puerta.

Los muchachos llegaron un par de minutos después y preguntaron por él.

—Me parece que ha ido a buscar un baño —comenté justo cuando reapareció con el aspecto orgulloso de un pavo real.

—Venga, todos, deprisa. —Señaló con la cabeza hacia la puerta abierta, indicándonos que entráramos al edificio.

Lo miré con gesto interrogativo, pero no dijo nada, esbozó su sonrisa de lo más sexi y nos guio por el restaurante vacío hasta la plataforma del funicular. Desde la barrera nos saludó un hombre vestido de azul, le dio un apretón de manos a Alasdair, sonrió y con acento escocés nos avisó discretamente:

—De esto ni una palabra, ¿eh?

Atravesamos la barrera y seguimos a Alasdair hasta la cabina. Los muchachos estaban tan impresionados como yo.

Miré a mi amigo y moví la cabeza, atónita.

—¿Qué pasa? —preguntó, burlón.

Sabía que estaba completamente alucinada.

—Solo tú podrías conseguir algo así. Nunca he conocido a nadie con tanta cara.

La despedida de los muchachos fue bastante emotiva. Tenían la intención de quedarse en las cercanías de la estación del funicular y esperar a que llegaran «sus viejos», pero nosotros teníamos una cita con el autobús que nos llevaría a Rothiemurchus para recoger el automóvil. Le di un beso rápido a Jamie, cuyas mejillas se encendieron como si fueran brasas ardiendo, y Tom nos dio la mano. La reacción más inesperada fue la de Simon. Le dio un apretón de manos a Alasdair y después un abrazo de oso. Él se lo devolvió y le revolvió el pelo cariñosamente.

—Recuerda todo lo que hemos hablado, ¿de acuerdo? —le dijo Alasdair en voz baja.

—Gracias por todo, Al —respondió él.

El autobús llegó, entramos y nuestra aventura en los Cairngorms llegó a su fin. Quise despedirme de los muchachos, pero se me formó un nudo en la garganta y me di la vuelta. Me había esforzado mucho por controlar mis emociones los últimos diez minutos antes de marcharnos. Alasdair debió de ver la humedad en mis pestañas inferiores.

—Sí que eres una llorona... —Me rodeó los hombros con el brazo en un gesto afectivo—. Ven aquí, señorita sentimental.

—Estoy bien. Es solo que siento que dejamos atrás a esos muchachos. —Rebusqué en mi bolsillo el pañuelo.

Alasdair retiró el brazo de mis hombros cuando el autobús se alejaba y cambió de tema.

—Te alegrará saber que ya no hay más aventuras por las montañas en nuestro viaje.

—Oh, ¿no vamos a escalar en Ben Nevis mañana? —pregunté haciendo un esfuerzo por recuperarme.

—No. Hoy volvemos a la cabaña a descansar.

—¿Y mañana?

—Mañana, Grace, vamos a hacer algo totalmente distinto...

—¿Ah, sí?

—Nos vamos de boda.

Volví de golpe la cara para mirarle.

Estaba sonriendo con expresión de «¡lo sé, es una locura!» Estallamos en una carcajada muy divertida que duró todo el camino de vuelta al automóvil.

Capítulo 22

Tenía la intención de echarme una siesta en cuanto llegáramos a la cabaña. No obstante, recordé la referencia de mi madre al cerezo, así que leí la carta una vez más y me dirigí al claro para asegurarme de que seguía allí. En efecto, seguía. Sonreí.

El legado de mi madre en la cabaña era el árbol sobre el que me había apoyado y que fotografié el día anterior. Le habría encantado saber que había crecido. Era precioso, exuberante. Ahora había alguien que sabía que el árbol del claro que estaba junto al banco, donde tantos visitantes alojados en la cabaña se habrían sentado y reflexionado, era de mi madre; que su tiempo en los Cairngorms había sido importante y duradero.

Alasdair apareció con una bandeja.

—Pensé que te apetecería —me dijo poniéndose en cuclillas y pasándome un plato—. Un bocadillo de beicon y una agradable taza de té, como te prometí. Aunque, si soy sincero, no recuerdo haberte prometido nada de esto. Lo que más me apetecía era acercarme y abrazarlo, pero me di cuenta de que había un sobre junto a la taza. Momento serio; era para mí, de mi madre.

Pensaba que sería otra carta, pero al abrirlo vi que se trataba de un recorte de un periódico. Miré a Alasdair, perpleja. Asintió y sonrió. Reconocí el artículo en cuestión, esbocé una sonrisa tímida, me sonrojé y doblé el papel. Pero me lo quitó y, a pesar de mi evidente vergüenza, empezó a leerlo en voz alta.

—¡Un éxito! Una adolescente del norte de Devon arrasa en el teatro Queens. La Barnstaple Musical Society se retiró entre una gran ovación de aplausos la pasada noche tras una actuación mágica del musical clásico de Rogers and Hammerstein, *Cantando bajo la lluvia*. Grace Buchanan, de dieciocho años, deslumbró con su prometedora actuación de Kathy Selden. Con la voz de un ángel y una sonrisa seductora, su interpretación de *All I do is dream of you* fue digna de recordar. Grace se marcha a Londres en septiembre para seguir su sueño musical en la conoci...

—¡Para! ¡Alasdair! No sigas, por favor. —Le arrebaté el recorte—. Por muy bonito que sea por parte de mi madre guardar esto, no tiene que seguir recordándome cómo se sentía. Lo pillo. Soy un fracaso, ¿entendido?

Su sonrisa se desvaneció.

—Vamos... Seguro que no es eso lo que pretendía. Escucha, Grace, tengo que hablar contigo.

Se puso tan serio que me dio la impresión de que iba a decirme algo horrible. Solté el papel.

—¿Qué? ¿Pasa algo?

—Es acerca de la boda de mañana.

Tomó asiento y se puso a juguetear con las borlas de una manta mientras consideraba cómo decirlo.

—¿Qué sucede? —Y antes de darle tiempo a responder, añadí—: ¿De quién es la boda? ¿De unos amigos tuyos?

Suspiró y dejó la vista perdida en el claro.

—El novio es el hombre del que te hablé en los Dales, el que resultó herido, Álex. Es muy buen amigo mío, nos alistamos juntos. También era amigo de Rosamund.

—¿Es que no quieres asistir a la boda? Pareces nervioso.

—Sinceramente, es lo último que me apetece hacer. Me ha pedido que sea su padrino. Qué ironía, ¿no?

—¿Tienes ganas de verlo? —le pregunté amablemente.

—Sí, por supuesto. —Se masajeó la sien—. Estará toda su familia. A saber qué pensarán de mí.

Volvió a suspirar y apoyó la cabeza en el respaldo del asiento. Le concedí un momento de silencio mientras pensaba cómo animarle. Me pregunté qué le diría mi madre en una ocasión así.

—No soy una experta y desconozco los detalles de lo que ocurrió, pero estoy segura de que no te habría pedido que fueras su padrino si tu amistad no fuera importante para él. —Me incliné sobre él y le tomé la mano. El gesto lo sobresaltó un poco—. A lo mejor es hora de plantarle cara al miedo, Alasdair. Me parece que todo está en tu cabeza.

Asintió.

—Hablando de plantar cara... —Se detuvo.

—¿Sí?

—Lo que estaba intentando decirte es que, cuando Álex le contó a tu madre su intención de casarse con Sarah, ella le sugirió que... —Se detuvo otra vez.

—¿Qué le sugirió?

Mantuvo en el rostro la expresión de un médico que está a punto de dar una mala noticia.

—Le dijo que cantarías en su boda.

—¡¿Qué?! —Aparté la mano y me puse en pie de un salto, alejándome unos metros—. Estarás bromeando, ¿no? ¿Por qué has esperado hasta ahora para contármelo?

—Quería que disfrutaras, que no pensaras en ello —respondió a la defensiva—. Por eso te he preguntado por tu miedo escénico. Me pidió que te diera la carta antes de contártelo. Te juro que no sabía lo que ponía.

Me llevé las manos a la cara y me volví para mirar la cabaña.

—¡No me lo puedo creer! ¿A qué juega mi madre? ¿Cómo se atreve a... —Extendí los brazos desesperada—. Es horrible. ¿De verdad pensaba que iba a cantar en la boda de un desconocido?

211

—Sí, básicamente. No estás enfadada conmigo, ¿no?

Su rostro era la viva imagen de la angustia.

—Claro que no. Solo lamento que tengas que cargar con la responsabilidad de comunicármelo. Mi madre no tiene, no tenía derecho. ¿Y qué es lo que esperan que cante: un aria, algo actual, moderno... qué?

—*Amazing Grace.*

—¿Quéeee? —Abrí los ojos de par en par.

Volví a dejarme caer en el banco, perpleja. Alasdair se arrodilló junto a mí y me tomó de la mano.

—Tranquila, Grace. Cuando lleguemos mañana, iré a hablar con Álex y le diré que no puedes cantar. No pondré excusas. Esto no cambiará nada. Tu madre no debería haber...

Le interrumpí con un tono de voz apenas audible.

—Como te conté, *Amazing Grace* es la canción que ella solía cantarme para dormir. Probablemente fuera ella quien se la sugiriera a tu amigo. ¡Joder! ¿Por qué me mete en esto?

Me soltó la mano.

—Supongo que tenía sus razones, pero —continuó intentando ser alegre— no pienses más en ello. Yo lo arreglaré.

—Pero me siento mal. Odio decepcionar a tu amigo, decepcionarte a ti. Seguro que han pagado el acompañamiento, un piano o algo así... Dios, esto es horrible. —Bajé la cabeza, enfadada con mi madre y sobre todo conmigo misma por ser tan débil.

—La banda va a tocar toda la noche, no va solo por ti.

—¿Una banda? —Lo miré de reojo—. ¿Es buena?

Soltó una carcajada.

—No está mal. Él formaba parte de ella hace años, algo sin importancia.

—Mejor así —respondí, más animada—. No sé si podría cantar con profesionales. —En cuanto pronuncié las palabras me di cuenta de que me había expresado mal.

Alasdair me miró con una expresión de asombro.

—Grace Buchanan, ¡eres una esnob!

—¡No! No quería decir eso. Me refería a... ¡Bueno! Ya sabes a qué me refería: mejor cantar con aficionados.

Nos reímos mientras él seguía tratándome como si fuera una diva. Cuando las carcajadas se apagaron, me volví hacia él.

—Lo que más deseo en el mundo es tener más confianza en mí misma, pero no creo que pueda hacerlo. Y es una pesadilla, lo sé, sobre todo teniendo en cuenta lo poco que te apetece ir.

Se inclinó sobre mí y me tomó la mano de nuevo.

—Olvídalo.

Nos quedamos pensativos durante un momento.

—Por cierto —dije—, qué gran coincidencia que estemos, más o menos, en el mismo lugar de la boda. ¿Qué posibilidades había de que esto sucediera?

Alasdair sonrió.

—Álex es de Edimburgo y su esposa es estadounidense, así que probablemente...

Me sobresalté y asentí.

—¿Estadounidense? Ya sé, seguro que le encanta la idea de una boda temática en las Tierras Altas con música a lo *Braveheart*. Sí, tiene sentido.

Alasdair se puso de pie, le dio un apretón a mi mano y se volvió a la cabaña. Se dio la vuelta en la puerta y me sonrió con su clásica sonrisa encantadora.

—Conque *Cantando bajo la lluvia*, ¿eh? ¿Saliste de una tarta con unas mallas y un pompón en el trasero?

Solté una carcajada.

—Sí, salí de una tarta y la vergüenza me durará toda la vida. Y, sí, antes de que lo preguntes, hubo muchos movimientos alegres de manos y guiños cómplices, y hasta un par de balanceos de trasero. Pero no, me temo que no hubo pompón.

Alzó las cejas. Su sonrisa era irresistible.

—Grace Buchanan guiñando con complicidad y meneando el trasero. Daría lo que fuera por verlo. ¿Hay alguna posibilidad de que lo vuelvas a hacer? ¿Solo para mí?

Evité mirarle y me di la vuelta. Fijé la vista en las montañas, dándole la espalda, sonriendo.

—Ni en sueños, Finn.

Me eché una siesta a mediodía y me desperté hambrienta a las cinco. Repetimos lo que hicimos la primera noche en la cabaña y hablamos sobre las últimas veinticuatro horas. Estaba claro que, a pesar del accidente, ambos sentíamos que la caminata había mejorado con la compañía de los muchachos.

Finalmente, el aire frío de la noche nos derrotó y entramos en la cabaña alrededor de las ocho.

—Y dime, ¿cómo es que acabaste actuando en una gran producción con dieciocho años? —me preguntó—. Creía que odiabas los escenarios.

—Y los odio, los odiaba. Pero necesitaba demostrar lo que valía para obtener una plaza en la academia. Siempre vomitaba antes de cada actuación... ¡Era una pesadilla!

—¿Y ahora? ¿Se ha vuelto un poco menos intenso tu miedo a actuar en público después de nuestro concierto improvisado con los muchachos? Y no vayas a llegar a la conclusión de que estoy intentando persuadirte para que cantes en la boda...

Esbocé una sonrisa sarcástica.

—Cantar a unos niños alrededor de una hoguera es muy diferente a cantar en un escenario, Alasdair.

—Yo también estaba, acuérdate, y la noche anterior te negaste a hacerlo delante de mí, así que considero que has avanzado un paso. —Parecía muy satisfecho con su conclusión.

—Te había incluido como uno de los niños. Por cierto, quería preguntarte algo —indiqué, acurrucándome en el sillón—: Tom me comentó, o quizá fuera Jamie, da igual... Uno de los muchachos dijo que les contaste que yo era cantante, o que sabía cantar. ¿Y eso?

Alasdair volvió a hacer lo que tan bien se le daba: buscar algo para distraer mi atención de lo que estaba a punto de decir.

Se levantó y fue a la estufa de madera.

—Cuando les ayudé a instalar las tiendas de campaña uno de ellos me preguntó en qué trabajas —respondió mientras removía las brasas.

—¿Y le dijiste...?

No sabía cómo había pasado de fotógrafa a cantante en unos minutos que había estado con los muchachos en el campamento.

—Les dije que recibiste formación de canto y piano en la Academia de Música de Londres. Probablemente ellos mismos dedujeron que eras cantante.

Se puso a examinar a unos libros que había en un estante.

—Una deducción natural —continué—, pero no me dedico a eso. Dejé la academia hace años. ¿Qué dijeron cuando les contaste a lo que me dedico de verdad?

—Oh, no mencioné tu trabajo de fotógrafa —murmuró mientras ojeaba tranquilamente la contraportada de un libro, de espaldas a mí.

Continué hablando en voz baja, pero no había forma de disfrazar mi molestia.

—Así que no respondiste a su pregunta correctamente.

No dijo nada. Él sabía cuál era el próximo ataque, aunque yo no quería escuchar su respuesta.

—¿Por qué no les contaste que soy fotógrafa?

Se dio la vuelta y me miró.

—¿Quieres la respuesta sincera?

—Claro que sí. ¿Es que hay otra?

Volvió al sofá con el libro.

—No les dije que eres fotógrafa porque no quería que te juzgaran de forma incorrecta, no quería que se llevaran una impresión errónea.

Pasó las páginas del ejemplar. Me quedé congelada en el asiento un segundo, en medio de una encrucijada: podía olvidarme de mi enfado y disfrutar de la tarde, o podía decirle lo que necesitaba soltar. Por supuesto, elegí la segunda opción.

—¿Y cómo, exactamente, me iban a juzgar? —Levantó la mirada del libro, se mordió el labio y no dijo nada—. ¡Alasdair! ¡Por el amor de Dios, cierra el maldito libro y dímelo! ¿Cómo me iban a juzgar?

Cerró el ejemplar.

—Mira, solo quería protegerte.

—¿Protegerme? ¿Por qué iba a necesitar que me protegieras? ¿Qué narices pasa con mi trabajo?

—No quería que te juzgaran según la imagen estereotipada de un *paparazzi*. No quería que te vieran como a una motociclista sin escrúpulos en busca de dinero que...

—Que qué.

No recordaba un momento en que me hubiera sentido tan enfadada, y no porque les hubiera contado que era cantante, sino porque había llegado la hora de saber qué pensaba el propio Alasdair de mi trabajo, de mi vida.

—De acuerdo, ¿de verdad quieres saber lo que opino? —Su tono de voz era tranquilo pero firme—. No me gustan los fotógrafos que van de un sitio a otro tomando fotografías a escondidas de gente insignificante que hace algo indiscreto mientras un pobre soldado probablemente haya muerto ese mismo día y ni siquiera aparece en el periódico.

—Estás muy equivocado —gruñí—. Precisamente las muertes de los soldados sí aparecen en los periódicos. Y cada vez más. ¡A lo mejor no te has fijado, pero las Fuerzas Armadas obtienen financiación por parte de la prensa! ¿O es que no te habías enterado?

Me fulminó con la mirada.

—Sí, tienes razón. Pero todos esos cotilleos son irrelevantes, y al público general, que es estúpido, le encanta todo eso, paga para ver tetas y traseros, o para enterarse que una famosa desconocida se acuesta con el marido de alguien aún más desconocido. Por Dios, ¿a quién demonios le importa eso?

Odiaba ese lado de Alasdair y me esforcé con toda mi energía por reprimir mi tensión.

—¿Y eso es lo que piensas de mí? —Era mi turno para hablar en voz baja—. ¿Todo esto es por la foto que hice de la mujer de ese político en Yorkshire, por...?

—Yo no he dicho eso.

—No creía que fueras de los que juzgan tan rápido, pero se ve que en realidad eres un capullo estirado y moralizante. Y no tienes ni idea de lo que hablas. Lo primero es que ya no soy *paparazzi*, y no es que importara que lo fuera; y lo segundo es que la fotografía que hago trae un poco de luz al aburrimiento del día a día, es como comerte una chocolatina. Estás siendo muy extremo. A lo mejor deberías recordar que ese mismo público estúpido que compra esas revistas son los que financian al ejército y te pagan un sueldo.

Su rostro se tornó sombrío.

—Soy muy consciente de ello. Le has dado la vuelta a lo que he dicho.

Me levanté y me acerqué a la ventana para distraerme con la visión exterior.

—¿Fue mi madre quien te dijo que hicieras esto? —le pregunté con la vista fija en el bosque.

—¿Que hiciera qué? —Su voz sonaba cansada y alicaída.

—He sido una idiota al caer en esta ridícula farsa. Ya me imagino lo que pasó en St Christopher's. —Imité la voz de mi madre burlonamente—: Alasdair, cariño, tengo que pedirte un favor. La boba de mi hija, Grace, se ha rodeado de la gente incorrecta. Tú, que eres un joven apuesto, sano y sensato, me gustaría que la hicieras recapacitar para que retome la música y el arte, de verdad.

—No fue así. Yo tomo mis propias decisiones, tengo mi propia opinión.

—Pues no lo parece.

Me di la vuelta para mirarlo.

—Lo siento, Alasdair, pero está muy claro que estás actuando según los deseos de mi madre, usando esa mierda budista para sacarme de los nervios —señalé el libro, en el suelo— y, además, de un libro de ella. Has estado intentando convencerme de que cante y de que me aparte de la fotografía todo este tiempo.

—No he estado intentando convencerte de que cantes.

No lo escuché.

—Dios, hizo un trabajo estupendo al involucrarte. Muy bien, mamá. Genial, Alasdair. Un diez.

—Me parece que Rosamund pretendía varias cosas con este viaje, Grace. Y espero que me conozcas ya lo suficiente como para darte cuenta de que yo no soy así.

De repente parecía cansado. No dije nada, me volví para mirar el bosque a través de la ventana y me esforcé por no ponerme a llorar.

—Si he intentado enseñarte una manera para que puedas calmar tus nervios y seas capaz de cantar, es porque creo que tienes una voz preciosa, no porque tu madre me pidiera que lo hiciera. Dos: si he hecho comentarios duros sobre tu trabajo, es porque creo que estás desperdiciando el tiempo con ello. Estoy totalmente seguro de que ir por ahí haciendo fotos no te hace feliz. Tú misma dijiste que estabas pensando en dejarlo.

Se sentó y exhaló un suspiro. Me costaba enormemente reprimir las lágrimas y mi única defensa era el ataque.

—¡Oh, vaya! Si es de felicidad de lo que hablamos, a lo mejor deberías fijarte menos en la paja del ojo ajeno y ver la viga en el tuyo, ¿no crees?

—No sé a qué te refieres —observó con indiferencia.

—Venga ya, que tú llevas más peso encima que todas las cintas de equipaje de la terminal cinco del aeropuerto Heathrow. ¿Sabes? En vez de intentar arreglar mi vida, a lo mejor va siendo hora de que eches un vistazo a la tuya.

Me separé de la ventana y caminé hacia él.

—Tú, al igual que mi madre, me ves como una persona trivial, piensas que hago fotografías de momentos y que nunca veo lo que hay más allá. Pero sí lo veo; veo más que la mayoría de las personas. Y, solo para que lo sepas, soy feliz con mi vida —mentí—, y borré esa maldita foto de la mujer en los Dales, la borré esa misma noche, por Dios, y lo hice por ti. —Su rostro se suavizó—. Gracias por dejar claro lo que piensas de mí, que soy una persona sin escrúpulos en busca de dinero.

—Yo no pienso eso de ti, y tampoco te veo como una persona trivial. Nada más lejos de la realidad. Ninguna persona superficial podría cantar como tú lo haces.

Dio un paso para acercarse a mí, pero, a pesar de que me gustó su última frase, me alejé.

—Mañana me puedes dar el resto de cartas de mi madre y seguiremos caminos separados. Ya no quiero hacer esto. No contigo.

Volvió a intentar acercarse, pero no podía controlar mis sentimientos y necesitaba un pañuelo.

—Cancela mi invitación a la boda y apúntame en una hoja todo lo que necesito saber para acabar yo sola este rollo.

Alcancé mi bolso del suelo y empecé a revolver el contenido.

—¿Adónde vas?

—Lo primero, a buscar mi maldito teléfono, y después voy a dar un paseo. —Alcé la vista—. Quiero hablar con un amigo.

—Vaya. Esperaba haberme convertido en un amigo para ti a estas alturas —murmuró.

—Oh, pero ya sabes lo que dicen: no hay mejor amigo que un viejo amigo.

Me hice con mi teléfono y varios pañuelos y atravesé el bosque en dirección al pueblo, moviendo el móvil mientras caminaba. Por fin conseguí una barra de cobertura. Me senté en un banco junto a un bonito puente de hierro a la orilla del río Nethy.

—¡Grace! ¿Qué es ese ruido? No me lo digas, estás en las cataratas del Niágara.

La voz de Paul me hizo sonreír.

—Es solo un río —dije sin mucho ánimo.

—¿Sigues en Escocia, entonces?

—Sí, sigo en Escocia. Suenas cansado.

—Un poco. Tengo una entrega mañana y estoy con ello.

—¿Es algo serio o cotilleos?

—Serio.

—Bueno, entonces te dejo que sigas. Solo te llamo para decirte que tenías razón, ya he encontrado el defecto... a Alasdair.

Paul se espabiló de repente.

—¿El defecto? ¿De Soldadito? Vaya, ¿cuál es? —Era agradable volver a oír su sentido del humor.

—Que es un capullo. Y con C mayúscula.

Paul soltó una carcajada.

—¿Eso es todo? Creía que ibas a decirme que don Perfecto se tiraba pedos o se metía el dedo en la nariz. De todas formas, lo hará, cuando lo conozcas mejor.

—Hablo en serio, Paul. Es un capullo y le he mandado a la mierda. Se supone que mañana vamos a la boda de un amigo suyo, pero voy a terminar el viaje por mi cuenta.

Una oleada de culpa me inundó al escupir esas palabras. Me di cuenta de que mi madre debía de haberlo organizado para que apoyara a Alasdair en la boda.

—Venga... cuéntame —Paul sonó compasivo—. ¿Por qué es un capullo? ¿Qué ha hecho?

Lancé una piedra al agua y suspiré.

—Cree que mi trabajo es trivial.

—Es que tu trabajo es trivial.

—¡Paul! Creía que tú estarías de mi parte.

—Admítelo, te dedicas a hacer fotos de famosos. Sí, son fotos buenas, pero en ningún caso son revolucionarias. Tan solo es una forma de ganar dinero, como pasa con cualquier trabajo. ¿Por qué estás tan sensible?

No respondí y Paul exhaló un suspiro.

—Mira, da igual lo que ese tipo piense de tu trabajo. No necesitas la aprobación de los demás. Lo que haces no tiene nada de malo, siempre y cuando sea lo que de verdad quieres hacer.

Silencio.

—¿Por qué te has vuelto de repente tan profético conmigo? —pregunté, resentida—. ¿Dónde está mi amigo bromista cuando lo necesito?

Su tono de voz se relajó.

—No te preocupes, el bufón de turno sigue aquí para tu entretenimiento. Mira, ya sé que a veces me cachondeo de las cosas, vale, casi siempre, pero me daba la impresión de que ese hombre te gustaba de verdad. No lo mandes todo a la mierda por una discusión.

—Me gustaba... Bueno, me gusta —confesé—, pero no creo que él me vea de ese modo. Así que da igual.

—¿Te has enterado de si está soltero?

—Lo está.

—¿Y a qué esperas? Después de tu descripción, yo, si fuera gay, ¡iría a por él!

Solté una carcajada.

—Créeme si te digo que es tan sexi que volvería gay a cualquier hombre. No lo sé. —De repente me animé—. Es que... es como si fuera demasiado perfecto. Hasta rescató ayer a un muchacho en una montaña, por Dios. Después nos sentamos junto a una hoguera... Fue tan romántico.

—¿Qué? ¿Un rescate y una hoguera? Seguro que preparó el asunto del rescate solo para impresionarte. Y lo de la hoguera es todo un clásico. ¿Se sacó pelusilla del ombligo y la usó para encender el fuego? No, espera, mejor aún, seguro que prendió la chispa para encender el fuego frotándose una piedra contra esa mandíbula perfectamente cincelada...

—¡Para, Paul! Se supone que estoy enfadada. —Me reí sin poder evitarlo—. En serio, es como si mi madre me hubiera presentado al hombre de mis sueños. Supongo que simplemente estoy esperando a que estalle el hechizo.

—Hazme un favor, Grace. —Su tono se volvió serio—. Por una vez en tu vida, hazme un favor: piensa qué es lo que realmente quieres y decídete a ir a por ello. Si eso significa que quieres llevártelo a la cama, hazlo.

—Pero ¿y si él no quiere lo mismo?

—Grace, estás buenísima —dijo entre risas—. Él está soltero y es un hombre. Créeme: quiere lo mismo.

Me quedé callada un segundo, entristecida. Sabía que Paul siempre había sentido algo por mí. Me quedé mirándome una bota.

—¿Y qué pasa con la tortuga? —pregunté con mucho cuidado—. No quiero hacerte daño.

Mi amigo tomó una bocanada de aire.

—Grace, este es el mundo real, no un libro infantil. En el mundo real ¡la liebre aplastaría a la tortuga! Ve a la boda y deja de comportarte de un modo tan susceptible. ¡Venga!

Tardé en responder unos segundos.

—De acuerdo, lo haré. —Las lágrimas se me agolparon en los ojos—. Te quiero, ya lo sabes... a mi manera.

—Lo sé. —Se aclaró la garganta—. Y ahora pírate y enróllate con el Action Man. Algunos tenemos que trabajar, ¿sabes?

Alasdair no estaba en la cabaña cuando regresé. Se había dejado el ordenador en el sillón con la pantalla medio cerrada en un ángulo de cuarenta y cinco grados y el ventilador zumbaba. Toqué las teclas; aún estaban calientes.

Salí y grité su nombre al bosque, pero no obtuve respuesta.

«¿Dónde demonios habrá ido?»

Decidí suspender la sesión de su ordenador para que no se calentara demasiado, cuando vi un correo electrónico en la pantalla. A pesar de mis esfuerzos, me resultó imposible no fijarme en el título del correo: ¡Dichosas mujeres!

«¿Bueno, ya que él pensaba que era una frívola sin escrúpulos, podría...»

Re: ¡Dichosas mujeres!

Al:

He recibido tu correo electrónico. No te preocupes por la canción, Sarah lo entenderá. Dejaré el nombre de Grace en la lista de invitados, no te preocupes.

En cuanto a Grace: ¿qué diablos te ha pasado? Tus correos electrónicos son normalmente de una línea. Eres un maldito desastre, colega. Nunca he conocido a una mujer que te llegara dentro y no puedo creer que estés preparado para razonar con ella: ¡nunca has razonado con nadie en tu vida! El mejor consejo que puedo darte es que dejes que lo adivine ella y, por Dios, no te humilles; las mujeres pierden todo el respeto por los hombres que se humillan. Así pues, respondiendo a tu pregunta, ¿por qué no te lanzaste? Tu trabajo en las Fuerzas Especiales casi ha terminado… El año que viene recibo un aumento de sueldo, compañero.

Nos vemos mañana, y recuerda que no tienes por qué sentirte culpable con mi familia. Después de todo, si no fuera por ti (y tu lado cabroncete), mi cadáver se estaría pudriendo en Afganistán.

Álex

P. D.: ¿Tu lado civil? No tienes. Si finges ser quien no eres, al final no funcionará. No lo pienses más. Nadie ha dicho que tengas que casarte con ella. A lo mejor solo quiere un revolcón (¡bien!).

No había modo de resistirme a leer el correo original de Alasdair. Corrí hasta el porche y grité su nombre, pero no hubo respuesta.

Asunto: ¡Dichosas mujeres!

Álex:
He intentado llamarte un par de veces, pero sin éxito. Con suerte, este correo te llegará esta noche si decides acercarte a tu teléfono móvil.

Es tu última noche de soltero y no estoy allí para emborracharte, ¡qué escándalo!

Pero no es demasiado tarde, amigo. Que sepas que puedo conseguir un automóvil-avión-nave espacial y llegar al hotel en menos de una hora, por si piensas rajarte. Sin embargo, no creas que vas a encontrar a nadie como Sarah, así que yo seguiría adelante si fuera tú (¿cómo narices la convenciste para que te quisiera? ¿Fue la cojera?).

Por cierto, hay un pequeño cambio de planes. Grace no va a poder cantar mañana. Siento no haberlo conseguido, ya sé que Sarah estaba emocionada, pero Rosamund no debería haberte dicho que cantaría.

Grace sufre miedo escénico (buen trabajo) y odia cantar en público. He considerado retorcerle el brazo (literalmente), pero te aseguro que sería injusto presionarla, y tampoco se puede presionar a esa muchacha para que haga algo, ¡dichosa mujer!

Creo que tenías razón al decir que Rosamund nos había tendido una trampa. En serio, amigo, esto es una pesadilla.

Para empezar, Grace es todavía más atractiva de lo que recordaba; es difícil concentrarse cuando tu rostro está a pocos centímetros de su trasero (he ido detrás de ella para subir algunas montañas esta semana y lo único que te puedo decir es que sabe cómo rellenar unos pantalones).

Pero es una mujer de ciudad, para nada es mi tipo, y además puede resultar bastante terca. Es una cocinera terrible, se mueve mucho cuando está nerviosa y está un poco consentida. Podría continuar con la lista. Por otra parte, está dispuesta a cualquier cosa, nunca se queja (tendrías que haber visto lo fantástica que estuvo en las montañas, ¡hasta la convencí y nadó desnuda!), es amable, no se pasa horas maquillándose, es increíblemente preciosa y no hay ni un ápice de vanidad en su persona. Es sinceramente cariñosa, hasta arriesgó su vida para salvar mi afortunado shemagh en la montaña (¡ahora sí es una mujer de verdad para ti!). Supongo que una parte de ella me ha llegado dentro… ¡aaahh! De todas formas, es imposible, pues la he cagado. Ya sabes, se me da bien hacerlo con las mujeres.

Todo esto desemboca en la otra razón que me ha llevado a ponerme en contacto contigo. Lo siento, amigo, pero no irá a la boda. He conseguido que se enfurezca. ¿Por qué las mujeres se empeñan en darle vueltas a un comentario inocente, volverlo en tu contra y después enfadarse?

Ahora dice que quiere continuar sola, pero no sé si fue un impulso por el enfado o una amenaza de las de «no sé lo que digo». Tampoco sé si lo dijo en serio o si se supone que tengo que tratar de convencerla. ¡Aaahhhh! En resumidas cuentas, ¿puedes conservar su nombre en la mesa por si acaso? Por esta razón me mantengo alejado de las mujeres.

Intentaré darte un discurso de hombre a hombre mañana, pero aceptar un consejo mío sobre el matrimonio es como si un carnicero diera una charla sobre cirugía torácica; básicamente, no estoy cualificado.

Nos vemos mañana, con suerte con mi acompañante a mi lado. Ahora en serio, ¿debería intentar convencerla? Mierda, mierda, mierda.

Al

P. D. Si pudiera darte mi pierna, lo haría.
P. P. D. Por cierto, mis vacaciones se han acortado. Ha pasado algo. Grace no sabe nada sobre mi trabajo en las Fuerzas Especiales y quiero que siga siendo así. En serio, Álex, ¿estaría mal volver a intentar algo?

Bajé la pantalla hasta que quedó en un ángulo de cuarenta y cinco grados, como antes, y dejé que el ventilador siguiera zumbando.

Me dejé caer en la cama y pensé en los detalles de su carta. «Cree que soy preciosa... Cree que estoy consentida... Pero cree que soy preciosa... Cree que soy una cocinera terrible... Cree que soy preciosa...», susurré, sonriendo.

Capítulo 23

Ala mañana siguiente, tras una noche particularmente inquieta, salí del dormitorio y eché un vistazo al interior de la cabaña. Alasdair seguía fuera.

Encontré una nota en la mesa.

Grace:

Como no has recibido suficientes cartas últimamente, he decidido escribirte una más. No soy hombre de discusiones y hoy tengo mucho que hacer, así que pensé en salir temprano e ir al hotel a ayudar a Álex. Seguro que te encantará librarte de mí un rato. A lo mejor si pasas un tiempo a solas llegas a la conclusión de que prefieres que continuemos juntos el viaje. Si lo haces, y espero que así sea, te he dejado un mapa con la dirección del hotel en la cómoda. La boda es a las 14.00. Si eliges no venir, te he anotado las instrucciones detalladas para que puedas seguir sola y también he dejado las cartas de tu madre. Están en un sobre, también en la cómoda, debajo de las llaves del automóvil. El seguro del vehículo está cubierto.

Si no vuelvo a verte, cuídate.

Al

P.D. He dejado un par de cosas en el sofá que pueden resultarte prácticas. Sé que odias pasar frío.

Maldita sea, el tono de esa carta era como una circular militar comparado con el correo electrónico que le había enviado a Álex.

Miré hacia el sofá: en él estaban doblados su forro polar y el *shemagh*. Alcé la cabeza al techo, frustrada. Lo estábamos pasando maravillosamente bien y yo la había cagado. Era obvio que había aceptado el consejo de su amigo.

Tomé el *shemagh* y me senté. ¿Por qué había llegado hasta este punto? ¿Qué había pasado? Apoyé la cabeza en el sofá y esbocé una sonrisa: Alasdair era el colmo. Yo había planeado una reconciliación y de repente me encontraba con el trasero al aire. ¡Se había largado! ¿Qué se suponía que tenía que hacer?

Pensé en la boda y en la ropa que me había comprado mi madre. Al fin entendía el motivo de esas prendas elegantes.

Abrí la maleta y saqué la funda para trajes. El conjunto para el evento era un vestido de seda ajustado con el cuello holgado. Si Alasdair pensaba que tenía un trasero divino con pantalones de deporte, ¡seguro que se moría al ver este vestido!

Me acerqué la tela de su *shemagh* a la nariz y me pregunté a qué lugares habría viajado con esa bufanda andrajosa de Medio Oriente, de qué peligros habría sido testigo. No debió de haberle resultado sencillo dejármelo; de hecho, no debería haberlo hecho. ¿Y si le traía suerte de verdad?

Miré el reloj, eran las nueve y media. Solo disponía de unas pocas horas para prepararme, así que tenía que ponerme en marcha.

Una ducha tibia al aire libre no es la mejor forma de empezar para ir de boda. Añádele la falta de electricidad y tendrás como resultado un día de perros.

El lado positivo es que el vestido me quedaba perfecto. No obstante, tras pasar los últimos días recorriendo las montañas con botas de senderismo, me sentí rara cuando me quité los apósitos de los tobillos, me limpié las marcas y, a lo Cenicienta, me puse unas sandalias plateadas con lazos. Me quedaban ideales. Mi madre había pensado en todo, incluso en el tono perfecto de maquillaje.

No obstante, había un artículo importante que había olvidado incluir: un bolso. El único que tenía era mi querido pero maltrecho bolso de cuero. Decidí que bastaría con él; después de todo, no iba a ir a ningún sitio sin maquillaje extra, pañuelos, un cepillo y mi cámara.

Sobre las doce ya estaba lista para salir de la cabaña. Con unos zapatos planos en los pies para conducir, los tacones en una mano y mi bolso poco adecuado en la otra, me llevé un chasco al admitir que la imagen de muchacha natural que había intentado recrear era un fiasco. Menos mal que Alasdair no estaba allí.

Llegué al hotel sobre las 12.45. Era un lugar increíble, muy típico escocés, con unas vistas impresionantes a la montaña, torretas, ayudantes con faldas escocesas y el obligado lago.

Por una parte, estaba deseando encontrar a Alasdair —no es nada divertido asistir a una fiesta sola—, pero al mismo tiempo me ponía nerviosa tropezarme con él, ya que no tenía ni idea de qué se suponía que tenía que decirle.

El recibidor era impresionante. Unas amplias escaleras cubiertas de tartán con una barandilla de roble pulido ascendían a la primera planta, y una enorme chimenea, flanqueada por un panel de roble que llegaba del suelo al techo, cubría toda una pared.

Pero no veía a Alasdair por ninguna parte. Los invitados hablaban entre ellos. La mayoría de los hombres llevaba el uniforme de los marines, que consistía en una chaquetilla roja, unos pantalones de montar negros ajustados y botas negras; una camisa blanca, una pajarita negra y un chaleco completaban el atuendo. El efecto en su conjunto era impresionante, y sabía que si Alasdair llevaba lo mismo, casi seguro que me desmayaría nada más verle.

La disposición de las mesas estaba en un tablón de anuncios. Lo estudié mientras daba unos sorbos a una copa de champán

Alguien gritó mi nombre desde el otro lado del recibidor. No se trataba de Alasdair, pero la voz me resultaba familiar. Era Simon, el muchacho de Cairngorm. Vino corriendo a saludarme, mucho más relajado de lo que se mostró en la montaña.

—Hola, Grace.

—¡Simon! ¿Pero qué diablos...? ¡Qué alegría verte aquí! ¿Eres amigo del novio? —Conforme hacía la pregunta me acordé de que su hermano era marine y caí en la cuenta de por qué estaba allí.

—Mi padre estaba en la banda de los marines, así que conoce a Álex muy bien. —Tomó un sorbo de zumo de naranja y dio un paso atrás para contemplarme de arriba abajo—. ¡Vaya! Estás diferente a la última vez que te vi.

Me miré el vestido.

—Es demasiado, ¿no?

—¿Bromeas? Estás preciosa.

Me dejó sorprendida su cambio de personalidad. La charla con Alasdair había funcionado.

—Alasdair me dijo que a lo mejor no podías venir —comentó mientras alcanzaba un vaso de zumo de naranja cuando pasó una camarera.

—Cambio de última hora. ¿Sabes? Me alegro de haberme encontrado contigo porque estaba empezando a sentirme un poco perdida. No conozco a nadie y Alasdair debe de estar ocupado.

—Lo vi fuera, junto al lago, charlando con los invitados. Está explicándoles cómo va a desarrollarse el día y todo eso, ya sabes.

—¿Cómo lo has visto esta mañana? ¿Estaba bien?

—¿Alasdair? Es curioso que lo preguntes, porque parecía un poco nervioso, no sé por qué.

Pobre Alasdair. Nunca debería haberlo dejado enfrentarse a sus demonios él solo.

Miré a mi alrededor y vi a un hombre en silla de ruedas junto a la chimenea.

—¿El hombre de la silla de ruedas es el novio? —murmuré.

Señalé con la cabeza en su dirección. Una joven morena y atractiva le estaba dando un beso en la mejilla. Parecía relajado y feliz.

—Sí.

—¿Me lo presentas?

—Claro.

Nos acercamos y esperamos el momento adecuado para intervenir. La mujer estaba monopolizando su atención. Álex le dio la vuelta a la silla de ruedas.

—Imagino que tú eres Grace.

Asentí.

—Al final has venido. Me alegro.

Le estreché la mano. Me acordé de su correo a Alasdair y empecé a farfullar alguna excusa débil acerca de que no podía cantar. Entonces él alzó la mano para detener mi diarrea verbal.

—No te preocupes. Alasdair me lo explicó. Todo controlado.

Me sentí un fracaso total.

Simon comenzó a hablar; sus palabras y su entusiasmo reflejaban su edad a la perfección.

—¡Oh, Grace! ¿En serio ibas a cantar? Esta señorita tiene una voz increíblemente fantástica, Álex. Te lo prometo.

Simon se volvió hacia mí con expresión suplicante.

—Por favor, Grace, tienes que cantar. A Sarah le encantará...

Me estrujé las manos un par de segundos que Álex aprovechó para reprender a Simon por insistir. Tras ver lo bien que Álex aceptaba su estado, recordé que había estado en el refugio de mi madre, y entendí de repente el mensaje que ella intentaba desesperadamente transmitirme. Sentí como si estuviera allí, detrás de mí, sacudiendo un dedo y diciendo: «Madura de una vez, hay cosas más importantes que tu ego, Grace».

—¿Sabes qué, Álex? Simon tiene razón. Debería cantar algo para vosotros en un día como hoy.

El rostro de Álex se iluminó.

—Pero ¿estás segura?

—Claro que sí. ¿Sigues queriendo que cante *Amazing Grace*? —Recé por que dijera que sí, podía cantarla con los ojos cerrados.

—Sí. ¡Guau! Vamos a darle una sorpresa a Sarah. —Su rostro se tornó sombrío de repente—: Ah, quería decirte que siento lo de tu madre. Era una mujer maravillosa.

—Sí. Pero dejemos ese asunto —añadí alegremente—. Tengo que ensayar. Alasdair me dijo que habéis contratado una banda, aunque solo necesito un pianista.

—La banda está en el salón de baile. Ven, te acompaño. —Se dirigió hacia el salón y lo seguí mientras gesticulaba un «adiós» mudo a Simon.

—Álex, ¿en qué momento quieres que cante? —Dejé la copa de champán vacía en una bandeja que pasaba por mi lado.

—El plan original era que lo hicieras mientras firmamos el registro. —Abrió la puerta del salón de baile y la empujó con la silla—. ¿Te parece bien?

—Claro, ningún problema.

«¿Ningún problema? ¿Qué demonios estaba diciendo?»

—Pues ven —dijo con una sonrisa—, vamos a presentarte al sargento mayor. Estará encantado de que cantes.

—Un momento —dije—. ¿Sargento mayor?

No respondió, no necesitó hacerlo.

Al entrar al salón mi confusión se convirtió en terror. Me agarré al pomo y detuve su silla cuando quiso llevarme hasta la banda.

—Álex, ¿esa... esa es la banda de la Marina Real?

—Algunos de los miembros, sí. ¿A quién íbamos a traer si no? —Volvió su torso para mirarme—. ¿No te lo contó Alasdair?

—No —respondí en voz baja—. Por extraño que parezca, no lo hizo.

El sargento mayor se acercó a nosotros. Parecía muy serio y de forma instantánea retrocedí diez años, a la época de la academia.

—¡Sargento mayor! —exclamó Álex—. Buenas noticias, señor. Grace, ya sabe, la cantante lírica, ha cambiado de opinión, así que regresamos al plan A.

Nos dimos un apretón de manos e hice una mueca al oír que me describía como una cantante lírica.

—Magnífico. Típico de las mujeres —comentó—, cambiar de opinión, pero maravilloso de todas formas.

Nos acercamos a los músicos que se estaban tomando un descanso. Álex dio la vuelta a la silla para marcharse, pero de repente caí en algo y lo llamé.

—¡Espera, Álex, una cosa más!

—¿Sí?

—Es sobre Alasdair. Estará ocupado con sus tareas de padrino. Si le dices que estoy aquí, seguramente venga a buscarme y tengo una manía: no me gusta que me molesten cuando estoy ensayando, así que... —Asintió y continuó su camino—. Y... Álex, perdona por ser tan pesada, pero ¿podrías traer a Simon para que vigile la puerta , ya sabes, para que nadie entre?

Álex sonrió condescendiente.

—Sí, traeré a alguien para que se quede en la puerta; y no, no le diré a Alasdair que estás aquí. Vosotros dos necesitáis un tirón de orejas, por cierto.

El sargento mayor nos interrumpió rugiendo una orden desde el otro lado del salón.

—¡Bien, a ensayar, muchachos! —exclamó, mirando su reloj.

Los músicos regresaron a sus sillas y yo empecé a inquietarme.

—Sí, supongo que eso es lo que deberíamos hacer —musité.

Me coloqué justo en el centro, al frente de la banda, y observé las dimensiones del salón. Filas y filas de sillas blancas vacías me devolvían la mirada y el olor de demasiados ramos de lirios hizo que se me revolviera el estómago. Oí el crujido del papel cuando el sargento mayor anunció la canción. Se volvió hacia mí.

—Cuando estés lista, hazme la señal y empezamos.

Continué con la vista fija en la sala. Dios mío, no podía hacerlo. Tenía las manos empapadas de sudor, pero no quería secármelas en mi vestido nuevo.

—¿Estás bien, cielo? —me preguntó—. Son las 13.10 y tenemos que acabar con esto.

Lo miré desesperada.

Al percibir mi angustia, se acercó a mí para que tuviéramos un poco de privacidad y esperó pacientemente a que me explicara.

—Verá... Lo que sucede —susurré mirando alrededor— es que llevo casi una década sin cantar profesionalmente, no he tenido tiempo de calentar la voz y me pone enferma cantar delante de más de cien personas.

Exhaló un suspiro y se llevó una mano a la frente.

—¿Por qué demonios has aceptado hacerlo?

—No tengo ni idea. Deseo desesperadamente hacerlo, es solo que me cuesta mucho. Yo... lo siento.

Lo miré implorante, con los ojos llenos de angustia. Su expresión, por el contrario, era neutra.

—Mira, te diré qué hacer —contestó—. Ve a la antesala, está detrás de esa pequeña puerta de ahí. —Señaló el extremo del salón—. Nadie va a molestarte allí. Enviaré a mi hombre, Stiles, para que te dé unas notas y así puedas calentar durante diez minutos, y después ensayaremos.

—Gracias, seguramente me sea de ayuda.

Me dispuse a marcharme, pero el sargento mayor tenía algo más que decirme. Su expresión era severa y su tono un tanto duro.

—Empezaremos el ensayo a las 13.20 en punto. Si eres lo bastante buena, te lo diré. Si no, no permitiré que cantes. ¿Entendido?

—Me sentí como una estudiante.

—Sí, señor.

Me escabullí del salón.

Siles, el corneta, entró en la antesala con una sonrisa, no dijo nada y empezó a tocar unas escalas.

Cuando se acercaba el final de la sesión de calentamiento, miré por las puertas cristaleras el valle y el lago. Casacas rojas y sombreros elegantes salpicaban el jardín. Un hombre robusto con una casaca con un par de insignias atrajo mi atención y se volvió para hablar con uno de los invitados. Era Alasdair, por supuesto que era él; ningún otro hombre estaría tan atractivo con lo que parecían unos pantalones de esquí de los años ochenta. Sonreí para mis adentros mientras cantaba el arpegio, y mi tono mejoró al sonreír.

Al mirar el agua me acordé de cuando fuimos al lago Garten. Recordé haberme concentrado en el agua y apartar el resto de pensamientos de mi mente. Me acordé de las palabras de Alasdair: que pensara en cantar como algo que hacía no por mí, sino para el placer de los demás. Cerré los ojos, entoné las escalas y solo pensé en el sonido de mi propia voz, mi respiración, el latido de mi corazón.

La puerta se abrió. Era el sargento mayor. Evité que nuestras miradas se cruzaran, me dirigí al salón y ocupé mi lugar delante de la banda. Esperó a que hablara. Le miré y hablé con voz firme.

—Les agradecería que lo tocaran *adagio*. Lento, suave y con sentimiento. Gracias.

Se enderezaron en sus sillas, el sargento mayor movió la batuta y la música comenzó. Era hora de despertar, de madurar. Sabía cantar como una estrella y un sargento mayor de la Marina Real no me iba a decir lo contrario.

Tres minutos después se acabaron los ensayos. Para el público, *Amazing Grace* sonaría sencillo y emotivo. Como intérprete, sin embargo, había mucho que considerar, sobre todo el ritmo, y sería extraño resultar estridente al cambiar de escala.

Miré al sargento mayor y esperé su decisión. Su expresión era dura como el acero. Tragué saliva.

—La mejor *mezzosoprano* para la que hemos tocado nunca. Fantástico. Ya se acabaron esos nervios de diva, o te daré un azote en el trasero.

Los músicos estallaron en risitas y aplausos. Se habían dado cuenta de lo nerviosa que estaba y sus expresiones eran amables.

—Gracias, sargento mayor. Esperaré en la antesala mientras los invitados entran. Saldré justo antes de las dos.

—De acuerdo, María Callas.

Regresé a mi lugar junto a los ventanales y decidí probar una vez más lo de la consciencia plena. Se me empañaron los ojos y centré la mirada en mi reflejo en el cristal: mi pelo necesitaba un arreglo y también repasarme los labios. Relajarme era importante, pero no tanto como tener buen aspecto delante de Alasdair: me dirigí al baño de señoras.

Una vez arreglada, pegué la oreja a la puerta que daba al salón de baile; parecía abarrotado. Me entraron náuseas. Solo faltaban cinco minutos para que apareciera Sarah. Dios, ya no había marcha atrás. Entré en la sala.

Desde mi asiento junto a la banda veía el perfil de Alasdair. Él y Álex estaban sentados juntos y parecía más nervioso que el novio. Daba golpecitos en el suelo con el pie y se rascaba la sien. Me sorprendió gratamente verlo actuar de ese modo; normalmente estaba insoportablemente sereno. Volvió la cabeza para echar un rápido vistazo al salón. No se dio cuenta de que Álex lo miraba, pero la expresión de su amigo era de absoluto cariño. Y entonces nuestras miradas se encontraron y su rostro se llenó de alivio al sonreírme, aunque levantó las manos y movió la cabeza en un gesto interrogativo. Me encogí de hombros como diciendo «¿qué pasa?», pero nuestra película muda de gestos finalizó con el sonido de la corneta de Stiles.

La novia había llegado.

Posiblemente fuera la ceremonia más emotiva a la que nunca había asistido. Cuando comenzó la música, Alasdair ayudó a Álex a ponerse en pie y le pasó un par de muletas.

La novia estaba preciosa, tenía un aspecto angelical y feliz caminando por el pasillo. Me quedé hechizada por la conmovedora escena. El registrador declaró que eran marido y mujer, se besaron, aplaudimos y la pareja de recién casados se sentó a una mesa para firmar el registro. «¡Firmar el registro!» Salí a colocarme.

El sargento mayor me sonrió cuando ocupé mi puesto. No miré a Alasdair, pero sonreí a Álex y a Sarah e hice acopio de toda la serenidad que había en mí para parecer relajada, apta y profesional. Fijé la mirada en un camarero que esperaba en el extremo del salón. Tomé una última bocanada de aire, asentí y la música empezó.

Los doce primeros compases son los más difíciles, después es coser y cantar. Los pasé y de repente fui consciente de que estaba disfrutando. No pensaba en la técnica, ni en valoraciones o en lo que pensarían los demás de mí, simplemente me dejé llevar por la música.

Mientras alargaba la última nota, permití que mi mirada recayera en Alasdair. Lo vi tan cautivado que no pude evitar sonreír, y fui consciente, justo en ese instante, en aquel lugar, en mitad de mi momento estelar, de que me había enamorado perdidamente de él. ¿Qué demonios diría mi madre?

Tan solo un instante después de acabar, el novio comenzó a aplaudir y sentí una oleada de alivio que me subía por la punta de los pies hasta la cabeza. Se había acabado. ¡Lo conseguí! Había disfrutado, pero no tenía prisas por repetirlo. Me volví serenamente hacia el sargento mayor y articulé un «gracias» inaudible. El hombre tenía lágrimas en los ojos.

La boda continuó con una emotiva lectura. Después, tras un prolongado beso y otra ronda de aplausos, la novia se sentó en el regazo del novio y Alasdair los sacó del salón de baile para llevarlos a la antesala. La multitud los siguió y me mezclé con los invitados, avergonzada y algo aturdida por las muestras de atención y los cumplidos que estaba recibiendo.

Todavía con la euforia de la actuación en la cabeza, entré en la antesala con el único propósito de hablar por fin con Alasdair. Lo encontré ayudando a Álex a bajar los escalones hacia el patio. Sarah estaba distraída con un grupo de mujeres que hablaban alegremente en corro.

Alasdair me hizo señas para que me acercara a ellos y de repente nos encontramos cara a cara y en silencio alrededor de la silla de ruedas. El novio nos miró a uno y a otro y sacudió la cabeza.

—Por Dios, ¿va a decir alguno de vosotros dos algo o vais a besaros y a hacer las paces de una vez?

Me encogí de hombros como diciendo «bueno, me apunto si él se apunta». Alasdair se inclinó sobre mí y me besó con cariño en la mejilla. Me ruboricé. Álex se volvió hacia mí.

—Ha sido maravilloso, Grace, no puedes imaginarte cuánto. Seguro que Sarah se te echa encima en cuanto la dejen libre. De hecho, creo que voy a ir a rescatar a mi mujer. Disculpadme...

Alasdair iba a decir algo cuando llegó mi mayor fan: Simon.

—¡Grace, guau, ha sido fantástico! ¿A qué ha estado fantástica, Alasdair?

Ambos lo miramos. Ladeé la cabeza en un gesto interrogante.

—Sí, ha estado increíble —coincidió—. Es una caja de sorpresas. Simon, ¿nos podrías dejar un momento, por favor?

Alcé la barbilla hacia Alasdair, que me miraba con picardía.

—Grace, quería pedirte perdón —dijo—, ya sabes, por ser un capullo moralizante. —Se acercó a mí para dejar paso a un camarero detrás de él. No retrocedí.

—Se te ha olvidado la parte de «estirado»—bromeé.

Sonrió.

—¿Hay algo que quiera decirme usted, señorita Buchanan?

Eché una mirada al salón.

—Pues... no, no se me ocurre nada.

—Te daré una pista —continuó—. Empieza por «lo» y acaba por «siento».

Me encogí de hombros.

—Bueno, a lo mejor me pasé un poco al llamarte estirado.

Rompió a reír y la conversación se me fue por la tangente.

—Dios mío, Alasdair Finn, no me puedo creer que no me contaras que iba a cantar con la banda de la Marina Real. —Esbocé la sonrisa más amplia de toda mi vida—. ¿Te lo puedes creer? He... cantado —enfaticé las palabras en un susurro— ¡con la banda de la Marina Real! ¿No es estupendo?

Lo miré feliz, con los sucesos del día anterior completamente olvidados.

—No. Si te soy sincero, no me lo creo.

En ese momento pasó un compañero marine de Alasdair, le dio un golpecito en el hombro y sonrió.

—¿Todo bien? —le preguntó.

Hablaron en privado un momento y me acordé de sus preocupaciones con respecto a ese día.

—¿Qué tal, por cierto? —le pregunté cuando regresó a mi lado.

Movió la cabeza a ambos lados.

—Bien. —Típico de él no dar más detalles—. Oye, no te he visto en todo el día. ¿Por qué no vamos a nadar al lago? Sé que no puedes resistirte a un chapuzón en el agua. ¡Pero nada de hacerlo desnuda hoy! —Entorné los ojos en un gesto juguetón—. Mis tareas de padrino han terminado ya, más o menos. Gracias a Dios no hay discurso y estoy deseando enterarme de qué te ha hecho cambiar de idea en cuanto a lo de cantar.

Asentí con entusiasmo.

Buscó dos copas de champán y lo seguí con la mirada mientras se abría paso entre los invitados. Cuando íbamos por el extremo del patio una grave voz femenina habló detrás de nosotros.

—Vaya, Alasdair, ¿es una de esas copas para mí?

Nos dimos la vuelta.

—¡Penny!

Era la morena de la chimenea. «Fantástico.»

Penny era toda dientes y sonrisas. Le arrebató una de las copas de champán, dijo «salud» al chocar su copa con la de él y sin mirarme se puso de puntillas para depositar un beso en su mejilla.

Alasdair me tendió la otra copa con una sonrisa de disculpa. La mujer se percató de mí y me recorrió de arriba abajo con la mirada (solo el ojo entrenado de una mujer repararía en ello), se volvió después hacia él y esperó a que nos presentara. A él le costó pillarlo.

—Oh, lo siento. Penny, ella es Grace.

Parecía haber perdido las palabras, aunque no importaba, ya que Penny tenía por ambos. Se volvió hacia mí.

—Ah, tú eres la cantante. ¿Vas a cantar después o ya te vas?

«¿Cómo?»

—Me temo que solo me necesitaban para la ceremonia. —Le devolví a Alasdair la copa de champán—. Bueno, os dejo para que os pongáis al día.

Me di la vuelta y Penny enseguida se acercó a Alasdair.

Él me llamó.

—¿No te quedas? Iré a por otra copa.

—No, estás bien acompañado. —Le regalé mi mejor sonrisa—. Es una fiesta. Es hora de relacionarse con los demás. Y nunca se sabe, a lo mejor consigo contactos.

Penny se detuvo a medio sorbo.

—Buena idea, seguro que aquí hay mucha gente que quiere contratarte.

Alasdair me miró a los ojos y le di la espalda.

—Nos vemos luego, Al —murmuré.

Los invitados deambularon felices durante una hora bajo el sol a la espera de que comenzara el banquete. Tras haber desempeñado un papel importante en la ceremonia, no me faltó compañía ni conversación, y siempre me quedaba Simon. Además, por fin pude hablar con Sarah. No podía ser más distinta de las conjeturas que hice en la cabaña sentada sobre la hierba.

El champán circulaba libremente y perdí la cuenta de las copas que estaba tomando. Fui a por la cámara y me paseé entre los invitados tomando fotos espontáneas.

Me centré en el novio y la novia, lejos de Alasdair, que seguía hablando con Penny. Tomé algunas fotografías de su perfil en las que estaba particularmente guapo, dejando estratégicamente a Penny fuera del visor, por supuesto.

Álex estaba relajado en la terraza en su silla de ruedas cuando me llamó.

—¿Te lo estás pasando bien?

—Sí, de maravilla. Gracias de nuevo por invitarme.

Me agaché para ponerme a su altura y el vestido quedó apilado sobre el suelo. Un camarero llenó su copa vacía mientras saludaba con la mano a Sarah, a quien le estaban sacando fotografías junto al lago.

—Espero que no te importe —comenzó mientras mirada embelesado a su mujer—, pero sé por qué estáis de viaje.

—No me importa. ¿Te lo contó Alasdair o fue mi madre?

—Ambos. —Tomó un sorbo rápido de zumo de naranja—. En un principio planeamos casarnos en Inglaterra, pero cuando le pedí a Al que fuera el padrino y le dije la fecha, me dijo que no podría.

—¿Por qué?

—Supongo que no quería dejar tirada a tu madre y tengo el presentimiento de que tenía ganas de conocerte. —Me miró con una sonrisa en los labios.

—¿Ah, sí?

—Venga ya, Grace. Si eres incapaz de ver lo que sucede delante de ti, es que estás ciega.

Me hice la tonta para que me contara más.

—Mmm, pero lleva casi una hora con esa tal Penny y parecen muy cómodos.

—Ah, pobre, ahí está. Debería rescatarlo. —Se rio abiertamente y volvió a mirarme—. No ha habido mucho lugar en su vida para las mujeres desde que su matrimonio acabó. Si no está trabajando, está tirándose en paracaídas, haciendo rápel o navegando en canoa.

—Dime una cosa —le pedí—: ¿la razón por la que os habéis casado en Escocia es para que Alasdair pudiera ser tu padrino y mi acompañante en la tontería esta de mi madre?

Me había quedado atónita.

—Acertaste. Y para que pudieras cantar, claro. Como Sarah es estadounidense, no le importaba dónde nos casáramos. Y yo soy de Edimburgo, así que al final todo ha salido bien. No habría considerado la opción de buscar a otro padrino, nos conocemos desde hace mucho.

Contemplé el patio en silencio unos segundos.

—Alasdair me contó que estaba contigo cuando te hirieron.

Álex pareció sorprendido por mi comentario.

—¿Te ha hablado de ello, de lo que pasó? ¿De dónde estábamos?

—No, no —respondí rápido—, no me dio detalles. Solo me dijo que resultaste herido y que se sentía... —Me detuve.

Álex terminó la frase por mí y miró a lo lejos a Alasdair, que seguía hablando con Penny junto al lago.

—Ya sé que se siente responsable, pero no lo fue. Él es un líder brillante, un marine brillante, pero se toma muy a pecho sus responsabilidades, no puede evitarlo. Sigo vivo gracias a él.

—¿Te importa que te pregunte qué estabais haciendo?

Se quedó un momento en silencio.

—¿Te ha hablado ya de su trabajo? Me refiero a los detalles.

—Solo me ha dicho que es un marine real —miré a mi alrededor—, como todos los de aquí, al parecer. Pero mi madre me dio algún detalle más.

—Ya. Dios... Bueno, en esta ocasión en particular —se señaló la pierna—, Alasdair estaba guiando a un grupo de seis personas en una misión de vigilancia. Nos habían comunicado que... unas personas... se iban a reunir en un edificio concreto, así que estábamos escondidos, vigilándolo.

—¿Por qué? —pregunté, intrigada.

—¿Por qué iba a ser? Para poder avisar a los aviones y bombardear el lugar cuando llegaran.

—Dios mío, ¿quién más había dentro?

—Ni idea. De todos modos, no aparecieron, así que tuvimos que salir y regresar al lugar donde estaban las tropas británicas.

—¿Dónde os escondisteis para vigilar?

—Al y yo estábamos en un edificio que había enfrente. Resumiendo: de vuelta nos topamos con algunos problemas. Yo me llevé la peor parte por culpa de una granada.

—¿Qué ocurrió?

—Alasdair disparó al grupo. Solo había tres hombres.

Me fijé en los marines entre los invitados, ese mar de uniformes rojos; estaba en medio de una escena de lo más elegante. Qué diferentes debían de parecerles estos hombres a sus familiares en una ceremonia, comparado con la realidad de su trabajo.

Álex dio un sorbo a su bebida y continuó la historia:

—Después me llevó a un lugar donde podían rescatarnos, llamó a un helicóptero y, antes de darme cuenta, estaba en un hospital de campaña estadounidense. —Miró a su esposa—. Y allí conocí a Sarah.

—Madre mía, Álex, es terrible. Lo de tu lesión, no el hecho de que conocieras a Sarah, claro. ¿Y entonces por qué se siente Alasdair responsable?

—Porque fue idea suya. Su ruta. Su equipo. Además, poco después de alistarnos decidí abandonar, pero él me convenció para que continuara. Más tarde decidimos unirnos a las Fuerzas Especiales. Por eso se siente...

—Responsable —acabé su frase.

—Sí, pero no debería.

Nos quedamos en silencio un momento.

—¿Te ha contado que puede que tenga que volver a marcharse pronto? —pregunté.

Álex miró en dirección a Sarah.

—Sí —respondió con cuidado—. Escucha Grace, por mucho que yo...

Pero no le dio tiempo a terminar su frase. Apareció Alasdair, y a solas. Ladeó la cabeza y me miró.

—¿Has disfrutado relacionándote con los demás?

Podía ser un canalla sarcástico.

—Sí, gracias. ¿Y tú, has disfrutado de tu pequeño paseo por los prados recordando viejos tiempos con Penny?

—Sí, la verdad. Gracias.

Me volví hacia Álex.

—He hecho bastantes fotos. Las meteré en una tarjeta de memoria. Creo que te van a gustar. Son un poco distintas a las que está haciendo el fotógrafo oficial. Más espontáneas. —Sonreí a Alasdair y remarqué—: ¡Más de *paparazzi*!

—Magnífico. A Sarah le van a encantar. Gracias, Grace.

Cuando me levanté, le puse una mano en el brazo.

—Gracias por lo que me has contado —susurré.

Sonó el gong para anunciar el banquete nupcial y Álex fue a buscar a Sarah. Me molestó descubrir que me habían sentado enfrente de Alasdair y no a su lado, supongo que así era más fácil hablar, pero aún me molestó más que la persona que estuviera sentada a su derecha fuera Penny (seguro que había intercambiado las tarjetas con nuestros nombres). Nos dedicamos una mirada fugaz las dos cuando tomamos asiento. La suya decía: «llevo toda la vida esperando a este hombre, así que lárgate, bruja». La mía decía: «adelante si crees que puedes, pero pienso luchar... ¡a muerte!».

El hombre de uniforme sentado a mi lado se presentó cuando tomó asiento. Era el capitán Tristán Grand, un guapo militar de más o menos mi edad a quien le brillaban los ojos con un don para conversar. Era perfecto para la incómoda situación e hice un esfuerzo exagerado por reírme con sus bromas cuando comenzó la comida. Penny empezó a hablar; estaba segura de que esa mujer, desde que amanecía hasta que llegaba el anochecer, no se detenía a respirar. Se aproximó hacia mí, dejando ver parte de su escote.

—Siento haber pensado que tan solo eras parte del espectáculo. Álex es estupendo, probablemente te invitara a la boda como agradecimiento por la canción. —Tomó un poco de sopa y siguió hablando tras la primera cucharada—. Alasdair me ha contado que trabajas de fotógrafa para las revistas que hablan de los famosos.

Lo miré.

—Sí, pero no sé cuánto tiempo lo seguiré hacien...

—¡Guau! ¿Eres una *paparazzi*, entonces? —me interrumpió ella—. Pareces tan angelical... Las apariencias pueden ser muy engañosas, ¿verdad?

Me dieron ganas de abalanzarme sobre ella, sobre todo porque estaba demostrando lo que me había dicho Alasdair el día anterior. ¿Por qué todo el mundo daba por hecho que era *paparazzi*?

Él parecía a punto de salir en mi defensa, pero tomé la palabra.

—¿Y tú a qué te dedicas, Penny?

—Soy piloto de helicóptero.

Vaya, no podía competir con eso.

—¿En las Fuerzas Aéreas? —fingí interés.

—¡Ni hablar! En la Marina. A veces trabajo con los marines, así conocí a Álex. Lo he llevado en helicóptero varias veces, que te lo cuente.

Tomó la pimienta y añadió un poco a la sopa.

—Esto está bueno, ¿qué es?

Tristán alcanzó la hoja del menú.

—Lo creas o no, es sopa de pez loro.

Todos nos quedamos mirando nuestro plato con reparo. Rápido, y gracias a los efectos del champán, me salió:

—Yo ya había comido pez loro, pero no me gustó mucho porque no paraba de repetirme.

Tristán soltó una carcajada espontánea con mi broma y miré a Alasdair, que me sonreía. Aproveché mi racha cómica y continué:

—Dime, Tristán, ¿has probado alguna vez el pez payaso?

—No, no lo he probado.

Me sostuvo la mirada con una sonrisilla traviesa.

—No lo hagas, yo lo probé una vez y tenía un sabor curiosamente divertido.

De nuevo Tristán rompió a reír, Alasdair me sonrió e incluso Penny soltó una risita nerviosa para después comentar:

—En serio, Grace: cantante, fotógrafa y cómica. Deberías plantearte trabajar en las bodas.

No se me ocurrió nada ingenioso que responder, así que sonreí y miré a mi alrededor, un poco avergonzada.

Alasdair acudió a rescatarme. Miró mi copa de vino mientras el camarero me la rellenaba y se irguió en su respaldo.

—Supongo que no vas a conducir tú a casa esta noche, Grace.

—Eh... —dije.

—¿A casa? —se sobresaltó Penny.

—Oh, no es una casa como tal. Grace y yo nos alojamos en una cabaña en Nethy Bridge.

La cara de Penny era todo un cuadro.

—Suena... acogedora.

Alasdair guardó silencio un momento y me sonrió con un cariño infinito.

—Sí lo es —concluyó—. Es maravillosa.

Capítulo 24

Si ya me sentía chispeante por el alcohol al comienzo de la comida, en los postres me encontraba a dos o tres pasos de estar borracha. No obstante, todavía podía caminar, mi conversación era más o menos comprensible y no me daba vueltas todo.

«¡Hora de bailar!»

Bajaron la intensidad de la luz. La banda se retiró para tomarse un bien merecido descanso y dio paso al *DJ* local. Tristán se fue al bar y Penny desapareció, dejando a Alasdair la posibilidad de cambiarse de sitio. Y lo hizo.

—¿Y Tristán? —pregunté, volviéndome hacia el bar.

—Ya improvisará. —Alasdair se acercó a mí—. Hay algo que me intriga: ¿qué te ha hecho cambiar de opinión?

—¿Opinión? ¿Sobre qué? —No pude resistirme a divertirme dándole largas.

—Bueno, lo primero, acerca de venir a la boda. La última vez que te vi en la cabaña estabas decidida a hacer la maleta y seguir sola campo a través. Por cierto, no habrías durado ni dos segundos sin mí. Que lo sepas.

Fui a interrumpirle, pero me puso un dedo en los labios.

—Y lo segundo: ¿cómo narices has decidido que cantarías después de tanto repetir... —remedó mi tono de voz— «no puedo hacerlo, Alasdair»? Por cierto, gracias por cantar.

Se irguió y medité sus preguntas.

Pero mi estado etílico no me permitía mucha meditación.

—La respuesta a tu primera cuestión es que no podía permitir que te quedaras sin tu *shemagh* de la suerte. —Me incliné sobre él en una pose teatralmente seductora y alcé un dedo—. Creo que sabías que iba a sentirme así cuando me lo dejaste. —Sonrió—. Y ya sabes la respuesta a tu segunda pregunta.

Me acoplé mejor en la silla. Me estaba escurriendo.

—Ah, ¿sí?

—Venga ya, señor Alasdair sabelotodo Finn. Sabías muy bien que si conseguías arrastrarme a la boda y veía a Álex con su lesión, se me ablandaría el corazón y decidiría cantar, algo que seguramente mi madre también pensó. ¿Estoy en lo cierto? Dime: ¿lo estoy? —le apunté con el dedo y le rocé la punta de la nariz.

Tomó una bocanada de aire, pero no respondió. Se inclinó sobre mí y me apartó un rizo de los ojos.

—Estás maravillosa, por cierto, y tu voz me ha deslumbrado. Te he escuchado cantar en St Christopher's y en el lago, pero tu forma de hacerlo hoy ha ido más allá.

Me habría sonrojado si mi cara no hubiera estado ardiendo ya por el alcohol. Dejé que continuara.

—Cuando te vi en el salón de baile, dispuesta a cantar, tan solo quise tomarte en brazos y salir de allí. Pero entonces oí tu voz y... y me di cuenta de que hay algo que tengo muchas ganas de...

—Hola —nos saludó Simon. Ese muchacho tenía un don para interrumpir en el peor momento—. ¿Vas a cantar de nuevo, Grace?

Alasdair se irguió en su silla y alzó la mirada al techo.

—La primera regla, pequeño Simon —dije—: déjalos siempre con ganas de más. Ya sabes a qué me refiero —le guiñé un ojo moviendo la cabeza hacia Alasdair.

Miré a mi acompañante y vi que a sus labios había regresado una sonrisa. Parecía relajado, feliz.

—¿Y bailar? Venga... —insistió Simon, tirándome del brazo.

El *DJ* había pasado de ABBA a los Bee Gees.

—Muy bien, pero ten en cuenta una cosa: estos tacones no están hechos para bailar.

Susurré un descarado «lo siento» a Alasdair mientras me levantaba de la silla a duras penas.

Acabé bailando no solo con Simon, también con Tristán. El muchacho parecía bailar en su propio mundo (creo que había pasado del zumo de naranja a otra cosa) y Tristán aprovechó la oportunidad para tomarme de la mano y moverme por la pista. Era todo un bailarín.

Comprobé de reojo si Alasdair estaba mirando, pero ya no estaba en la mesa.

El ritmo de la música disminuyó en la siguiente canción. Era la típica canción lenta y me sentí abochornada cuando Tristán se acercó y me besó. Solo llevábamos un par de compases cuando apareció una figura por detrás de mi compañero de baile, que se dio la vuelta. Era Alasdair y se había quitado la casaca.

—Es mi turno, capitán.

El marine pronunció las palabras con un tono directo y muy seductor que nunca pensé que podría tener un hombre. Tristán se retiró excusándose.

—Está bien...

Bailamos una canción que había elegido el *DJ* para los novios, pero en ese instante decidí que sería siempre «nuestra» canción: *To make you feel my love*. La verdad es que el *DJ* podría estar tocando perfectamente *Smack your bitch up*, que yo seguiría encontrando romántica la letra. Estaba en mi mundo.

Pasó la canción y el cantante se vino arriba, pero Alasdair continuó comportándose como un perfecto caballero; una lástima. Bajó la cabeza para hablarme al oído.

—Me parece que te has pasado el día huyendo de mí. ¿Por qué?

Eché un poco la cabeza hacia atrás para mirarle a los ojos.

—No quería estorbar tus tareas de padrino y todo eso. Además, tenías la fantástica compañía de Penny. Esa mujer está colada por ti.

Sacudió la cabeza con una sonrisa y me acercó más hacia él para seguir bailando. Dejé caer la cabeza en su hombro y terminamos el baile en silencio. Álex nos miraba. Me sonrió, pero intuí en su rostro preocupación.

Cuando mi estado etílico fue ya evidente, Alasdair llamó a la compañía de taxis y pidió uno para que nos recogiera. Nuestra despedida con los novios fue muy emotiva. Álex tenía los ojos llenos de lágrimas al decirnos adiós.

—Cuídate, amigo. Y nada de actos heroicos esta vez, ¿me oyes?

Alasdair se encogió de hombros, le estrechó la mano y se subió a mi lado en el taxi.

—¿Te lo has pasado bien? —me preguntó cuando el taxi ya llevaba medio camino.

Vi de reojo cómo se desabrochaba el botón superior de la camisa, pero me costaba hablar.

—Ha sido fantástico. Aunque tengo una pregunta.

Apoyé la cabeza en su hombro y bostecé.

—¿Cuál? —Me rodeó con el brazo y me acurruqué más aún en su pecho. Poco a poco me iba escurriendo en el asiento.

—¿A qué hora tenemos que levantarnos mañana?

—Temprano... lo siento.

—¿Y adónde vamos esta vez? —pregunté con los ojos cerrados—. ¿A hacer *snorkel* a las islas Shetland?

—Eso sería fantástico, pero no. Mañana volamos a Zagreb.

Por una vez me lo tomé bien. Posiblemente debido al alcohol.

—Oh, fantástico. Bueno, pues será mejor que me des más apósitos de esos, porque los pies me están matando.

Nuestro interludio romántico terminó antes de que el taxi llegara a la cabaña. Alasdair me echó por encima la casaca en el automóvil, y debido a mi borrachera me quedé dormida los últimos minutos de trayecto.

Me desperté en mitad de la noche. Tenía la garganta seca como un desierto, aún llevaba el vestido y me cubrían unas cuantas mantas. No recordaba haber llegado hasta la cama, pero reuní suficiente energía para quitarme la ropa y ponerme a duras penas el pijama.

Había un vaso de agua en el alféizar de la ventana, junto a la cama, y al lado una caja de ibuprofeno. Hacía un calor insoportable en la habitación, así que intenté abrir la ventana, pero no conseguí levantar el pomo y empujar el marco al mismo tiempo. Me dejé caer en la cama, derrotada, y me di cuenta de que mi movimiento había sido temerario. La habitación se convirtió en una centrifugadora, y la cabeza, que pesaba como unas botas de buzo (con el buzo incluido), empezó a dar vueltas en el abismo. No era una sensación agradable. Intenté fijar la vista en las estrellas a través de la ventana... «¿Desde cuándo saltan de esa manera?»

A las 6.30 Alasdair abrió la puerta, se reclinó sobre la cama, corrió las cortinas y dejó una taza de café en el alféizar. No me moví.

—Venga, diva, arriba, que nos espera un día largo. Me temo que el tiempo ha cambiado. Está nublado y llueve un poco, pero tengo buenas noticias: uno de los músicos de la banda nos ha traído nuestro automóvil, así que no tenemos que regresar al hotel.

—Lárgate, no seas malo. —Mi voz sonó amortiguada por las sábanas.

—Bien, estás viva. En diez minutos se sirve el desayuno.

—Tú también... no. —Levanté la cabeza para mirarlo—. Ya recibí suficiente amor incondicional por parte del sargento mayor ayer. Abre la ventana y esfúmate.

—¿Sabes? Creo que es por las mañanas cuando estás de mejor humor. Bébete el café, anda.

Abrió la ventana para que entrara aire y se retiró. Arrastré mi lamentable cuerpo hasta el tocador y me miré en el espejo. Un oso panda mutante con un peinado amazónico me devolvió la mirada con el ceño fruncido. Preciosa. Me peiné, pero sentí como si me atravesaran el cráneo con mil agujas de acupuntura.

Abandoné la seguridad de mi cama, me dirigí al salón y me senté a desayunar. Alasdair dejó una nueva taza de café delante de mí, además de cereales, tostadas y más ibuprofeno. Sobre la mesa había un libro encuadernado en piel y lo alcancé.

—¿Qué es esto? —dije, dando el primer mordisco a la tostada.

Alasdair se sentó frente a mí.

—Eso... oh, solo es mi diario. Tu madre me lo regaló. Pensé que estaría bien guardar un recuerdo de este viaje.

Tuve la impresión de que se me iba a derretir el corazón. El diario de mi madre, había continuado con él. Lo dejé de nuevo en la mesa y sonreí.

—Es muy bonito lo que has hecho. —Le guiñé un ojo—. A lo mejor algún día lo leo y me entero de todos tus secretos.

—Puedes leerlo ahora si quieres —respondió entre risas—. No hay ningún secreto, soy un desastre escribiendo.

De repente me acordé de algo.

—¿Sabes? He tenido un sueño extrañísimo esta noche.

—¿En serio?

Tomó el diario y cruzó la cabaña para guardarlo en su mochila.

—He soñado que hoy nos íbamos a Croacia. Qué raro, ¿eh?

Di un sorbo de café y no me sentó muy bien.

—Es que vamos a Croacia, pero solo nos quedamos una noche.

Volvió a sentarse y tomó su café.

—Sí, ya, pues entonces mejor ir preparándose.

—Espera, ¿y el desayuno? —Me acercó otra tostada.

—Después, Alasdair. Después.

Me levanté y vi el sobre me que me había dejado el día anterior. Lo tomé y lo moví con una mano; no parecía que dentro hubiera ninguna carta, tan solo... ¿unos papeles arrugados, tal vez?

Alasdair se puso en pie y me lo quitó de las manos.

—Es mejor que yo guarde las cartas —señaló, desconfiado.

Lo miré con los ojos entornados.

—Una pregunta, Alasdair.

—¿Sí? —Me mostró una sonrisa alegre y apoyó la cabeza en una mano.

—Si abriera ese sobre —señalé su mano—, ¿qué encontraría: las cartas de mi madre o recortes de periódicos viejos?

Se encogió de hombros.

—Eh, supongo que recortes de periódicos viejos.

—¡Alasdair! —grité, pero enseguida me arrepentí al oír mi estridente voz reverberar en mi cabeza—. Eres increíble.

Se encogió de hombros y no pude evitar echarme a reír.

Me volví para llegar a la palangana para ducharle, pero me detuve, de espaldas a él, cuando me acercaba al fogón.

—Una cosa más: ¿hoy toca botas de senderismo o tacones?

Oí su risa.

—Tacones. Cien por cien.

Una vez sentados en el avión, me acordé de la llamada a Paul, tenía que agradecerle la charla. Busqué el teléfono móvil y lo encendí.

Alasdair se volvió hacia mí.

—¿Qué pasa con la prohibición que dijo tu madre de usar el teléfono móvil? —me reprendió.

—Solo quiero escribir a un amigo para decirle que estoy bien. Quería que se lo confirmara de vez en cuando. —Alcé la mirada y sonreí—. Solo por si resultabas ser un asesino.

Acabo de embarcar en un avión rumbo a Zagreb.
Otra vez soy amiga de Soldadito. ¿Y sabes qué? Canté
en la boda. ¿Te mencioné que me habían pedido que
cantara? Te llamaré cuando vuelva a Inglaterra y te lo
explicaré. Gracias por la charla del otro día. Te quiero
un montón. G.

Apagué el móvil justo cuando cerraron las puertas del avión.

—Está claro que ese amigo se preocupa por ti —comentó, inclinando la cabeza hacia mí pero con la vista al frente.

—¿Paul? Sí, es un buen amigo.

—¿Está soltero?

«¿A qué venía eso?»

—Sí.

—¿De qué lo conoces?

—Es periodista. A veces trabajamos juntos. Pero también pasamos mucho tiempo juntos por ocio.

—Mmm —murmuró—, ¿es gay?

Se me desencajó la mandíbula.

—¡Alasdair! —bajé el tono de voz—. ¿Qué? No, no es gay. Y no vuelvas a juzgarme. Ya dejaste perfectamente claro qué te parece mi trabajo cuando estábamos en la cabaña, pero no metas a Paul en esto. Él escribe muy bien.

Se revolvió en el asiento antes de volverse hacia mí.

—¿Sois pareja, entonces? —preguntó con tiento.

—Nooo. —Sonreí.

—Pero ¿a él le gustaría que lo fuerais?

—No sé. Puede... —murmuré—. Es posible. No estoy segura.

Bajó la voz y me susurró al oído.

—Grace, está soltero, es un hombre heterosexual que pasa mucho tiempo contigo y que, claramente, se preocupa por ti. Conclusión: quiere llevarte a la cama. Es obvio.

Negué con la cabeza y sonreí. Paul había dicho lo mismo de Alasdair, y mi vida sexual seguía siendo inexistente.

—Bueno —respondí con elegancia, volviéndome para mirarlo directamente a los ojos—, tú estás soltero, eres un hombre heterosexual que pasa mucho tiempo conmigo últimamente y que, claramente, se preocupa por mí, ¿qué significa eso? —Le sostuve la mirada.

Sus labios se curvaron en una sonrisa pícara.

Lo único que tenía que hacer era acercar un poco más el rostro y dejar que sus labios rozaran los míos, pero no tuve agallas. Miré al frente, a la azafata que estaba cerrando los compartimentos de las maletas.

—Por cierto, ¿crees que nos servirán comida en este vuelo? Porque estoy muerta de hambre.

PARTE 4

Zagreb, Croacia
28-29 de mayo

Capítulo 25

Al embarcar en Escocia me entró frío. En Zagreb, por el contrario, brillaba un sol espectacular. Después de recoger el equipaje de las cintas, Alasdair se adelantó al mostrador de información y habló con el recepcionista. Lo alcancé y nos dirigimos a la salida.

—¿A qué ha venido eso? —pregunté.

—Es una pequeña sorpresa.

Agarré la maleta que él arrastraba para detenerlo antes de dejar la terminal.

—Alasdair Finn, ¿en qué demonios estás pensando ahora?

Llamó a un taxi y se volvió hacia mí.

—Hoy vamos a hacer algo un poco distinto. Exactamente ahora, por cierto.

—¿Es idea de mi madre?

—Sí. Te aseguro que esto solo podría ocurrírsele a Rosamund.

—¿Y...? —Esperé a que dijera algo—. ¿Qué es?

La llegada del taxi retrasó un momento su respuesta. Una vez dentro, me regaló su típica sonrisa tan irresistible.

—Te voy a llevar a practicar salto tándem en paracaídas.

Nuestra conversación hasta la Escuela de Vuelo y Paracaidismo de Zagreb fue bastante animada. Consistía en que yo agitaba los brazos mientras gritaba fragmentos de frases como «pero, pero...» o «mi madre está intentando matarme!» o «no entiendo nada», mientras él miraba al frente sonriendo o posaba su mano en mi rodilla intentando calmarme.

—Esa condenada mujer estaba trastornada. Me da igual lo que digas, Alasdair. No pienso hacerlo. ¿Entendido?

El taxi se detuvo en la puerta de la escuela de vuelo.

Alasdair se volvió hacia mí.

—Tienes razón —señaló, tranquilamente—. Rosamund tenía demasiadas expectativas puestas en ti. No deberías hacerlo, creo que esto no está hecho para ti.

¿Cómo? Me sentí un poco abatida. Esperaba que intentara convencerme para que lo intentara y me decepcionó que diera por hecho que no era lo suficientemente valiente para aceptar el reto. Pero, en serio, era una locura.

—Aunque... —añadió— el salto ya está pagado y nos están esperando. Yo sí quiero saltar. Tú puedes quedarte mientras tanto en la sala de espera.

Alasdair pagó al taxista y me acarició el brazo cuando salimos del automóvil.

—Venga, no te preocupes. Puedes quedarte mirando.

«Quedarme mirando...»

Nos llevaron a un hangar.

Alasdair se pasó un buen rato hablando sobre el salto e inspeccionando el equipo. Le dio su documentación de paracaidismo al instructor; para mí, era un certificado que probaba que estaba clínicamente chiflado. En cuanto el instructor se quedó conforme con que pudiera saltar de un avión sin peligro y Alasdair comprobó por tercera vez que el paracaídas estaba en buenas condiciones, se preparó para el salto.

Me senté sobre las manos en una silla incómoda en un rincón del hangar. Las palabras de mi amigo me pasaron por la mente: «Esto no está hecho para ti... Puedes quedarte mirando».

Cuanto más pensaba en ello, más frustrada me sentía conmigo misma, que era exactamente como me sentí cuando dije que no cantaría en la boda. Pero al final canté y resultó ser una experiencia maravillosa, ¿no? Y tal vez, solo tal vez, estaba a punto de perderme algo igual de emocionante.

Mi vena romántica volvió a apoderarse de mí y caí en la cuenta de que estaba a punto de tomar una decisión insensata.

Alasdair me sonrió desde la otra parte del hangar. El instructor estaba ajustándole el arnés. Parecía relajado, lo que seguramente fuera buena señal. Oí que un avión encendía el motor en el exterior.

—¡Alasdair, espera! —grité—. ¡Lo haré!

Veinte minutos después tenía un arnés puesto y estaba sentada en un avión junto a Alasdair, y fue ahí cuando me di cuenta de lo que estaba a punto de suceder y el miedo se apoderó de mí.

El pequeño avión estaba propulsado por hélices en lugar de motores de verdad y casi esperaba que nos posicionáramos al final de la pista y nos catapultaran con una enorme honda.

Le expliqué a Alasdair mi preocupación mientras nos dirigíamos al punto de espera.

—¿Tanto volar por el mundo y nunca te has subido a un avión de hélices? —Se volvió hacia mí para mirar por la ventana. Era la personificación de la calma. Estaba claro que era todo fachada.

—Si me hubiera subido a un avión de hélices antes, no estaría volando ahora, ¿no?

Le dieron órdenes al piloto de que aguardara en la pista hasta que un avión de pasajeros aterrizara delante de nosotros. Me alegré del retraso.

—¿No se supone que deberías hablarme de las señales que se hacen con las manos o algo así? —No me habían dado mucha información de seguridad.

—No hace falta. Vas a estar pegada a mí, así que lo único que tienes que hacer es disfrutar. —Alzó una ceja—. Por así decirlo.

«¿Disfrutar?»

Si mi madre no estuviera ya muerta, la habría matado ahí y en ese mismo momento con mis propias manos.

—Alasdair...

—Dime.

—¿Cómo de seguro estás de que no vamos a morir? Dame un porcentaje.

Lo pensó un segundo.

—Un noventa y nueve por ciento, más o menos.

—¿Qué? ¿Así que hay un uno por ciento de posibilidades de que muramos? No me gustan esas estadísticas.

Mis ojos, abiertos de par en par por el miedo, estaban fijos en la parte delantera del avión.

—Siempre hay un punto de riesgo en todo lo que hacemos. No me preguntas por las posibilidades de muerte cada vez que nos subimos a un automóvil, ¿no?

Miré a mi alrededor, nerviosa.

—Me encuentro mal. Creo que no voy a poder saltar. Hazlo tú.

Me miró, sonrió y me tomó de la mano.

—No hay ninguna razón para que saltes conmigo si no quieres. Pero tampoco hay ninguna razón para que no lo hagas. —Mis ojos permanecían de par en par mientras hablaba—. Te prometo, con cada fibra de mi ser, que no voy a permitir que te pase nada malo. Vas a estar pegada a mí todo el tiempo y va a ser maravilloso. He hecho esto unas mil veces y volvería a hacerlo mil veces más. —Me rozó la cara con cariño—. Confía en mí.

Asentí con una sonrisa y reprimí las ganas de vomitar.

El avión empezó su carrera de despegue y mis manos dejaron marcas en el brazo de Alasdair.

—¡Cuánto ruido! —grité, apretando la cabeza contra su pecho.

El montón de chatarra despegó de la pista y notamos cada sacudida y caída mientras ascendía lentamente a través de las turbulencias del aire. Llegó al fin a una fase más regular del vuelo y levanté la cabeza para mirar a Alasdair. Me sentía un poco avergonzada por haber sufrido un ataque de miedo en el despegue y sentí la necesidad de explicarme.

—Yo soy más de Airbus A380. No me gustan estos... ¿qué tipo de avión es este?

—Es un Fokker.

Solté una carcajada.

—Y que lo digas, ¡imagino que ponerse paracaídas debe de ser obligatorio!

Y de nuevo se me revolvió el estómago de miedo. El instructor se levantó, Alasdair lo imitó y los dos me miraron como diciendo «tú también, niña».

El instructor me empujó suavemente en dirección a la puerta y después Alasdair se colocó justo detrás, como si estuviéramos en la cola de un *pub* a rebosar de gente. No dejó que el monitor uniera nuestros arneses e insistió en hacerlo él mismo.

Adelantó la cabeza para hablarme al oído.

—Prométeme una cosa —me pidió.

Volví la cabeza. Apenas lo oía.

—No te prometo nada, nada, si tiene que ver con permanecer con vida.

Me tomó de la mano y me dio un apretón.

—No cierres los ojos, ¿de acuerdo?

Y entonces la puerta se abrió.

Alasdair no me dio tiempo para responder, ni a tomar aire, ni a mirar abajo, ni a hacer nada de nada. La sensación de que me pillaran con la boca abierta en un compresor de aire se puso de manifiesto mil veces cuando me empujó y me encontré, para horror mío, literalmente cayendo por el cielo.

Quise gritar, pero me fue físicamente imposible. Quise disfrutar de la euforia de la caída libre y traté de mirar el paisaje mientras nos apresurábamos hacia la tierra, pero solo pude experimentar una emoción: horror. Lo único a lo que le daba vueltas una y otra vez en mi desorbitada cabeza era «por favor, que se abra el paracaídas, por favor, que se abra el paracaídas».

Y cuando finalmente se abrió, me quedé sin una partícula de oxígeno debido a la fuerza del latigazo que tiró de nosotros cuando este se expandió.

Milagrosamente, el mundo se ralentizó a un paso de ensueño. Bajamos a la deriva, lentamente, y sentí calma, sentí paz y, además, contradictoriamente, sentí la sensación vigorizante de estar llena de vida.

Aterrizamos suavemente, con destreza, y permanecí con las piernas temblando pero en trance mientras Alasdair desataba los arneses y el paracaídas. Me volví hacia él y lo pillé esbozando la sonrisa más cálida que había visto nunca.

Quería decirle mil cosas, pero lo único que conseguí gritarle mientras me lanzaba a sus brazos fue:

—¡He dejado los ojos abiertos! ¡Lo he hecho! ¡Lo he hecho! ¿Te lo puedes creer?

Nos sentamos uno al lado del otro en la parte trasera del taxi. No sabía cómo, pero había conseguido volver en mí misma mientras nos dirigíamos al centro de Zagreb.

La ciudad me decepcionó al principio, parecía no ser más que una jungla de asfalto de la Guerra Fría. El taxi se detuvo en un semáforo. Cruzó un tranvía por delante y ahí es cuando recordé la razón por la que estábamos en Croacia.

—Estás preocupada por la siguiente carta, ¿no? —me pregunto mirándome fijamente.

—Sí. Parece que mi madre me está preparando para algo importante con toda esta historia sobre Geoffrey y su vida a punto de cambiar. Además, estamos llegando a la época en que me concibió y solo me pregunto qué cadáver tan grande tendrá escondido en el armario. Eso es todo. —Intenté sonreír.

—Yo no me preocuparía —señaló, chocando su hombro con el mío—. No creo que nadie haya descubierto el cadáver de ningún gigante, así que no te inquietes.

Me reí.

—Me parece que Rosamund tenía un propósito claro con todo lo que ha hecho hasta ahora; con lo que te ha hecho hacer hasta ahora. Así que yo no le daría más vueltas.

Volvimos a entretenernos mirando por la ventana mientras el taxi avanzaba.

—¿Has estado antes en Croacia? —le pregunté.

—Sí, pero en un entorno menos sano que este.

Me dejó un momento confundida, pero entonces entendí a qué se refería.

—Ah, te refieres a los Balcanes. Me había olvidado.

—Estuve sobre todo en Bosnia. Me trasladaron aquí justo después de alistarme.

—¿Cómo fue?

—Pues... —Se lo pensó un momento—. Una locura. Gente y más gente, años de odio despertados por histeria, nacionalismo, religión, economía y egos, muchos egos. Siempre es por una de esas razones, o por la suma de todas ellas. —Me sonrió—. Pero, por extraño que parezca, me gustó. Me gustó formar parte de la multitud. —Se quedó callado, apartó la mirada, la fijó en la lejanía y dijo en voz baja, como si esta vez hablara más para sí mismo—: Aunque no sé qué dice eso de mí.

Atravesamos el centro de la ciudad y emprendimos un leve ascenso. La carretera se estrechó y la arquitectura cambió.

—Esto me gusta más —comenté, mirando las bonitas casas de no más de tres pisos de altura y doscientos años de antigüedad, como mínimo.

Alasdair asintió, conforme.

—Debe de ser la parte vieja. Nuestro hotel está en esta zona.

El taxi se detuvo y me alegró descubrir que nuestro alojamiento era igual de pintoresco. Subimos unos cuantos escalones hasta la entrada y Alasdair consultó su reloj.

—¿Qué hora es? —pregunté.

—Las cinco. En Croacia es una hora más.

—¿Las cinco ya? ¡Casi se ha acabado el día!

Sonrió al ver mi disgusto por que el día estuviera terminando. Se apartó a un lado para dejarme pasar delante de él.

El recibidor del hotel no hacía justicia a la fachada de casita de caramelo. Era lujoso, estaba espléndidamente tapizado y lucía resplandeciente. Tuve una sensación de *déjà vu* cuando introdujimos las tarjetas para abrir las puertas de dos habitaciones contiguas.

Alasdair me miró.

—No te preocupes, ya me lo imagino —dije—. Tienes trabajo.

—Lo siento, pero ayer no me puse en contacto en ningún momento con mis compañeros.

—No tienes que disculparte por nada, ya has perdido demasiado tiempo. Nos vemos luego, ¿te parece bien? —Cerré la puerta detrás de mí.

Un minuto más tarde alguien llamó a la puerta. Abrí, pero no había nadie. Otro golpecito, pero no pude adivinar de dónde procedía. Después me fijé en que del papel pintado sobresalía un pomo. Tiré y me encontré al marine sonriendo.

—Eh, hay puertas que comunican las dos habitaciones, ¡qué bien! —Entré un segundo en su dormitorio.

—No hemos especificado la hora —Sonrió—. Dime una hora y seré tuyo. —Se apoyó en el umbral.

—Muy bien. Voy a dar una vuelta por el casco antiguo, a tomar algunas fotografías. —Me senté en la cama, probando su elasticidad—. Me gustaría leer la siguiente carta ahora, así podré contar con bastante tiempo esta tarde sin tener que pensar en mi madre y en todo eso.

Consideró un momento mi petición.

—La verdad es que Rosamund quería que fueras a un lugar específico para leer la carta y allí...

—Pues dime qué lugar e iré —lo interrumpí—. Puedo hacerlo, Alasdair.

—Perdona, ya sé que puedes. Voy a por la carta y el mapa, pero solo si estás segura.

—Claro que estoy segura. Ve a por la carta, compórtate como un niño bueno.

Mi madre quería que leyera la carta en la iglesia de San Marcos. Estuve tentada de abrirla en el mismo recibidor del hotel e ir después a la iglesia, pero recordé el comentario de Alasdair sobre los planes de mamá y decidí seguir el ritual.

Al salir del hotel a un Zagreb soleado, vestida con ropa bonita y calzada con unos zapatos femeninos, algo poco usual en mí, experimenté una sensación de profunda felicidad que llevaba mucho tiempo sin sentir, si es que lo había hecho alguna vez. La razón, por supuesto, era que estaba perdidamente enamorada de un hombre que, con solo mirarme, hacía que la cabeza me diera vueltas y el corazón me brincara en el pecho. Encontrarme en una ciudad extranjera tan romántica acompañada de un hombre que también se sentía atraído por mí me hacía sentir lo suficientemente poderosa como para caminar con seguridad por calles extrañas.

Diez minutos después de dejar el hotel, la estrecha calle se abrió a una plaza adoquinada.

Si al llegar a la ciudad vieja pensé que me había adentrado en un mundo de cuento de hadas, la sensación se multiplicó por diez cuando doblé una esquina y vi la iglesia.

San Marcos era una mezcla de un castillo de cuento de hadas y una iglesia. Una serie de baldosas rojas, negras y blancas se entremezclaban para crear un mosaico en toda el área del tejado que miraba a la plaza. En el mosaico estaban integrados dos escudos de armas, también creados con baldosas multicolores. Imaginé que uno era la bandera de Croacia, y el otro parecía representar un castillo. Me quedé un rato en la plaza, esforzándome por capturar la belleza y la rareza de la iglesia con la cámara, pero, tal como me sucedió con el lago A'an bajo el sol de la mañana, me fue difícil inmortalizar la sensación exacta que evocaba en mí aquello.

Crucé la puerta lo más sigilosamente que pude, lo que no resultó sencillo, pues el sonido de mis tacones resonaba produciendo eco. El interior estaba oscuro, incluso para tratarse de una iglesia. Me detuve a pocos metros de la entrada hasta que mis ojos se adaptaron a la falta de luz y después caminé por el pasillo en dirección a la pila.

Por suerte, los bancos situados en la parte delantera estaban suficientemente iluminados por las velas del altar, y allí mismo, sentada en el duro banco de madera, envuelta en el silencio más absoluto, abrí la carta de mi madre y comencé a leer.

Capítulo 26

Zagreb

Hola, cariño:

¿Cómo ha ido la boda? Estoy segura de que lo pasaste fenomenal y estabas guapísima. No te enfades conmigo, sabes que has disfrutado de verdad. ¿Cómo estaba Alasdair con su traje de padrino? Para morirse, seguro. ¿Se le echaron encima todas las mujeres?

Creo que estoy desviándome del tema, pero tengo mis razones. Esta carta va a ser difícil de escribir porque tengo que tratar un periodo de mi vida que llevo muchos años evitando. De hecho, he retrasado la hora de escribir un par de semanas. Mi enfermedad está avanzando, así que tengo que organizarme. Hoy me siento relativamente bien y estoy decidida a escribir hasta habértelo contado todo. Solo espero que sigas acordándote de mí con amor y amabilidad cuando termines de leer. Grace, esta carta trata asuntos que una madre y una hija no hablarían en condiciones normales, pero quiero ser completamente honesta contigo si quiero que entiendas por qué mi vida tomó un determinado rumbo.

Mi última carta terminó con Geoff trasladado al albergue de la costa oeste de Escocia y con mi partida a Hereford. Lo que no te expliqué fue el cambio tan importante que experimentó mi carrera al aceptar el puesto de Hereford. Aunque seguía trabajando para las Fuerzas Aéreas, mi nuevo empleo era con las Fuerzas Especiales. Se me daba particularmente bien la interpretación fotográfica y me había forjado una reputación espectacular. Una de las tareas de mi trabajo era proporcionar informes detallados de Inteligencia a los hombres que estaban en las operaciones encubiertas. Trabajé de vez en cuando con el MI6, el Servicio de Inteligencia Secreto, y todo un nuevo mundo se abrió ante mí.

Era una oportunidad fantástica, pero el trabajo me robaba el ochenta por ciento del tiempo y solo me quedaba el veinte por ciento para mi matrimonio, y ni eso, si soy sincera. Aun así, Geoff y yo seguíamos tratando de hacer que las cosas funcionaran. Después de todo, yo era joven y Geoffrey alentaba mi espíritu aventurero. Por desgracia, ese amor por la aventura me condujo a un montón de problemas.

En verano de 1979 me enviaron a un destacamento de seis meses a Zagreb. La década de los 70 fue una época marcada por las intrigas de la Guerra Fría. Era muy importe el trabajo de Inteligencia. Una de las células que operaban en Europa del Este tenía como base Zagreb. Me tenía que reunir encubiertamente con los operativos o contactar con ellos a través de otros medios y proporcionarles lo que necesitaran: administración básica, grupos. Trabajaba de manera independiente desde un apartamento en el centro.

Aunque Zagreb formaba parte de la Yugoslavia de Tito, la ciudad estaba llena de vida. Me embriagaba el sol veraniego y cada día era emocionante y gratificante. Las instrucciones que recibí por parte de mi coronel antes de marcharme de Hereford fueron que evitara llamar la atención, que me mezclara con la gente del lugar hasta volverme invisible y que sirviera a los operativos. No obstante, siento tener que decir que me convertí en una mujer de mundo.

Cuando llevaba la mitad de tiempo allí, me hice amiga de un escritor que vivía en el apartamento de al lado, un estadounidense llamado Sam. Al principio me lo encontré en la calle, después en el portal, después apareció en mi casa para ver si me había quedado sin electricidad (se lo inventó) y posteriormente nos encontramos en la frutería. Era guapo y divertido. Finalmente, empezamos a quedar por las tardes para tomar café o para dar un paseo. Pasábamos las tardes agradables de verano hablando en la terraza del bar de Santa Catalina mientras escuchábamos a los músicos locales, sobre todo violinistas, que tocaban en las calles.

Había pasado más o menos un mes cuando me fijé en que su lenguaje corporal empezaba a cambiar, tal vez con un sutil cumplido, con una mano que me apoyaba en la espalda... Ya sabes a qué me refiero.

Al principio no le di importancia, pero con el tiempo sus flirteos se volvieron excitantes, parecían haberse convertido en parte natural de la vida hedonista que había adoptado. Sin embargo, algo me desconcertaba de él. Pero en ese breve periodo de tiempo me había transformado por completo en una persona distinta.

La emoción del trabajo me absorbió y me volví adicta a ella, y me avergüenza decir que también me volví adicta al modo en que Sam me hacía sentir. Suena estúpido, lo sé, pero me sentía increíblemente sexi y llena de, ¿cómo dicen?, joie de vivre. *Así pues, como un barco atraído hacia aguas poco profundas por la luz de un faro, navegué hacia las rocas.*

Un sábado en concreto pasamos la mañana relajados paseando por la parte antigua y nos tropezamos con la iglesia de San Marcos. Pensé que me besaría allí, fue un momento muy íntimo, pero no lo hizo. Fuimos a la plaza de Santa Catalina a tomar un café y un trozo de tarta a nuestro bar habitual. Él estaba muy emocionado y pidió champán porque... ¿por qué no? Cuando nos fuimos del bar, la tensión sexual entre los dos había llegado al punto de ebullición. Cada vez que nos tocábamos accidentalmente sentíamos una chispa de electricidad, cada mirada estaba cargada de sensualidad. Era lógico que pasara algo. Volvimos a mi apartamento un poco contentos por el alcohol y nada más cerrar la puerta nos abandonamos al deseo más embriagador. No he sentido nunca nada en mi vida tan brutalmente erótico, créeme. Fue, literalmente, electrizante.

Pero todo pulso eléctrico acaba conectado con la tierra y, en el mismo momento en que nos tumbamos en la cama, supe que había cometido el mayor error de mi vida, de varias vidas, en realidad. No había cariño entre nosotros, no entrelazamos nuestros cuerpos en un abrazo amoroso, solo silencio. Lo único que veía en mi mente era el rostro de Geoff. Lo único en lo que podía pensar era en la cabaña, en el lago A'an y en nuestro maravilloso año en los Cairngorms. Sentí la imperiosa necesidad de lavarme y huir de Sam. Si hubiera podido lanzarme a los brazos de Geoff ahí mismo y suplicar su perdón, lo habría hecho.

Me metí en la ducha y lloré mientras Sam se vestía. Me cepillé el pelo una y otra vez mientras esperaba frente al espejo, y rezaba por que se hubiera marchado del apartamento.

No se marchaba; me aguardaba en el salón. Su expresión parecía diferente, es más, me asustó. Le dije que había cometido un error y que amaba a mi marido. Él sonrió sarcásticamente, y entonces le pedí que se fuera. Se negó. Se quedó allí sentado, mirándome. De repente me invadió el miedo y sentí la necesidad de distanciarme todo lo posible de ese extraño que estaba en mi apartamento. Ni siquiera soportaba mirarlo porque hacerlo me recordaba mi infidelidad.

Me puse la rebeca y salí del edificio. Casi esperaba que me siguiera, pero lo que hizo fue gritar alto y claro que me esperaría en el apartamento. Tenía la cabeza hecha un lío. Me sentí completamente atrapada. Sam había pasado de ser el objeto de mi deseo a la representación humana del engaño y la traición, y todo eso en solo un par de horas. Recuerdo caminar por las calles el resto de la tarde y las primeras horas de la noche en un estado de semiinconsciencia. Hasta el tiempo se puso en mi contra y comenzó a llover con intensidad.

Consideré la opción de acudir a la embajada, pero ¿qué demonios les diría: «acabo de tener una relación extramatrimonial con un hombre que se niega a salir de mi apartamento, por favor, ¿pueden arreglarlo?».

Parecería la loca que era. No tenía elección, tenía que regresar, afrontar las consecuencias y explicarle a Sam que no podíamos vernos más. Pero estaba aterrada. Había visto una expresión de victoria en su rostro cuando me marché y sabía que había permitido que ese hombre ganara un enorme poder sobre mí. Si me hubiera tomado a la ligera la aventura, podría haber encubierto el remordimiento. Pero no fui tan inteligente. Supe, cuando lo miré a los ojos, que percibía mi miedo. Sam no era el hombre que yo imaginaba.

Reuní el valor para volver y entrar en el apartamento con auténtico pavor. Las luces estaban apagadas y recé por que hubiera entrado en razón y se hubiera ido. Eché un rápido vistazo a las habitaciones, no había rastro de él, así que corrí a la entrada y cerré la puerta. Dejé las luces apagadas, por si acaso estaba vigilando desde fuera, y entré en el salón a oscuras.

Las cortinas estaban descorridas, pero no había suficiente luz en las calles como para proyectar ni la más mínima sombra. Fui de puntillas hasta la ventana y me escondí tras la cortina para echar un vistazo a la calle y asegurarme de que no me estaba vigilando.

No lo vi, así que corrí las cortinas y me acerqué a una mesita para encender una lamparilla. Cuando me di la vuelta, lo encontré en un sillón. Retrocedí a tientas, totalmente aterrorizada, pero la verdadera pesadilla estaba a punto de hacerse real: Sam estaba muerto. Le habían disparado en la cabeza y su cuerpo yacía sentado, con la cabeza caída hacia un lado. Estaba demasiado petrificada como para gritar. Sentí como si estuviera haciéndolo, pero me era imposible convertir la emoción en sonido. Todos mis instintos

me instaban a salir del apartamento. Tomé mi mone-
dero, el pasaporte y la rebeca, y me dirigí a la puerta.

Milagrosamente, tuve un momento de lucidez y
decidí que lo mejor sería esconderme antes de salir co-
rriendo a la calle. Probé a mover el pomo de la puerta
del despacho del portero. Estaba abierta, así que me
metí ahí dentro, me hice un ovillo y traté de reor-
ganizar mis pensamientos. Cinco minutos más tarde
me di cuenta de que la decisión de quedarme allí, en
vez de gritar y salir corriendo, posiblemente me estaba
salvando la vida.

Oí voces nerviosas, voces rusas, en el portal. Dos
hombres cuchicheaban. Había aprendido un poco el
idioma gracias a mi trabajo y entendí lo suficiente.
Decían: «¿dónde está ella?» y «¡busca!».

Al entrar en el despacho del portero me fijé en un
armario alto, en un rincón. Con los zapatos en las
manos, cerré la puerta y me metí lo más silenciosa-
mente que pude. El corazón me retumbaba en el pe-
cho. Un par de segundos después de esconderme, se
abrió la puerta de la habitación y pude ver, a través
de las rejas del armario, que habían encendido la luz.
El armario estaba lleno de abrigos y conseguí ocultar-
me detrás. Uno de los hombres se acercó al guardarro-
pa y abrió la puerta. Pensé que había llegado mi hora,
pero, por suerte, no le dio tiempo a rebuscar dentro,
pues el segundo hombre le gritó que se diera prisa.
Cerró el armario y al fin pude respirar.

Pasé el resto de la noche escondida ahí dentro. Re-
cuerdo que no podía dejar de temblar y que tenía la
ropa todavía mojada por la lluvia. No podía parar de
pensar en lo que había sucedido en las últimas doce

horas. Había sido una estúpida al sentirme atraída por Sam. ¿Habría sido una trampa sonsacarme cosas de mi trabajo? Pero ¿cómo era posible? Le había contado que era administradora de la embajadora; había un hombre muerto en mi apartamento y, según parecía, los asesinos me estaban buscando también a mí.

Ya sé que leer todo esto te va a dejar estupefacta, Grace. Parece una ridícula historia de intriga y misterio, pero fue terroríficamente real en su día.

Debí de dormitar un rato porque me desperté al oír unas voces en el portal. Había amanecido. Rígida como un palo, salí cuidadosamente del armario, me puse los zapatos y tomé un taxi para que me llevase a la embajada.

Dejaré que te imagines el caos y la confusión que estallaron en las siguientes horas. La policía, el abogado de la embajada y hasta el mismísimo embajador británico me entrevistaron. Yo simplifiqué mi historia: había salido a dar un paseo, no cerré con llave y, al regresar, encontré a mi vecino, con quien había quedado de vez en cuando, muerto en el sillón. Expliqué que me había escondido en el despacho del portero y les hablé de los dos soviéticos.

Doce horas después de mi dramática llegada a la embajada, estaba en un avión de las Fuerzas Aéreas que me llevaba de vuelta a Inglaterra. Tres horas después de aterrizar en Brize Norton, me encontraba sentada en el despacho de mi coronel, paralizada. Me aterraba ver al coronel; siempre había tenido un trato paternal conmigo desde que llegué a Hereford y me había ofrecido oportunidades y experiencias nunca vistas antes en oficiales de Inteligencia de las Fuerzas

Aéreas. Esperaba recibir una reprimenda de campeo-
nato y que me relegara inmediatamente a las Fuerzas
Aéreas, pero me equivoqué. Cuando entré en el despacho esbozaba una sonrisa reconfortante.

Había dos hombres más con él. El coronel se puso
en pie al frente de su mesa, me saludó con afecto y me
indicó que tomara asiento en una de las sillas más
cómodas que había en una esquina. Reconocí al segundo hombre; acababa de llegar en el mismo avión.
El coronel me lo presentó como el comandante Brown,
y este apenas habló en toda la reunión.

Comencé a farfullar unas disculpas por el desastre
que había montado. A saber qué hacía un hombre
muerto en mi apartamento. Pero en cuanto empecé a
excusarme, me di cuenta de que él ya sabía la verdad.
El coronel me pidió que lo escuchara mientras me explicaba lo sucedido.

Al parecer, uno de nuestros operativos que traba-
jaban en Zagreb se había enterado de mi floreciente
amistad con Sam, que le sonaba de algo, pero no recordaba de qué. Llevaron a cabo unos controles de
seguridad y mis superiores sospecharon su interés por
mí. Descubrieron que era originario de Varsovia, que
había viajado mucho y había adoptado la identidad
de un escritor estadounidense.

Me quedé atónita, por supuesto. Su acento no me
delató su verdadera nacionalidad. El comandante
Brown había viajado a Zagreb para iniciar una operación de vigilancia hacia Sam. El estómago se me
revolvió. Me sentí físicamente mal al darme cuenta de
lo mucho que sabría acerca del tiempo que pasamos
juntos. No podía mirarlo a la cara.

El coronel me explicó que alguien había descubierto mi conexión con las Fuerzas de Inteligencia británicas. Seguramente alguien pagó a Sam para que se ganara mi confianza y me sacara lo que yo sabía.

Reveló que me mantuvieron al margen de sus sospechas sobre Sam para que nuestra amistad pudiera seguir su curso. Esperaban descubrir para quién trabajaba y qué tramaba. Si me hubieran hablado de la operación de vigilancia, me habría asustado y habría abandonado. Me sentía dolida. Lo peor, claro, fue que había sucumbido a acostarme con Sam. Me sentí como una prostituta que se reunía con su chulo. No lloré. Me excusé, entré en el baño y vomité.

Cuando volví al despacho, el coronel continuó explicándome lo que sabía. En realidad, la operación fue un éxito. Descubrieron detalles de una célula soviética que actuaba en Zagreb y en Viena. Por último, me otorgaron reconocimiento por mi comportamiento (Dios, menuda broma). El comandante Brown dejó claro al coronel que yo no le había contado nada a Sam. Confirmé que la información era correcta, pero le pregunté cómo lo sabía y descubrí que había micrófonos ocultos en mi apartamento y en el bar al que solíamos ir. Después de lo que pasó en mi apartamento entre Sam y yo la tarde anterior, podrás imaginar la vergüenza que sentí al escuchar aquello.

Estaba confundida por la muerte de Sam, pero no tenían respuesta para eso. Era posible que este fuera algún tipo de mercenario, o tal vez trabajaba para personas distintas, enfrentándolas. ¿Puede que yo fuera solo una tapadera para él? No lo sabían. No obstante, su mayor preocupación era el hecho de que sus *asesinos (si lo eran aquellos dos hombres) regresaron al edificio y me habían estado buscando.*

No esperaban el «desafortunado giro de los acontecimientos» (es decir, la muerte de Sam), y admitieron que habían calculado mal el riesgo al que me habían expuesto.

El coronel continuó hablando sobre mi seguridad. Menuda sorpresa, ingenua de mí. En cuanto el avión llegó a tierras británicas, consideré que había llegado a casa. Desafortunadamente, mi seguridad no estaba garantizada hasta que se avanzó con respecto a la muerte de Sam. La situación era un desastre.

El coronel se había puesto en contacto con Geoff, a quien le proporcionó «solo una mínima parte de la información». Todos sabíamos lo que eso significaba. Me iban a llevar a Arisaig e iba a quedarme con mi marido en el albergue de las Fuerzas Aéreas. Eso supondría cierto grado de seguridad, pues, como cualquier otra institución militar, el albergue estaba vigilado día y noche.

Subí a un helicóptero que me dejó en una pista de aterrizaje desde donde me llevaron en automóvil a Arisaig. Me lancé a los brazos de Geoff, destrozada. Si hubiera podido quedarme allí el resto de mi vida, lo habría hecho encantada, pero de nuevo, el destino parecía conspirar contra mí y no tardó en llegar la devastación.

De vuelta al presente. Le dije a Alasdair que no había necesidad de esparcir mis cenizas en Zagreb, e intenté olvidarme de ese lugar hace tiempo. A pesar del trauma que viví allí, es muy importante para mí que vayas. Supongo que vivo con la esperanza de que te pongas en mi lugar, solo por unas horas, y aprecies cómo las bonitas calles y paseos, la preciosa arquitectura y el maravilloso tiempo veraniego pueden influir en una persona, aunque sea para tomar el camino erróneo.

Espero que puedas entender lo que te he contado y comprendas cómo fue posible que perdiera el rumbo.

Por cierto, Grace, algunas oportunidades solo se presentan un momento fugaz en toda una vida; solo quería que lo supieras, mi amor.

Mi querida niña, para siempre.

Mamá

Doblé la carta, la metí en el bolso y me quedé un rato sentada mirando el altar y la decoración dorada de la iglesia.

Mi madre era única fastidiándolo todo. No sabía qué pensar. ¿Me sentía decepcionada con ella? Más bien lo contrario; la admiraba. Sus últimas palabras resonaron en mi mente: «hay oportunidades que solo se presentan una vez en la vida».

De repente sentí la urgencia de vivir en tecnicolor y salí corriendo de la iglesia, sin importarme lo fuerte que resonaran los tacones esta vez, me puse las gafas de sol y me apresuré por las calles de vuelta al hotel, tarareando una canción mientras sorteaba a los transeúntes.

Capítulo 27

Subí tres pisos de escaleras hasta nuestras habitaciones, me quité los tacones y recorrí el pasillo con ellos en la mano, pues no quería que Alasdair se enterara de que había llegado. Introduje la tarjeta en la puerta y entré de puntillas lo más sigilosamente que pude.

Encontré un cuaderno y un lápiz sobre el tocador. Ahora me tocaba a mí escribir una nota:

Alasdair:
Te llamaré a las 7 p.m. en punto (para ti, las 19.00 horas).
Te voy a llevar a cenar fuera.
Grace

Un beso.

Me pregunté si «un beso» era un poco atrevido. A lo mejor debería haber puesto «besos», en plural; a lo mejor debería haber indicado que era una cita...

Doblé la nota por la mitad, la deslicé por debajo de la puerta que conectaba con su habitación, me senté en la cama y me quedé mirando la puerta, esperando. Me llevé una uña a los dientes en un gesto nervioso, sonreí nerviosamente y sentí temor al mismo tiempo. ¿Y si no veía la nota? Oh, tendría que haber dejado una parte del papel debajo de mi puerta, así sabría cuándo la leía...

Me tumbé en el suelo y eché un vistazo por la ranura para ver si la nota ya no estaba. Menudo desastre como lo llamara, ya arreglada, y resultaba que no la había leído.

Estaba en mi mejor pose de oruga, tirada en el suelo con la mejilla aplastada contra el parqué, cuando otro papel pasó por debajo de la puerta y me dio en el ojo.

Grace:
Suena fantástico.
Alasdair

Besos

¡¿Besos?! Definitivamente había llegado el momento de usar la artillería pesada de mi madre: el vestido corto de color negro.

Me hallaba en plena oleada de euforia por la emoción de nuestra velada; seleccioné el canal de música en la televisión y me puse a cantar alegremente mientras me maquillaba con mis productos nuevos. Examiné mi rostro en el espejo y exhalé un suspiro de satisfacción: tenía el pelo tan sedoso como de costumbre, la piel más luminosa y me brillaban los ojos. Era simplemente feliz.

Me puse el vestido, los zapatos y pusieron una de mis canciones preferidas en la televisión. Eso tenía que ser un buen presagio. Comencé a bailar por la habitación y me sentí como si volviera a tener dieciocho años, aunque si lo pensaba bien, no tenía ningún interés por volver a esa edad; todavía eres una niña. No, yo era una mujer, ¡y esta mujer tenía la intención de volver loco a Alasdair!

Decidí probar un paso de baile sugerente: un movimiento de trasero, de esos en los que tienes que darte un golpecito en las nalgas después de cada vuelta; y al pasar la mirada por el espejo, algo en particular me llamó la atención: ¡Alasdair!, de pie junto a la puerta que conectaba las habitaciones, mirándome... con picardía.

No hay forma de obviar el hecho de que te pillen bailando en tu habitación con un peine en la mano. Me puse del color de la remolacha, alcancé el mando de la televisión y silencié la música con un gesto similar al de alguien que levanta la aguja de un disco de vinilo.

—Oh, por mí no pares —dijo, apoyándose en el marco—. Me lo estaba pasando realmente bien. —Alzó las cejas—. Aunque tengo que confesar que ha habido un momento en el que no sabía si estabas bailando o apagando un fuego en la alfombra.

Recurrí a mi réplica de emergencia.

—¡Vete a la mierda! Tan solo estaba abriendo el apetito para la cena, eso es todo.

Tomó un cojín de la cama y me dio en el trasero con él.

—Venga, mueve ese trasero sexi escaleras abajo. Estoy muerto de hambre.

—Por cierto, estás preciosa —observó cuando salimos a la calle.

Por una vez no me ruboricé.

—Tú también.

Tomé yo el control y le guié. Sabía exactamente adónde quería ir: al paseo de mi madre y al bar de la plaza de Santa Catalina. No tardamos mucho en llegar al primer punto. Las farolas se alineaban en un muro bajo de piedra que bordeaba el camino sinuoso. Nos detuvimos un instante junto al muro y observamos la ciudad. La luz era de un rojo oscuro y las farolas y luces de los locales aportaban un toque de brillo a las vistas.

Alasdair se volvió hacia mí. Apoyó la espalda contra el muro, tomó mi mano derecha entre las suyas y apretó con suavidad.

—¿Cómo va la herida?

—Agonizante —bromeé.

Me acarició la muñeca.

—¿Adónde me vas a llevar? —preguntó—. En la nota decía que íbamos a cenar.

—A un lugar especial, espero. —Me di la vuelta y empecé a andar—. Venga, tenemos que encontrar la plaza de Santa Catalina. Imagino que no te has acordado de traer el mapa, ¿no?

—Lo tienes tú —respondió—. Te lo di para que buscaras la iglesia.

—Hombre de poca fe —reí—. ¿Tan difícil será? No necesitamos mapa. No estás acostumbrado a que otra persona maneje la situación, ¿eh?

Veinte minutos y unos cuantos errores más tarde, encontramos el bar de la plaza. Una zona para cenar al aire libre se extendía sobre los adoquines. Nuestro camarero nos llevó a una mesa exterior, me retiró la silla para que me sentara y nos trajo las cartas.

—¿Y por qué este lugar? Buena elección, por cierto.

Dejó la carta del menú sin abrir en la mesa, frente a él, y miró a su alrededor.

—Lo leí de mi madre. Este era uno de sus lugares preferidos. —Miré la selección de vinos—. Por cierto, tienen tu vino favorito. Pidamos una botella.

Me lanzó una mirada interrogante, una muy irresistible.

—¿Y...?

—¿Y qué?

—¿Y qué más ponía en la carta? No puedes dejarme así, no cuando llega la parte más interesante. —Abrió la carta del menú.

—¿Cómo sabes que Zagreb es la parte interesante? —susurré, mirándolo por encima del menú.

Se apoyó sobre la mesa, inclinándose un poco.

—No tienes por qué susurrar y mirar a todas partes —dijo con una sonrisa—. ¿Quién crees que está escuchando? —Se echó hacia atrás—. Zagreb debe de ser la parte emocionante porque te dijo que algo iba a suceder en la última carta, y porque me indicó que no esparcieras sus cenizas aquí; por cierto, muy sospechoso; y porque hemos viajado hasta Croacia para quedarnos solo una noche. —Bajó la carta un segundo—. Interesante, como ya te he dicho.

—Tienes razón, es muy interesante. Después te la dejo para que la leas, pues no sabría por dónde empezar.

Alasdair pidió el vino y nos centramos en el menú. Él leía a una distancia significativa de su rostro.

—Llevo días queriendo decirte que necesitas gafas.

Soltó la carta.

—No digas tonterías.

—Las necesitas. Venga, vuelve a mirar la carta y lee algo sin apartarla a un brazo de distancia.

Volvió a dejarla encima de la mesa.

—¿Cómo narices va a poder nadie leer algo con esta luz?

Nos decidimos por el *Chateaubriand*. Un violinista con un traje típico paseaba por entre las mesas y de vez en cuando deteníamos la conversación para aplaudir.

Cuando casi habíamos terminado de cenar y el vino estaba haciendo su efecto, a Alasdair empezaron a brillarle los ojos y llegó la hora de mi especialidad: conversaciones que me ponían nerviosa.

—Me alegro de que no resultaras ser un asesino con hacha, por cierto —dije como si nada—. Me alegro mucho. —Hizo un esfuerzo por tragar el vino en medio de una carcajada espontánea. Tomé un bocado del postre y continué—: Aunque nunca he sabido por qué tenemos que preocuparnos por los asesinos que llevan hachas enormes. Por ejemplo, ¿cuántos asesinos hay en el mundo...? No, eso es demasiado. Mira, vamos a tomar una parte representativa: el Reino Unido. ¿Cuántos asesinos en el Reino Unido llevan hacha?

Supongo que no muchos. Un cuchillo, tal vez; un hacha de verdad, no. Puede que en Canadá sea distinto, hay muchos árboles...

Alasdair me miraba sonriente.

—Grace, eres divertidísima, de verdad.

Se acomodó en su silla y me miró con dulzura y... ¿algo más?

—¿Sabes? Esta noche pareces relajado. Cuando empezamos el viaje estabas cansado.

No dijo nada, pero se inclinó sobre la mesa y me sorprendió al tomarme de la mano.

—Vamos. —Tiró suavemente de mí para ponerme en pie mientras él también se levantaba—. Están tocando nuestra canción.

—¿Qué? No oigo nada. Además, nosotros no tenemos canción —mentí.

—Dentro hay una gramola, me fijé cuando fui al baño. Te aseguro que está nuestra canción.

Lo miré, nerviosa.

—¿No te parece un poco... de los cincuenta?

—En absoluto.

Entramos en el bar y me vi transportada a un mundo de la época de mi madre: lleno de humo, evocador, embriagador.

Alasdair se acercó, lleno de seguridad en sí mismo, a la gramola. Descendió por la lista de canciones, se volvió para mirarme con una sonrisa de oreja a oreja, se fijó de nuevo en la gramola y seleccionó una canción. No pareció fijarse en las demás personas cuando me tomó de la mano y me llevó a una zona despejada de mesas. Esperaba que hubiera encontrado la canción de la boda, pero eligió otra completamente distinta: *You make me feel so young*.

Era perfecta, ¡creí estar en el cielo!

Bailamos por la improvisada pista de baile riendo como colegiales y me sentí total y completamente libre. Y, a pesar de rozarnos los rostros varias veces, a pesar de sostenerle la mirada de forma seductora, suplicante, cuando terminó la canción, no nos besamos.

«¿Qué le pasa a este hombre?»

En lugar de eso, me echó hacia atrás sobre su brazo y nuestro momento estelar tocó a su fin. Me retiré hasta un taburete para descansar mis pies agotados mientras él buscaba al camarero para pagar la cuenta.

Un hombre cruzó el bar y se sentó a mi lado. Se dio la vuelta en el asiento y me miró. Supe inmediatamente lo que iba a pasar.

—¿De dónde eres, preciosa? —Sus ojos se detuvieron perezosos en mis piernas.

Ya me conocía la historia. Lo mejor era ser educada e irme.

—De Gran Bretaña. Lo siento, estoy esperando...

—Tienes aspecto de necesitar una alegría para el cuerpo. Yo puedo dártela.

—No, gracias.

Fui a levantarme del taburete, pero me puso una mano en el hombro y me pasó un dedo por la pierna. Estaba a punto de escabullirme de sus manos cuando apareció Alasdair. Tomó al hombre por la muñeca de forma violenta y se la apretó. Su rostro era tan amenazante que no supe qué podría pasar a continuación. El local se quedó en silencio. La expresión del hombre era de auténtico terror, hasta tal punto que casi me dio lástima.

Posé una mano en el hombro de Alasdair.

—¿Podemos irnos, por favor?

Pero no se movió; miraba a su presa, imperturbable.

—Alasdair, por favor...

Soltó la muñeca del hombre y lo observó en su huida. Tomé su mano y lo llevé fuera del bar, a la oscuridad de la plaza de Santa Catalina.

—Ven conmigo —dije—. Hay algo que quiero que veas.

De la mano fuimos en silencio a la plaza de San Marcos. Nos detuvimos a observar el techo de la iglesia, pero los maravillosos mosaicos no se apreciaban en la oscuridad.

—Vamos a ver si está abierta.

La puerta se abrió cuando moví el pomo. Pensé en mi madre, tomé una vela del estante y la encendí con una cerilla antes de dirigirme en silencio al altar. Nos quedamos quietos un momento y miramos a nuestro alrededor, iluminado sutilmente por las velas.

—Esta es la iglesia en la que mi madre quiso que leyera la carta. Quería que la vieras antes de que regresemos a casa mañana.

No respondió.

Un poco decepcionada, empecé a retroceder por el pasillo, pero cuando me volví, me tomó de la mano y me acercó a él. Nos miramos el uno al otro frente al altar. Sus ojos buscaron los míos con una mezcla de miedo y deseo absoluto. Sabía que no podía dejarlo pasar. Me acarició la mejilla.

—Grace, yo...

Pero yo no quería escucharlo.

Me acerqué un paso y presioné mi cuerpo contra el suyo con suavidad. Pensé que se apartaría, así que me pegué más a él y mis labios tantearon los suyos, suplicantes. Bajó la cabeza y nos besamos.

Me puso una mano en la espalda y la otra en la nuca. Nos besamos suavemente al principio, pero nuestros cuerpos pedían más.

Alasdair se apartó.

—Dios, te necesito, Grace —me susurró al oído—, pero esto no está bien.

No le escuché. Desesperada por sentir mi cuerpo contra el suyo, llevé una mano a su cinturón y la otra a su pecho. Nos volvimos a besar. Yo sabía que me deseaba, pero volvió a apartarse.

—No. Aquí no. Ahora no. —Esta vez lo dijo con más firmeza.

Miré a mi alrededor y solté una risita nerviosa.

—Puede que tengas razón. Es una iglesia.

Me tomó de la mano y me llevó de vuelta al hotel, en silencio.

Pasamos de largo por su habitación y abrimos la mía. Me volví hacia él, para seguir por donde lo habíamos dejado, pero de repente se mantuvo a cierta distancia.

—Lo siento, Grace, no podemos hacer esto. Ahora no.

Retrocedió unos pasos y se llevó una mano a la cabeza.

—¿Por qué? —pregunté con voz suave—. Pensaba que tú también querías. ¿No te gusto?

Me dio la espalda durante unos segundos y alzó la cabeza al techo, suspirando.

—¿Que si me gustas? ¿Sabes cuánto autocontrol he tenido que ejercer para llegar tan lejos sin...?

Estaba a punto de intervenir, pero entonces se volvió hacia mí.

—Cuando no estoy contigo, estoy pensando en ti. Quiero abrazarte, cuidar de ti. Cuando ese maldito capitán bailó contigo en la boda no pude soportarlo. Tuve que irme. Y, Dios mío, cuando he visto antes en el bar a ese capullo tocándote, te juro que iba a matarlo. Estoy desesperado por ti... —Se pasó la mano por el pelo—. Me voy a volver loco. Eres la mujer más sexi que he conocido nunca y ni siquiera eres consciente de ello. Pero tengo que contenerme, tengo que esperar hasta que conozcas toda la historia, no sería justo. —Se acercó más a mí—. Estás en todos y cada uno de mis pensamientos, hasta ese punto te deseo.

Intenté tomar su mano, pero la apartó.

—Solo nos hemos besado, Alasdair. No voy a pedirte la luna.

Volvió a acercarse a mí y tomó mi mano con dulzura.

—Si tuviera la luna a mi disposición, te la daría. Pero ni siquiera me tengo a mí, ahora no.

—Pero ¿por qué? Cuéntame por qué.

Se volvió hacia la puerta.

—No lo entiendo, Alasdair. Si tiene que ver con tu trabajo, no te preocupes. Sé que formas parte de las Fuerzas Especiales, me lo contó mi madre en su carta.

Pareció sorprendido, pero siguió su camino hasta la puerta. Lo seguí.

—Si todo lo que puedes darme es esta noche, acepto —murmuré en medio de la habitación.

Mis ojos reflejaban su aflicción. No podía creerme que fuera a salir de mi habitación.

—Alejarme de ti justamente ahora es la cosa más dura que he hecho jamás, pero quedarme contigo sería la más egoísta. Acabaría decepcionándote.

Abrió la puerta y se marchó.

«¡Maldita sea!»

Me deseaba, pero no quería estar conmigo. Me senté en el borde de la cama y me llevé las manos a la cara.

Qué desastre: mi madre, su consejo inútil y su ropa sexi.

Me puse en pie, me coloqué frente al espejo y miré, inexpresiva, más allá de mi reflejo, mi propia vida. Tras una eternidad mirando al vacío, me eché el pelo a un lado sobre el hombro, agaché la cabeza y busqué con los dedos el cierre del vestido. Pero en ese momento una mano encontró la mía; nuestras manos entrelazadas descansaron en mi cuello. No me volví, me bastó con mirar el reflejo de Alasdair en el espejo. Se inclinó para susurrarme al oído, apoyando suavemente el pecho en mi espalda.

—Si los días que nos quedan juntos fueran lo único que puedo ofrecerte, ¿seguirías aceptando?

Seguí sin volverme, pero me encontré con su mirada en el espejo y esbocé una sonrisa traviesa, embriagadora. Cada centímetro de mi mente y de mi cuerpo quería decirle que sí. Deseaba sentir la suavidad de su piel contra mis labios, y los míos contra los suyos. Mi interior se incendió cuando sentí su aliento en mi cuello. Empecé a temblar de expectación. Ahora me tocaba a mí experimentar el encuentro apasionado y ardiente con el que tan solo había soñado, y no iba a dejarlo pasar.

Sosteniéndole la mirada, me llevé las manos a la nuca y desabroché el botón que me ajustaba el vestido. Con las manos sobre la cabeza, me pasé los dedos por el pelo y eché la cabeza hacia atrás, invitando a Alasdair a que posara sus labios en mi cuello.

Me recorrió un escalofrío cuando el vestido cayó al suelo. El movimiento fluido de las manos de Alasdair se deshizo veloz de mi ropa interior.

Observé su felicidad por el espejo al admirar mi cuerpo desnudo, y con la espalda todavía contra su pecho, me rodeó con sus manos, me acarició la curva de las caderas y me rozó suavemente el estómago, lo que casi me hace llegar al orgasmo, antes de subir muy lentamente y con caricias provocadoras hacia arriba, haciéndome sentir el mayor de los placeres cuando sus manos me llegaron a los pezones. Me acarició la nuca con los labios mientras los pechos se me endurecían por el tacto de sus caricias.

Me di la vuelta y me puse de cara a él. Fue a besarme, pero lo esquivé; le desabroché los pantalones, liberé su erección y le quité la ropa. Su lengua buscó la mía, al principio suavemente, pero pronto la necesidad desesperada que ambos sentíamos nos llevó a un beso frenético, devorador. Presioné las caderas contra él. Lo único que quería era sentirlo dentro de mí, pero decidí esperar. El cuerpo de Alasdair era un regalo del cielo y quería saborearlo, devorarlo. Deseaba regalarle una experiencia para que me recordara, que soñara con este momento, que me necesitara.

Todavía de pie, me abrí camino dulcemente por su cuerpo hacia abajo, lo miré con picardía y me llevé su miembro erecto a los labios. Él jadeó.

No obstante, no dejó que le diera placer durante mucho tiempo. Me alzó la barbilla, me puse a su altura y, con sus fuertes brazos, me levantó para encajarme en su sexo con un movimiento ágil y firme. Entonces fui yo la que jadeé.

«Oh, Señor... ¡estoy en el paraíso!»

Y entonces lo hicimos, vaya si lo hicimos. Y fue increíble.

Yo, que no sabía de la existencia del orgasmo múltiple, tuve dos en diez minutos. Ese hombre sabía dónde tocar, a qué ritmo y a qué profundidad, pero lo más importante es que estaba más dentro de mí, mental y sexualmente, que ningún otro hombre que hubiera conocido.

Mi madre tenía razón: pasar la noche en una ciudad extranjera con un hombre guapo, que era todo un misterio y además se sentía atraído por mí, era sensacional.

PARTE 5

Arisaig, Escocia
29-31 de mayo

Capítulo 28

Nuestro siguiente destino no resultó ninguna sorpresa. Mi madre huyó de Zagreb a la costa oeste de Escocia, adonde nos dirigíamos. Al igual que seis días atrás, un hombre de una empresa de alquiler de automóviles nos esperaba en el exterior de la terminal de llegadas en Inverness, y con Alasdair al volante condujimos hacia el sudeste por la A82, rumbo a Arisaig.

—Estás muy callada —dijo.

—Solo estoy disfrutando de las vistas. El lago Ness no es como esperaba. Es grande, pero creía que las montañas de alrededor serían más impresionantes. Es un poco soso.

En ese momento entramos en Drumnadrochit y una estatua gigante de plástico del monstruo del lago Ness nos recibió.

—Ah, pues igual no.

Apartó una mano del volante y la deslizó cariñosamente por mi muslo.

—Si lo que quieres son montañas y un paisaje impresionante, eso es exactamente lo que vas a encontrar.

En ese momento en particular lo que yo quería era tenerlo a él.

Más o menos una hora después, el lago Ness y el lago Lochy desaparecieron del espejo retrovisor y apareció ante nosotros algo bien distinto. Alasdair me miró con una sonrisa radiante cuando una vista panorámica de montañas se hizo visible. Una señal a un lado de la carretera nos daba la bienvenida a Lochaber.

—Hay un sitio por el que no me gustaría pasar sin detenerme y debería aparecer... ya. —Alasdair señaló una estatua a la derecha.

Tres figuras se alzaban entre las montañas, sobre un pedestal de considerable tamaño.

—Vaya, qué llamativo. Esas figuras del pedestal son soldados, ¿no?

—Pero no soldados cualquiera —dijo con una sonrisa—. Ese es el Comando Memorial.

El monumento se alzaba en un punto visible. El viento me pilló por sorpresa cuando salí del automóvil y la puerta se me escapó de las manos. Tomamos un camino de gravilla que llevaba a la estatua. Me aparté con dificultad el pelo de los ojos y Alasdair introdujo mi mano libre dentro de la manga de su abrigo. Nos detuvimos para que me indicara los puntos de interés en el paisaje y señaló el horizonte.

—Si sigues la mirada de los soldados, te darás cuenta de que están mirando los picos del Ben Nevis y el Aonach Mor.

Asentí, siguiendo la dirección de su dedo.

—Y más allá, fíjate, están las Grey Corries; y todavía más lejos, la punta del Gran Glen.

Tenía una expresión fresca y viva, tan enérgica contra el viento como las estatuas.

—Es espectacular —comenté, empapándome del paisaje—. Es un lugar fantástico para un monumento de homenaje.

El cielo despejado que teníamos justo encima era de un azul pálido, pero los rayos del sol dieron paso a un arcoíris al rebotar con la lluvia a unos treinta kilómetros en el valle.

—Aquí es donde tuvo lugar el entrenamiento de comandos durante la Segunda Guerra Mundial —me explicó—. Por eso está la estatua. —Posó la mirada en los soldados.

Los tres hombres, vestidos con el uniforme de combate, de unos seis metros de altura e inmortalizados en bronce, miraban majestuosos, uno al lado del otro, las Tierras Altas. Inscrito en la parte superior del pedestal de piedra ponía «UNIDOS CONQUIS-TAREMOS». La estatua y el entorno estaban en armonía, en perfecta simbiosis.

Emocionante, inspirador y simplemente perfecto.

—¿En qué piensas cuando miras el monumento? —me preguntó al tiempo que se agachaba para alcanzar un trozo de papel de plata que volaba con el viento.

—A ver...

Estudié una vez más la estatua y después el rostro de Alasdair.

—Supongo que significa orgullo, fuerza, ¿no? —Me quedé un momento pensativa—. Y algo más, algo que no puedo expresar. Tiene que ver con el modo en que los hombros están conectados, los tres ahí, juntos. Existe una palabra para describirlo, pero no soy capaz de dar con ella.

Mi acompañante sonrió.

—Ven, te voy a enseñar el jardín del homenaje.

Continuamos por un camino hacia una zona circular cubierta de gravilla y cercada por un muro bajo de piedra. El borde interior del muro estaba lleno de amapolas y tarjetas. Alasdair se detuvo a la entrada del círculo.

—Algunos familiares esparcen cenizas aquí o vienen simplemente a recordar. —Se metió las manos en los bolsillos y dirigió la mirada al jardín, pero miró más allá, al Aonach Mor.

Entré en la zona circular y me puse a leer los tributos. Algunos eran hombres que habían muerto en conflictos recientes: padres, hijos, maridos. Leí algunos antes de reunirme con Alasdair.

—¿No vas a leer ninguno? —Me limpié las lágrimas con su pañuelo. Esta vez no me llamó llorona.

—No hace falta. Ya imagino lo que pone.

Me rodeó con el brazo y me condujo de vuelta al monumento. Nos sentamos en la base del pedestal y miramos el Ben Nevis.

Permanecimos allí, perdidos en nuestros pensamientos, hasta que rompí el silencio.

—Te toca: ¿qué piensas tú cuando miras la estatua? ¿Qué palabras usarías para describirla? —Me puse en pie, de cara a él.

Alasdair tenía la mirada puesta en la tormenta que se desataba en la distancia.

—Imagino que la palabra que buscabas antes era «camaradería». —Asentí conforme, pero me dio la sensación de que él tenía algo más que decir, y esperé—. Los soldados viajan miles de kilómetros, ponen su vida en peligro de guerra por una causa que a lo mejor no entienden, o peor aún, que no comparten. Pero ¿sabes qué los hace realmente continuar, qué es lo que siempre los ha hecho seguir adelante? —Tiró un puñado de gravilla a los escalones.

—¿Qué?

—Exactamente lo que esta estatua representa: los demás. Bueno, eso y el hecho de que les pagan por ello. Pero no quiero que te lleves una impresión errónea. La vida en el ejército puede ser maravillosa, ha sido maravillosa. Imagina lo que se siente al estar en la cubierta de un buque de guerra y navegar en dirección a casa tras una larga misión. He realizado un buen número de expediciones a lugares fantásticos, he tenido compañeros increíbles... Tengo mucho por lo que sentirme agradecido.

Volví a sentarme a su lado en el pedestal.

—¿Cuánto tiempo llevas como marine?

—Más de veinte años, desde que era un crío. —Me miró—. Y no quiero ningún comentario por ser viejo, Buchanan.

—De hecho, estás envejeciendo bastante bien, si mi recuerdo de anoche no me falla.

Alzó las cejas con descaro.

—Volviendo a lo de antes —continué—, estamos en guerra en alguna parte del mundo, más o menos de forma permanente, durante los últimos veinte años.

—Más o menos, sí.

Negué con la cabeza.

—No me extraña que estés cansado. ¿Crees que mi madre tenía razón?

—¿Sobre qué?

—Sobre que es hora de que tu vida cambie. Si hay algo que he aprendido en este viaje es que la vida es preciosa y que nuestro tiempo aquí... —Señalé el paisaje—... está formado por capas, como mi árbol de St Christopher's. A lo mejor es hora de que tú, de que ambos, espero, empecemos un nuevo capítulo, una nueva capa.

—Tal vez tengas razón.

—Solo una cosa más —señalé con precaución—. ¿Te han dicho si finalmente te vas de misión cuando regresemos?

Me apartó un mechón de pelo del rostro con dulzura.

—Sí, me voy.

Suspiré, pero no dije nada. Me vino a la mente la imagen de mi madre. Sonreí para mis adentros al pensar en ella; mamá me ofrecía la oportunidad que necesitaba para relajar el ambiente.

—¿Crees que mi madre esperaba que nuestro viaje llegara tan lejos? Me pregunto si esto estaba dentro de sus planes.

—Creo que estaría entusiasmada. Estaba claro que quería que nos enrolláramos.

Nos reímos.

—Ya, ¿y cómo me lo tomo? ¿He tenido que depender de mi madre muerta para que me encuentre al hombre de mis sueños? —Me sonrojé al reparar en mis palabras.

Alasdair no lo dejó pasar; sabía que no lo haría.

—Así que soy el hombre de tus sueños, ¿eh?

Le sonreí.

—Puede...

Nos entretuvimos unos diez minutos más mientras fotografiaba el monumento antes de continuar por el penúltimo tramo de nuestro viaje. Cuando cerramos las puertas del vehículo, el cielo se oscureció hasta volverse negro y cayeron las primeras gotas de lluvia.

Capítulo 29

Nos adentramos en Lochaber. Fort William pasó por nuestro lado como un borrón de niebla y lluvia; el viaducto Glenfinnan tan solo nos regaló una vista aguada a través de la ventana trasera; y el lago Shiel parecía un océano arremolinado que un lago de interior protegido. La tormenta siguió aumentando cuando llegamos a la costa. Los limpiaparabrisas no daban abasto con el torrente de lluvia que caía como si alguien nos lanzara sin parar cubos de agua.

Nos invadió una sensación de alivio cuando al fin llegamos a nuestro destino, el pequeño pueblo costero de Arisaig. Nuestro alojamiento consistía en dos habitaciones en un bonito hotel situado frente al puerto.

Una chica polaca nos acompañó a nuestros dormitorios.

—Oh, qué pena —lamenté mirando con picardía a Alasdair, que estaba dejando las maletas en el suelo—. Esta vez no hay puerta secreta entre las habitaciones.

—Un detalle sin importancia —respondió—. Abriré una, si es necesario.

Me acompañó hasta la ventana. Me pasé una mano por el pelo empapado y contemplé el mar. O al menos eso creía, porque era difícil de asegurar, con semejante tormenta.

—Me temo que este tiempo va a resultar un impedimento para los planes de esta tarde. Tu madre no contaba con esto. —Se acomodó en el alféizar de la ventana y me miró—. Lo que se suponía que teníamos que hacer esta tarde era ir y sentarnos en la arena plateada, a un kilómetro y medio de aquí, más o menos, encender una hoguera, mirar en dirección a islas místicas de Rum y Eigg...

—¿*Egg*? ¿Como los huevos y...?

—Sí, escúchame un momento. Íbamos a sentarnos en la arena y tú ibas a leer la siguiente carta... —Examinó el cielo por la ventana—. Pero está claro que no vamos a poder, así que te la daré para que la leas después de cenar y ya veremos qué pasa mañana.

—¿Y por qué no disfrutamos de la tarde y leo la carta mañana? —pregunté, acercándome a él de forma juguetona—. ¿Qué más da un día que otro?

No hizo caso de mi propuesta y me apartó con suavidad.

—No. Tienes que leer la carta esta noche.

Tomó uno de mis mechones mojados y lo situó lentamente detrás de la oreja.

—Mañana tenemos que ir a un sitio, así que tienes que leerla esta noche.

La carta de mi madre no me interesaba lo más mínimo y estaba desesperada por impedir que se fuera a su dormitorio, así que tuve que recurrir a la única opción que le queda a una mujer sin demasiados miramientos: tiré de él hacia la cama, me senté a horcajadas sugerentemente y me incliné de modo que mis labios casi rozaron los suyos.

—La verdad... —mi pelo cayó como si fuera una cortina sobre su pecho mientras hablaba con una voz suave y seductora— es que no tengo suficiente apetito como para cenar. A lo mejor tú puedes pensar en algo que podamos hacer para matar el tiempo...

«¿Qué demonios me estaba pasando?»

Trató de ocultar una sonrisa, pero las comisuras de sus labios lo delataron, esos profundos ojos azules brillaron y sentí que algo cobraba vida bajo su pantalón.

Entonces fui yo quien levantó las cejas.

Empecé a desabrocharme la blusa con cuidado de mantener los ojos fijos en los suyos todo el tiempo. Soltó una fuerte carcajada (que no fue exactamente la respuesta que esperaba) y me acarició la mejilla.

—Va a convertirse en mi perdición, señorita Buchanan.

Un rato después salimos de la habitación y nos dirigimos a cenar, en la planta de abajo.

El bar estaba tenuemente iluminado y era acogedor. Dos señores mayores charlaban tranquilamente apoyados en la barra mientras una pareja de mediana edad, que saltaba a la vista que venía de dar un paseo, se ayudaban el uno al otro a quitarse el chubasquero empapado en la puerta. Elegimos una mesa junto al fuego, pero no estuvimos mucho tiempo a solas.

Bárbara, una estadounidense de unos cincuenta años, era una mujer alegre, con un poco de sobrepeso y locuaz que viajaba sola; iba siguiendo las huellas de sus antepasados. No me importó compartir mesa con ella; acababa de hacer el amor con Alasdair, estaba contenta y satisfecha. Es más, todo Wisconsin podía preguntar si podía sentarse con nosotros y yo habría accedido amablemente.

Al poco de terminar nos excusamos con Bárbara y subimos a las habitaciones. Alasdair entró en su dormitorio para recoger la carta de mi madre. La dejó en la cama y tiró de mí para darme un abrazo.

—Necesito ir a mi habitación una hora para trabajar —dijo tras darme un beso cariñoso en la nariz—, pero creo que no deberías leer la carta sola. ¿Por qué no esperas a que termine y la leemos juntos?

—¿Por qué? ¿Qué puede ser esta vez? Sí, tal vez que me cuente quién es mi padre, o quién era, pero, de verdad, no pasa nada.

Siempre he sospechado que era el resultado de un rollo de una noche, ¡aunque no me imaginaba que fuera con un maldito espía! La vida de mi madre es el pasado. Estaré bien, no te preocupes.

Me senté en la cama y abrí el sobre mientras él se dirigía a la puerta.

—Vuelvo en una hora más o menos y hablamos de ello, ¿de acuerdo?

—De acuerdo, soldado... quiero decir... marine —Me llevé una mano estirada a la sien—. Fuera, a más ver, o lo que vosotros los oficiales digáis.

Sonrió levemente con los labios, pero no con la mirada.

Tuve que haberme dado cuenta, cuando cerró la puerta, de que algo iba mal.

Capítulo 30

Arisaig

Hola, cariño:

De todas las cartas que has leído hasta ahora, esta es quizá la más importante.

Como te conté, al llegar al albergue de Arisaig me lancé a los brazos de Geoff. Me sentí muy aliviada de estar lejos del horror que había vivido en Zagreb. Él desconocía los detalles de mi amistad con Sam, pero mi coronel le informó de que habían encontrado a un hombre muerto en mi apartamento y que, por ende, yo corría peligro. Así pues, hasta que recopilaran más información, tenía que permanecer en Escocia.

Geoff comentó, medio en broma, que seguramente ya había tenido suficientes aventuras y me sugirió que renunciara a seguir trabajando en las Fuerzas Aéreas. Traté de alejar de mi mente los acontecimientos de los últimos tres meses y comencé a planear mi nueva vida en Escocia, un país que adoraba.

El problema es que la mente no puede desconectar tan fácilmente. Una vez a salvo en los brazos de Geoff, recordé lo mucho que lo adoraba y lo felices que éramos juntos. Desgraciadamente, cada vez que se acercaba a mí, me sentía culpable; con cada beso, la imagen repugnante y lujuriosa de Sam florecía en mi cabeza. Era un infierno.

Hicimos el amor la primera noche, lo cual te sorprenderá, considerando lo que te conté en mi anterior carta, pero yo estaba decidida a encubrir mi adulterio. No nos habíamos visto en meses, éramos jóvenes, ¿no sospecharía si hubiera actuado de otra forma? Eso es lo que pensé en aquel momento. Además, hacer el amor con alguien con quien llevas años es cómodo, seguro y familiar. Siento tener que ser tan directa, pero necesito que lo entiendas. Quería ofrecerme a él para demostrar que éramos los de siempre, que la vida seguiría como antes. No obstante, mi alma culpable no pudo con la presión. Por mis mejillas se derramaban lágrimas silenciosas mientras nos acariciábamos y, después, cuando le abracé con fuerza, supe que la culpa no me abandonaría nunca. Era mi carga, mi castigo.

Pensé en contarle lo de Sam en esas primeras semanas. Pero seguí convenciéndome a mí misma de cosas como que había sido solo una noche, que nunca se enteraría...

El coronel fue compasivo y me permitió quedarme hasta que mi seguridad estuviera garantizada, y vaya si necesitaba ese descanso. Llamaba por teléfono todos los días para que me informaran de las novedades y, tras una larga charla con Geoff, al quinto día de mi retiro, informé al coronel mi deseo de dimitir. Me pidió que esperara un par de semanas a que las cosas se arreglaran.

Y aquí hemos llegado. Decidí no revelarle a Geoff mi desliz, dimitir de las Fuerzas Aéreas, centrarme en construir una vida familiar y continuar con mi matrimonio en Escocia. Exhalé un hondo y largo suspiro de alivio.

Por supuesto, no fue el fin de la historia. Unas dos semanas después de mi llegada, Geoff recibió una llamada telefónica del coronel. Vino a casa a hablar conmigo y supe, por su mirada, que algo iba muy mal. Recuerdo que pensé «Dios mío, sabe lo de Sam», pero era algo mucho peor. Se trataba de la muerte de mi padre. El funeral era ese mismo día y yo me lo había perdido. Era a mi padre a quien yo informaba sobre mi paradero; él era el sensato, el que sabía cómo localizarme en caso de emergencia.

Mi madre y Annie se derrumbaron tras su muerte. Pasaron un par de días hasta que alguien del pueblo les recomendó que se pusieran en contacto con el oficial encargado en una base de las Fuerzas Aéreas para que me buscaran. Después hubo algunas confusiones burocráticas. La noticia de su muerte y la fecha del funeral me siguieron por media Europa hasta que los detalles llegaron, al fin, a la oficina del coronel.

Estaba destrozada. Aunque me había ido de casa hacía tiempo, siempre fui la niña de sus ojos. Pero ya no tenía un padre a quien acudir y nunca volvería a ver su cara iluminarse cuando llegaba a casa. Pensamientos egoístas pero completamente normales y, desafortunadamente, también sentimientos con los que te sentirás identificada, ahora que ya no estoy. Un conductor y un guarda me escoltaron a los Dales. Ya te he hablado del terrible bombardeo que recibí por parte de mi hermana cuando llegué a Bridge Farm. A lo mejor ahora entiendes por qué no tuve fuerzas ni energía para defenderme.

Regresé a casa, con Geoff, y, aunque me sentía una mujer rota, la muerte de mi padre tuvo algo positivo: me ayudó a relativizar lo que pasó en Zagreb.

Pero entonces ¿por qué mi vida tomó un rumbo distinto? Puede que lo hayas adivinado. Seis semanas después de haber llegado a Arisaig, tuve una falta. No me sorprendió. Como sabes, este tipo de cosas suelen pasar y no hay de qué preocuparse. En ningún momento pensé que pudiera estar embarazada, pero decidí que lo mejor era hacerme una prueba, quitármelo de la cabeza y tranquilizarme. En el albergue no había médico, así que fui a Arisaig. La enfermera tomó una muestra, la analizó en otra sala y regresó para darme el resultado: estaba embarazada.

Me marché de la clínica y pasé horas caminando por playa. Me senté un rato en Camusdarach, donde estás tú ahora. Ahí me di cuenta de que la idea romántica y desesperada que había tenido en las últimas semanas de llevar una vida tranquila con Geoffrey en las islas del oeste no iba a funcionar. Jamás.

Ya sé que suena horrible, pero en un intervalo de dos o tres días tuve sexo con dos hombres diferentes, y además caí en que esos días habían sido los de mi ovulación. No había forma de saber quién era el padre, tu padre. Lo siento, Grace. Llámame golfa, llámame lo que quieras, pero lo hecho, hecho está.

Y un día, de repente, supe lo que debía hacer. Solo sabía que sería lo correcto para todos, pero sobre todo para ti.

312

Me las arreglé para volver al albergue e inmediatamente le confesé a Geoff lo de Sam, pero no lo del bebé. Hice las maletas y telefoneé al coronel, quien me preparó un medio de transporte para regresar a Hereford.

Mi querido Geoff apenas dijo nada. No nos peleamos, ni nos dijimos cosas horribles. Nos sentamos en silencio en el albergue con mis maletas esperando junto a la puerta hasta que llegó el automóvil. Habría sido tan sencillo decir al conductor que se marchara, contarle a Geoff que esperaba un hijo suyo y compartir nuestras vidas... Pero no pude; estaba preparada para ocultar mi desliz, pero no para pasar por hijo de Geoff el de otro hombre, si ese era el caso. Porque el problema era precisamente ese, que no lo sabía. Si me hubiera quedado con Geoff, la culpa me habría enviado a la tumba. Tal vez lo haya hecho.

Por supuesto, ahora entiendo que debería habérselo contado todo y dejar que decidiera si quería que me quedara o no. Pero mi padre acababa de morir y yo estaba emocionalmente destrozada. Lo único que puedo decirte es que, en aquella época, creí que hacía lo correcto.

Nunca volví a verle, pero he pensado a menudo en él. Cuando me siento un rato junto a tu cornejo de mesa me acuerdo de los tiempos felices y de cómo la vida puede cambiar en un solo segundo.

Hablando de tu árbol, hay algo más que deberías saber. Sé que siempre te dije que lo compré para conmemorar tu nacimiento, pero no es exactamente así. El día antes de marcharme de Escocia para siempre, Geoff había salido en una «misión secreta» para

313

comprarme un regalo. Cerca de Camusdarach había una casa de campo a la que le habíamos echado el ojo, era preciosa. Decidimos juntar nuestros ahorros y comprarla. Después de haber plantado el cerezo en la cabaña, y como un bonito gesto en memoria de mi padre, Geoff compró el cornejo de mesa (por aquel entonces, una planta diminuta) para cuando la casa fuera nuestra. El tiesto tenía un lazo rojo.

Cuando llegó el automóvil para recogerme, corrí al jardín y me hice con mi árbol. Supongo que era mi forma de aferrarme a Geoff. Metí el lazo rojo en una vieja lata de galletas y lo enterré junto a las raíces del árbol. Sigue allí. Debes seguir considerándolo tu árbol, Grace. Después de todo, ambos echasteis raíces en St Christopher's el mismo año.

Cuando llegué a Hereford el coronel me entrevistó y le conté la triste historia. No me juzgó; de hecho, se culpó por no haberme informado acerca de Sam, pero echar las culpas a otro era una tontería.

Grace, lo único que me importaba era tu seguridad y tu futuro, y esa fue la razón por la que me cambié el nombre. Las Fuerzas de Inteligencia descubrieron que mi relación con Sam había sido extremadamente peligrosa. Era un mercenario y llevaba muchos años chantajeando y llevando una doble personalidad en el telón de acero. El idiota se había cruzado en el camino de la mafia soviética; les debía dinero. Les contó que yo era una agente y que podrían conseguir el dinero de mí. Pretendía que yo soltara la lengua (metafórica y físicamente) sobre la operación británica de Inteligencia en Europa del Este. Por supuesto, yo no había soltado prenda, así que decidió

314

acostarse conmigo y después chantajearme, algo bastante sencillo. Los soviéticos se estaban impacientando, así que decidieron deshacerse de Sam y hacerme hablar de cualquier forma. Fui afortunada. De todos modos, tampoco hubieran ido a por mí al Reino Unido. Yo era un objetivo oportuno, no alguien de vital importancia, pero el coronel no quería correr riesgos. Así pues, como medida de seguridad, empecé a presentarme como Rosamund Buchanan (Buchanan era el apellido de soltera de tu abuela).

Cuando naciste, dejé en blanco el apellido de tu padre en el certificado de nacimiento y el coronel lo arregló todo para que tu apellido fuera Buchanan. Como seguía casada con Geoff, legalmente era Frances Heywood. Siempre tuve la intención de cambiarme el nombre al divorciarme, pero aunque no lo creas, nunca nos divorciamos, así que sigo siendo Frances Heywood. Por eso pedí a Jake que tratara el certificado de defunción directamente con Grimes.

La única cuestión que me quedaba por resolver era qué hacer con mi carrera. Por supuesto, necesitaba trabajar para criarte. En aquella época las mujeres dejaban las Fuerzas Armadas si se quedaban embarazadas. Y fue en ese punto cuando la genialidad del coronel salió a la luz. Le estaré eternamente agradecida por los hilos que movió para que consiguiera mi nuevo trabajo.

Había muchos soldados y operativos exhaustos. La operación de Inteligencia en el norte de Irlanda era de gran importancia y entrañaba un riesgo enorme, eso por no mencionar la tensión ocasionada por las misiones relacionadas con la Guerra Fría.

*Alguien sugirió la idea, aunque sin mucho entu-
siasmo, de que debería haber alguna clase de lugar
al estilo refugio o retiro, una casa segura, donde pu-
dieran ir los operativos a recuperarse de sus misiones.
El coronel consiguió convencer a un funcionario para
que se rascara el bolsillo y comprara una casa apropiada en un lugar discreto. Obviamente, necesitaban
a alguien adecuado para dirigir el refugio. Y ahí es
donde entro yo y mi nuevo trabajo.*

*Grace, me temo que esta información me conduce
a la parte de mi historia que tanto he temido contarte.
El refugio, como ya supondrás, es St Christopher's. La
casa no me pertenece, cariño, y ojalá lo hiciera, porque te la habría dado sin dudarlo. Ya sé que siempre
has dicho que te rompería el corazón que la vendiera,
y me has advertido muchas veces de que tenías la intención de echarme cuando me hiciera mayor. Siento
no habértelo contado. Pensaba que viviría para siempre y que al final conocerías a alguien y buscarías un
lugar para vivir por tu cuenta.*

*El refugio me ha aportado mucha felicidad a lo
largo de los años y siento que Jake y yo hemos ofrecido
un servicio necesario en tiempos difíciles. Hablando
de Jake, como sabes, abandonó hace algunos años el
ejército, pero lo que no sabes es que fue el oficial encargado de mi protección al principio. Dejó el ejército
para ayudarme a dirigir el refugio, ¡viejo sentimental!*

*En estos momentos estarás pensando que he esta-
do contándote un montón de mentiras sobre tu vida.
Ojalá te hubiera contado antes lo de St Christopher's.
Sin la intención de ponerme más melodramática de
lo que ya me he puesto, St Christopher's funciona tan*

bien porque es un lugar privado y discreto. Más tarde, cuando creciste, supe que llegaría el día en que te lo contaría todo, pero apenas te he visto en los últimos años y, cuando lo he hecho, nuestro tiempo juntas ha sido tan preciado que no quería estropear las cosas. Y ahora me estoy muriendo y ya no me queda tiempo.

Por un millón de razones (no todas tienen que ver contigo) he decidido que esto sería lo mejor. Lo más importante es que nunca te he mentido a propósito. Una serie de circunstancias han conspirado para catapultar mi vida en una dirección totalmente inesperada. Necesito que sepas que mi mayor preocupación, siempre, ha sido tu seguridad y tu felicidad, y, como me ha recordado Jake un millón de veces durante los muchos años que lo conozco, lo he conseguido: fuiste una niña muy feliz.

Lo único que me queda por decirte es que no tengo ni idea de quién es tu padre biológico. Lo siento, Grace, no te pareces a ninguno de ellos. Cuando eras pequeña sostenía tu cara entre mis manos y te observaba, desesperada por encontrar alguna señal, buscando alguna característica genética que me diera una pista, pero a la única persona que te pareces es a mi madre, eres su viva imagen.

Lo siento, cielo, me cuesta concentrarme, así que te dejo ya.

Te quiero, mi querida niña.

Mamá

Capítulo 31

Miré el reloj y me sorprendí al ver que casi eran las nueve. La tormenta, que seguía azotando con furia, había ocultado el sol de Poniente y el cielo estaba oscurecido más de lo normal para esa época del año. Toqué el cristal de la ventana y seguí una gota de lluvia en su recorrido hasta el larguero.

Pensé en Alasdair.

¿Por qué no me había contado desde el principio la verdad acerca de St Christopher's? Cuando pensé en todo lo que había hablado acerca de volver a casa definitivamente, encargarme del refugio... Menuda boba.

Tomé el bolso y el teléfono, pasé por delante de su puerta y seguí recto hacia las escaleras. El tiempo era atroz como para salir a dar un paseo, y eso era lo que necesitaba hacer desesperadamente. Así que me senté en un rincón del bar. Aparté la mirada de una jarra de cerveza vacía que seguía en la mesa y me fijé en el teléfono. Tenía un mensaje de Paul:

¿Qué? ¿Que has cantado? ¿En la boda de su amigo? ¿Por qué? Llámame y sácame de dudas.

Estaba a punto de llamarlo cuando apareció Bárbara con una bebida en cada mano.

—Eh, tienes aspecto de necesitar una de estas —me dijo.

319

Sin darme tiempo a esquivarla, dejó dos copas de vino en la mesa y desapareció para volver unos segundos más tarde con una silla acolchada. Ya no había forma de deshacerse de ella.

—¿Habéis discutido? —me preguntó.

—No, claro que no, todo va bien. Alasdair está trabajando, eso es todo.

Se inclinó hacia mí.

—Lo siento, cielo —susurró—, pero esa cara tan triste que tienes te delata.

Me encogí de hombros.

—No es nada. Es que acabo de leer una carta de mi madre y ha sido un poco frustrante.

—¿Y eso? ¿Qué ha hecho? ¿Marcharse con el lechero?

—Difícilmente, Bárbara. Está muerta.

—Oh, ¿cómo...?

Alcé la mirada de la copa.

—¿Cómo he recibido una carta de mi madre muerta?

La mujer asintió.

—Es una historia muy muy larga. —Tomé un trago.

—Bueno, tenemos toda la noche y a mí se me da bien escuchar.

—No sabría por dónde empezar.

Extendió los brazos sobre la mesa en busca de mis manos. Una parte de mí deseaba excusarse y marcharse, pero, sorprendentemente, hablar me proporcionaba alivio. Respiré hondo y comencé.

—Cuando mi madre murió, pensé que iba a heredar su casa. Siempre he sabido que acabaría yéndome allí para siempre, pero resulta que no era suya, por lo que Grace se queda sin casa.

Al decir las palabras en voz alta me sentí como si fuera una niña malhumorada por haber perdido su juguete preferido.

—¿Qué más?

—También está el detalle menor de que, después de treintaiún años sin saber nada de mi padre, mi madre ha decidido reducir las posibilidades a dos hombres. Al menos, uno de ellos está muerto. —Apoyé los codos en la mesa, me llevé las manos a la cara y reprimí las ganas de gritar—. No logro entender por qué ha esperado hasta ahora para contármelo todo. Murió de una forma tan repentina... pero sabía que se estaba muriendo, ¿por qué no me lo contó? Me estoy empezando a preguntar si alguna vez llegamos a conocer de verdad a alguien.

—¿Tienes hijos?

Negué con la cabeza.

—Yo sí, cielo. Y te puedo asegurar que si estuviera enferma, no sabría cómo demonios encontrar las palabras para decir adiós a mis niños. —Sacudió la cabeza con tan solo pensarlo.

—Algo así decía en una de las cartas.

—Tal vez trataba de protegerte, aunque tal vez demasiado.

—Sé a qué te refieres, Bárbara. Aun así, mi madre tendría que haberme permitido pasar sus últimos meses con ella, cuidar de ella. —Moví la cabeza, confundida—. ¿Por qué no me di cuenta de lo enferma que estaba? La vi un par de meses antes de que muriera y me creí lo que me contó: que no se encontraba muy bien. Siento que fui una egoísta, que no le presté suficiente atención.

Me tomó de la mano y me dio un apretón.

—Me da la sensación de que no tenía fuerzas de soportar la emoción de verte, de contarte la verdad. Grace, escúchame, cariño: eran sus últimos meses de vida. Era ella quien tenía que enfrentarse al hecho de saber que iba a morir. ¿Alguna vez te has parado a pensar lo que debe de sentirse? —Se estremeció y sacudió los hombros—. Pobrecilla. Tal vez lo que necesites sea respetar su decisión y aceptarla.

Las lágrimas se abalanzaron por mi rostro.

—Tienes razón.

—Dime, entonces —cambió de tema para alegrarme—: ¿cuál es tu historia con ese joven?

Me limpié las lágrimas con un pañuelo que me ofreció.

—Además, él sabía lo de la casa y tampoco me lo contó.

—Parece un hombre honrado. Por cierto, está para comérselo.
—Sonreí y asentí, totalmente de acuerdo—. Aunque nunca se sabe
con los hombres —continuó con tono sarcástico—, tal vez tuviera
sus razones. Empecemos por el principio, a ver si arreglamos esto.
La casa de tu madre, ¿por qué es tan especial? ¿Es un lugar solarie-
go o algo así? ¿Cuesta mucho dinero? ¿Qué pasa?

Las palabras de Bárbara me revolvieron por dentro.

¿Qué me pasaba con St Christopher's? Ninguno de mis amigos esperaba heredar las casas de sus padres. Descubrí entonces la
razón de mi obsesión con esa casa de campo: era mi estrella polar.

—Supongo que no dejo de pensar en ella como mi hogar...
porque es de donde siento... —medité unos segundos— donde
siento que pertenezco.

Deslicé los dedos por el borde de la copa, trazando círculos.

—Parece que tu madre te crio en una casa muy especial. Pero,
perdona mi indiscreción, a lo mejor dulcificó demasiado tu vida.
—Me dio un golpecito en el brazo—. ¿Voy a por unas tijeras para
que podamos cortar las ataduras y despegarte de las faldas de tu
madre?

Me reí, secándome las lágrimas.

—Tienes mucha razón, Bárbara. Pero es extraño. De adulta
apenas he ido a casa. Supongo que daba por hecho que siempre estaría ahí... —Se me quebró la voz—. Que... que mi madre siempre
estaría ahí.

—A ver, ¿qué es lo siguiente en esa lista tuya de desastres? —Se
irguió en el respaldo—. Ha muerto y te ha contado quién puede
ser tu padre, eso es duro. Me pregunto por qué no te lo contó antes.

De nuevo supe la respuesta.

—Porque todos los involucrados eran felices. —Bárbara sonrió y guardó silencio—. La verdad es que fui una niña muy feliz,

y sí que tenía un padre maravilloso, un hombre llamado Jake. La verdad es que no quiero a ningún otro. ¿Sabes qué fue lo peor de perder a mi madre, Bárbara?

—Qué.

—El hecho de que estaba demasiado llena de vida para morir. Era una mujer increíble. Y ahora me ha regalado una tía y... —Sonreí y sacudí la cabeza al pensar en Alasdair.

—¿Y qué, Grace?

—Y me ha dado a Alasdair, el mejor regalo de todos. —Tiré del borde deshilachado del mantel con aire ausente—. Aunque sea un... —Traté de buscar las palabras, pero mi esfuerzo no duró mucho. Alguien terminó la frase por mí.

—¿Un capullo estirado y arrogante?

Me di la vuelta.

Alasdair me sonreía con tanto cariño que todo sentimiento de enfado, confusión y decepción simplemente se esfumó.

—¿Vas a olvidarte ya de eso? —le dije.

—Nunca. —Me sonrió.

Se levantó del taburete y me tendió una mano. Me puse en pie, me refugié en sus brazos y apoyé la cabeza en ese pecho que tan familiar se había convertido en los últimos días.

Me volví para agradecer a Bárbara la bebida y la conversación, pero ella simplemente levantó una mano cuando se lo iba a decir. Guiñó un ojo a Alasdair, se puso en pie y me susurró al oído:

—Cielo, es guapísimo. No la cagues, por favor. —Cruzó el bar y se reunió con un hombre de su edad.

—¿Quieres hablar? —me preguntó él.

Sacudí la cabeza negando contra su pecho. No obstante, me vino a la mente una pregunta.

—¿Eso que tenemos que hacer mañana a las nueve de la mañana tiene algo que ver con Geoffrey Heywood?

Asintió.

—Grimes lo ha organizado todo para que lo conozcas. Rosamund quería daros la oportunidad de saber la verdad, si los dos queréis.

—¿Te refieres a un análisis de sangre?

Volvió a asentir.

—Pero no tienes que hacer nada que no te apetezca —dijo.

—Como bien has dicho antes, ya veremos qué pasa mañana. —Aparté la cabeza de su pecho y lo miré muy cerca—. Creo que empiezo a entenderlo todo. Tengo la sospecha de que conocías el contenido de todas las cartas, ¿estoy en lo cierto?

—Más o menos, aunque la carta de Zagreb fue más reveladora de lo que esperaba.

Me sentí abrumada por el cansancio cuando me llevó escaleras arriba. El problema con St Christopher's dejó de parecerme importante. Lo único que necesitaba para descansar esa noche era tener a Alasdair a mi lado. Lo demás... Decidí que ya me preocuparía mañana del mañana.

Capítulo 32

Me desperté temprano y por el hueco de las cortinas vi que se colaba algo de sol, al cual apenas le daba tiempo a echar una cabezadita en Escocia en esa época del año. Alasdair dormía profundamente a mi lado. Consideré la opción de seguir durmiendo, pero me fue imposible. Los detalles de la última carta resonaban en mi mente.

Salí de la cama, me puse el forro polar de mi acompañante y me senté junto a la ventana. Los barcos amarrados en la playa podían descansar ahora que había pasado la tormenta y el ambiente estaba claro y sereno; hacía un día perfecto para reflexionar.

Mis pensamientos se centraron en la revelación de mi madre de que Geoffrey posiblemente fuera mi padre. Aunque no era como para estar orgullosa de ser descendiente de Sam, si este hubiera sido mi padre, podría al menos haber puesto punto y final a la triste aventura de mi madre y haberme olvidado de ello.

La vida de mamá siempre me inspiró, me sentía orgullosa de ella. Pero daba igual lo difícil que le resultara, lo felices que éramos en el paraíso de Devon; tendría que haberme dado la oportunidad de descubrir quién era mi padre.

Sin embargo, ya no quería conocerlo. Saber que tenía una tía era raro, pero Geoffrey era un extraño para mí. Esto era distinto. Aunque accediéramos a hacernos una prueba y se demostrara que era mi padre, ¿cómo íbamos a comenzar una relación ahora?

Volví a pensar en Alasdair.

El hombre del que me había enamorado era un camaleón. Mi madre me había dicho que era un soldado de las Fuerzas Especiales, pero ¿quién era en realidad? Era evidente que tenía reservas con respecto a involucrarse en una relación seria y había dejado claro que solo podíamos contar con unos cuantos días juntos, pero me costaba adivinar lo que quería de verdad. Me había hecho el amor de una forma que dejaba claro que no quería abandonarme tan pronto, y su lenguaje corporal contradecía su reticencia; y también estaba el correo electrónico que le había enviado a Álex...

Miré a mi alrededor y vi su diario sobre la mochila. Echar un vistazo incumplía cualquier código de conducta moral, pero él no parecía tener la intención de abrirse y yo necesitaba saber... ¿Eran estos días lo único que Alasdair podía ofrecerme o había alguna posibilidad de contar con más?

28 de mayo, Zagreb, Croacia

Rosamund:

Grace está durmiendo. Me temo que he perdido toda la fuerza de voluntad para comportarme de un modo caballeroso, pero, si tenemos en cuenta la trampa que nos has tendido, creo que lo he hecho bastante bien al haber llegado tan lejos antes de dar el paso (acabo de caer en algo inquietante: espero que no nos estés observando desde el cielo, como Grace comentó, porque si lo estás haciendo, ¡no te va a gustar nada lo que acabo de hacerle a tu hija!).

La estoy mirando bajo la luz de la lamparilla; tiene la cara sobre la almohada y el edredón remetido por encima de los hombros, como si estuviera en el

Ártico (aquí hace un calor sofocante), y aunque babea un poco y ronca suavemente, sigue pareciendo un ángel, mi ángel. Entonces recuerdo la primera vez que la vi.

Como bien sabes, llevaba mucho tiempo sin dormir bien; las pesadillas eran insoportables. Sin embargo, durante estas vacaciones he dormido como un bebé... ¿Cómo sabías que este descanso me vendría tan bien? Esta noche, sin embargo, no creo que duerma en absoluto.

¿He hecho lo correcto, Rosamund? ¿Debería haber tenido fuerzas para mantenerme alejado de Grace? Ojalá estuvieras aquí. Podría hablar por fin. Siempre he estado tan seguro, tan motivado, y ahora lo único que pienso es en todo el daño que le voy a causar en el futuro. Por primera vez en mi vida, algo, alguien, es más importante que mi trabajo.

Por cierto, parece que la semana que viene me voy con mi grupo. Normalmente me centro en esto, y era el lado de mi personalidad que tanto odiaba mi exmujer, pero no puedo concentrarme. Lo único que quiero es divertirme con Grace; escapar a las montañas y reírme y bromear siempre. Hay algo en ella que me hace sentir igual de bien que cuando estaba en tu casa, ese sentimiento que me hace suspirar y pensar «ya está, ha sido un largo viaje, pero he llegado a mi destino. Estoy en casa». Sin embargo, también tengo la sobrecogedora sensación de que la muerte me acecha. No te sorprenderá si te digo que nunca esperé llegar a los cuarenta, y ya casi lo he hecho.

Pero ¿y si no sobrevivo a este último obstáculo? ¿Y si le prometo el mundo y después la abandono? Llevo años tentando a la suerte y estoy seguro de que el hombre de ahí arriba me está vigilando.

Te oigo perfectamente. Me estás diciendo «por Dios, Alasdair, cállate y déjate llevar. ¡Ve y dale un abrazo a mi hija!».

Tienes razón. Necesito parar. Todo irá bien.

Volveré a probar con el mindfulness. *Puede que Grace sea mi nueva vida. Si es así, te prometo que la haré feliz.*

El cielo puede esperar.

Alasdair

Con el corazón roto por la revelación de que, después de todo este tiempo, seguía escribiendo a mi madre, atravesé la habitación y me metí en la cama junto a él, ya que por fin podía dormir.

Después de desayunar dimos un paseo por el pueblo; pasamos junto a un astillero y bajamos por el muelle. Nos sentamos en el suelo entablado, con las suelas de las botas rozando el agua. Le di la carta de mi madre para que la leyera y le expliqué mi reticencia respecto a conocer a Geoffrey. Me comprendió a la perfección.

—¿Sabes? Ha habido durante este viaje varias veces en las que los planes de tu madre me han parecido brillantes. Pero también otras en los que parecían... —Se detuvo para pensar la palabra, pero terminé la frase por él.

—¿Una locura total?

Nos reímos; no había otro modo de describirlo.

Permanecimos en silencio, allí sentados, mirando el mar. La playa y las islas a lo lejos eran absolutamente preciosas, pero estaba demasiado nerviosa para disfrutar de los detalles.

—Por cierto, ¿qué hora es?

—Las ocho y cuarto.

Sentí un vacío en el estómago.

—¿Y nos espera a las nueve? —Ya sabía la respuesta.

—A las nueve en punto, al parecer, y según Grimes, no podemos llegar tarde.

No me resultó fácil formular la siguiente pregunta.

—Tengo que pedirte un favor y lo entenderé si me dices que no. —Golpeé con el tacón de las botas una madera del entablado.

—Dime.

—¿Puedes ir tú y decirle que no quiero verle?

Alasdair me dio un beso en la nariz.

—Claro.

Decir que no quería ver a Geoffrey no era estrictamente la verdad. No, no quería mantener una conversación con él, pero quería comprobar qué aspecto tenía. Alasdair sacudió la cabeza, incrédulo, cuando le pregunté si había algún modo de ver a ese hombre sin tener que encontrarme con él. Se rio y me dijo que él se encargaría.

Según sus notas, la granja estaba a más o menos un kilómetro y medio, en una playa tranquila entre Arisaig y el pueblo vecino de Morar. Grimes le había advertido a Alasdair que dejara el automóvil en un aparcamiento en concreto y que camináramos por el paseo entre las dunas; que enseguida veríamos la granja de Geoffrey cuando llegáramos a la playa.

Encontramos el aparcamiento sin dificultad y me fijé en un cartel mientras Alasdair cerraba el vehículo.

—Caramba, esta es la playa Camusdarach. La que aparece en la carta de mi madre. ¿Esa granja será la que supuestamente compraron juntos, mi madre y él?

Miró el reloj.

—Posiblemente. Venga, tenemos que movernos.

Cruzamos un puente de madera y seguimos el paseo entre las dunas. Era un paraíso. El camino descendió y continuó serpenteando de un lado a otro; la hierba empezó a brotar entre la arena y se nos enredaba en los tobillos mientras caminábamos, mojando el bajo de mis pantalones. Tan solo un par de minutos después las dunas se separaron una última vez y llegamos a la playa.

Sin lugar a dudas era la más asombrosa que jamás había visto. La arena era plateada, y a lo lejos quedaban las pequeñas islas de Rum y Eigg; sus emblemáticas siluetas, negras contra el azul del cielo de las Tierras Altas, se alzaban sobre el agua.

Alasdair señaló una casa de campo.

—Según Grimes, es esa. La casa de Geoffrey.

Me escondí tras una duna y me agaché. Mi acompañante me miró.

—¿Y ahora qué haces? —me preguntó con una sonrisa.

—No quiero que me vea. ¡Ven! Agáchate —susurré—. A lo mejor te ve hablando conmigo.

—Pensaba que querías comprobar qué aspecto tiene. —Volvió a echar un vistazo al reloj.

—Sí, pero si me acerco más, me verá.

—Levántate, boba. Puedes acercarte mucho más.

Me sentía como una soldado en una misión encubierta cuando seguí sus pasos mientras nos arrastrábamos por la base de las dunas, rodeando la verja de alambre. Nos detuvimos en una puerta de madera agrietada.

—¿No vas a cubrirme de ramitas y pintarme la cara de verde? —bromeé susurrando.

Alasdair me miró de reojo sonriente.

—Tal vez luego, si tienes suerte.

Arrancó un poco de hierba de la duna y me la colocó detrás de la oreja.

Devolvimos nuestra atención a la casa y alcé la cabeza por encima de un parapeto para ver mejor.

—Bueno, pues allá voy —susurró—. Hablaré con él en la puerta. Cuando lo hayas podido ver bien, vuelve arrastrándote por el lateral de la casa y nos vemos en el automóvil.

—De acuerdo.

Empezó a retroceder, arrastrándose hacia atrás.

—¿Qué haces? —le pregunté desconcertada—. Pensaba que ibas a la casa.

Volvió la cabeza.

—Y eso voy a hacer —me susurró—. Pero no voy a levantarme así como así, de repente, entre las dunas, ¿no? Si está mirando por la ventana, se va a dar cuenta.

—Ah, sí, claro.

Siguió arrastrándose.

—Alasdair —susurré más fuerte esta vez.

Me miró con una expresión en el rostro que significaba «¿y ahora qué quieres?».

—Ten cuidado.

Soltó una carcajada, movió la cabeza y desapareció tras las dunas. Reapareció un minuto más tarde, caminando más fresco que una lechuga por la playa. Dejó caer sobre mi cabeza un puñado de clavelinas de mar de color rosa, pasó de largo, saltó la valla y atravesó la portezuela. Observé entre la hierba para obtener una visión más clara de la casa. La puerta de entrada se abrió tan pronto tocó, pero se me cayó en alma a los pies.

El plan había fallado: era una mujer quien abrió, que comprobó la hora en su reloj y lo invitó a pasar. Alasdair le estrechó la mano, se limpió los zapatos en el felpudo y cerró la puerta.

Decepcionada, no me moví de mi posición en las dunas, pero me arrodillé para alzarme un poco y así obtener una mejor vista. Era una casa de campo preciosa, pero sin duda mi madre habría conseguido que fuera todavía más bonita. Habría pintado la puerta principal de un color más cálido, por ejemplo, habría puesto flores en las ventanas... Y entonces lo vi: un cornejo de mesa, bastante más pequeño que el de mamá, en un rincón del jardín. Me pregunté si lo habría plantado Geoffrey.

Entonces, a través de la ventana principal distinguí una figura de espaldas: Alasdair. Tenía los brazos cruzados y parecía estar escuchando a alguien.

Esto era una locura. Decepcionada conmigo misma, hundí los hombros y me senté en la arena. Podía acercarme a la casa, entrar y encontrarme con el hombre que tal vez era mi padre, o podía marcharme. Si elegía la segunda opción, no habría vuelta atrás.

No era lo que mi madre había deseado, pero elegí la segunda opción. Retrocedí por la verja, me puse en pie y, aunque no se trataba de una ruta para caminar, paseé un poco por la playa. Encontré una roca con el borde liso que pedía a gritos que me sentara allí. Puse mi jersey encima, me acomodé y con el cálido sol dándome en la espalda contemplé el mar.

Una maraña de «¿y si?» recayeron sobre mí. ¿Y si mi madre hubiera elegido quedarse en Escocia en lugar de regresar con el coronel? Habría conocido a este hombre, Geoffrey, y mi infancia se habría desarrollado en este lugar. Yo habría salido corriendo feliz de la casa, dejando la puerta abierta al pasar, tal vez con un perro ladrando junto a mis pies, una red de pesca sobre el hombro, las botas de agua retrasando mi avance y chapoteando en la arena conforme me dirigía al mar. Geoffrey me habría alzado en brazos y me habría felicitado tras conseguir mi primer cangrejo, me habría acompañado en la búsqueda del tesoro de una madera flotante y me habría llevado de vuelta a casa a hombros.

Entonces pensé en mi infancia real, que no había sido tan distinta, y me acordé de Jake; el tranquilo y amable Jake. Y entonces pensé que hicimos todas las cosas divertidas que podía imaginar hacer con Geoffrey, y muchas más. Él era la persona segura que tenía a mi lado; él era mi padre.

Sonreí. Tenía que seguir adelante.

Me detuve unos instantes para empaparme de la luz de sol, y me disponía a regresar cuando un Springer Spaniel empapado apareció en la orilla, justo delante de mí. Un segundo después, el grueso tallo de una planta, que parecía un palo con un matojo de algas marinas atado a él, cayó en el agua. El perro alcanzó el palo con los dientes y sacudió su pelaje sedoso a mis pies.

Un hombre se acercó al animal y su presencia fue el detonante para que me pusiera en marcha. El perro, a mi lado, clavó las patas delanteras en la arena, pero mantuvo las de detrás estiradas. Ladró y saltó juguetón por encima de las algas hasta que su amo llegó, y siguiendo los deseos del perro, lanzó el juguete de nuevo al agua. El hombre se quedó junto a mi roca y observó sonriente cómo chapoteaba el animal en el mar. Le dediqué una sonrisa educada, tomé mi jersey y comencé a alejarme por la orilla.

—¿Grace?

Me di la vuelta.

—Soy Geoffrey.

No supe qué decir ni cómo reaccionar. ¿Cómo se supone que actúan dos extraños que han descubierto que hay una posibilidad de que estén unidos genéticamente y se conocen por casualidad en una remota y pintoresca playa escocesa? ¿Abrazándose? ¿Llorando? ¿Gritando «papi, papi»?

Nada de eso parecía apropiado.

—No he podido hacerlo —declaré—. Ir a la casa... Lo siento.

—No te disculpes. Toda esta situación es muy triste. Debo confesarte que la revelación de tu existencia ha sido... extraña para mí. —Se inclinó con un suspiro, tomó un puñado de algas y las sostuvo en la mano. El perro, al ver que su dueño estaba distraído, se tumbó junto a sus pies.

—Sí, ha debido de serlo —dije, concentrada en su mano con algas—. ¿Tienes pareja?

Se detuvo un segundo, parecía desconcertado.

—Sí. Pero Jean no es solo mi pareja, es mi esposa.

—¿Tu esposa? Pensaba que seguías casado con mi madre. No lo entiendo.

Se agachó junto a la roca en la que yo había estado sentada.

—Después de que Frances desapareciera estuve esperando un tiempo, pensando que volvería algún día. Tu madre podía ser algo... impredecible. —Sonrió al recordarla, pero la sonrisa se desvaneció enseguida—. Tras un par de años entendí que no iba a regresar y... ¿Qué puedo decir? Pasé página. ¿Qué otra cosa iba a hacer?

—¿No intentaste buscarla o, al menos, conseguir el divorcio? —pregunté, sorprendida y un tanto decepcionada.

—Sí, por supuesto. Pero solo me encontré con piedras en el camino. Jean se quedó embarazada y tuve que hacer lo correcto.

Me puse frente a él para mirarlo mejor a la cara. Me esforcé por asimilarlo, pero no podía.

—Jean no tenía... no tiene ni idea de que ya estuve casado.

—¿Y se lo has contado ya? ¿Cómo se ha tomado la noticia de mi existencia?

Por la forma en que Alasdair había saludado a Jean en la puerta, asumí que ella conocía la historia.

—No lo he hecho.

Para mi sorpresa, se me llenaron los ojos de lágrimas.

—¿Y esa mujer de la puerta...?

—Es una vieja amiga que trabajaba en el albergue. Conocía a tu madre. Es la única persona de aquí que lo sabe.

—Y... ¿dónde está Jean? —pregunté, todavía confundida.

—De compras en Mallaig. No tardará en volver. El problema es que si lo descubre...

Se pasó las manos por el rostro, arriba y abajo, angustiado.

—Tu secreto está a salvo conmigo, Geoffrey.

Sonrió, aliviado.

—Estas cosas pasan. No pretendía ser deshonesto. Por aquel entonces pensaba que hacía lo correcto. Lo siento, pero si has venido en busca de una familia, no puedo dártela. No tengo nada que ofrecerte, Grace.

Agachó la cabeza. Me sentí rota.

—¿Eso significa que no quieres saber si eres mi padre, ni siquiera guardando el secreto?

—No. —Sacudió la cabeza.

No había más que decir. Se levantó de la roca. El perro, que estaba tumbado a sus pies, empezó a estirarse, preparándose para jugar.

—No es asunto mío, pero me alegro de haber conocido a tu marido. Un buen hombre... y muy protector contigo.

No le corregí en lo referente a Alasdair.

—Una cosa más antes de que te vayas, Geoffrey. El árbol de tu jardín, el cornejo de mesa, ¿lo plantaste tú?

—¡Ahá! Así que se quedó con su árbol, ¿es por eso por lo que conoces su significado?

Asentí.

—Compré otro, pensando que regresaría. Pero solo ha servido para recordarme los años que he malgastado... Y nunca enraizó bien, no ha dado flor. Creo que un árbol así no está preparado para vivir aquí. —Le dio una patada a la arena—. ¿En qué demonios estaba pensando esa mujer?

Al fin me di cuenta de lo que mi madre quería que comprendiera y salí en su defensa.

—Como bien has dicho, seguro que ella pensaba que estaba haciendo lo correcto en aquel momento.

Me acordé de las águilas pescadoras del lago Garten y de cómo el macho, al volver, tiró del nido los huevos del otro macho.

—Si mi madre te hubiera contado que estaba embarazada y te hubiera confesado que tal vez no fuera tuyo, ¿me hubieras querido igual?

Volvió el rostro a las islas.

—No puedo responder a eso. Simplemente no lo sé.

No le vi marchar; me volví y regresé al vehículo. Había llorado demasiado en los últimos seis meses, pero nada podía compararse a las lágrimas de mi corazón abandonado durante el paseo de diez minutos por las dunas.

Alasdair estaba apoyado en el automóvil. No dijo ni una palabra, me tomó entre sus brazos y me abrazó en silencio mientras me deshacía en lágrimas.

—No quiere saber nada de mí. Puede que sea su hija, pero no quiere saber nada.

—Ya lo sé —susurró en mi cabeza—. No quiere tentar a la suerte con su esposa. Ese hombre es un idiota. Pero, si te paras a pensarlo, hace una hora tú tampoco querías saber nada de él.

Lo miré y sonreí.

—¿Le has dicho dónde estaba?

—Sí, te vi arrastrándote como una lombriz. —Sonrió al acordarse—. Eres una porquería de soldado, Grace.

—¿Por qué le has dicho dónde estaba?

—Pensé que teníais que enfrentaros a la situación.

Me pasó un pañuelo. Volví a pensar en la tía Annie e hice un esfuerzo por recomponerme. Al menos ella sí quería conocerme.

Un pensamiento me cruzó la mente, esta vez pragmático.

—¿Hay cenizas para este lugar?

—Sí. Como si no hubieras tenido ya suficiente...

—No voy a esparcirlas aquí, Alasdair. Ya sé que es lo que ella quería, pero mi madre no sabía la historia completa. Me parece que se aferró a un recuerdo de color de rosa. Me la llevaré de vuelta a Devon, con Jake.

—Venga, llorona —dijo, repentinamente animado—, escucha al tío Al. Quiero que te levantes, pero que te levantes de verdad, y te digas a ti misma que es hora de seguir, de dejar todo este sinsentido atrás.

Lo miré con un amor y afecto absoluto y me sequé las lágrimas.

—Solo se puede hacer una cosa en un momento así —comentó con buen humor.

Lo rodeé con los brazos y alcé la mirada.

—Qué.

—Lo que nosotros, los británicos, siempre hacemos cuando estamos un poco desanimados. Ir a tomar una buena taza de té.

Capítulo 33

—¿A dónde vamos ahora? —pregunté después de repartir lo que quedaba de té entre las dos tazas.

—Tienes razón. Es mejor que hablemos de ello lejos de oídos indiscretos. —Echó un vistazo a la cafetería repleta de gente.

—No, tonto, lo digo literalmente —Sonreí—. ¿Qué es lo próximo? ¿Cuánto tiempo nos tenemos que quedar aquí?

Se relajó.

—Ah, salimos hacia Devon por la mañana y se acabó, te libras de mí.

—¿Y si no quiero librarme de ti?

Me acarició la mejilla con ternura y le hizo un gesto a la camarera para que nos trajera la cuenta.

—Vayamos a un lugar privado.

Arisaig era un lugar precioso con una playa impresionante, pero el mal tiempo, la carta y el desagradable encuentro con Geoffrey habían estropeado la estancia.

Con el deseo de que el último día de nuestra aventura juntos no estuviera desprovisto de diversión, le pedí que se fuera sin mí a la playa y me dejara un momento a solas. Quería preparar algo... ¡Era una sorpresa! Había visto una tienda que alquilaba cañas de pescar y vendían cebo. Hacía el día perfecto para pescar.

Alasdair apoyó la espalda en una duna de arena y cerró los ojos. No me vio caminando por la playa hacia él, cargada con cañas, cebo y una red. Me coloqué junto a sus botas y solté las cosas en la arena.

—Me parece que no duermes mucho. —Me senté a horcajadas sobre él de forma seductora—. ¿O es que te estoy agotando?

Se enderezó, me puso las manos en la nuca, me acercó y me besó. Madre mía, ¡ese hombre sí que sabía besar!

—Ha llegado el momento —le susurré al oído— de echar el anzuelo y hablar.

—¿Qué? ¿Aquí? ¿Ahora...? De acuerdo.

Me levanté y me quedé de pie a su lado en la arena.

—Siento decepcionarte, pero me refería a este tipo de anzuelo. —Tomé una caña—. ¡Tachán!

Soltó una sonora carcajada, con aire decepcionado y aliviado, al mismo tiempo.

—¡Ah! —Se puso en pie, todavía riendo—. Una competición de pesca ¡Estupendo!

—Típico de hombres —comenté tras dirigirme a las rocas con una caña.

—¿El qué? —Esta vez fue él quien me siguió.

—Tenéis que convertirlo todo en una competición. —Me di la vuelta y lo miré con una sonrisa—. Pero esta vez te vas a arrepentir, porque voy a darte una paliza. Ya verás.

Nos sentamos en las rocas, como si fuéramos una pareja de gnomos de jardín. Alasdair dejó su caña en el suelo y me observó, divertido, mientras colocaba en el anzuelo una larva que se retorcía.

—Deja de mirarme así —le pedí, bromeando.

—¿Así, cómo?

—Como diciendo «mujer, ¡acepta tus límites! Esto es trabajo de hombres».

—Te aseguro que no es eso. Aunque como empieces a hablarme de los pormenores de los fuera de juego del Arsenal o de los beneficios de una buena defensa en el críquet, entonces tendré que mantener una conversación seria con Jake.

—No tiene nada de malo hacer cosas de chicos, Alasdair.

—En realidad, sonreía por algo totalmente distinto —señaló con una sonrisita.

—¿Ah, sí? ¿Por qué?

—¿Sabes que sacas la lengua cuando estás concentrada?

Volví a meter la lengua.

—Deja de intentar desconcentrarme. Sé hacer esto.

—No lo creo —repuso, y posteriormente señaló el cebo que había escogido—. Al menos, no mientras uses larvas.

Miré el cubo.

—¿Por qué? ¿Qué pasa con las larvas? El dueño de la tienda no estaba, pero la chica que me atendió me explicó que...

Resopló.

—¿Una chica? Pues no sabe nada de nada si te ha recomendado larvas.

«¡Esto era la guerra!»

—Bien, señor sabelotodo, ¿qué vas a usar tú, aire? —Estaba a punto de responderme cuando añadí—: No me lo digas: vas a tallar tú mismo un arpón y a sumergirte en el agua con él.

Me dedicó una mirada de «ya me encargo» y se puso en pie.

—Para que lo sepas, voy a adentrarme en la naturaleza para buscar mi cebo, que, como ya te habrás dado cuenta, es lo mejor que se puede hacer siempre, señorita.

«¿Señorita?»

Sin importarle que se le mojaran las botas, se metió en el agua, se subió las mangas, se encorvó y hundió las manos en un puñado de algas. En su rostro apareció una expresión triunfal y, con las manos todavía dentro, me ofreció una sonrisa radiante.

—Perfecto —comentó—. Justo lo que pensaba.

Se enderezó y estiró los brazos para enseñarme el tesoro.

«¿Mejillones?»

Apartó la vista y se fijó en las dunas.

—Lo único que necesito ahora... —dudó un momento, mirando a su alrededor— es un poco de hilo.

Y, sin más, dejó los mejillones en una roca y se alejó. Desapareció tras una duna y reapareció un par de minutos después con un puñado enredado en una mano.

—¿Acabas de esquilar a una oveja o qué? —pregunté señalando lo que traía.

—No seas boba, lo he encontrado en una valla.

—Ah, claro.

Se sentó en las rocas a mi lado, con aire engreído, por cierto; enrolló un poco de hilo hasta formar un delgado cordel y lo sujetó con los dientes. Sacó el cuchillo, abrió un mejillón y lo enganchó al anzuelo. Lo envolvió entonces con las hebras para asegurarlo bien. Y finalmente me dedicó una sonrisa de genio arrogante.

En un intento de ocultar mi preocupación por que tuviera razón con respecto al cebo, miré mi sedal (que permanecía inalterable en el mar).

—¿Mejillones e hilos? —pregunté—. Acabarás con cero recompensa para tanto esfuerzo, ¡recuerda mis palabras!

Lanzó el sedal al agua.

—Ya veremos, jovencita, ya veremos...

Media hora más tarde, sin un atisbo de movimiento a la vista, centré mis pensamientos en nuestro entorno.

—Este lugar es un paraíso. ¿Has estado aquí antes?

—No, aquí no. Pero he estado varias veces en Skye, en Cuillin —señaló las montañas—, aquellas enormes bestias de allí.

—¿De vacaciones?

—No exactamente —rio—. Entrenando en las montañas.

Sacó el sedal del agua y volvió a lanzarlo.

—Esa isla —señaló con la cabeza—, la que parece un volcán.

—¿Sí?

—Es Rum, y la otra, que parece una aleta de tiburón, es Eigg.

Se echó hacia atrás para que el sol le empapara el rostro.

—Siempre he deseado despegar y saltar de isla en isla por las Hébridas Occidentales. ¿Te gustaría?

—Me encantaría.

Había llegado ya la hora de que yo obtuviera algo.

—Bien, Alasdair Finn, mi hombre misterioso, cuando te mostraste reacio a que nos enrolláramos en Zagreb, cuando me dijiste que solo podías ofrecerme unos días, ¿era por tu trabajo, porque crees que no puedes comprometerte?

—Sí. Lo siento.

—Mira, tienes que dejar de preocuparte por mí. Sé desde el principio que trabajas para las Fuerzas Especiales, pero aunque fueras un soldado normal, seguirías pasando mucho tiempo fuera, en misiones peligrosas. La verdad es que preferiría verte de vez en cuando, a no verte nunca, y aunque resultaras herido o... o... Seguiría feliz de que permanecieras en mi vida.

Sacó el sedal de agua. Se volvió hacia mí, me tomó la mano y me la acarició. Tras un hondo suspiro, comenzó a hablar.

—Tienes razón. Lo que hago no es muy diferente a un soldado normal, pero no suelo estar en este país, y, cuando lo estoy, suelo pasar el tiempo trabajando. No puedo hablarte de lo que hago, no puedo contarte dónde paso la mitad del tiempo. Nuestras horas juntos estarían dictadas por mis ratos libres. Este tiempo contigo estaba ya planeado con antelación. No es que no pueda tener vida privada, pero es limitada y egoísta. Esa es la razón por la que mi matrimonio no funcionó... ¿Sabías que he estado casado?

Asentí.

—Mi madre lo mencionó en una carta, una que no has leído.

—Ah, bien. Bueno, como te dije en Zagreb, empezar algo contigo sería muy egoísta por mi parte, pero, como bien sabes... eres una sirena. —Alzó las cejas en un gesto pícaro—. Fue imposible resistirse. Cuando Rosamund me pidió que te acompañara, el sentido común me advirtió que dijera que no. ¿Sabes cuál es la verdadera razón por la que acepté?

Recordé la carta que le había escrito a mi madre.

—¿Porque se estaba muriendo y te lo pidió? ¿Porque te ayudó en el refugio?

—No soy tan bueno. Porque había visto tu espectacular cuerpo en St Christopher's y no podía dejar de pensar en ti —fingió una expresión culpable—. Así de superficial soy. Mi trabajo en las Fuerzas de Inteligencia no durará para siempre, pero hasta que no acabe, no tengo mucho que ofrecer. Quiero estar contigo para siempre, pero no quiero comportarme de un modo egoísta, así que dejaré que decidas tú.

Estaba a punto de intervenir cuando añadió:

—En realidad, tienes razón. A la mierda. Si otro hombre te pone un dedo encima, estoy seguro de que me voy a volver loco, o de que le cortaré los brazos... E insisto en que tengo que conocer a ese amigo tuyo, Paul, ¿no? Así que, sí, estamos juntos. —Me dedicó una sonrisa de niño travieso. Alcé la mirada al cielo y rompí a reír.

—Dime una cosa. ¿Eres James Bond y no puedes contármelo? Y, más importante aún, ¿conduces un Aston Martin? Porque si tienes uno de esos, soy toda tuya.

Estalló en carcajadas.

—Si te digo que sí, ¿serás mi señorita Monneypenny? ¿O, mejor todavía, Pussy Galore?

—¡Dios mío, sí!

Rompimos a reír juntos.

—Siento decepcionarte —señaló—, pero mi trabajo no es nada glamuroso y conduzco un Jeep destartalado... Aunque tengo una moto muy bonita.

Me partí de risa. ¡Paul alucinaría cuando se lo contara!

—¿Qué tiene de divertido lo de la moto?

Lo pillé por sorpresa al inclinarme y besarle con dulzura.

—Me quedo con lo que me ofrezca, señor Finn.

Y entonces sentí un movimiento en mi caña, que se sacudió y grité de emoción. Por suerte, mi naturaleza competitiva se hizo con el control de mis emociones y me calmó a la hora de recoger el sedal. Un pez de un tamaño decente emergió del agua coleteando con energía.

—¡Corre, atrápalo!

Alasdair abrió la boca del pez, le quitó el anzuelo y lo examinó. Según él, era un abadejo. Miré al pez y después a él.

—Al parecer ya tenemos ganadora —dije, orgullosa—. Y me parece que habrás deducido que soy yo. Mira y aprende, niño, mira por favor. —Me atusé el pelo con un movimiento insinuante y le guiñé un ojo—. ¿Mejillones e hilo, decías? Ni lo sueñes. Las larvas son lo mejor.

Él me miraba con los ojos entornados mientras me contemplaba. Me esforcé por mantener una expresión seria, pero me fue imposible. Abrió la boca del pez una vez más, echó un vistazo dentro, me devolvió la mirada y sacó un trocito microscópico de hilo enredado en sus diminutos dientes. Levantó la pieza para efectuar la acusación.

—Grace Buchanan, ¿cambiaste las cañas cuando fui a orinar?

—Eh... —Me mordí el labio—. Cuando dices cambiar, ¿podrías ser un poquito más... específico? —No pude evitar soltar una risita nerviosa.

Sus ojos centellearon de un brillante azul, un azul travieso.

—¡Exacto! Eres mía.

Grité y comencé a correr por la playa mientras él se agachaba y dejaba el pez de nuevo en el agua. Me atrapó en segundos, me subió en su hombro, me llevó a la orilla y me dejó con el trasero colgando sobre el mar.

—¡No, Alasdair! No, no me mojes... ¡Por favor, por favor!

Me alzó un poco más y apoyó su frente contra la mía.

—Entonces dilo, ¿quién ha ganado? —murmuró.

Le sonreí serenamente.

—Bueno... ¡tú! Pero lo del mejillón ha sido trampa. Contabas con información privilegiada.

Me bajó al suelo, pero continuó rodeándome con los brazos.

—Te diré una cosa —indicó—: lo dejaremos en empate.

Fue a besarme, pero me aparté.

—¿Qué pasa? —refunfuñó.

—Oh, no pasa nada —susurré—, solo me preguntaba si sería una buena idea regresar al hotel y explorar todo eso de James Bond... ya sabes, lo que hemos hablado. Después de todo —le dediqué la mirada más cautivadora que podía desplegar—, ya tienes el uniforme... ¿no?

Sus ojos chispearon.

—A ver, Buchanan, cuando dices cosas como esas y me miras de esa forma...

—¿Yo? ¿Cómo?

«Como si no lo supiera.»

—Creo que ya lo sabes. Te arriesgas a que te eche a mi hombro y te lleve derechita a tu habitación. Y te aseguro que mi resistencia no conoce límites. Acabarás rogando clemencia, te lo garantizo. —Parecía muy seguro de sí mismo.

—No sé... —respondí con un murmullo sugerente—. Creo que recuerdo que en Zagreb me mostré bastante incansable, y hay una cosa de mí que deberías saber, Alasdair Finn, y es que nunca jamás ruego. Y mucho menos, por clemencia.

—¿En serio?

—En serio.

—Estoy seguro de que lo harás.

«Lo hice.» Tras una tarde activa y ciertamente esclarecedora en el hotel, salimos a explorar un poco más el pueblo. Encontramos una galería de arte y tuve una conversación con un artista local sobre el efecto de la luz en su obra. El comentario de Paul de que mis fotografías eran «buenas pero en ningún caso revolucionarias» me había hecho pensar acerca de cómo quería progresar profesionalmente, tal vez en la dirección de la fotografía de paisajes.

Una pintura en concreto atrajo la atención de Alasdair.

—¡Eh, ven a ver esta! —exclamó—. Alguien nos ha pintado a nosotros dos aquí, en Arisaig.

Intrigada, le di las gracias al artista y crucé la galería para reunirme con él, que estaba embelesado mirando una preciosa pintura de Camusdarach con la silueta de las islas de Rum y Eigg a lo lejos. A una distancia media, y apenas perceptible para el espectador, había un hombre y una mujer de espaldas al artista. Se alejaban de la escena.

—Tienes razón, parecemos nosotros. Me sorprende que no haya un perro en la pintura. Los artistas suelen incluir uno en escenas como estas. ¿Quién es el pintor?

Echó un vistazo al cartel en la pared y leyó.

—Robert Kelsey.

—Seguro que sabía que no teníamos perro.

Analicé la imagen con detenimiento.

—La luz y la perspectiva son... inteligentes. ¿Te has dado cuenta de que todo parece más enfocado aquí, sin que esté enfocado en absoluto? No sé si me entiendes. —La seguí estudiando antes de anunciar—: Voy a comprarla.

347

—¿Qué?

—La pintura, la voy a comprar. Para nosotros. Es una copia, así que no me va a costar un ojo de la cara.

El rostro de Alasdair se ensombreció.

—Creo que no deberías.

—El qué.

—Comprarla.

—¿Por qué no?

—Ya sé que parece una estupidez —explicó—, pero me da la sensación de que la historia de esta pareja en particular está a punto de acabar. —Señaló con el dedo una parte—. Están saliendo de la escena, lo cual significa que su viaje juntos casi ha terminado, y el nuestro acaba de empezar. A lo mejor ha pintado otro cuadro con la pareja en un primer plano, vamos a ver.

Posé las manos en sus hombros e hice que se diera la vuelta.

—Te tomas las cosas muy a pecho. Todo irá bien, te lo prometo.

Asintió, sonrió, me tomó de la mano y salimos de la galería.

No compré la pintura.

Holgazaneamos el resto de la tarde mientras explorábamos la playa. Dimos una caminata desde el puerto al estanque, las dunas de arena, y otra vez de vuelta. Cuando regresamos al hotel ya era casi de noche.

Entramos a mi dormitorio y Alasdair cerró la puerta.

—¿Qué podemos hacer para matar el tiempo antes de cenar?

—Qué curioso que digas eso —comenté mientras dejaba la cámara en la mesita de noche y le rodeaba el cuello—, porque tengo una idea. —Sus ojos se iluminaron—. Había pensado en representar mi número de *Cantando bajo la lluvia* solo para ti...

Le encantó mi actuación improvisada (posiblemente fuera la interpretación más erótica jamás realizada, ¡nunca en mi vida había movido tanto el trasero!) y estábamos jugueteando en la cama cuando un pitido resonó en la habitación. Alasdair se sentó en la cama y se sacó el busca del bolsillo.

—¡Por el amor de Dios! —se dijo a sí mismo—. ¡Ahora no...!

Su mirada, todavía preocupada, se posó en mí.

—Tengo que realizar una llamada. Lo siento.

—De acuerdo, tranquilo. Lo entiendo.

Me besó en la nariz y se marchó.

Regresó veinte minutos más tarde y, por la expresión de su rostro, adiviné que tenía noticias que no quería escuchar.

—¿Qué? ¿Qué ha pasado?

Se detuvo un segundo, me tomó de la mano y me llevó de la cama al asiento junto a la ventana. Se arrodilló a mi lado.

—Tengo que irme.

—¿Cuándo? Ahora no, ¿verdad? —dije con el corazón en un puño.

—Mañana a primera hora.

Se puso en cuclillas y pasó los dedos por mi pelo con dulzura. Ladeé la cabeza hacia su mano mientras hablaba.

—Así es mi vida, Grace. ¿Estás segura de que quieres formar parte de ella?

—Sí —respondí en voz baja—. Lo estoy.

El sol se escondía por el oeste y un haz dorado de luz incidía en la habitación. Estuvimos tumbados sobre las mantas, abrazados, mientras la luz se disipaba.

Una música de fondo nos sacó de nuestro ensimismamiento.

—¿Qué narices es eso? —pregunté, apartándome de sus brazos e incorporándome lentamente.

Alasdair se restregó los ojos.

—Debe de ser la noche escocesa. ¿No has visto el cartel?

Fui a la puerta y me di un azote en el trasero.

—Venga, vamos abajo. Estoy muerta de hambre.

El hotel estaba abarrotado. La noche estuvo plagada de diversión, carcajadas y una cantidad considerable de alcohol. No pasó mucho tiempo hasta que Alasdair se achispara y yo tuviera que bajar el ritmo. No quería volver a caer en las garras de la borrachera.

Cuatro juerguistas de la mesa de al lado insistieron en que nos uniéramos a ellos en la danza de los Sargentos Blancos. Alasdair y yo éramos unos auténticos desastres, pero nadie pareció fijarse en nuestros resbalones por el suelo, volviéndonos a la izquierda en lugar de a la derecha, pasando por debajo cuando debíamos ir por arriba y, en general, haciéndolo todo mal.

Tras media hora partiéndonos de risa, el hombre que tenía el micrófono nos sugirió que llenáramos las copas y regresáramos a nuestros asientos para ver una demostración de un baile escocés. Una banda *ceilidh* tomó el relevo encantada.

—Si hay algún cantante en la sala, los muchachos de la banda estarán encantados de que les echen una mano —afirmó el hombre para concluir.

—Es tu oportunidad —me dijo Alasdair, dándome un codazo.

—¿Mi oportunidad para qué?

Le brillaban los ojos.

—Para demostrar que has superado tu miedo a cantar en público. Seguro que les encanta presenciar un poco de tu magia. ¿Qué fue lo que dijo ese periodista, «la voz de un ángel con una sonrisa seductora»? —Se acercó y me dio un beso seductor en el labio inferior—. Pero después de ver tu actuación de antes, yo añadiría a la descripción: «con un trasero escandalosamente sexi».

—Se lo agradezco, amable señor, pero una actuación por noche es más que suficiente. No me gustaría sobreexponerme, excepto contigo, claro. —Le sostuve la mirada.

Me tomó de la mano.

—¡Entendido! ¡Ya está! Suficiente rollo escocés por hoy, volvamos arriba.

Por última vez en nuestro viaje me puse el forro polar de Alasdair, me envolví el *shemagh* en el cuello y dimos un paseo de la mano por la carretera desierta del pueblo. De forma instintiva, sin mediar palabra, llegamos a nuestro espacio de arena plateada.

Hacía una noche perfecta. La luna llena brillaba en su máximo esplendor y la negrura de la noche luchaba por hacerse un lugar entre un trillón de estrellas. Solo se oía el sonido sutil y melódico de la marea.

Alasdair tomó mi rostro entre sus manos, me besó con cariño y me llevó hasta una duna. Tras dejarme con la espalda apoyada en la arena, se dio una vuelta, en busca de algo.

—¿Qué haces? Ven conmigo —le reprendí con ternura.

—Encender un fuego. No quiero que te entre frío.

—Oh, magnífica idea. Te ayudo.

Me puse en pie y diez minutos más tarde teníamos apilada una montaña de madera de abedul (al parecer, quema muy bien), leña, ramas y hierba seca. Él tardó un rato en colocarlo todo según sus especificaciones exactas, se metió la mano en el bolsillo del abrigo y sacó una caja de cerillas.

Ladeé la cabeza, frustrada.

—¿Qué pasa? —preguntó sorprendido.

—Por primera vez desde que te conozco, me temo que me siento totalmente decepcionada.

Alzó la mirada.

—¿Por qué?

—Porque estás usando cerillas.

Sacudió la cabeza y soltó una carcajada.

—Claro que estoy usando cerillas. ¿Qué esperabas? —Hizo un movimiento con la mano—. ¿Que usara una varita mágica?

—No. Pensaba que ibas a frotar unas ramitas o algo así. —Me lanzó una mirada sarcástica y me encogí de hombros—: Un hombre que sabe hacer estas cosas tiene un puntito muy seductor. Seguramente sea un instinto primitivo de la mujer buscar un hombre que pueda cuidar de ella, y yo siempre he querido saber encender un fuego haciendo chispa por si alguna vez me encuentro en una situación de supervivencia.

—¿Por qué? ¿Esperas verte en una situación así pronto?

—Nunca se sabe.

Exhaló un suspiro y volvió a meterse las cerillas en el bolsillo.

—Pues vamos, te enseñaré cómo se hace. Pero se tarda años y ayer llovió, así que puede que la yesca no esté suficientemente seca.

Esbocé una sonrisa y me arrodillé junto a él en la arena.

—Bueno —comenzó detenidamente—, existen algunos componentes necesarios para encender un fuego: calor, combustible y oxígeno. —Se levantó y regresó con una roca plana—. Primero, hay que crear el entorno perfecto para alimentar el fuego. En nuestro caso estamos resguardados del viento por la duna, y eso es bueno. Si colocamos los palos en la roca y encima ponemos la yesca, el aire puede circular por debajo del fuego. Pero no va a ser fácil, ya que lo ideal sería que la yesca, en nuestro caso las ramitas y la hierba, estuviera muy seca.

Alzó la vista y me dedicó una mirada sarcástica, como diciendo «no me puedo creer que me estés obligando a hacer esto», así que esbocé una sonrisa alentadora y arrugué la nariz.

—Bueno, vamos a intentarlo. ¿Sabes hacer muchas cosas de este tipo?

—¿De qué tipo?

—Ya sabes, poner trampas para cazar animales salvajes, vaciar a un ciervo muerto para usarlo de refugio, destripar a una foca y ponértela como traje de buzo... ¡Ese tipo de cosas!

Me miró.

—¿Has estado viendo a Bear Grylls, por casualidad?

Me encogí de hombros.

—Puede... A Jake le gusta.

Pasó los siguientes quince minutos dando vueltas a unos palos y soplando en una cosa que parecía el nido de unos pájaros que había colocado en la roca. No apareció ninguna chispa.

—¿Sabes qué? —le dije—. Tenías razón, es una mala idea. Saca las cerillas, me estoy congelando.

—Unos minutos más —me pidió—, está a punto de prender. Estoy trabajando el punto del calor, ten fe.

Estaba comenzando a arrepentirme de haberme burlado con lo de los instintos primarios. Después de todo, Alasdair no era el tipo de hombre que se rendiría.

—Haz una cosa —comentó—. Ve a por mi linterna de cabeza, date una vuelta por las dunas y mira a ver si encuentras algo de hierba que esté seca. Puede que sirva de ayuda.

—Entendido, jefe.

Acababa de desaparecer de su vista cuando lo oí gritar.

—¡Grace! ¡Ya lo tengo!

Descendí la duna corriendo, llegué y me lo encontré añadiendo pequeñas tiras de madera de abedul a la yesca encendida, protegiendo del viento las llamas incipientes con su cuerpo.

—Es estupendo, Alasdair. Estoy impresionada.

—Es un don. —Chasqueó los dedos—. Algunos lo tenemos, otros no.

Nos pasamos los siguientes diez minutos alimentando el fuego antes de sentarnos. Vi cómo la carta de mi madre se arrugaba entre las llamas; esa no quería guardarla. Por primera vez desde que nos conocíamos, no me senté delante de él para que me envolviera con sus brazos, sino que me senté detrás y yo lo rodeé con los míos, abrazándolo.

Estuvimos un rato allí sentados, perdidos en nuestros pensamientos, hasta que rompí el silencio. Tenía la barbilla apoyada encima de su cabeza mientras hablaba.

—Si te estás preguntando por qué estoy tan sorprendentemente callada —susurré—, es que estoy intentando idear un ingenioso plan para secuestrarte.

Soltó una risotada y aproveché para continuar.

—No quiero que te vayas. ¿No hay nadie que pueda ir... en tu lugar?

Echó la cabeza hacia atrás y suspiró.

—No. Además, los muchachos dependen de mí, no puedo dejarlos tirados.

Parecía estar hablando para sí mismo.

—Seguro que hay ocasiones en las que no quieres marcharte, sobre todo si piensas que no tiene sentido, o que es demasiado peligroso o algo así. ¿Nunca te has sentido aterrado por algo que te hayan pedido que hagas?

—Bueno, no me suelen pedir que haga nada, simplemente me lo ordenan. No trates de adivinar mi misión. Solo servirá para preocuparte innecesariamente. La gente en general tiene una idea de nuestro trabajo que no es necesariamente correcta. Trata de no pensar en ello, Grace. Regresaré antes de que te des cuenta.

—Muy bien, haré lo posible por no preocuparme, pero ¿no te asusta un poco poner tu vida en peligro por la reina y el país?

Noté cómo se encogía de hombros. Los engranajes de su cerebro giraron con insistencia antes de responder.

—Lucho por el hombre que hay a mi izquierda y por el que hay a mi derecha; no por la reina.

Se levantó y lanzó una piedra al mar con decisión. Se volvió hacia mí.

—Cuanto me vaya de aquí tendré que centrarme en la tarea y apartar el resto de pensamientos de mi cabeza, algo que me ha resultado fácil hasta ahora. Pero estoy seguro de que esta vez tu recuerdo, el de nuestro tiempo aquí, seguirá en mi mente. Y, respondiendo a tu pregunta, sí, siento temor, supongo, pero suelo estar demasiado ocupado como para asustarme, y la adrenalina me hace continuar. Es una adicción. —Encontró otra piedra—. La diferencia en esta misión es que ahora me espera alguien cuando regrese.

Me puse en pie y lo besé. Vaya si lo besé.

Con cualquier hombre con el que me hubiera besado antes, hacerlo había sido divertido, un preámbulo hacia algo más físico, pero esta vez era distinto. Se trataba de la delicada unión de dos almas, la entrega completa de una persona a otra.

Regresamos junto al fuego. Apoyó la cabeza en mi regazo y sonrió, misterioso.

—Y dime, ¿cuál es tu árbol favorito? —me preguntó—. Creo que ya sé muchas cosas sobre ti, pero esto aún no. ¿Es el cornejo de mesa, como el de tu madre?

«Por favor —pensé—. Soy una mujer, nunca me entenderás.»

—¿Mi árbol favorito? —repetí concentrada mientras me recostaba en la duna—. Deja que lo piense... Definitivamente, es el olivo, ¿qué otro árbol podría ser?

Sonrió.

—¿Tiene eso algo que ver con cierta cafetería? ¿Donde nos conocimos, tal vez?

—Puede. ¿Y el tuyo? ¿Cuál es tu árbol preferido? No me lo digas —añadí impaciente—. Seguro que lo adivino: el roble.

—Respuesta correcta. ¿Cómo lo has sabido?

—Porque es el típico árbol de hombre. Me temo que eres todo un estereotipo. Qué decepción.

—De hecho, señorita sabelotodo, el roble es mi árbol preferido por ti.

—Ah, ¿sí?

—Te vi escondida en uno. Bueno, tú pensabas que estabas escondida, durante varios días tras la muerte de tu madre. Por eso sé que eres muy inquieta.

Me enderecé de pronto.

—¿Cómo?

—Me encontraba en el refugio. Tallé un cayado de pastor para ti. Te está esperando en St Christopher's.

Lo miré perpleja.

—¡Dios mío! Pero entonces... —farfullé—. ¡Tú eras mi viejo de los bosques!

Ahora fue él quien se sorprendió. Se sentó más erguido.

—¿Viejo? ¿A qué te refieres con viejo?

—Claro. Por eso tenía la sensación de que te había visto antes. ¿A qué venía esa barba? —Le toqué la cara con cariño—. Gracias por acudir allí cada día —añadí—. Conseguiste que dejara de pensar en otras cosas. ¿Por qué lo hacías?

Exhaló un suspiro.

—Porque parecías perdida.

—¿Y por qué un cayado de pastor?

—Porque ya sabía que ibas a ir a los Dales —sonrió—. A la granja. Es un vínculo con tu identidad.

Sonreí.

—Oh, bonito detalle.

Volvió a apoyar la cabeza en mi regazo. Arrastré una mano por la arena y fijé la vista en las estrellas.

—Alasdair, una última cosa.

—¿Sí?

—¿De verdad has encendido el fuego frotando los palos?
—¡Por supuesto que sí!
—No me lo creo, mentirosillo.
—¿Por qué?
Levanté una mano.
—Porque acabo de encontrar la cerilla.

Capítulo 34

Al día siguiente el tormento emocional fue similar al funeral de mi madre. Alasdair me explicó en el automóvil que me dejaría en la terminal y que no miraría atrás. Tenía que concentrarse. Yo necesitaba pensar en nuestro futuro juntos, alejarme con seguridad en mí misma y, bajo ninguna circunstancia, no verlo partir.

Pero daba igual lo mucho que intentara mostrarme de buen humor y positiva; sentía una opresión en el pecho. Fue muy difícil despedirnos en St Christopher's, nuestro viaje juntos me había regalado los días más felices de mi vida. Esto era demasiado duro.

Nada más entrar en el edificio del aeropuerto se me revolvió el estómago y se me llenaron los ojos de lágrimas.

Alasdair me condujo a un rincón de la abarrotada terminal para despedirse. Soltó su equipaje, me quitó la maleta de las manos y me volvió hacia él lentamente. Me envolvió con los brazos, apoyó la cabeza en mi pelo y suspiró. Cuando llegaron nuestros últimos segundos juntos, las palabras fueron innecesarias.

Se apartó y enseguida me di cuenta de que sus ojos también estaban húmedos.

—Hay algo que quiero que tengas. —Rebuscó en su mochila y sacó su *shemagh*.

—No, Alasdair... no puedo.

Fue a enrollármelo en el cuello, pero di un paso atrás.

—¿Por qué no? Significa mucho para mí que lo tengas tú.

—Ya lo sé, pero no puedo. Es tu prenda de la suerte. No sé...
Sería como quitarte la pata de un conejo o un san Cristóbal. No
puedo, entiéndelo.

Sonrió y volvió a guardarlo en su mochila.

—Tengo que irme. Cuídate. Te veo muy pronto.

Asentí, alcé la mirada y sonreí saboreando mis lágrimas saladas.

—Adiós, llorona. —Me acarició la cara.

Su apelativo fue lo que me hizo perder la compostura. Intenté
buscar unas palabras significativas para despedirme.

—Dios, solo te conozco desde hace un par de semanas, y ni eso.
Esto es ridículo.

Soltó una carcajada, me estrechó entre sus brazos una última
vez y entonces supe lo que quería decirle.

—Recuerda que vayas a donde vayas, hagas lo que hagas, lo
único que tienes que hacer es mirar la luna y sabrás que yo también
la estaré mirando, pensando en ti. —Me reí nerviosamente por no
llorar más—. Intentaré no echarte mucho de menos.

Lejos de hacerle sonreír, mis palabras lo desarmaron. Se apartó
de repente y posó las manos en mis hombros.

—Escucha, si no he hecho lo correcto contigo, si eres infeliz...
—Sus palabras se apagaron y sacudió la cabeza—. Solo quiero que
seas feliz y esto es muy injusto para ti. —Volvió a acercarse y apoyó
la cabeza contra la mía, susurrando—: Ahora tú eres mi mundo,
Grace. Siento no poder darte más.

Mis lágrimas se convirtieron en sollozos incontrolables.

Agachó la cabeza y murmuró sus dos últimas palabras.

—Te quiero.

Tragó con dificultad, me acarició la mejilla con dulzura, se dio
la vuelta y se marchó. Deseaba con todo mi corazón que se volviera
y me sonriera por última vez, pero cuando pasó el control de seguridad se me cayó el alma a los pies. No iba a mirar atrás. Tal vez
fuera lo mejor; tenía razón, necesitaba concentrarse.

Pero entonces, justo cuando estaba a punto de desaparecer de mi vista, a pesar de asegurar que no iba a darse la vuelta, a pesar de hacerme prometer que no iba a verlo partir, movió la cabeza hacia un lado y finalmente hacia atrás, para dedicarme esa sonrisa suya de oreja a oreja una última vez.

Parte 6

Final del viaje:
Devon y los Dales

Capítulo 35

Enclavada entre una iglesia del siglo XI en lo alto del camino y una antigua ribera, hay una casita de piedra. Estoy hablando de St Christopher's. Mi paraíso, mi santuario, mi hogar. Solo que no es mi hogar, ya no.

El taxi me dejó en el acogedor camino frondoso, justo a la salida de la A39. A lo largo de los años jamás me costó caminar los últimos setecientos metros que conducen a la casa. Por supuesto, ahora entendía el motivo de que St Christopher's fuera un lugar difícil de encontrar para un forastero. Era el lugar perfecto para un refugio secreto. Dejé las pesadas maletas y la funda del traje a cien metros de la casa para recogerlos más tarde, y continué por un sendero que me resultaba igual de familiar que mi propio reflejo.

En el punto donde se estrechaba hasta convertirse en un caminito, me detuve un momento junto a una puerta de cinco barras y observé los campos que se extendían. Mi madre y yo solíamos pararnos en ese mismo lugar. Lo hicimos miles de veces. Era una vista que siempre me animaba, en cualquier momento, bajo el sol de mayo.

Respiré todo lo hondo que pude y alcé la mirada al cielo de Devonshire. Mamá tenía razón, todos los lugares que visité, el azul había resultado de una tonalidad diferente, pero ese día todo cobró una perspectiva más brillante. De repente recordé la fecha: era el día de su falso cumpleaños, su aniversario de bodas.

Sonreí al pensar en el día que conocí a Alasdair en el Olive Tree Café, cuando me contó que me dejaría en St Christopher's el 31 de mayo. Aunque nos conocíamos desde hacía once días, sentía que lo conocía de toda la vida.

Sentí la vibración de mi teléfono móvil en el bolsillo. Era un mensaje de Paul.

¿Qué tal vas? Llevo varios días sin saber de ti.

Le respondí.

Estoy en la vieja casa de mi madre en Devon. Al final, no la voy a heredar. Es una larga historia, pero estoy bien. Tengo un montón de cosas que contarte sobre la vida de mi madre. Seguí tu consejo y fui a por Soldadito. Creo que es mi hombre. Estoy muy contenta. Vuelvo a Londres en unos días. Te llamaré.

El teléfono vibró prácticamente enseguida.

Te dije que ganaría la liebre. Por cierto, me debes una comida (y me alegro por ti). Besos.

El bueno de Paul.

Continué por el camino. Había un hombre, trabajando con las flores, que no reconocí. Hizo un gesto educado cuando pasé, se volvió y siguió con su tarea. La puerta delantera estaba recién pintada, pero, aparte de eso, la casa tenía exactamente el mismo aspecto que un año antes.

No obstante, parecía totalmente distinta; pertenecía a otra gente. Me di cuenta de que Alasdair estaba en lo cierto: mi estrella polar era mi madre, y no St Christopher's.

Vi a Jake entretenido en el huerto y sentí una calidez en el pecho. El leal y responsable Jake, mi roca. Me vio en la puerta y sonrió. Ese hombre, conocido por ser parco en palabras, se acercó y me saludó con uno de sus abrazos de oso. Fue maravilloso.

—Lo siento mucho, Jake —murmuré entre sus brazos—. Lo eres todo para mí y he sido muy egoísta. No debería haberlo pagado contigo.

—Olvida eso ahora. Ven y cuéntamelo todo sobre tu aventura.

Me condujo hasta la cocina.

Hablamos del viaje y le confesé que Alasdair se había convertido en algo más que un amigo. Sonrió, pero no preguntó detalles.

Tras dos tazas de té, le conté toda la historia de Geoffrey.

—Conocer a Geoffrey era la única parte de los planes de tu madre con la que yo no estaba de acuerdo —admitió—. Aunque, si soy sincero, pensaba que todo era una locura y sigo sin estar seguro de si ha sido lo correcto.

Miró la fotografía de mi madre en el alféizar de la ventana, una en la que salían los dos, y se le llenaron los ojos de lágrimas.

—Pero así era Rosamund. Estaba completamente chiflada.

—Hablando de ella —observé—, debería leer su última carta.

Alasdair me la había dado junto a dos partes de las cenizas antes de marcharnos de Arisaig; entre ellas estaban las que me había negado a esparcir en la costa oeste.

—Ah, pues antes de que lo hagas, tengo algo para ti.

Salió de la habitación y volvió un par de minutos más tarde con una urna.

—Tu madre quería que leyeras su última carta bajo el cornejo de mesa, y después tenemos que hacer algo con esto. —Concluyó, y de repente fue incapaz de mirarme los ojos.

Tomé la urna; parecía llena.

—¿Qué es esto? —pregunté sin atreverme a entender lo que ya sospechaba.

—Es tu madre.

—¿Qué?

—Lo que has oído...

—Ya sé lo que has dicho. ¿Es una parte o es toda ella?

—Toda.

—Pero ¿qué...? ¿Y qué es lo que he estado esparciendo por todo el maldito país?

—Cenizas de fuego. De hecho, eran los restos del saúco que talé. —Apretó los labios por no echarse a reír—. Siendo justos con tu madre, al principio sí que quería que esparcieras sus cenizas por esos lugares. Pero entonces le preocupó que su alma acabara perdida en el tormento o algo así, y cambió de opinión. Sin embargo, y no te enfades, era consciente de que necesitaba algo tangible para chantajearte.

—¿Lo sabía Alasdair? —Me quedé con la boca abierta.

—¿Bromeas? Se habría puesto como un loco. A lo mejor se lo puedes contar, si es que crees que debe saberlo...

Dejé a mi madre sobre la mesa. A pesar de mis esfuerzos por mostrarme utilizada, no pude evitarlo y ambos estallamos en carcajadas. Miré la urna.

—Mamá, si nos estás viendo ahora mismo, ¡debería darte vergüenza!

—Oh, tengo otra sorpresa para ti.

Se dirigió al recibidor y oí cómo abría el cajón del escritorio. Después fue al estudio y regresó unos segundos después con un montón de postales en una mano y un cayado en la otra.

—Alasdair telefoneó durante vuestro viaje y me pidió que guardara esto para ti. Lo talló el año pasado, mientras te escondías en tu árbol. Las postales están ordenadas por la fecha. Por cierto, esto no formaba parte del plan de tu madre.

Me dio un vuelco el corazón. ¡Las postales! Se me habían olvidado por completo.

Yorkshire (fotografía de una oveja):

He tenido que improvisar un poco. Tienes razón, el abogado seguramente querría pruebas. Espero que hayas disfrutado de nuestro ascenso al Penhill. ¡Vamos a ir ahora mismo a conocer a tu fantástica tía! Me lo estoy pasando maravillosamente, espero que tú también. Lo siento por todas las mentirijillas piadosas. Al

Cairngorms 1 (fotografía de un Highland Terrier con una peluca roja):

He decidido continuar con esto de las postales, aunque parece que a ti se te ha olvidado. Nuestra caminata ha sido fantástica, no me había divertido tanto en años. Espero que hayas disfrutado de la aventura con los muchachos. He pasado la noche entera preocupado por si pasabas frío. Nos espera otra noche en la cabaña (sin el clootie dumpling). Al

Cairngorms 2 (fotografía de una vaca de las Tierras Altas con otra peluca roja):

Creo que estoy un poco bebido. Ahora mismo estás bailando con Tristán. No me gusta ese tipo. Por cierto, estás magnífica y podría pasarme la vida escuchando tu voz. Al. Un beso.

Zagreb (fotografía de la iglesia de San Marcos):

No estoy seguro de lo que está pasando entre nosotros, pero sé que no quiero perderte. Al. Besos.

369

Arisaig (fotografía de «nuestra playa»):

Gracias por regalarme los mejores días de mi vida. Algún día volveremos aquí, nos subiremos a un ferry *y veremos adónde nos lleva la vida. Siento haberte dejado sola. Al. Besos.*

Deambulé sola por el jardín con el cayado. Antes de sentarme en el banco de mi madre, frente al árbol, me di una paseo por el lugar y entendí que, a pesar de todo lo que había descubierto en los últimos días, a pesar de mi decepción con mi madre, no habría cambiado ni un segundo de mi infancia por nada, y mucho menos por Geoffrey. Comprendí también que el jardín de mamá era un recuerdo perfecto de la vida que había vivido antes de mi nacimiento. Era su modo de aferrarse al pasado. Macetas de tulipanes, rosas, ajos de oso, manzanos... Todo para recrear su vida en Yorkshire; brezos, retamas y cardos de Escocia; y, finalmente, por supuesto, su cornejo de mesa.

Deslicé los dedos por la suave curva del cayado y lo dejé en el banco. La última carta estaba escrita a máquina.

Capítulo 36

St Christopher's

Mi querida Grace:

Por fin has llegado a casa, mi amor. ¿Cómo está el jardín? ¿Jake lo cuida bien?

Con suerte, habrás entendido los motivos de tu pequeño viaje. Espero que no estés decepcionada conmigo. No hay nada que pueda hacer ya para rectificar la situación, claro, pero tengo la sensación de que al final lo comprenderás todo. He intentado ser una madre liberal, no he sido pesada y tampoco engatusadora (no mucho), así que te parecerá raro que, una vez fallecida, haya decidido entrometerme tanto. Pero esta es la ocasión perfecta para que me perdones.

Hablemos de tu voz. Un par de días antes de marcharme a las Fuerzas Aéreas me puse de los nervios y decidí no partir. Mi madre habló conmigo y me animó a perseguir mis sueños. Me dijo que, aunque nos quería a todos muchísimo, a veces deseaba haber conseguido su sueño: cantar profesionalmente. Tenía una voz preciosa. Es extraño; siempre la había visto solo como mi madre, no como alguien con aspiraciones.

Y de repente, allí estaba, una mujer con sus propios sueños y arrepentimientos (si te soy sincera, no sé si me gustaba). Puede que, animándote con la música, haya intentado completar la vida de mi madre a través de la tuya. Ahora da igual. Lo único que te pido es que no llegues a una situación en la que tengas que arrepentirte de nada. Por favor, no te pares un día a pensar y digas: «esa podría haber sido yo».

A veces me pregunto si te costaba tanto actuar porque, aunque tu técnica era insuperable, aún no habías explorado personalmente ninguna emoción profunda y no podías perderte por completo en la música. No es que quisiera que vivieras ningún trauma ni que te rompieran el corazón, pero me temo que sin entender los extremos emocionales, nunca descubrirás tu verdadero potencial. Cada vez que oigo una voz joven cantar la historia de una mujer madura, no llego a emocionarme.

Pareces haberte alejado un poco de la vida, siempre feliz detrás de tu cámara. Pero si mis planes se han cumplido, habrás escalado una montaña, cantado en una boda y hecho paracaidismo. Ya sé que no se puede vivir permanentemente de adrenalina, pero quería que experimentaras qué es vida al límite. Está bien, ¿a que sí?

Otra razón de mandarte de viaje era para que comprobaras cómo los factores naturales desempeñan un gran papel en las decisiones que tomamos en la vida. ¿Habría tenido una aventura una tarde lluviosa en Barnstaple? Posiblemente no. Pero en la soleada y mágica Zagreb, en mitad de una emocionante aventura en solitario, no pude resistirme a la tentación.

Hablando del sol, espero que el tiempo haya sido bueno. ¿Te has fijado en las diferentes tonalidades de azul del cielo? Espero que sí.

¿Y qué piensas de Alasdair? Oh, querida, ¿tan transparentes eran mis intenciones? Si no os besasteis en ningún momento, si no estáis los dos ahora mismo acaramelados bajo mi árbol, entonces suelta esta carta, ve a buscar a ese hombre y bésale; está loco por ti. Puede que te haya contado esto o puede que no, pero lo vi hablando contigo en nuestro festival del tulipán el pasado abril. Tenía un aspecto un tanto distinto por entonces. Fui consciente, por la expresión de su rostro, la mirada de esos maravillosos ojos que tiene, de que estaba embelesado, y Alasdair nunca se queda así por nada. Así que cuando te oí cantando en el piso de arriba, lo envié al gallinero a por huevos (tenía que pasar por debajo de la ventana abierta) y lo vi detenerse a escuchar. Supe que había dado en el clavo. El pobre no podía apartar los ojos de ti después, pero no te pidió salir. Me enfadé mucho.

Mientras te escribía explicándotelo todo, me di cuenta de que había olvidado mis propios fantasmas. Le pedí a Alasdair que escribiera un diario, y yo tendría que haber hecho lo mismo. Nada parece tan malo, ni desesperado, cuando lo escribes. Si lo hubiera hecho hace años, podría haberme desahogado antes. Los secretos que me he guardado acerca de mi familia, mi aventura, Geoffrey e incluso St Christopher's me han consumido el alma durante años. Frente al río crece un matorral de Fallopia japónica; intento olvidarme de ello. ¿Cómo puede existir algo así en mi jardín, tan cuidado? Pero ahí está, y no importa las veces que intento arrancarla, sigue saliendo, y los rizomas se han extendido como tentáculos asfixiantes bajo la superficie. Mi cáncer es como esa planta, se esconde en el interior. Se ha abierto paso poco a poco, destrozándolo todo a su paso, y me temo que ya no me quedan fuerzas para luchar.

En cuanto a Jake, mi maravilloso y querido Jake, él ha sido mi paladín. Comenzamos una relación sentimental cuando dejó de ser el oficial encargado de mi protección, y se quedó para ayudarme con el refugio. Le advertí que no se encariñara mucho con nosotras, le expliqué que yo tenía un alma errante, que seguramente nos mudáramos una vez estuviera segura de estar a salvo. No dijo nada, simplemente se marchó. Pensé que estaría enfadado, pero entonces oí el ruido de un taladro. Estaba instalando una serie de alambres horizontales delante de la casa. Se marchó en el automóvil y regresó una hora después con una maceta con una rosa, una preciosa rosa de color carmesí llamada American Pillar. Fui a la parte delantera de la casa y lo vi plantando la rosa junto al muro. Dio un paso atrás, me miró y dijo: «Lo único que te pido es que te quedes el tiempo suficiente para ver a esta rosa llegar al segundo alambre. Si entonces sigues queriendo marcharte, hazlo.»

Asentí, volví a la casa y ahora la rosa tiene tres metros de altura y cubre el muro por completo. Ahí empezó mi obsesión con el jardín.

¿Hubiera vivido mi vida de un modo distinto si pudiera volver atrás? No, no lo habría hecho. Después de todo, si no me hubiera ido a Zagreb, no habría tenido mi aventura (parece que fue ayer); si no hubiera

374

regresado a Arisaig con Geoffrey, entonces tú, mi niña querida, nunca habrías sido concebida; y eres tú y solo tú quien ha completado mi vida.

Estoy muy cansada, pero deberías saber que al escribir estas cartas he podido concentrarme en algo productivo en lugar de contar los días que me quedan para morir. Al centrarme en el pasado, he sido capaz de enfrentarme a los días más negros de mi vida. ¿No crees que estaba todo predestinado a ser así? ¿Tenía que acabar así, o tengo cáncer por los hechos y las emociones que he vivido? Lo que quiero decir es: ¿podría haberse evitado?

Qué más da.

Es hora de que te deje, cariño, pero antes tengo otra historia que contarte del jardín. ¿Te acuerdas de que en la primera carta te dije que me preocupaba mi rosa Alan Titchmarsh? Iba a dejarla en la pila de compost, pero luego sentí que no podía hacerlo, así que tomé una solución drástica. La corté por los nudos, le eché un poco de fertilizante y le di de beber; y no te lo vas a creer, pero la señorita ha empezado a brotar de nuevo.

Lo que intento decirte es que cuando nada parece ir bien, cuando sientes que has perdido el rumbo y no puedes mantenerte en pie ni un día más, acepta un consejo del jardín: hazte un buen corte de pelo (no escatimes en gastos), come alimentos buenos y saludables y tómate un buen trago (¡ah, y encuentra algo picante para leer!). Puede que no te sientas animada al día siguiente, ni al mes siguiente, pero, confía en mí, a la siguiente primavera la vida volverá a ir bien, y estarás lista para florecer una vez más.

Me pregunto si has visto mis árboles. Plantar uno es algo maravilloso, Grace. Cuando tengas tu propia casa, tu prioridad tiene que ser plantar un árbol.

Hace unos días estaba observando el jardín, rememorando tu infancia, cuando un recuerdo en particular de ti bailando y cantando por la hierba regresó a mi mente y no me pude quitar la melodía de la cabeza. Era el himno del colegio. Te convencí para que lo cantaras en la Fiesta de la Cosecha y en la iglesia cuando tenías diez años, ¿recuerdas? Te filmé en vídeo en secreto desde el fondo de la iglesia, pero siempre te negaste a verlo.

Te dejo la letra, por si acaso se te ha olvidado:

One more step along the world I go,
One more step along the world I go;
from the old things to the new
keep me travelling along with you.

Round the corner of the world I turn,
more and more about the world I learn;
all the new things that I see
you'll be looking at along with me.

Give me courage when the world is rough,
keep me loving though the world is tough;
leap and sing in all I do,
keep me travelling along with you.

And it's from the old I travel to the new,
keep me travelling along with you.[1]

Sé feliz, mi niña. Te quiero y estoy muy orgullosa de ti. Siento mucho tener que marcharme.

Besos,
Mamá

---

1. Nota de la T.: Doy un paso más por el mundo, doy un paso más por el mundo; desde las cosas viejas hasta las nuevas, déjame seguir viajando contigo. Tomo una curva del mundo, aprendo más y más del mundo; todas las cosas nuevas que veo, tú las verás conmigo. Dame valor cuando el mundo sea duro, que siga amando, aunque el mundo sea arduo; salta y canta con todo lo que hago, déjame seguir viajando contigo. De lo viejo a lo nuevo viajo, déjame seguir viajando contigo.

Capítulo 37

Sonriendo entre lágrimas, me enderecé en el banco y miré su árbol: era precioso. Me di cuenta de que le estaba saliendo una nueva copa. Mi madre habría estado encantada.

Aunque echaba de menos su compañía —una parte de mi alma siempre se sentiría incompleta sin ella—, el duelo ya había pasado. Por medio de su muerte, de sus actos, descubrí más felicidad de la que creí que pudiera existir. En los últimos diez días aprendí lo que era abrazar la vida, fueran las que fuesen las consecuencias. La razón de ello había sido, por supuesto, Alasdair. Gracias a mi madre y a él, el mundo era un lugar distinto y mejor para mí.

Me di la vuelta y vi a Jake en el camino. Sostenía la urna en las manos y de repente supe cuál sería la última parte de la historia. Juntos nos despedimos de ella bajo mi árbol, el árbol de la familia, en el jardín que tanto había amado.

Me quedé en St Christopher's unos días y me encargué de las pertenencias de mamá. La pobre había reducido su armario a prácticamente nada y fue igual de implacable con su administración.

Me acordé de la carta de los Cairngorms y subí al desván a buscar la pintura que hizo Geoffrey de la cabaña. Estaba envuelta en una manta de ganchillo de colores. Lavé la manta, que era preciosa, y decidí llevármela con el cuadro a Londres.

El abogado, el señor Grimes, era un marine real retirado que había accedido al mundo de las leyes hacía varios años y conocía a mi madre del refugio. Cuando Jake me lo contó, le mencioné que a Grimes le faltaban varios dedos de los pies. Él se rio y me explicó que los perdió cuando se le congelaron en un ejercicio de entrenamiento militar en Noruega.

Me alegró que los amigos de mi madre hicieran, casi literalmente, cualquier cosa por ella, pero Jake me dijo que también ellos sospechaban que estaba ligeramente chiflada.

En mi cuarto día en St Christopher's me encontraba sentada junto a la ventana de la cocina cuando apareció Jake, canturreando animadamente. Me dejó un paquete en las rodillas y empezó a preparar té. Me lanzó una sonrisa y miró al paquete.

—Apostaría lo que fuera a que es de Alasdair.

Me puse a rasgar el papel como si fuera una niña de cinco años abriendo su regalo de Navidad. Dentro estaba el *shemagh* (el diablillo me lo había enviado al final) y una nota. Sostuve la prenda en mi rostro mientras leía.

Grace:

No puedo soportar que pases frío, así que he pensado que deberías cambiar de opinión y aceptar esto. Además, mis compañeros no van a dejar de tomarme el pelo si me lo pongo, apesta a perfume.
Te quiero.
Besos,
Al

Me puse en pie y me uní a Jake en la mesa. Sonó el teléfono.

—Lo siento, cariño, disculpa un segundo... —Dijo antes de descolgar, me volvió a sonreír y aceptó la llamada.

Releí la nota mientras escuchaba de fondo la conversación.

—St Christopher. Oh, Bill, hola, llevo años sin hablar contigo, ¿qué noticias tienes? Alasdair Finn, sí... —Jake me miró antes de darse la vuelta para continuar. La persona al otro lado de la línea estuvo hablando un tiempo considerable hasta que—: Qué terrible, Bill. Sí, siempre lo es. Mantenme informado... Cuando la familia lo decida... Sí, claro... Gracias, Bill. —Su voz se rompió—. Adiós.

Pasaron varios segundos antes de que se diera la vuelta para mirarme, pero me parecieron siglos. No quería que dijera nada, quería congelar el tiempo en ese mismo instante; pero, al igual que Jake, el mundo insistió en no detenerse.

Aparté la silla y me puse en pie.

—¿Qué ha pasado?

Jake miró por la ventana, como si se encontrara en su propio mundo, antes de volverse y encontrar lágrimas en mis ojos.

—No es nada... Alasdair está bien, Grace. —Se acercó a mí.

—Pero la llamada... Has dicho que...

Se sentó a la mesa.

—Uno de su grupo ha muerto. Ya te imaginarás lo mal que se lo ha tomado Alasdair.

Me llevé las manos al rostro.

La emoción inmediata fue de alivio... Pero ¡alivio por que fuera otro quien había muerto y no Alasdair! Me sentí culpable por albergar tal emoción egoísta. Morir en el ejército era algo que les pasaba a otros, a otras familias, a otras esposas. Había leído mucho acerca de las pérdidas de soldados y me entristecía por ellos, pero nunca había tenido ningún vínculo personal con nadie, ni siquiera lejano.

—¿Estaba casado? ¿Tenía hijos?

—Estaba casado, pero creo que no tenía hijos. Según Bill, era el más joven, solo tenía veintiocho años. Nunca ha estado aquí, yo no lo conocía.

—Su familia debe de estar pasando un infierno.

—Seguro.

—No me extraña que Alasdair esté tan mal —dije, deseando más que nunca poder abrazarlo.

Jake volvió a mirar por la ventana y suspiró.

—Se sentirá responsable. Para él, perder a un joven en un comando liderado por él es como perder a un hijo. Los muertos no son las únicas víctimas en esto. Nunca lo son.

Cuando Alasdair y sus compañeros regresaron a su unidad varios días después, Jake habló con uno del grupo (Alasdair no estaba disponible) y la horrible verdad salió a la luz.

Alasdair había guiado a un pequeño grupo de hombres de las Fuerzas Especiales en una misión a Afganistán para rescatar a un voluntario capturado por los talibanes. Los llevaron en helicóptero a un recinto, donde el hombre se hallaba retenido.

Lo que debería haber sido una operación relativamente simple se convirtió en una complicada y catastrófica maniobra. La inteligencia disponible antes de su marcha había sido confusa: los rebeldes estaban organizados, armados y preparados para un intento de rescate. El helicóptero fue bombardeado con armas de fuego desde el momento en que llegó al recinto, y una vez en tierra, los hombres se enfrentaron a una sangrienta lucha en un intento de abrirse camino por el recinto durante la cual se perdieron muchas vidas rebeldes. Encontraron al voluntario vivo y, una vez completado el objetivo, el equipo se retiró al helicóptero.

Sin embargo, en los últimos minutos, cuando Alasdair pidió a sus hombres que entraran en el helicóptero mientras él los cubría con disparos, la zona entre la posición de su compañero y el helicóptero fue interceptada por los rebeldes. Perforaron el helicóptero con las balas e hirieron de gravedad a dos soldados. Lanzaron rápidamente y de golpe varias granadas, se formó un hervidero de caos y confusión, y fue un milagro que no destrozaran el aparato. El piloto, para quien la presión de hallarse en medio de un tiroteo durante la operación debió de ser horrible, esperó a que subiera Alasdair.

Mientras el joven disparaba desde la rampa trasera, sus colegas huyeron hacia el helicóptero. Fue en ese último momento, cuando Alasdair no vio a un francotirador en el tejado del recinto, y su hombre recibió disparos al subir a bordo. A pesar de los intentos de aplicarle los primeros auxilios de camino al hospital de campaña, el muchacho murió una hora después.

Me quedé en St Christopher's a la espera de noticias de Alasdair, tal vez una llamada telefónica... algo. Pero no obtuve nada.

Traté de persuadir a Jake para que me hablara de dónde podía estar, pero se negó a mencionar la operación ni a ofrecerme detalles en cuanto a su posible paradero. Parecía irritarse con la simple mención de su nombre.

Pasó una semana y seguí sin recibir noticias.

Era un infierno. Me había enamorado perdidamente de un hombre con el que no había forma de ponerse en contacto. Ni siquiera me había dado su dirección, lo único que sabía es que tenía una casa en Snowdonia. En el número de teléfono que me dio saltaba directamente el contestador. Ese hombre era todo un enigma.

Y entonces apareció una carta en el refugio por medio de un huésped. Me encontraba en la cocina empaquetando las últimas cosas de mi madre cuando Jake me la entregó con un suspiro.

—Es de Alasdair —reveló en voz baja.

Me puso una mano en el hombro y me dejó a solas.

Grace:

Ya habrás oído que la operación no fue según lo planeado, no puedo decir más. La razón por la que te escribo es para decirte que me equivocaba al afirmar que estoy en situación de iniciar una relación. Estaba soñando. No puedo ofrecerte nada y nunca debí darte falsas esperanzas.

No puedo ni voy a pedirte que detengas tu vida tan solo para vernos de vez en cuando. Irme de tu lado aquella noche en Zagreb habría sido lo correcto; sin embargo, regresar a tu habitación un momento después no lo fue.

Lamento contarte esto por escrito. Enviarla va en contra de todo en lo que creo. No obstante, si veo tu cara u oigo tu voz querré quedarme a tu lado para siempre, pero si lo hago, te arruinaré la vida. No soy el hombre que tú crees. Durante nuestro tiempo juntos viste mi lado civil, y estoy seguro de que no te gustaría el militar. Siempre recordaré con amor nuestro tiempo juntos. Cuando te dije que te quería, lo decía de verdad. Eres una mujer maravillosa que merece una vida plena y feliz, y es algo que yo no podré ofrecerte.

Cuídate mucho, pero sobre todo sé feliz.

Alasdair

Aturdida y destrozada, arrugué la carta y la lancé a la mesa en un arranque de rabia y subí corriendo a la planta de arriba con la idea de hacer las maletas. Pero no las hice; me senté en la cama y me pregunté por qué algo tan maravilloso podía estar yendo tan horriblemente mal, y tan rápidamente.

Jake entró en mi dormitorio, se sentó a mi lado en la cama y me abracé, como siempre hacía. Me acurruqué en su pecho un momento. No obstante, ya no era una adolescente, era una mujer, aunque una con el corazón destrozado.

—¿Has leído la carta? —pregunté.

—Sí.

—¿Por qué hace esto? No lo entiendo. No tiene sentido. En Escocia me dijo que estaríamos bien, que conseguiríamos que funcionase. Me dijo que me quería.

Jake se levantó, se dirigió a la ventana y miró al jardín. Pasaron unos segundos antes de que se diera la vuelta.

—Nunca estuve de acuerdo con el plan de tu madre de enviarte a viajar por el país con Alasdair. Para mí, era como enviar un borrego al matadero.

—¿Y quién era el borrego en esta situación?

—Los dos. Alasdair, porque era un hombre agotado que ya te encontraba atractiva, cuyos planes eran descansar durante el tiempo que habéis pasado juntos y empezar a pensar en llevar otra vida, ¿estoy en lo cierto?

Asentí.

—Y tú también eras vulnerable, porque estabas de duelo por tu madre y además destinada a disfrutar de la compañía de un hombre atractivo que iba a aligerar tu carga durante un tiempo. Podía haber funcionado como diversión para ambos. Pero nunca pensé que vosotros dos fuerais a iniciar algo con expectativas de futuro.

—¿Por qué?

—Por su trabajo, Grace, por quién es él en el fondo. Los hombres como Alasdair llevan una vida peculiar. A lo mejor ahora piensas que serás feliz, pero en dos o tres años no sería así. Admito que muchos tienen vidas familiares normales, pero le conozco lo suficiente para saber que su matrimonio fracasó porque él fue... un poco egoísta.

Sus duras palabras me sorprendieron, pero él impidió que le interrumpiera:

—No me malinterpretes. Creo que es una gran persona. Pero es un hombre de acción con un montón de aficiones relacionadas con la aventura. Cuando la emoción de vuestra relación se calme, volverá a sus actividades de paracaidismo o a lo que sea que hace y apenas lo verás. Al contrario que tu madre, yo quiero más para ti.

—Pero a lo mejor mamá tenía razón, a lo mejor encajo en su estilo de vida. Le quiero. No puedes hacer que un sentimiento así desaparezca. Por favor, por favor, envíale un mensaje, pídele que vuelva y hable conmigo... Mandarme una carta ha sido cruel, no es propio de él. Tiene que estar hecho un lío, el pobre.

—¿Cómo sabes que no es propio de él? Apenas lo conoces...

—Lo conozco. Por favor, Jake, solo quiero mirarlo a los ojos y después lo dejaré marchar... —Sentí un nudo en la garganta—. Me dijo que yo era su mundo.

Miró a su alrededor y suspiró.

—Y probablemente seas su mundo, Grace, pero uno paralelo. Escucha, hay algo más, no tenía intención de contarte esto. Llegó al Reino Unido hace un par de días. He hablado con él. Le pedí que viniera al refugio como solía hacer, pero no va a venir.

—¿Por qué?

—Porque estás tú. No puede soportar la emoción de verte, de ser feliz contigo. Se siente culpable. He hablado con el hombre que ha traído la carta... Se va a quedar unos días. Era un miembro de su grupo. Al parecer, Alasdair se encerró en sí mismo tras la muerte de ese joven. No habla con nadie, solo se concentra en el trabajo y el entrenamiento... No puedes hacer nada para cambiarlo.

—Sé que ha debido de ver cosas horribles, pero miles de soldados lo han hecho. Seguro que no todos arruinan su vida privada por sentirse culpables. ¿Por qué iba a ser diferente él?

El tono de Jake cambió y se volvió más decidido.

—Mira, Grace, tienes que pasar página. Como te he dicho, no lo conoces realmente. Eso crees, pero no. Es imposible. Y tu madre nunca debería haberte empujado a una relación con alguien que lleva esa clase de vida. A lo mejor Alasdair te ha dado la impresión de ser un tipo de hombre... un hombre del que puedes depender, en quien puedes apoyarte, pero yo hubiera preferido que tu madre te hubiera mandado a hacer el viaje sola.

—Entonces debería irme...

Miré el cayado, que estaba apoyado en la cómoda.

—¿Crees que alguna vez llegamos a conocer a alguien? —le dije—. ¿Conocerlo de verdad? Yo pensaba que conocía a mamá, pero no sabía nada de ella como mujer, y ahora pensaba que conocía a Alasdair... y mira lo que ha pasado.

Tomó una bocanada de aire y se pensó la respuesta.

—Creo que todos creamos una imagen conforme progresamos en la vida. Ideamos nuestro propio personaje, que está influenciado por un montón de factores externos: el trabajo que hacemos, nuestra posición en la familia, tal vez, y hasta cierto punto nos estereotipamos... representamos un papel. Todos tenemos defectos, Grace. Todos albergamos pensamientos oscuros de vez en cuando. Yo siempre he creído que es en los tiempos difíciles cuando descubres de verdad lo que alguien esconde tras su máscara. Pero un personaje no siempre es constante. La vida no lo permitiría. A lo mejor las personas que mejor conocemos son nuestros hijos, pero no estoy del todo seguro.

—¿Te arrepientes de no haberlos tenido?

Me sonrió con cariño.

—Que yo sepa, sí que tengo una hija.

Lo abracé y miré por encima de su hombro el cayado. En ese instante supe adónde quería ir.

Aparecí en la cocina con las maletas cuando Jake estaba preparando el desayuno.

—¿Vuelves a Londres, entonces? —me preguntó él.

—No.

—¿Adónde vas?

—A largo plazo, no lo sé. Pero a corto plazo, lo creas o no, he decidido ir a un lugar completamente diferente, al menos por una temporada.

—¿Adónde?

—Regreso a los Dales, a la granja de mamá, con Annie. Me dijo que podía visitarla siempre que quisiera, y creo que lo dijo en serio.

Jake sonrió.

—Suena bien.

Capítulo 38

A finales de junio mi vida había cambiado de un modo que nunca creí posible. Mis muebles estaban en un almacén; el piso de Twickenham, alquilado; mis contactos de los medios de comunicación recibieron la noticia de mi marcha; y me despedí afectuosamente de mis compañeros de Londres con la promesa de que seguiríamos en contacto. Solo me quedaba un amigo, muy especial, al que necesitaba ver. A fin de cuentas, le debía una comida en el nuevo tailandés.

Lo encontré de buen humor.

—¡Bueno, bueno! —Paul se sirvió fideos con unos palillos chinos mientras hablaba—. Te vas de vacaciones un par de semanas y regresas decidida a cambiar de vida. Menudo cliché, ¿no? Por cierto, no estoy enfadado por que te vayas. Te doy dos semanas antes de que vuelvas por patas a Londres. —Me apuntó con un palillo para enfatizar su amenaza—. Hay un límite de caca de vaca que una persona civilizada puede soportar, Grace. —Esperaba que Paul le daría un poco de realismo a mi plan—. ¿Y Soldadito? ¿Has hablado con él?

—Alasdair, se llama Alasdair, y es un marine —repliqué con enfado—. Y no. No he hablado con él.

—Al final has descubierto su defecto: es un capullo. Y tienes que admitirlo, pero me da la sensación de que era un cabrón soso.

Levanté la mirada y le sonreí, recordando.

—No era soso, y no es un capullo. Solo intenta protegerme.

—¿Abandonándote?

—Sí.

—¿Y cómo te protege abandonándote?

Removí la comida por el plato sin mucho interés mientras pensaba en una respuesta. No podía contarle a Paul, un periodista, la verdad acerca del trabajo de Alasdair, ni sobre St Christopher's.

—Verás... Es algo complicado.

Mi amigo soltó los palillos.

—Ya sé que hay cosas de él que no me vas a contar y, aunque no lo creas, no voy a presionarte, algo propio de mí. Bueno —añadió alegremente—, olvidémonos de él por un segundo y pasemos a algo más importante. ¿Estás totalmente segura de mudarte al norte? Ya sé que decías que tu madre te había abierto los ojos a lo que de verdad querías en la vida, pero me preocupa que vagues de un lugar a otro con la esperanza de buscar algo que no existe.

Miré por la ventana y vi pasar un vehículo de policía.

—Puede que Alasdair haya sido un enigma —señalé—, pero me ha abierto los ojos para que experimente un tipo de vida distinto. Mi madre me dijo en una de sus cartas que yo estaba viendo la vida pasar. No quiero seguir así.

—¿Y crees que vas a encontrar algo en los Yorkshire Dales? Venga, ¡si ni siquiera es una ciudad!

—¡Justo! Ahí está la clave —contesté, inclinándome sobre el asiento, más convencida—. Nunca he querido ser una cosmopolita, Paul. No soy así.

—Pero si te dedicas a la fotografía de paisajes, como dices, seguirás viendo la vida pasar. No hay nada de malo en hacerlo. Yo miro la vida y escribo sobre ella todo el tiempo. A mí me sirve.

—Estoy de acuerdo contigo —respondí con suavidad—, pero lo que importa es lo que ves, seguro. ¿Sabes quién ha sido mi principal inspiración a la hora de dejar mi actual empleo?

—Ni idea —contestó, perdiendo un poco el interés.

—Adivina...

Se encogió de hombros y se rascó la cabeza.

—¿Tu madre? ¿El capullo? No sé.

Negué con la cabeza.

—Tú.

—¿Yo? ¿Por qué? ¡No me cargues a mí con el muerto, Grace!

—No. —Me reí—. Cuando te llamé desde Escocia me dijiste que mis fotos estaban bien, pero que no eran revolucionarias. Y entonces pensé por qué demonios yo, Grace Buchanan, no hacía por una vez algo revolucionario.

Exhaló un suspiro y sonrió.

—De acuerdo, me rindo. Volviendo a ese amante, tengo una última pregunta...

—Dime.

—¿Cómo narices consiguió don Perfecto bajarte las bragas en menos de dos semanas cuando yo me he tirado años intentándolo sin éxito? Ni siquiera me he acercado.

A pesar de su sentido del humor, sentí que las lágrimas me picaban en los ojos al pensar en el motivo por el que me había enamorado de Alasdair. Por supuesto, sabía la respuesta.

—Porque cada minuto fue mágico. Y él no forzó que me enamorara, Paul, simplemente sucedió. Todo encajó, nunca había vivido nada así. No sé, fue maravilloso.

Mi amigo me tomó de la mano por encima de la mesa cuando una lágrima se deslizó por mi mejilla.

—Pero ¿fue real? A mí me parece insostenible.

Apoyé la cabeza en el respaldo y suspiré.

—Pensaba que de verdad lo era. Volvería con él.

—¿Aunque te haya dejado tirada?

—Muchas gracias, Paul. Pero sí, aunque me haya dejado tirada. Nunca nadie podrá comparársele.

Me soltó la mano.

—Entonces respóndeme a esto: si yo te hubiera llevado a la montaña... —Me miró con picardía—... y no es un eufemismo esta vez, y te hubiera atado a mí con una cuerda para hacer el viaje de tu vida... e ídem... —Solté una carcajada—. ¿Te habrías enamorado de mí de la misma forma?

Se irguió en la silla a la espera de mi respuesta.

—Posiblemente —respondí seria—. ¿Quién sabe? Como me dijo mi madre, todo depende del momento y del lugar.

—Y de unos abdominales de tableta de chocolate —murmuró.

—¿Qué? ¡Oye! —Hice un esfuerzo por no reír mientras me limpiaba las lágrimas con la servilleta.

—Venga ya, bien decías que era un Adonis. Puedes decir todo lo que quieras sobre la influencia de los factores externos en tu decisión de enrollarte con él y bla bla blá... pero si no hubiera sido tan guapo o si no tuviera unos buenos pectorales, no te habrías metido en la cama con él. Cuando se trata de eso, os convertís en unas zorras.

Me sonrió con cariño. Me terminé de secar las lágrimas y claudiqué con una sonrisa.

—Tienes toda la razón, Paul.

El sol acababa de empezar a ponerse tras los Dales cuando los neumáticos de mi automóvil incidieron sobre la gravilla de Bridge Farm. Annie, Ted y los perros me recibieron afectuosamente.

El cariñoso abrazo de mi tía no cuadraba con el hecho de que solo nos habíamos visto una vez.

—Espero que hayas traído botas de agua.

Es lo único que me dijo cuando me condujo hasta la cocina. *Meg* regresó a la comodidad del sofá, el sofá de Alasdair, e hice un esfuerzo por concentrarme en la conversación en vez de marchar a la deriva por un mundo de recuerdos de nuestro viaje reciente. Un pollo asado y toda clase de guarniciones esperaban en el horno para que diéramos buena cuenta de ello.

Las comidas, o más bien la obsesión de Annie con mi consumo de calorías diario, se convirtió en una batalla constante entre las dos y, tras varias semanas apartando alimentos de mi plato en un intento de que mi tía creyera que comía más que un pajarito, me di por vencida.

El verano pasó con lentitud. Jake me mandó los delantales de mi madre y me di cuenta de que haberme criado en St Christopher's me había servido de mucho para afrontar el verano en la granja. El cuidado del huerto, el gallinero y los perros se convirtieron en responsabilidad mía, pero evité cualquier elemento de cuatro patas que llevara cuernos.

Un sábado por la mañana, a finales de agosto, Annie me pidió que me sentara en el banco que había bajo el manzano de mi madre porque «teníamos que hablar».

—No voy a montar un circo con esto —comenzó, moviéndose incómoda en el asiento—, pero Ted me ha pedido que me mude con él. Estaré al final del camino. —Señaló una casa en la lejanía.

Parecía extrañamente avergonzada; solo ella podía declarar sus intenciones de una forma tan parca. Sonreí, pero guardé silencio por si quería proseguir.

—Su esposa murió hace diez años, por lo que parece que ya ha esperado suficiente tiempo. —Pensé que estaba bromeando, pero no era así—. Cielo, la cosa es que, por ley, la mitad de esta granja pertenecía a tu madre... lo cual significa que ahora te pertenece a ti.

—Bueno, no —maticé—. Mi madre estaba encantada de dártela, así que no te preocupes por mí. De todas formas, va siendo hora de que me marche.

Por supuesto, estaba mintiendo; la idea de alejarme de la seguridad que me proporcionaba ese lugar me rompía el corazón.

—No te estoy pidiendo que te vayas, Grace. Lo que estoy diciendo es que te puedes quedar aquí indefinidamente. De todos modos, un día te pertenecerá, toda entera.

Desconcertada, me levanté de repente y me aparté unos pasos de ella. Después me di la vuelta y la miré.

—¿Qué? Estarás bromeando, ¿no? ¿Por qué no la vendes?

Miró el manzano de mi madre, después a los Dales, y con un ademán me indicó que me sentara. Cuando me desplomé a su lado, me tomó una mano y la envolvió entre las suyas.

—Grace, yo no necesito dinero. De verdad quiero hacerlo. Es lo correcto. —Se quedó un momento callada—. ¿Por qué crees que Frances te envío aquí? ¿Cuál era su propósito?

Me encogí de hombros.

—¿Para que yo conociera a mi sobrina? ¿Para que vieras dónde se había criado tu madre? —Esbozó una cálida sonrisa—. Quizá. Pero, sobre todo, y tenlo muy presente, te pidió que vinieras para transmitirme un mensaje.

Moví la cabeza, incapaz de adivinar de qué iba todo aquello.

—Mira, cariño, Frances me regaló la granja hace cuarenta años y ahora quiere que te la regale yo a ti. Yo ya he vivido mi vida aquí. Ahora es su turno... Te toca a ti. Ese es su verdadero mensaje con todo esto, y tenía razón al enviarte... —Dio un respingo y puso los ojos en blanco—. Habría sido mejor que lo hubiera hecho ella hace veinte años, claro, pero no se lo tendremos en cuenta.

Sonreí, ¡qué típico de Annie!, y añadió:

—Si te soy sincera, cariño, me haces un favor; la granja es demasiado para mí en este momento. —Liberó mi mano y se cruzó de brazos, desafiante—. Nunca se me han dado bien las largas conversaciones ni las riñas, y no voy a empezar ahora. No te la entregaré ya mismo. —Me guiñó un ojo—. Puede que no me vaya bien con ese viejo al final del camino y regrese. Mira, acéptalo, sigue adelante y vive tu vida aquí. Pero, sobre todo, sé feliz, cielo.

Me acordé del libro de pastoreo de ovejas que mi madre le regaló a Alasdair... «Podría serme de utilidad.» ¿Acaso era este su plan?

—Pero yo no sé nada sobre ovejas —comenté con temor—. Y me dan miedo los carneros.

Soltó una sonora carcajada.

—Vas a tener que aprender, muchachita, y rápido.

Me di cuenta de que se me había abierto la boca de par en par. La cerré y mi tía volvió a reírse.

—No te preocupes. El hijo de Ted se encargará y te ayudará con las pocas ovejas que tenemos. Puedes seguir alquilando las tierras. Todo saldrá bien. Date tiempo. —Se puso en pie, como si fuera a marcharse—. Es un joven agradable; tiene más o menos tu edad... y también está soltero.

Me guiñó un ojo y se disponía a salir de la cocina cuando me levanté y la abracé. Por suerte, ambas teníamos puestos nuestros delantales para secarnos las lágrimas.

Cuando llegó septiembre, me había apuntado a un curso avanzado de Fotografía de Paisajes en el Darlington College. Estaba algo lejos, pero valía la pena. Annie me animó a servir de voluntaria en las clases de música de primaria y en octubre ya estaba enseñando Teoría de la Música y piano en tres escuelas diferentes. Me pidieron que diera clases de canto en la asociación de ópera, y acepté. Mi vuelta a la música se debió a la presencia de un piano lleno de polvo que había, abandonado y desafinado, en la habitación de Annie.

Jake me telefoneó en septiembre para contarme que había visto a Alasdair. Se encontraron en el Commando War Memorial de Lochaber, Escocia, en un homenaje del hombre de su grupo que murió. Se me rompió el corazón por todos ellos: el fallecido, su familia y, por supuesto, Alasdair. Al escuchar a Jake por teléfono me acordé de sus palabras: que él luchaba por el hombre que tenía a su izquierda y por el que tenía a su derecha, y me imaginé lo mucho que debía de haber sufrido al coincidir con aquella familia.

Después Jake me contó algo que me sorprendió muchísimo: le habían ofrecido un ascenso a Alasdair y no solo lo había rechazado, sino que también se había retirado de su trabajo. Un excompañero que iba a montar una compañía de seguros en Oriente Medio necesitaba un socio. Aceptó irse con él en cuanto terminara su tarea con los marines. Sus superiores se mostraron sorprendidos con su decisión y le sugirieron que necesitaba ayuda, pero él rechazó cualquier tipo de terapia y, curiosamente, en lugar de pasar un tiempo en St Christopher's, se retiró en solitario.

Finalmente Jake lo describió como un «libro cerrado».

Una parte de mí quería salir corriendo a Oriente Medio y recorrer cada ciudad hasta encontrarlo, pero habría sido inútil, claro.

Me acordé de lo que dijo en Zagreb la noche en que nuestra amistad se convirtió en algo más: «Si los días que nos quedan juntos fueran lo único que puedo ofrecerte, ¿seguirías aceptando?». Entonces no creí que lo decía en serio, ¿o quizás estaba tan desesperada por pasar la noche con él que no me fijé en la magnitud de la pregunta? Mi sonrisa lo confirmó.

Unos meses después me planteé la misma cuestión: ¿me habría entregado a él con tanta plenitud si hubiera sabido que el resultado sería un corazón roto? Era una respuesta muy sencilla: sí, lo habría hecho sin dudarlo.

Aunque estaba enfadada con él por tirar a la basura nuestro futuro, no lo odiaba; él estaba sufriendo mucho.

Jake me envió un libro sobre los posibles efectos del estrés causado por el combate. Entendí que el repentino cambio de comportamiento de Alasdair y su deseo de castigarse por la pérdida de ese hombre no tenía nada que ver conmigo, o con su amor hacia mí, sino que estaba relacionado con otro asunto. Me habría gustado poder ayudarlo de algún modo, pero estaba desaparecido, y cuando un hombre llamado Alasdair desaparecía, simplemente no había forma de encontrarlo.

Con sus cartas, mi madre me enseñó a aferrarme a cada preciado instante de la vida. Ella era el ejemplo perfecto de que anhelar lo inalcanzable era una pérdida de tiempo, de un tiempo valioso.

Por desgracia, el corazón no sabe desconectarse tan fácilmente y no pude evitar sentirme triste por los días que pasamos juntos, ni tampoco fantasear con frecuencia con cómo habría sido llevar una vida que no era posible en realidad. De ese modo llegué a entender que únicamente una persona, y tan solo una, era la responsable de mi futura felicidad: yo misma. Amaría mis recuerdos, pero no me dejaría gobernar por ellos.

Había llegado la hora de crear experiencias nuevas y vivir la vida a tope: era el momento de seguir adelante.

Capítulo 39

Noviembre dio paso a diciembre sin apenas darme cuenta, y en Bridge Farm iniciamos los preparativos para Navidad.

Estábamos comiendo ganso (de Ted, por supuesto) cuando caí en la cuenta de que una Navidad tradicional en los Dales sería sin duda todo un espectáculo. Annie decidió esperar hasta Año Nuevo para mudarse con Ted.

—Año nuevo, vida nueva —afirmó, sonriente.

No obstante, yo sabía que la verdadera razón por la que se quedaba era para que yo no pasara sola la Navidad y para ayudarme en mi primer invierno en la granja. Por el tema de las fiestas no tenía por qué preocuparse.

Jake iba a venir de visita un par de días, y Paul también vendría a celebrar fin de año conmigo. Por cierto, me preguntó si podía venir con su nueva novia. Se llamaba Anna y era bailarina polonesa, originaria de Kiev; aunque estaba casi segura de que se trataba de otra de sus bromas y de que Anna resultaría ser una editora de los Home Counties. Cuando se trata de Paul, no hay nada seguro. Pero compré vodka, por si acaso.

Era un día claro pero condenadamente frío de mediados de diciembre. Ted y yo dedicamos toda la mañana a decorar la casa. Estábamos muy orgullosos de nuestro árbol de dos metros que descansaba resplandeciente junto a la ventana del salón. Annie se había mostrado en desacuerdo con nuestra decisión de situar allí el árbol. Nos aseguró que el recibidor siempre resultó ser la mejor ubicación los años anteriores, y que era el lugar más adecuado, confirmado por varias generaciones de su familia, porque era el único lugar de la casa que mantenía una temperatura fresca constante. Además, se quejaba de que se iba a pasar hasta mayo barriendo pinocha, si nos empeñábamos en dejarlo allí. Le recordé que sería yo la que barrería las ramitas, y no ella. Así pues, tras sacudir la cabeza, dejarse embaucar por una mirada implorante de Ted y un carraspeo, acabó accediendo.

Por la tarde Ted llevó a Annie a Leyburn a buscar una nueva fuente para el horno, lo que nos sorprendió a ambos, pues adoraba la antigua, que había pertenecido a mi abuela. Mientras tanto, yo prometí acabar con las tareas domésticas.

Me acababa de sentar con una taza de café bien caliente y una revista del corazón (los viejos hábitos se conservan) cuando me sobresaltó un fuerte ruido en la puerta principal.

Inquieta, abandoné la comodidad del sofá de la cocina, acurrucada junto a *Meg*, atravesé el frío pasillo y abrí la puerta.

No había nadie.

Miré a ambos lados y me encontré con un paquete, envuelto con un papel estampado de tartán y un lazo de raso de color rojo, apoyado en el marco de la puerta. Lo recogí. Era un objeto liso y duro, de unos treinta centímetros cuadrados.

Desconcertada, salí al patio, pero seguía sin haber nadie.

Cerré la puerta para que no entrara el aire helado y llevé el paquete al salón con la intención de dejarlo bajo el árbol de Navidad. Di por hecho que era para Annie, de parte de algún vecino. Pero como llevaba una etiqueta pegada, no pude resistir la tentación de echar un rápido vistazo para ver quién era el misterioso y detallista amigo de mi tía.

Grace:

Un regalo de Navidad por adelantado. Espero que te guste. Robert lo pintó según tus especificaciones. Estaré junto al río hasta que oscurezca. Me gustaría que vinieras, pero lo entenderé si no lo haces.
Un beso.
Alasdair

Casi se me cae el paquete, de la emoción. Comencé a rasgar impaciente el papel: era una pintura al óleo original. Los ojos se me llenaron de lágrimas cuando vi la escena. Se parecía a la pintura que quise comprar en Arisaig, pero esta vez el hombre y la mujer estaban en primer plano: su viaje acababa de empezar. Alasdair debió de haberse puesto en contacto con Robert Kelsey para encargárselo. No pude reprimir una sonrisa; era un regalo maravilloso.

Meg se puso a saltar y a lloriquear; seguramente sentía la presencia de Alasdair cerca. Apoyé el cuadro en la mesa, me senté en el sofá, le acaricié la cabeza y miré en dirección a la ventana. Me había imaginado muchas veces lanzándome a sus brazos, pero, aunque tenía el estómago revuelto por la emoción de verlo y seguía muy enamorada, me acordé de la advertencia de Jake. Por muy doloroso que fuera, me pregunté si lo mejor no sería dejar que se marchara.

Meg salió corriendo de la habitación y se puso a arañar la puerta de la cocina. En eso no había duda: ella sí sabía lo que yo quería que hiciese. Fui a por los tres objetos esenciales que siempre dejaba en las perchas de la cocina: mi abrigo, el *shemagh* y el cayado, y salí de casa.

El cielo era de un maravilloso azul invernal, pero el sol no tenía la suficiente fuerza para aplacar el frío. Me metí las manos en los bolsillos y bajé por el campo. *Meg* salió disparada hacia el río. Nunca antes en mi vida me había sentido tan nerviosa, ni cuando cantaba. Una mezcla de emociones, de enfado y deseo. Todos los elementos luchaban una encarnizada batalla en mi interior. Ninguno de ellos ganaba al otro.

Y entonces lo vi.

Estaba agachado junto al río, con *Meg* a sus pies. Nos separaban unos quince metros, pero parecían miles. Me detuve. Alzó la mirada, se dio un golpecito en la cabeza y se rascó la oreja. El corazón me dio un brinco, pero mi instinto de supervivencia emocional ganó la batalla y me mantuve en mi sitio.

Mientras se ponía en pie y caminaba hacia mí valoré las opciones: podía mostrarme enfadada, gritarle y pedirle explicaciones; o simplemente aceptar y recordar que ese hombre había regresado del infierno. Conforme se acercaba, empezó a dolerme el corazón al verlo bien. Había perdido peso hasta el punto de que, incluso bajo su abrigo, parecía un esqueleto. Tenía ojeras. Pero lo que más me torturó fue que, aunque sus ojos brillaban por las lágrimas, la chispa había desaparecido.

Las palabras fueron innecesarias. Estiré los brazos y, cuando lo atraje hacia mí, emitió un gemido de puro alivio. Me abrazó con tanto deseo que parecía que nunca podíamos estar lo suficientemente apretados.

—Lo siento, lo siento... —me susurró en el pelo.

Me retiré suavemente y le acaricié el rostro.

—¿Qué te ha pasado?

Sacudió la cabeza, sin palabras.

Todas mis emociones contenidas, el dolor, el deseo, salieron a la luz y empecé a llorar.

—Me has roto el corazón, Alasdair.

Me acurrucó en su pecho y me habló, apoyado en mi cabeza.

—Lo sé. Lo siento. Pensaba que estaba protegiéndote.

Alcé la mirada.

—Creía que te habías ido a Oriente Medio.

También él tenía los ojos llenos de lágrimas. Intentó envolverme de nuevo entre sus brazos, pero retrocedí.

—Iba a marcharme —me explicó—. Ya había reservado los billetes y estaba todo listo para el trabajo. Pero la maldita estrella polar me seguía a todas partes y me recordaba a ti. —Se pasó los dedos por la frente en un gesto nervioso—. Si te soy sincero, he vivido un caos, pero pensar en ti, recordar todas las cosas maravillosas que dijiste e hiciste cuando estuvimos juntos me hacía continuar. ¿Te acuerdas de la noche en la que nos sentamos en la playa del lago A'an?

—Claro que me acuerdo. —Sonreí.

—Me dijiste que St Christopher's era tu guía, que te sentirías como una brújula rota sin ese lugar.

Asentí en silencio y me pasé el dorso de la mano por la nariz, para contener el flujo de lágrimas. Alasdair me ofreció un pañuelo que sacó del bolsillo.

—Hace un mes —continuó— fui a intentar recomponerme a mi casa de campo de Gales, y fui a la montaña. Hacía mal tiempo. Miré la brújula para decidir qué camino tomar en mitad de la niebla. La aguja apuntaba al norte... Ya sé que la aguja siempre apunta al norte, pero eso me hizo darme cuenta de que, aunque tratara de dejarte marchar por tu bien y partiera a Oriente Medio, mi corazón, mi brújula interna, siempre regresaría al norte, a ti. Tú eres mi guía, Grace. —Soltó una carcajada nerviosa—. Y llevo todo un mes practicando el discurso mientras terminaban esa maldita pintura, así que espero que funcione.

Rompí a reír, y también a llorar, pero después me enfadé.

—¿Sabías desde hace un mes que vendrías hoy? Si estabas tan desesperado por verme, ¿por qué has esperado tanto?

—Bueno, cuando regresé a mi casa pensé: ¡a la mierda!, no puedo vivir sin ella, iré a Yorkshire y le diré lo que siento. —Me acarició el rostro—. Cada día sin ti ha sido una tortura.

Sus palabras me desarmaron.

—¿Cómo sabías dónde estaba?

—Convencí a Jake de que me lo dijera, aunque él no quería. Metí algunas cosas en una mochila y me subí al automóvil. Pero entonces me entraron los temores, los viejos fantasmas. Me quedé allí sentado, en el vehículo, fuera de mi casa, durante una hora, valorando qué era lo mejor que podía hacer. Después de una charla conmigo mismo me di cuenta de que si aparecía y llamaba a tu puerta, posiblemente me lanzarías algo pesado y me dirías que me esfumara. —Sonrió y arrugó la nariz—. Así que pensé que probablemente funcionaría mejor con un regalito.

—Así que la pintura es el «regalito»... —apunté, molesta.

Alasdair fingió una sonrisa de disculpa.

—Básicamente sí. Iba a comprarte un olivo, pero no estaba seguro de que sobreviviera a los Dales, así que me decanté por el cuadro. Pero, al parecer, un artista no puede terminarlo en una noche, así que tuve que esperar. Estuve acosando a Robert para que se diera prisa. Es un hombre ocupado, no sabía que era tan... famoso. —Me tomó de la mano—. Bromas aparte, me pareció el modo perfecto de explicarte cómo me siento sin palabras. No sé si me entiendes.

Manteniendo mi mano en la suya, me acerqué un poco más.

—Tengo que admitirlo, es un detalle maravilloso. La pintura es preciosa. Gracias.

—Me alegra que te guste. ¿Te has fijado en que la pareja está en primer plano?

—Sí. —Sonreí.

Miré a mi alrededor. Había una cosa que quería decirle, pero no sabía cómo.

—Alasdair, dime la verdad: ¿te alejaste porque me culpabas de lo que le había pasado a tu compañero? ¿Porque pensabas que yo te estaba distrayendo?

Exhaló un suspiro.

—Me culpé a mí mismo, no a ti.

Me quité el *shemagh* del cuello y lo pasé alrededor del suyo con delicadeza.

—Vamos —dije, reponiéndome—. Tenemos mucho tiempo para hablar de ello. Lo que necesitas es una buena comida, afeitarte y un trago. De hecho —añadí con un guiño—, hay una tarta en el horno. Lo creas o no, la he hecho yo çon las manzanas del árbol de mi madre. Así que más te vale moverte o no quedará nada para ti.

Me agarró del brazo cuando me di la vuelta para emprender el camino.

—Sé que es mucho pedir, pero, de verdad, necesito saberlo. ¿Podemos empezar de nuevo?

Le acaricié la mejilla y sonreí.

—Hay mucho que asimilar, Alasdair. No sé cómo me siento. Vayamos paso a paso... ¿te parece?

—De acuerdo.

Agachó la cabeza, abatido, al no oír lo que esperaba. A pesar de todo por lo que me había hecho pasar, se me rompía el corazón ante la idea de hacerle daño, así que añadí:

—Había pensado en echarte a los perros si algún día tenías la desfachatez de aparecer así. Pero no tienen tantas ganas de verte marchar, sobre todo *Meg*. Así que mi plan ha fracasado. —Me acerqué a él—. A lo mejor deberías besarme —susurré—, solo para comprobar si sigue habiendo magia, y entonces decidiré si te puedes quedar esta noche o...

Esbozó la primera sonrisa irresistible desde su regreso, y por unos segundos la chispa regresó a sus ojos. Presionó con suavidad sus labios contra los míos y el beso se convirtió rápidamente en algo más apasionado.

—¿Y bien? —me preguntó en un susurro, apartándose—. ¿He pasado la prueba?

Me retiré, le tendí el cayado y sonreí.

—Dime, ¿cuánto has aprendido del libro sobre el pastoreo de ovejas? ¡Porque ese maldito carnero me odia!

Nos alejamos del río y subimos de la mano por el campo hacia mi nuevo hogar.

Alasdair se retiró a la calidez de la cocina, pero yo puse la excusa de que estaba oscureciendo y tenía que ir a guarecer a las gallinas Realmente necesitaba dar rienda suelta a mis emociones.

Tras guiar a las gallinas a su corral, apoyé la espalda en el rugoso y frío tronco del manzano de mi madre y pensé en ella. Había pasado un año desde su muerte, y menudo año.

Miré el jardín bajo la luz del crepúsculo y me acordé de su sugerencia de plantar un árbol cuando encontrara un hogar, así que decidí que el olivo sería la marca permanente de mi paso por los Dales. Pero entonces también recordé lo que me dijo Alasdair, que tal vez un olivo no se adaptara a ese lugar. De modo que me decanté por algo más acorde con el paisaje... un roble, tal vez.

Fijé la vista en la casa y vi, a través de la ventana de la cocina, a Alasdair abrazando a Annie. Le estrechó la mano a Ted y se agachó, al parecer para acariciar a la insistente *Meg*. Parecía feliz.

Me pregunté qué nos depararía el futuro. Para mí Alasdair era mi propio roble: fuerte, protector, respetable. Y como tal, a pesar de su firmeza, podía resquebrajarse. Aunque... pensándolo bien, nunca había visto ningún roble totalmente derrotado, no se dan por vencidos, y sabía que Alasdair tampoco lo haría. También estaba segura de que, aunque un árbol herido acaba sanando con un nuevo brote, la herida nunca desaparece de su tronco. Siempre formará parte del árbol.

En memoria de Chantelle Tok (1976-2012)

Agradecimientos

Tengo un montón de personas a las que dar las gracias. A Andrew y Edward, por darme todo el apoyo, amor, espacio y tiempo que necesitaba para escribir. A Frankie, Valente, June Moore, Karen Farrington y Louise Edensor, por leer, aconsejarme y animarme desde el principio. Al artista Robert Kelsey, por creer en la novela y por su apoyo (la pintura que ve Alasdair en la galería de arte es real y se llama *Through the dunes, Arisaig*, y me encantaría que fuera mía). También me gustaría dar las gracias a David y Valery Dean, que me permitieron describir con detalle su maravillosa cabaña de Nethybridge. Gracias a mis queridas amigas Susan Bonnar (ella sabe por qué), Ronnie Tasker, Joanna Bradley y, por último pero no por ello menos importante, Julie Lamping.

Un enorme (y sentimentaloide) gracias a los siguientes ángeles por dar su aprobación a mi novela: Jaimee, Melanie, Sonya B, Sally, Liz R, Caroline, Betty y Jane O, ¡los fabulosos miembros de Choc Lit Tasting Panel!

Y por último, Lyn, gracias.

La autora

Melanie, que ante todo era una mujer de Yorkshire, dejó su condado en 1993 cuando ingresó en las Fuerzas Aéreas como oficial de control de tráfico aéreo.

Disfrutó del estilo de vida nómada que le proporcionaba su carrera militar. Además de trabajar en varias estaciones aéreas en todo el Reino Unido, participó en una misión en los Balcanes durante la guerra de Kosovo en 1999 y sirvió como oficial de enlace con el ejército británico durante la insurgencia del Reino Unido en Iraq en 2003. En mayo de 2004 fue trasladada a la especialización en control de tráfico aéreo de la Marina Real, donde disfrutó de una etapa estimulante en el *HMS Invencible*.

Tuvo un hijo en 2007, y en 2010 se retiró de la vida militar y se mudó temporalmente a Dubai, donde por fin encontró tiempo para dedicarse a su pasión: la literatura. Escribió la mayor parte de su primera novela, *El árbol de mi vida*, sentada en una tetería japonesa con vistas al Burj Khalifa.

Melanie es feliz cuando pasea por la naturaleza en las Tierras Altas de Escocia (fingiendo ser una persona misteriosa y romántica). En la actualidad vive en Devon con su hijo.

Sigue a Melanie en
Twitter: https://twitter.com/melanie_hudson_
Blog: www.melanie-hudson.co.uk